KATHLEEN BRYAN

Das Amulett der Schlange

Buch

Noch immer bedrohen die dunklen Kräfte der Großen Schlange das Königreich Lys und mit ihr einer ihrer eifrigsten Verbündeten: König Clodovec. Nur durch einen Pakt kann Averil, die junge, mutige Herzogin, ihr Land vor den bösen Mächten schützen, wenn auch nicht für lange. Der ihr verhasste König wird ihr ein Jahr und einen Tag Zeit lassen, um ihren verstorbenen Vater zu betrauern, doch dann wird sie sich einen Ehemann suchen müssen. Dabei wird sich Clodovec keine Chance entgehen lassen, ihr einen seiner Verbündeten als Gemahl anzudienen. Als Averil an den Hof des Königs gerufen wird, weiß sie, dass sie vorsichtig sein muss, denn der Ort ist ein Treffpunkt ihrer Feinde und der Freunde der Schlange. Doch dann lernt sie den faszinierenden Prinzen von Moresca kennen, vergisst alle Warnungen und lässt sich von seinem Charme betören. Währenddessen erfährt Gereint von dem geheimen Versteck der Schlange. Nun muss er alles daransetzen, Averil aus den Armen des Prinzen zu reißen, denn nur gemeinsam können sie die Mächte der Großen Schlange besiegen …

Autorin

Kathleen Bryan hat bereits mehrere Romane veröffentlicht. Allerdings wählte sie für ihre Romane im Fantasy-Genre ein Pseudonym. Derzeit lebt sie in Arizona, USA, mit vielen Hunden, Katzen und Pferden. Ein weiterer Roman der Autorin ist bei Goldmann in Vorbereitung: »Die Tochter des Lichts. Das magische Land III«.

Von Kathleen Bryan außerdem bei Goldmann lieferbar:

Der Orden der Rose. Das magische Land I (46587)

Kathleen Bryan

Das Amulett der Schlange

Das magische Land II

Roman

Aus dem Amerikanischen von
Inge Wehrmann

GOLDMANN

Die Originalausgabe erschien 2008
unter dem Titel »The Golden Rose«
bei Tor, New York.

FSC
Mix
Produktgruppe aus vorbildlich
bewirtschafteten Wäldern und
anderen kontrollierten Herkünften

Zert.-Nr. SGS-COC-1940
www.fsc.org
© 1996 Forest Stewardship Council

Verlagsgruppe Random House FSC-DEU-0100
Das für dieses Buch verwendete FSC-zertifizierte Papier
Super Snowbright liefert Hellefoss AS, Hokksund, Norwegen

1. Auflage
Deutsche Erstveröffentlichung September 2008

Umschlaggestaltung: Design Team München
Umschlagcollage: The Bridgeman Art Library und Corbis
Redaktion: Kerstin von Dobschütz
NG · Herstellung: Str.
Satz: DTP Service Apel, Hannover
Druck und Bindung: GGP Media GmbH, Pößneck
Printed in Germany
ISBN: 978-3-442-46588-0

www.goldmann-verlag.de

Widmung:
TK

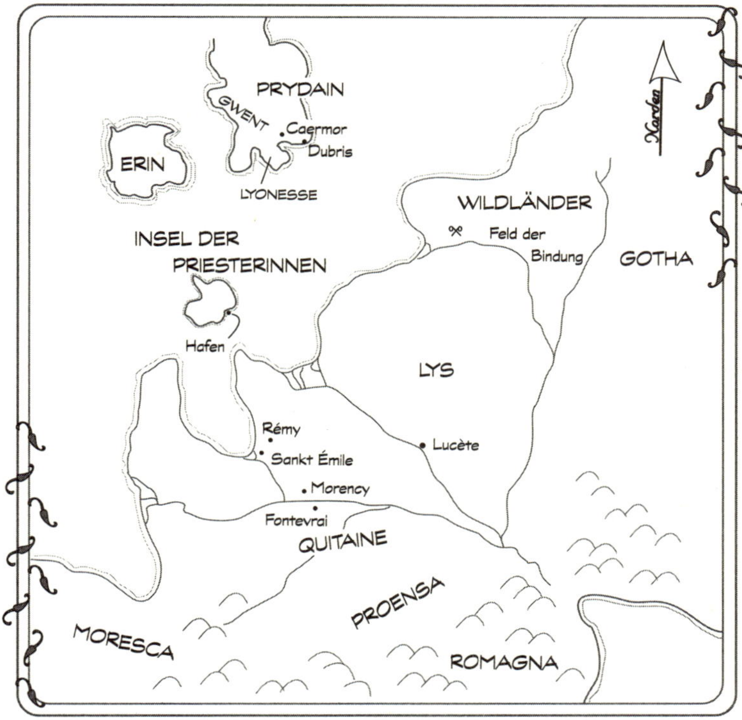

PRYDAIN
GWENT
Caermor
Dubris
ERIN
LYONESSE
Norden
WILDLÄNDER
Feld der
Bindung
GOTHA
INSEL DER
PRIESTERINNEN
Hafen
LYS
Rémy
Sankt Émile
Lucète
Morency
Fontevrai
QUITAINE
PROENSA
MORESCA
ROMAGNA

Kapitel 1

»Es wird Zeit.«

Gereint hob den Kopf. Er hatte die ganze Nacht auf dem Steinboden gekniet, halb träumend, halb betend, aber er war nicht schläfrig. Er fühlte sich leicht und leer und erhaben.

Langsam schärfte sich sein Blick, und sein Geist kehrte zurück von fernen, magischen Orten. Die Kapelle war voller Schatten und Geflüster. Die geschliffenen Glasfenster schimmerten dunkel, die Reihen von Kerzen waren heruntergebrannt, während die Nacht sich der Morgendämmerung näherte.

Der Mann, der gesprochen hatte, trat in das spärliche Licht. Sein Gesicht war ernst, aber seine dunklen Augen lächelten. »Sie warten auf dich«, sagte er.

»Jetzt schon?« Gereint biss sich auf die Zunge. Seine Selbstkontrolle war immer noch unzureichend, obwohl er lange und hart daran gearbeitet hatte, sie wiederzuerlangen. »Ich glaube, ich bin noch nicht bereit. Vielleicht sollte ich warten. Vielleicht …«

»Du bist bereit«, sagte Riquier. »Komm mit mir.«

Gereint musste gehorchen. Riquier war ein Knappe, und sein Lehrer und stand im Rang weit über ihm.

Er erhob sich steif und widerstand dem Drang, sich zu ducken und nach vorn zu beugen. Trotz all seiner Bemühungen, kleiner zu erscheinen, überragte er die meisten Männer seines Volkes.

Riquier führte ihn aus der Kapelle hinaus und durch den Säulengang auf den Hof der Prüfung, wo er entweder ein Novize des Rosenordens werden oder bei dem Versuch sterben würde. Er konnte die Zuversicht seines Lehrers nicht teilen, aber zum

Umkehren war es zu spät. Der einzige Ausweg aus der Situation war die Prüfung.

Sie warteten auf ihn: alle Mitglieder des Ordens, die lebendig aus dem Königreich Lys entkommen konnten, sowie eine ansehnliche Zahl von Rittern, Knappen und Novizen des Rosenordens der Insel Prydain, auf der sie sich befanden. Gereint schritt langsamer aus und geriet fast ins Stolpern. Er hatte nicht so viele erwartet.

Riquier zog ihn weiter, bis er im Zentrum des Kreises stand. Am Himmel zeigten sich die ersten Vorboten der Morgendämmerung, aber der Hof war schon voller Licht: klar und schattenlos, geboren aus Magie und dem gebündelten Willen der Ritter. Sie waren alle versammelt, um dabei zuzusehen, wie ihr schwierigster Postulant zu einem neu aufgenommenen Mitglied des Ordens wurde.

Gereint richtete sich auf. Vielleicht wollten sie, dass er versagte. Wenn es sich so verhielt, würde er ihnen ein tapferes Schauspiel bieten.

Riquier nickte, als könnte er Gereints Gedanken lesen. »Denk dran«, sagte er, »vom Geist zum Herzen und vom Herzen zur Hand – das ist das Geheimnis dessen, was wir sind.«

Er ließ Gereint in der Mitte des Kreises zurück. Novizen traten an seinen Platz und brachten die Waffe, mit der Gereint getestet werden sollte: ein zweihändiges Großschwert. Sie brachten auch eine Rüstung und einen leichten Helm, was ihm beides erstaunlich gut passte.

Gereint kreiste mit den Schultern unter dem gepolsterten Leder und versuchte, die Anspannung zu verscheuchen. Wie ein Narr hatte er auf eine andere Prüfung gehofft.

Bücher – nachdem er ein ganzes Jahr lang fleißig gelernt hatte, konnte er ganze Seiten in drei oder fast vier Sprachen rezitieren. Oder Magie. Er konnte sie inzwischen kontrollieren, jedenfalls meistens. Er beherrschte alle einfachen Zauber; er konnte einen fast klaren Glasstab herstellen, aber es war noch schwierig für ihn, ihn zu formen, und Magie darin einbinden zu können, wurde von keinem Postulanten erwartet.

Waffen waren seine größte Schwäche. Hätten sie ihm eine Heugabel und eine Hacke gebracht oder ihn aufgefordert, eine gerade Furche zu pflügen, wäre ihm das nicht schwergefallen; aber sie waren keine Bauern hier. Sie waren Ritter. Und er, ein Bauernsohn, besaß die Kühnheit, einer von ihnen werden zu wollen.

Natürlich konnte er nur durch einen bewaffneten Kampf zum Novizen aufsteigen. Hätte man ihn gebeten, einen Kandidaten auf seine besonderen Schwächen zu testen, dann hätte er dasselbe getan. Ein Ritter, der nicht kämpfen konnte, war eine Schande für den Orden.

Seine Finger schlossen sich um den Schwertgriff. Er wog es in seinen Händen, holte ein paar Mal tief Luft und versuchte, nicht zu viel zu denken. Denken war tödlich. Er musste einfach nur ein guter Schwertkämpfer sein.

Der Mann, der ihm gegenübertrat, war ihm fremd. Er trug wie Gereint eine lederne Rüstung, und er war ein großer, kräftiger Mann mit breiten Schultern. Er war sogar ein wenig größer als Gereint.

Bei den Waffenübungen hatte Gereint immer gegen kleinere Männer gekämpft. Es war fast eine Erleichterung, einen Gegner vor sich zu haben, der ihm in Größe und Stärke in nichts nachstand und der ihm, was die Fähigkeiten anging, mit Sicherheit überlegen war. So würde es zumindest keine Schande sein, den Kampf zu verlieren.

Er nahm seinen Platz ein, hob die lange, schwere Schneide und schwang sie zur Begrüßung durch die Luft. Sein Gegner grinste und erwiderte den Gruß.

Gereint runzelte die Stirn. Irgendetwas an diesem Mann war seltsam. Seine Umrisse schienen zu schimmern; Gereint konnte durch ihn hindurch den sandigen Boden und die Schar der Ritter auf der Tribüne sehen. Aber als er genauer hinschaute, war der Körper des Mannes so massiv, wie er sein sollte, und das

Seltsame war nichts weiter als das erste Morgenlicht, das sich in seiner polierten Rüstung spiegelte.

Gereint tat einen tiefen Atemzug. Seine Furcht schmolz dahin. Er würde sein Bestes tun; mehr konnte niemand von ihm erwarten.

Er wartete darauf, dass der andere Mann sich bewegte. Ausnahmsweise war er diesmal leichtfüßig, und sein Schwert war gut ausbalanciert. Er machte sich bereit für das, was kommen mochte.

Der andere wartete ebenso und machte das Ganze zu einer Geduldsprobe. Gereint widerstand dem Drang, sich auf ihn zu stürzen. Das war eine Falle. Und wenn sie hier von Sonnenaufgang bis Mitternacht standen, er würde sich nicht von der Stelle rühren.

Das Langschwert sauste so schnell durch die Luft, dass man es kaum sehen konnte. Gereints Klinge war zur Stelle und hielt es auf. Der Aufprall war so gewaltig, dass seine Zähne aufeinanderschlugen. Er hieb zurück, aber nicht sehr heftig: gerade heftig genug, um den Mann einen Schritt zurückzudrängen.

Gereint ging wieder in Habachtstellung und wartete. Das war unverhofft: Sein Gegner wappnete sich für einen Angriff, der nicht erfolgte.

Erneut blitzte das Grinsen in seinem Gesicht auf, gefolgt von einem kurzen Neigen des Kinns, ein knapper Salut.

Dann begann die wahre Attacke: eine wirbelnde Wand aus Stahl. Gereints Lungen brannten; seine Schultern nahmen den Schmerz vorweg. Er konnte fühlen, wo der nächste Hieb auftreffen würde, und er war bereit, ihn zu parieren und zurückzuschlagen; aber sein Körper war nur der eines Sterblichen.

War er das?

Unter seinen Füßen war Erde. Die Sonne stieg auf. Erde und Feuer waren seine Elemente: Sie gaben ihm Kraft.

Der Schmerz verschwand. Die Erschöpfung wurde zu einer vagen Erinnerung. Dies war ein Tanz, und er war der Tänzer.

Die Schläge kamen schneller und schneller. Wie stark er auch war, der andere war stärker.

Einer von ihnen musste es beenden. Der Tanz hatte ein bestimmtes Muster, Kreise innerhalb von Kreisen – die große Stärke und Schwäche der Rosenritter.

Gereint durchbrach die Kreise. An der Schwertschneide entlang nahm er den Körper hinter der stählernen Wand direkt ins Visier. Er schlug den großen Mann nieder und setzte den Fuß auf seine breite Brust.

Das Schwert des anderen flog in hohem Bogen durch die Luft. Gereints Schwertspitze befand sich über der Kuhle unterhalb des Kehlkopfes.

»Schneid mir den Kopf ab«, sagte der große Mann.

Gereints Zähne schlugen aufeinander.

»Tu es«, sagte sein Gegner.

Fünfhundert Männer des Königs hatten im Feuersturm von Gereints Magie ihr Leben verloren. Diese Schuld würde ihn bis in den Tod verfolgen. Aber er hatte noch nie zuvor einen Mann mit seinen Händen getötet. Es jetzt zu tun, vor all den versammelten Rittern der Rose …

Die erste Pflicht eines Ritters ist Gehorsam. Das war sein erster Eid und zugleich sein letzter.

»Schneid mir den Kopf ab«, wiederholte der Mann.

Ströme von Magie umspülten sie. Der Sand war glühend heiß – ein Brennglas. Die Luft sang.

Das Schwert sang die Gegenstimme, als es nach oben, zur Seite und dann nach unten sauste. Gereint wartete schon auf das knirschende Geräusch vom Stahl gespaltener Knochen, aber die Klinge glitt durch den scheinbar massiven Hals wie durch Luft und bohrte sich in den Sand.

Wo Gereints Gegner gewesen war, befand sich geschmolzenes Glas. Es wand sich schimmernd hin und her; seine Hitze versengte ihm Füße und Beine. Die Schwertschneide schmolz und löste sich dampfend in Luft auf.

Gereint ließ den Griff fallen. Sein Instinkt drängte ihn davonzustürmen. Stattdessen beugte er sich hinab und umschloss mit seinen behandschuhten Händen das Werk lebendiger Magie, das die Gestalt eines Mannes gehabt hatte.

Es hatte noch Hitze in sich. Er blies Kühle darauf, die er aus den Tiefen der Erde zog und aus einer Wolke formte, die sich vor die Sonne geschoben hatte. Das geschmolzene Ding wurde in seinen Händen fest, eine verästelte Figur, wie ein windgepeitschter Baum, aber glasglatt und bleich wie Eis.

Magie sang darin, und ohne darüber nachzudenken, dämpfte Gereint die Macht. Der klare, helle Ton wurde leiser, bis er schließlich verstummte.

Vorsichtig stellte er den gläsernen Baum zurück in den Sand. Als er sich wieder aufrichtete, nahm er plötzlich die vollkommene Stille wahr. Niemand schien zu atmen.

Sie fixierten ihn mit derart intensiven Blicken, dass er sich fragte, ob er davonlaufen sollte, solange er noch konnte. Er hatte getötet – etwas. Es war kein Mensch. Aber er musste sicher einen Preis dafür zahlen.

Zu guter Letzt regte sich jemand. Es war der Ritter Mauritius, auf dessen Befehl hin Gereint heute an diesem Ort war. Er wandte sich an einen etwas älteren Mann, der Großmeister des Rosenordens auf der Insel Prydain war. »Seht Ihr? Habe ich es Euch nicht gesagt?«

»Das habt Ihr in der Tat«, erwiderte Vater Owain und lehnte sich ungezwungen zurück. »Verfahrt also nach Eurem Gutdünken.«

Mauritius verneigte sich. »Habt Dank, Messire«, sagte er.

Gereint zögerte, hin und her gerissen zwischen Verblüffung und Neugierde. Nachdem er genug klaren Kopfes war, um an Flucht zu denken, war der Weg bereits versperrt. Die Novizen, die ihm die Waffen angelegt hatten, traten auf ihn zu. Ihnen folgten weitere, die Eimer, Becken und einen silbernen Kessel herbeischleppten, der mit einem schillernden Muster aus Kristall und

Emaille verziert war. Den Schluss bildete der Knappe Riquier mit einem länglichen, mit dunklem Wollstoff umwickelten Bündel.

Sie entkleideten ihn vor aller Augen und ließen ihn splitternackt dastehen. Es kostete ihn ein ungeheures Maß an Selbstbeherrschung, nicht vor Scham zu erröten und seine Blöße zu bedecken, während sie den großen Kessel mit dampfendem Wasser füllten. Als sie ihn hineinhievten, stellte er fest, dass das Wasser zwar ziemlich heiß, aber nicht kochend war. Sie schrubbten ihn, bis seine Haut brannte, rieben ihn mit Kräutern ab, die schäumten und prickelten und einen würzigen angenehmen Geruch verströmten. Schließlich gossen sie kübelweise kaltes Wasser über ihn, bis er nach Luft schnappte.

Als sie mit ihm fertig waren, war er sauberer als je zuvor in seinem Leben. Sie kleideten ihn in frisches, neues Leinen, eine fein gewebte Hose und eine nachtblaue Cotte, die im Brustbereich mit einer goldenen Rose bestickt war.

Er erwachte aus seinem erstaunten, freudigen Trancezustand und versuchte, die Cotte wegzuschieben. »Das ist nicht die richtige«, sagte er. »Sie sollte grün sein. Ich sollte nicht …«

»Du solltest wohl«, sagte Riquier. Sein Gesicht war ausdruckslos, aber Gereint merkte, dass er innerlich lachte. Seine eigene Cotte hatte denselben tiefblauen Farbton, aber die Rose hatte vier blutrote Dornen anstelle von einem.

»Ich sollte Novize werden«, sagte Gereint bockig. »Ihr kleidet mich wie einen Knappen.«

»Ja«, sagte Riquier. »Hör auf, dich zu winden, und lass sie weitermachen.«

»Aber ich kann doch nicht …«

Riquier faltete den Rest des Bündels auseinander und zog einen tiefblauen Umhang mit goldener Schließe sowie ein Langschwert in einer blauen, mit Gold eingefassten Scheide hervor. Er kniete nieder, um das Schwert um Gereints Mitte zu gürten, was das Gestammel verstummen ließ, doch nichts an Gereints Abwehrhaltung änderte.

Als er sich wieder erhob, hielt Gereint den Mund geschlossen. Riquiers Lippen kräuselten sich kaum merklich. Er verbeugte sich schwungvoll vor der Versammlung und verkündete mit klarer, tragender Stimme: »Messires, hiermit stelle ich Euch den Knappen Gereint vor, der durch den Test von Geist und Herz, Herz und Hand bewiesen hat, dass er über die Fähigkeiten und Kräfte verfügt, die seinem Rang angemessen sind.«

»Aber ich kann doch gar nicht …«, wollte Gereint protestieren, aber Riquiers Finger schlossen sich mit eisernem Griff um sein Handgelenk, bis die Knochen knirschten. Der plötzliche Schmerz vertrieb die Worte aus seinem Kopf.

Der Hof brach in frenetischen Jubel aus. Gereint bemühte sich, so auszusehen, als sei er dessen würdig – seinem eigenen Empfinden zum Trotze. Sie hatten ihm eine große und unvorhergesehene Ehre erwiesen.

Er würde glücklich sein, wenn er die Panik überwunden hatte. Er war darauf vorbereitet gewesen zu verlieren und entweder zu sterben oder fortgeschickt zu werden. Er war bereit gewesen, ein Novize zu sein, mit den Pflichten und Unterweisungen eines Novizen. Kein Mensch hatte auch nur angedeutet, dass er zu einem Knappen gemacht werden sollte. Das hätte Jahre später geschehen sollen, wenn überhaupt.

Eine tiefblaue Welle überwältigte ihn: All die Knappen im Ordenshaus klopften ihm auf die Schulter und brüllten freudige Glückwünsche. Sie hoben ihn hoch mit Schwert, Umhang, gläsernem Baum und allem, und trugen ihn fort, um diese unerwartete Rangerhöhung gebührend zu feiern.

Kapitel 2

Während die übrigen Knappen sich in einen infernalischen Rausch steigerten, war es Gereint gelungen, Riquier abzufangen, bevor er sich durch die Hintertür des Speisesaals davonstehlen konnte. Beiden war schwindelig von all dem Wein und der Feier, aber Gereint musste es wissen. Vorher fand er keine Ruhe.

Der Knappe lächelte gequält, als Gereint ihm den Fluchtweg verstellte. »Sag mir den Grund«, krächzte er.

Während all der Zeit, die er sich mit Gereints Schrullen herumschlagen musste, hatte Riquier nie die Geduld verloren. Auch jetzt bewahrte er sie mit scheinbarem Gleichmut. Sein Blick wanderte zu dem gläsernen Baum, der einen stolzen Platz auf dem Ehrentisch erhalten hatte und im Lampenlicht schimmerte. »Das ist der Grund«, sagte er.

»Wie kann das sein? Ihr hattet euer Urteil gefällt, lange bevor das geschehen ist. Mauritius und Vater Owain …«

Riquier zog seufzend die Brauen hoch. Gereint wich zwar zur Seite, blieb jedoch neben ihm, als er hinaus in den Säulengang trat.

Der Mond war aufgegangen und tauchte den Sand in silbriges Licht. Der morgendliche Kampf hatte keinerlei Spuren hinterlassen. Der Hof war frisch geharkt.

Riquier setzte sich auf eine der Bänke am Rand des Säulengangs. Gereint war zu rastlos, um es ihm gleichzutun. Der Wein, den er getrunken hatte, sprudelte in seinem Inneren, machte ihn schwindelig und gleichzeitig schmerzhaft klarsichtig. »Ich muss es wissen«, drängte er, »um es zu verstehen.«

»Also gut«, sagte Riquier. »Es gab unterschiedliche Meinungen unter den Rittern, wie du weißt. Einige hätten dich aus all den üblichen Gründen ungetestet fortgeschickt: Du bist kein Adliger, du bist gottgeboren, deine Magie ist mindestens zur Hälfte wild und bestenfalls zur Hälfte ausgebildet. Mauritius wandte ein, dass du uns alle in Erstaunen versetzen würdest. Er überzeugte die Übrigen, dich als Knappe testen zu lassen.«

»Aber – war das nicht …«

»Postulanten, die Novizen werden wollen, testet man in Waffen- und Reitkunst und in der Magie des Buches, die sie Wort für Wort auswendig zitieren müssen, so wie du es gelernt hast. Sie üben keine Magie aus. Sie werden vom Meister der Novizen getestet und von den ältesten Novizen.«

»Das wusste ich«, erwiderte Gereint, »aber ich habe gedacht …«

»Novizen, die Knappen werden sollen«, fuhr Riquier unbeirrt fort, »werden auf andere Weise getestet, und dieser Test ist für jeden Mann unterschiedlich. Die Ritter üben Magie aus, aber diese Magie wählt selbst die Art und Weise, in der sie sich zeigt. Daraus schließen sie dann auf den Wert des Kandidaten. Ihr kämpftet gegen Euch selbst, Messire, wie Ihr es tun würdet, wenn Ihr ein Ritter wärt. Das ist hohe Magie, Rittermagie; und was du damit getan hast, hätten viele Ritter nicht zu Stande gebracht. Dieses hübsche Ding dort drinnen ist das erste der großen Werke, die du für den Orden schaffen wirst. Es überzeugte Vater Owain, obwohl er geneigt war, dich rundweg abzulehnen.«

»Ich glaube«, sagte Gereint nach einer kurzen, aber bedeutungsvollen Pause, »ich hätte nicht übel Lust, Mauritius zu erwürgen. Du weißt, was passiert wäre, wenn die Magie die Kontrolle über mich gewonnen hätte.«

»Hat sie aber nicht«, sagte Riquier. »Dieses Risiko haben wir in Kauf genommen und gewonnen. Du bist nicht mehr das todbringende Kind, das vom Bauernhof seiner Mutter floh, bevor es sich und andere zerstörte. Du wirst keine Ritter erschlagen oder große magische Werke zerschmettern nach dem, was heute geschehen ist – es sei denn, du willst es. Ihr seid weit gekommen, Messire.«

»Aber bin ich weit genug gekommen?«

Riquier schaute stirnrunzelnd zu ihm auf. »Zweifel ist genauso gefährlich wie mangelnde Kontrolle. Vergiss das nicht. Du musst dir selbst vertrauen.«

»Selbst wenn es gute Gründe gibt, es nicht zu tun?«

Riquier sprang ohne Warnung hoch. Gereint sah den Schlag kommen, ein explosionsartiger Ausbruch von Magie, so gewaltig wie ein Blitz. Er wehrte ihn ab, wie ein Ritter einen Schlag mit seinem Schild abwehrt, und schickte ihn in Richtung Mond. Er zerstreute sich im Äther, ohne Schaden anzurichten; selbst der Wildvolkschwarm, der über dem Ordenshaus im Mondlicht tanzte, blieb unbehelligt.

»Siehst du«, sagte Riquier.

»Ich habe noch einen weiten Weg vor mir, bevor ich verstehen kann, was ich gerade getan habe.«

Riquier lachte, was Gereint erschreckte. »Glaubst du, mir geht es anders? Ich habe ein paar mehr Bücher gelesen und ein paar mehr Worte gelernt, aber wenn die Macht sich erhebt, schrumpfen alle Worte dieser Welt zu einem Nichts zusammen. Alles, was bleibt, ist Instinkt.«

»Das klingt in meinen Ohren wie Häresie«, sagte Gereint.

»Es ist wahr.« Riquier trat ihm in die Kniekehlen, woraufhin er auf die Bank niederplumpste. »So. Ab sofort baust du dich nicht mehr drohend vor mir auf. Und außerdem wirst du ab sofort damit aufhören, dich selbst geringzuschätzen. Lerne, dich selbst zu loben. Du bist an einem Tag vom Postulanten zum Knappen aufgestiegen. Darauf darfst du ruhig ein wenig stolz sein.«

Stolz war nicht das Problem. Aber Gereint verkniff sich die Bemerkung.

Er strich über den Ärmel seiner neuen Cotte. Es war ein schönes Gewand, das musste er zugeben. Für das, was er damit tun würde, mangelte es ihm nicht an Unterweisung. Kein aufgenommenes Mitglied des Rosenordens war jemals allein.

Und dennoch …

Riquier legte ihm die Hände auf die Schultern. »Komm. Es wird Zeit, dass wir uns beide schlafen legen. Weißt du überhaupt noch, wann du das zum letzten Mal getan hast?«

Gereint schüttelte den Kopf. Er war nicht müde. Wirklich nicht. Deshalb geschah auch nichts, als er versuchte sich zu erheben.

Riquier zog ihn hoch und gab ihm Halt, bis er auf den Füßen stand. Arm in Arm gingen sie davon.

Wie die Postulanten so teilten auch die Novizen einen Schlafsaal. Knappen hatten ihre eigenen Zimmer – zu zweit, mit genügend Platz für Rüstungen, Waffen, Bücher und kleinere magische Werke.

Gereint war im Stehen eingeschlafen, bevor er den Raum erreichte, in dem er von nun an wohnen würde. Er hatte keine Erinnerung daran, wie er sich ausgezogen hatte und ins Bett gefallen war.

Es war weder das Morgenlicht, das ihn weckte, noch war es ein Traum. Er war bei Bewusstsein, wenn auch nicht wirklich wach, und der Mond ging gegen Westen unter.

Er stand auf einem Turm über einer schlafenden Stadt. Ihre Straßen und Gassen waren in sein Herz eingraviert; die Erde darunter war ein Teil von ihm. Dies war durch Magie entstanden, und ein Jahr der Abwesenheit hatte nichts daran geändert.

Gähnend reckte er sich und streckte die Arme dem Himmel entgegen. Wildvolkwesen wirbelten um ihn herum. Sie waren überall, tanzten im Wind, schimmerten in den Gärten, hockten über den Zinnen, in die man ihr Bild eingemeißelt hatte.

»Nachts kommen sie alle heraus«, sagte eine Stimme hinter ihm. »Tagsüber sind sie noch zu scheu.«

Gereint drehte sich um. Es erstaunte ihn immer wieder, wie schön sie war. Sie war ein bisschen gewachsen, seit er sie zum letzten Mal gesehen hatte, und ihr Gesicht war ein wenig schmaler, aber alles andere war geblieben.

Plötzlich wurde ihm bewusst, worauf sein Blick ruhte, und er schaute schnell zur Seite. Wenn sie es bemerkt hatte, so ging sie darüber weg. Sie hatte viel mehr Selbstkontrolle als er.

Averil stellte sich neben ihn, aber nicht nah genug, dass sie ihn berührte. Er konnte die Wärme ihres Körpers spüren. Sie schien seine Hitze nicht wahrzunehmen. »Ich gehe morgen fort«, sagte sie.

Gereints Herz krampfte sich zusammen. »Schon?«

»Das Jahr ist vorüber«, erwiderte sie. »Ich habe ein Versprechen gegeben. Ich muss es halten.«

»Ich weiß«, sagte Gereint. »Ich hatte gehofft, Ihr würdet es nicht halten müssen.«

Sie zuckte mit den Schultern. Die Bewegung hatte eine interessante Wirkung auf ihre Brüste unter dem Gewand. Der Wind, das Mondlicht und der feine Leinenstoff taten ein Übriges. Gereint redete sich ein, dass sein Blick von dem Amulett angezogen wurde, das an einer silbernen Kette zwischen ihren Brüsten hing, jenem kunstvollen Emailleschmuckstück, das in diesem Licht seltsam schimmerte. Aber er war noch nie ein guter Lügner gewesen, nicht einmal sich selbst gegenüber. Entschlossen fixierte er die Dächer und Türme der Stadt.

Tief in seinem Inneren war er ruhig, zumindest versuchte er es. Wo sie war, Herz seines Herzens, war Kühle und Frieden. Die Magie, die ein Teil von ihnen beiden war, schien unbeeindruckt von den Stürmen, die seinen törichten Körper erschütterten.

»Es hat sich nichts geändert«, sagte sie. »Ich habe geschworen, die Freier, die mein Onkel mir präsentiert, in Erwägung zu ziehen, nicht einen von ihnen zu heiraten. Ich werde nach Lutèce gehen, mich am Hofe zeigen und meine Pflicht tun, genau wie ich es versprochen habe.«

»Und dann? Was passiert danach?«

»Gott wird mich führen«, sagte sie. Sie hielt inne, als wolle sie ihre Gedanken sammeln. »Etwas liegt in der Luft. Es ist zu ruhig gewesen. Der König hat keine weiteren Eroberungen gemacht, seit ich ihn aus Quitaine fortgeschickt habe. Er hat etwas vor, und ich werde herausfinden, was es ist.«

»Ihr wisst, was er vorhat. Er hat zwei Mysterien der Rose in seinen Besitz gebracht. Er ist auf der Jagd nach dem dritten. Er will die Schlange befreien und das Chaos in der Welt losbrechen lassen.«

Averil erbebte – ein kurzer Angstschauer, der sich auf Gereint übertrug. Keiner von beiden schreckte davor zurück, das riesige Wesen beim Namen zu nennen, das irgendwo in einem Gefängnis schlief, welches von den Rittern bewacht wurde: ein Geheimnis, das sie seit zweitausend Jahren bewahrten. Einfach nur darüber zu sprechen, würde es nicht befreien. Aber wenn sie daran dachten, was es war und was es tun würde und dass der König von Lys alles daransetzte, damit dies geschah, stieg eine Woge nackter Panik in ihnen auf, die sie nur mit Mühe zurückdrängen konnten.

Averil kniff die Augen fest zusammen, um ihre Konzentration zu bündeln, dann öffnete sie sie wieder und holte tief Luft. »Ja, ich weiß, was er letztendlich vorhat. Aber vor ihm liegt noch ein langer Weg mit vielen Hindernissen. Die Rose war eines der Größten. Ich würde zu gern wissen, welches er als Nächstes ins Wanken bringen will.«

Gereint blieb fast das Herz stehen. »Seid, um Gottes willen, vorsichtig. Ihr wisst, wie gefährlich er ist. Er hat die Hälfte der Magier und Priester von Lys korrumpiert, und viel zu viele Herrscher und ihre Armeen. Ihr wisst, dass er versuchen wird, Euch auch zu korrumpieren.«

»Das wird ihm nicht gelingen«, sagte sie. Ihre Hand wanderte zu ihrer Brust, wo das Amulett an seiner silbernen Kette hing.

Gereint spürte die Wärme des Schmuckstücks über seinem eigenen Herzen. Er hatte es getragen, bevor er es ihr gab. Ein uralter Ritter hatte es ihm einst als Geschenk übergeben; die meiste Zeit schien es ihm, als ob er es noch bei sich hätte. Was es war oder was es bewirkte, hatte er nie herausgefunden, aber er hoffte stets, es könnte Averil irgendwie beschützen.

Sie würde es brauchen. Während sie sich in ihrem eigenen Herzogtum Quitaine befand, war sie so sicher, wie man unter dem Verräterkönig sein konnte. Doch sie würde in den Palast des Königs in seiner eigenen Stadt gehen, direkt in die Höhle des Löwen. Und es gab nichts, was Gereint tun konnte, um sie von ihrem Vorhaben abzuhalten.

Er versuchte es dennoch. »Könnt Ihr nicht hier in Fontevrai bleiben? Lasst ihn seine Deckhengste zu Euch schicken. Wenn Ihr sie wieder hinauswerft, werdet Ihr Eure eigene Armee haben, die für Euch kämpft und das Wildvolk, das Eure Magie nährt. Ihr wisst, dass es in Lutèce nicht überleben kann.«

Sie schüttelte den Kopf. »Von hier aus kann ich nichts mehr tun. Ich muss herausfinden, was der König vorhat. Es gibt sonst niemanden, der das tun könnte. Er weiß, dass ich nicht seine Freundin bin, aber ich bin immer noch seine Blutsverwandte«, sagte sie. »Und da er keinen eigenen Thronerben hat und es nicht so aussieht, als würde er noch einen bekommen, wird er dafür sorgen wollen, dass ich lebendig und gebärfähig bleibe.«

»Das hat ihn im letzten Jahr scheinbar nicht gekümmert«, sagte Gereint, »als Eure Dienerin, die Euer Gesicht trug, sterben musste. Was hat sich seitdem geändert?«

»Eine ganze Menge«, sagte sie. »Mein Vater ist tot. Ich habe einen Handel abgeschlossen. Wer weiß? Vielleicht denkt er ja, ich lasse mich korrumpieren. Schließlich bin ich allein und verwundbar, ein armes Waisenkind, aufgezogen, um eine heilige Zauberin zu werden, in höfischen Dingen nicht bewandert. Bindet mich an den richtigen Mann, der mich nach allen Regeln der Kunst verführt, und ich werde sein perfekter kleiner Schatten.«

Gereint wurde übel. Über diesen Aspekt hatte er noch gar nicht nachgedacht. Er war ein Bauernsohn; Herzogtümer und Königreiche waren ihm so fremd wie die Oberfläche des Mondes.

Der Mond war Averils Heimatelement. Sie war die Herzogin von Quitaine; ihr Blut war königlich und ihre Ahnenreihe sowohl uralt als auch erhaben. Gereint war kaum würdig genug, um in ihren Ställen zu arbeiten, geschweige denn, auf einem Turm ihres Palastes zu stehen und ihr zu sagen, was er von ihr dachte.

Das hatte für sie beide niemals eine Rolle gespielt. Sie waren miteinander verbunden, Seele und Seele, Magie und Magie. Die Tatsache, dass ein Ritter nicht heiraten durfte und eine Herzogin keinen Gemeinen heiraten konnte, stand stets zwischen ihnen, doch die Magie scherte sich nicht um die Gesetze der Sterblichen.

Averil ergriff Gereints Hände und küsste beide mit Bedacht. Gereint erschauerte so stark, dass es ihn fast aus dem Traum herausgeschleudert hätte. »Hör mir zu«, sagte sie. »Was auch immer mein königlicher Onkel denken mag, ich bin nicht allein – nicht hier, nicht in Lutèce, noch sonst irgendwo. Wenn ich dich brauche, werde ich dich rufen – und mit dir die gesamte Ritterschaft der Rose. Das verspreche ich.«

Die Rose war in Prydain, jenseits des Ozeans, wo auch Gereint sich befand, obwohl sie das Gefühl hatte, als würde er leibhaftig neben ihr stehen. Sein Körper schlief im Ordenshaus in Caermor, während sein Geist auf dem Turm in Fontevrai stand. Wenn ihr irgendetwas zustoßen würde, musste er dafür beten, dass seine Magie stark genug war, um sie zu verteidigen, weil der Rest von ihm unerreichbar weit fort war.

»Ich komme zurück nach Lys«, sagte er. »Ich werde Euch in Lutèce finden.«

»Nein«, sagte Averil bestimmt. »Das dürfen wir nicht riskieren. Der König soll denken, dass er mich von all meinen alten Verbündeten isoliert hat. Wenn er mich für schutzlos hält, ist die Wahrscheinlichkeit größer, dass er sich selbst verrät. Bleib, wo du bist, sicher in meinem Herzen. Ich brauche dich dort.«

Wie ungern Gereint es auch zugeben mochte, sie hatte Recht,

wenn sie sich überhaupt auf dieses Wagnis einlassen wollte. Sie hielt immer noch seine Hände. Er zog sie an sich – schließlich war dies nicht die Wirklichkeit sondern ein Traum – und küsste sie heftig.

Blitze zuckten über ihren Köpfen. Das Wildvolk stob wie ein Wirbelwind umher. Einen atemberaubenden Moment lang öffnete sie sich ihm und erwiderte seine Leidenschaft. Dann wichen sie auseinander. Beider Atem ging keuchend. Gereint hätte es ihr nicht verdenken können, wenn sie ihn zu Boden gestreckt hätte, aber sie wirkte ebenso benommen, wie er sich fühlte.

Er ließ sich von dem Traum davontreiben. Es war feige und eines Ritters nicht würdig, doch es war das Vernünftigste, das er tun konnte.

Kapitel 3

Es war nur ein Traum, sagte Averil sich immer wieder.

Bei Tag, während sie mit ihrer Eskorte, aber ohne ihr Wildvolk, von Fontevrai nach Lutèce ritt, konnte sie sich mit vielerlei Dingen ablenken, doch in der Nacht, wenn sie allein in einem unvertrauten Bett nach dem anderen lag, kehrte die Erinnerung zurück und verfolgte sie. Der Geschmack seiner Lippen, die Breite seiner Schultern, die Kraft seiner Hände, die ihre umschlossen, und vor allem die Art und Weise, wie ihr Körper unter seinen Berührungen dahinschmolz – all dies erfüllte ihre Gedanken und Träume und ließ sie am Morgen schlaff und erschöpft erwachen.

Es waren nur Träume. Als geübte Magierin kannte sie den Unterschied. In den darauffolgenden Nächten war Gereint nicht zurückgekehrt, und sie war ihm deswegen nicht böse. Er war der letzte Mann auf der Welt, von dem sie derartige Dinge träumen sollte.

Es war fast eine Erleichterung, als die Stadt Lutèce in Sichtweite kam. Das Land, das sie durchquert hatten, war viel ruhiger gewesen, als sie gedacht hatte, und die Menschen schienen nichts Außergewöhnliches an sich zu haben.

Die Dinge, die sie auf ihrer Flucht mit den Überlebenden des Rosenordens gesehen hatte, traten hier nicht in Erscheinung. Sie hatte die Gesichter von sämtlichen Reisenden studiert, denen sie auf der Straße begegneten, aber kein Einziges wirkte anders als menschlich. Ihre Seelen waren fest verankert, wo sie hingehörten. Die Zauber, mit denen sie belegt sein mochten, hatten, soweit sie erkennen konnte, nichts mit dem König zu tun.

Nur ein einziges Mal hatte sie eine Kompanie von Soldaten mit den leeren Augen und den seelenlosen Gesichtern gesehen, die auf die Hexerei des Königs schließen ließen. Selbst bevor sie die Augen sah, wusste sie, was sie waren: Sie marschierten in perfektem Gleichschritt und in vollkommener Stille, ohne einen Trommelschlag, der den Takt angab.

Sie marschierten auf einer Straße, die von Quitaine fortführte. Wohin auch immer sie gingen und aus welchem Grund, es konnte nichts Gutes bedeuten. Aber Quitaine war in Sicherheit, fürs Erste.

Averil hatte alles getan, was in ihrer Macht stand, um dafür zu sorgen. Ihr Landvogt Bernardin regierte als ihr Stellvertreter; er war der letzte am Leben gebliebene Ritter der Rose in Lys, und seine Magie und seine Feldherrenkunst waren stark. Wo seine Kraft und die Stärke seiner Soldaten nicht zur Verteidigung ausreichten, zog das Wildvolk gegen jede Macht zu Felde, die Erde, Luft oder Wasser bedrohte. Wenn es während der Abwesenheit der Herzogin zu einem Angriff auf Quitaine kommen sollte, würden Bernardin und seine Truppen ihn zurückschlagen.

Auf einem Hügel oberhalb von Lutèce machte sie Halt und schaute die Straße hinab, die sich bis hinunter zum Fluss wand. Zwölf Brücken spannten sich darüber. Die größte verband diese Straße mit dem Prozessionsweg, der mitten durch das Herz der Stadt führte.

Lutèce war eine Insel, deren Form an einen riesigen Schiffsrumpf erinnerte. Der Bug war die Kathedrale der Heiligen Mutter, und an der Stelle, wo sich ein Deck befunden hätte, stand der Palast des Königs. Ein Gewirr von Straßen und Gassen umgab diese beiden großen Bauwerke und erstreckte sich über die Brücken und Hügel auf beiden Seiten der Stadt.

Starke Magie lag über diesem Ort, geboren aus dem Fluss und der Felseninsel und der Kathedrale mit ihren Fenstern aus verzaubertem Glas. Averil war überrascht, dass sie noch heil waren. Sie hatte erwartet, dass der König sie zerbrochen hatte, wie er es an so vielen anderen Orten getan hatte, doch anscheinend hatte er seine Hauptstadt verschont.

Das würde nicht von Dauer sein. Unter all der wunderschönen Magie mit ihren starken, klaren Strömen uralter Macht regte sich etwas anderes. Allzu gut kannte Averil jenes Gefühl von unermesslicher Größe, mit dem Zischen und dem Gleiten riesiger Schuppen.

Die Schlange schlief: die lebendige Verkörperung von Chaos und uralter Nacht. Aber der König tat alles, was er konnte, um sie zu wecken.

Ein Teil von Averil wollte ihre Stute herumreißen und zurückjagen in die Sicherheit von Quitaine. Stattdessen tat sie einen tiefen Atemzug. Sie hatte Recht gehabt: Hier regte sich etwas.

Ihre Eskorte wurde ungeduldig, ebenso die Leute auf den Fuhrwerken und die Gruppen von Reitern hinter ihr, die warten mussten, weil sie auf dem Hügel herumtrödelte. Fußgänger drängten sich an ihr vorbei und murrten über Edelleute und ihren Hochmut.

Die graue Stute wieherte und trat nach einem Pilger aus, der ihr zu nahe gekommen war. Averil wies sie in scharfem Ton zurecht und lenkte sie zurück in den Strom der Reisenden.

Sobald die Stute sich in Bewegung gesetzt hatte, besann sie sich auf ihre Pflicht, und Averil bemühte sich, ihrem Beispiel zu folgen. Dies war eine Schlacht, in die sie ritt, und sie musste stark und entschlossen und konzentriert sein.

Es war schwierig. Denn in all den Monaten der Vorbereitung auf die komplizierte Welt eines königlichen Hofes hatte sie eines außer Acht gelassen: Sie war noch nie in einer so großen Stadt gewesen. Im Vergleich hierzu war Fontevrai ein Provinznest und die Insel der Priesterinnen eine abgelegene Einsiedelei. Die Ströme von Magie, die hier flossen, waren so machtvoll und so mannigfaltig, dass sie fast von ihnen überwältigt wurde.

Allmählich bedauerte sie, ihren Landvogt in Fontevrai zurückgelassen zu haben. Der Hauptmann ihrer Wache war ein fähiger Mann von unerschütterlicher Loyalität, aber er war kein Meistermagier. Bis auf ihre Zofe Jennet hatte sie keine Magier bei sich; das war ihre Absicht gewesen, doch nun fragte sie sich, ob sie nicht zu weit gegangen war, als sie Bernardins Ratschläge in den Wind geschlagen hatte.

»Ihr werdet einen Berater brauchen«, hatte er gesagt, »einen Führer durch das Gewirr der verschlungenen höfischen Pfade. Mag Madame Jennet auch eine noch so bewundernswerte Frau sein, so ist sie doch keine Hofdame. Genauso wenig wie Ihr, Comtesse.«

»Ich finde mich schon zurecht«, hatte Averil mit entschlossener Stimme erwidert.

Bernardin wollte nicht nachgeben, aber sie hatte Ohren und Geist gegen seine Worte verschlossen. Bei ihrer Abreise war keiner der höfischen Berater, die er vorgeschlagen hatte, an ihrer Seite, und Bernardin selbst musste zwangsläufig zurückbleiben. Wie sehr Averil ihn auch in Lutèce brauchen mochte, Quitaine benötigte ihn mehr.

Es war zu spät, um umzukehren. Die Stadt umschloss sie bereits; König Clodovecs Palast lag direkt vor ihr. Die Menschen jubelten ihr zu, als sie vorbeiritt. Jugend und Schönheit wurden in den Zentren der Macht gern gesehen.

Sie widerstand der Versuchung, beim Anblick des Palastes an eine sprungbereite Bestie zu denken. Er war riesengroß und unsagbar alt; sein Herz war für einen vor langer Zeit verstorbenen Landesherrn Romagnas erbaut worden. Generationen von Herrschern und Stammesfürsten und Königen hatten neue Mauern errichtet und die alten eingerissen, bis der Palast aussah, als wäre er aus dem Felsen gewachsen wie ein Wald.

Clodovecs Schlangenmagie berührte kaum die Oberfläche dieses uralten Ortes. Dies beruhigte Averil ein wenig, gleichzeitig verwirrte es sie. Kein Wunder, dass der König so weit gekommen war; das meiste von dem, was er tat, verlor sich in der komplexen Magie dieses Ortes.

Averil zwang sich zu innerer Ruhe und Konzentration. Das ganze letzte Jahr hatte sie sich auf das hier vorbereitet. Gewisse höfische Fertigkeiten mochten ihr zwar fehlen, ihre Kräfte waren dennoch zu einer raffinierten Waffe geschliffen. Selbst ihre Träume von Gereint konnten ihr helfen. Wenn sie einer Versuchung gegenüberstand, brauchte sie nur an ihn zu denken.

Hoch erhobenen Hauptes ritt sie durch das Tor. Die Wachen verbeugten sich vor dem Banner Quitaines, dem silbernen Schwan auf seinem tiefblauen Feld. Drinnen erwartete sie ein hochmütiger und ausnehmend arroganter Majordomo mit einer Armee von Dienern unter seinem Kommando, bereit, Averil in ihr Netz zu ziehen.

Bedachtsam nahm Averil die Räume in Augenschein, die sie während ihres Aufenthalts in Lutèce bewohnen würde. Sie waren groß und reich ausgestattet – königlich fürwahr. Wenn es eine Königin gäbe, erklärte die oberste Dienerin, würde sie hier leben.

»Wir haben alles für Eure Hoheit hergerichtet«, erklärte die Frau. »Wir hoffen, die Gemächer finden Euer Gefallen.«

Sie waren viel zu aufwändig für Averils Geschmack, und die Möbelstücke waren schwer und überladen mit Verzierungen und Schnörkeln, aber sie verbeugte sich lächelnd und murmelte ein paar Dankesworte. Madame Meraude schien zufrieden. Sie überließ Averil der Fürsorge ihrer Zofe und der niedrigeren Dienerinnen, die der König für sie bereitgestellt hatte.

Dass ein paar von ihnen Spioninnen des Königs waren, war für Averil sonnenklar. Die Übrigen standen im Dienst anderer höfischer Mächte. Jennet schien ähnliche Gedanken zu hegen: Mit knappen Worten und ausdrucksloser Miene befehligte sie die Zofen wie eine Kompanie von Soldaten und wies sie an, ihren von der Reise verschmutzten und unverbesserlich anspruchslosen Schützling in eine anständige Herzogin zu verwandeln.

Es war wie das Anlegen einer Rüstung – obwohl kein Ritter jemals so viel Brust und so wenig Bein gezeigt hatte. Ihr Hemd war aus feinstem Leinen, das Unterkleid aus blassgoldener Seide. Das goldfarbene Gewand war bestickt mit den Schwänen Quitaines, die auf goldenen Rosen schwammen. Von der Hüfte bis zur Brust war sie eingezwängt wie in Stahl; Röcke und überlange Ärmel vereinten sich zu einer schimmernden Schleppe.

Ihr Busen war fast bloß gelegt, ihr Hals umschlossen mit einem Halsband aus Gold und Perlen; ihr Gesicht war kunstvoll geschminkt und ihr Haar zu raffinierten Flechten frisiert und mit einem goldenen Diadem gekrönt. Die Dienerinnen steckten ihre Füße in goldene Pantoletten und umschlangen ihr Gewand mit einem goldenen Gürtel.

Das Einzige, das nicht ganz ins Bild passte, waren die Silberkette und das leuchtende Emailleamulett, wovon Averil sich nicht trennen mochte. Aber Jennet hatte längst eine Abhilfe gegen die Torheit ihrer Herrin gefunden: Sie steckte das Amulett in Averils Mieder, wo es warm und vertraut zwischen ihren Brüsten ruhte.

Jennet trat einen Schritt zurück und sagte sichtlich zufrieden: »Na, wer sagt's denn? Vergesst nicht, Euren Kopf hoch zu halten und denkt daran: Keine Frau hier ist von edlerer Abstammung als Ihr.«

Averil hätte die Bedeutsamkeit dieser Feststellung in Frage stellen können, aber sie entsprach nun einmal der Wahrheit. Sie stand dem Rang nach höher als alle anderen, abgesehen vom König selbst.

Das war ihr Vorteil. Sie hatte die Absicht, ihn auszunutzen.

Als sie in Richtung Tür ging, legte Jennet ihr die Hand auf den Arm und hielt sie auf. »Seid Ihr sicher, Comtesse? Wollt Ihr heute nicht lieber ausruhen und morgen frisch zu Werke gehen?«

»Ich bin mir sicher«, erwiderte Averil. Je eher sie dem König gegenübertrat, desto eher war die Schlacht geschlagen.

Jennet schüttelte den Kopf, doch sie kannte Averil zu gut, um ihr zu widersprechen. Sie nahm ihren Platz neben ihrer Herrin ein. Die übrigen Zofen folgten ihnen in Zweierreihen. Wie eine mit Edelsteinen geschmückte Armee marschierten sie in die große Halle ein.

»Averil Marguerite Emeraude Madeleine de Fontevrai«, rief der Herold an der Hallentür aus, »Herzogin von Quitaine.«

Der Lärm von Musik und Gelächter verstummte. Alle Augen waren auf die Frau gerichtet, die in der Tür stand.

Averil gab sich keine Mühe, zwischen all den Lichtern und Farben einzelne Gesichter auszumachen. Sie nahm die Halle in Augenschein, wie zuvor die Stadt, und verschaffte sich einen ersten Eindruck von ihrer Form und ihrer Atmosphäre.

Alles erinnerte in bemerkenswerter Weise an das Rosenfenster einer Kathedrale: ineinander verschlungene Kreise, die Muster aus schimmerndem Licht bildeten. Da standen Höflinge in Cotten, mit Ärmeln, die den Boden streiften, und Hofdamen in Gewändern, die so tief ausgeschnitten und eng waren, dass sich Averil neben ihnen fast schäbig vorkam, mit zu hauchfeinen Linien gezupften Augenbrauen und blutrot geschminkten Lippen und Haaren, die goldener leuchteten als jede natürliche Haarfarbe.

Da ihre Brauen und Lippen so aussahen, wie die Natur sie ihr geschenkt hatte, und der rotgoldene Farbton ihres Haars offensichtlich nicht der derzeitigen Mode entsprach, geriet Averil kurz in Panik, kam jedoch schnell darüber hinweg.

Sie war, wie sie war. Ob ihr die Mode nun folgen würde oder nicht. Sie hatte sich noch nie nach der Mode gerichtet und würde auch jetzt nicht damit anfangen.

Sie holte tief Luft. Der Hof regte sich wieder. Sie rauschte die lange Treppe hinunter und mitten hinein in die Menge.

Sie hatte sich nicht bemüht, den König unter all den glitzernden Wesen zu suchen. Er dagegen war weitaus höflicher. Er wartete im Zentrum der Halle auf sie, der einzige Mann, zu dem alle gebührenden Abstand hielten.

Als sie ihn zum letzten Mal gesehen hatte, war er aus Fontevrai fortgeritten, von Engelsstimmen verfolgt. Nun wirkte er weniger gehetzt, aber immer noch ziemlich lächerlich in seinen altertümlichen Gewändern und mit seinem wallenden, lockigen Haar und dem Rauschebart. Wenn Averil nicht der Mode entsprach, so befand er sich so weit jenseits davon, dass ihm nichts anzuhaben war.

Was sie für ihn empfand, war nicht in Worte zu fassen. Das Wort Hass war zu klein, das Wort Abscheu zu belanglos.

Er war dabei, das Herz seines eigenen Königreiches zu zerstören, indem er seine jungen Männer ihrer Seelen beraubte und seine Priester und Magier korrumpierte. Er hatte die Ritter der Rose zerschmettert und jedes ihrer Ordenshäuser in Lys niedergerissen. Er war der schlimmste Feind, den dieses Königreich je gehabt hatte, und er war sein gesalbter König.

Sie verbeugte sich vor seinem Rang, was sie vor ihm als Mensch nie und nimmer getan hätte. Es war ein Akt der Ehre und des Respekts, wie wenig er beides auch verdient haben mochte.

Mit einstudierter Anmut hieß er sie, sich zu erheben. Seine Hände waren trocken und kühl; seine Berührung dauerte nicht an, wofür sie dankbar war. »Verehrte Comtesse«, sagte er.

»Eure Majestät«, erwiderte sie.

»Ich möchte Euch hier aufs Herzlichste willkommen heißen«, sagte er. »Eure Zimmer – genügen sie Euren Ansprüchen? Seid Ihr mit Euren Dienerinnen zufrieden?«

»Man kümmert sich gut um mich«, sagte sie. »Ich danke Euch.«

Er verbeugte sich lächelnd. Hätte sie all das vergessen können, was er getan hatte und alles, was er nach ihren Befürchtungen tun würde, hätte sie ihn vielleicht charmant gefunden. Er spielte dieses höfische Spiel äußerst gekonnt.

Wahrscheinlich war sie am besten beraten, seinem Beispiel zu folgen. Die Ironie dieses Gedankens brachte sie zum Lächeln. Er erwiderte ihr Lächeln, wobei er mit seinem blonden Haar und den großen blauen Augen wie das reinste Unschuldslamm wirkte.

»Kommt, Herzogin«, sagte er, ergriff ihren Arm und brachte sie mit sanfter Gewalt dazu kehrtzumachen. »Begleitet mich. Die meisten hier am Hof sind ganz versessen darauf, die wunderschöne junge Herzogin kennen zu lernen. Sollen wir ihrem Wunsche entsprechen?«

Eine große Zahl von ihnen, dessen war Averil sich sicher, war ganz versessen darauf, die reichste Erbin von Lys zu heiraten. Wenn sie zufälligerweise auch noch jung und ansehnlich war, umso besser.

Der König verhielt sich sehr taktvoll. Nicht jeder Name und jedes Gesicht, das er ihr vorstellte, war männlich oder auf der Suche nach einer Ehefrau. Von jenen, die es waren, drängte er ihr keinen auf. Er ließ sie gewähren, wie es ihr gefiel.

Er war ein vollendeter Gastgeber, aufmerksam und fürsorglich. Als sie die Runde durch die Halle beendet hatten, wies er ihr einen bequemen Platz zu und versorgte sie mit einem Tablett voller Delikatessen und einem Becher Wein. Die Höflinge, die sie umschwärmten, schienen sich abzuwechseln, sodass nie mehr als sechs in ihre Nähe kamen.

Mit sanfter Beharrlichkeit hatte er sie von ihren Zofen getrennt, selbst von der resoluten, beschützerischen Jennet. Averil konnte sie nirgends entdecken. Man musste sie aus der Halle geführt und ihnen befohlen haben, so lange fernzubleiben, bis sie gerufen wurden.

Der Kopf schwirrte ihr von all den Namen und Gesichtern. Wenn sie von hier fliehen konnte, würde sie sie alle ordnen und sich klar und deutlich an jeden Einzelnen erinnern, aber dazu brauchte sie Ruhe. Dergleichen war hier bei Hofe nicht zu finden.

Keinen der Jünglinge und Möchtegernjünglinge schien es zu stören, dass sie in der Kunst der leichten Konversation und des heiteren Lachens nicht bewandert war. Sie scherzten stattdessen miteinander und taten dies mit großer Freude, schossen scharfsinnige Pfeile ab, die ab und an Wunden hinterließen.

Sie begann, die Entfernung zur Tür abzuschätzen und fragte sich, ob es irgendwo einen kürzeren Fluchtweg gab. Die wenigen Schlucke Wein, die sie genippt hatte, waren ihr bereits zu Kopf gestiegen: Sie war müde, und ihr Magen war leer, und Naschwerk und kleine Leckerbissen reichten nicht, um ihn zu füllen. Eine ordentliche Portion Eintopf und ein Stück dunkles Brot und eine anständige Nachtruhe würden Wunder wirken, doch wie sollte sie das alles erlangen?

»Eure Hoheit«, sagte eine Stimme mit weichem Akzent. »Ich sehe, wir langweilen Euch.«

Sie blinzelte stirnrunzelnd und erblickte ein Gesicht, an das sie sich nach der großen Vorstellungsrunde des Königs nicht erinnern konnte. Es war ein augenscheinlich ausländisches Gesicht, dunkler und schmaler, als man es typischerweise in Lys sah, mit blauschwarzem, aus der hohen Stirn zurückgekämmtem Haar und Augen so dunkel und samtig wie die eines Rehs. Aber sie blickten keineswegs scheu oder sanft.

Sie zitterte ein wenig. Er erinnerte sie an eine Schwertklinge, schimmernd und tödlich, und dennoch hatte sie keine Angst vor ihm. Er lächelte; sein Blick schien warm.

»Messire«, sagte sie, »Langeweile ist etwas, über das ich nicht viel weiß. Ich bin jedoch weit gereist und war schon vor dem Morgengrauen auf den Beinen. Aber es ist wohl nicht besonders höflich, wenn ich mich zurückziehe, wo noch so viele darauf warten, an die Reihe zu kommen.«

»Sie können bis morgen warten«, sagte der dunkle Mann. Er streckte die Hand aus. Sie zögerte einen Moment lang, dann ergriff sie sie.

Sein Lächeln war bemerkenswert liebenswürdig. »Oh, Ihr vertraut mir, Comtesse. Ich fühle mich geehrt.«

»Die Ehre wäre ganz auf meiner Seite«, sagte sie, »wenn ich Euren Namen wüsste.«

Er grinste – ein Aufblitzen weißer Zähne zwischen seinen kurz geschorenen schwarzen Barthaaren. »Touché! Mein Name ist so lang und kompliziert, wie man es erwarten würde, aber für meine Freunde bin ich Esteban de Cordoba. Mein Bruder ist König in Moresca; meine Schwestern sind mit Prinzen verheiratet. Ich leide unter dem Fluch der Überflüssigkeit, doch ich habe einen gewissen Nutzen als Botschafter.«

»Oder als Gemahl für eine Herzogin in Lys?«

»Das könnte schon sein«, sagte er, »obwohl es selten vorkommt, dass jemand von Eurem Blut über die Grenzen des eigenen Reiches hinausschaut.«

»Vielleicht ist es an der Zeit, dass wir es versuchen«, sagte sie, mehr um zu widersprechen, als um ihre Meinung kundzutun. Aber nachdem die Worte gesprochen waren, hatte sie kein Verlangen, sie ungesagt zu machen. Sie ließ sich von ihm beim Aufstehen helfen. Interessiert stellte sie fest, dass sie ihm gerade bis ans Kinn reichte. Für eine Frau aus Lys war sie recht groß, aber er war ein gutes Stück größer als sie, schlank, aber nicht schmächtig und leichtfüßig wie ein Tänzer oder ein Fechter.

Er war auch ein Magier. Es fiel nicht gleich ins Auge: Er war von subtilen Schutzzaubern umgeben, die beinahe unsichtbar waren. Dies ließ auf große Macht und beachtliche Fähigkeiten schließen.

Sie fragte sich, ob der König davon wusste. Mit Sicherheit. Dies war ein außerordentlich gut aussehender Mann, und seine Anwesenheit bei Hofe war mit Sicherheit kein Zufall.

Sie musste sich verheiraten; das stand außer Frage. Konnte sie diesen Mann heiraten? Es war nicht unmöglich. Sie müsste ihn zuerst gut kennen lernen und sicher sein, dass sie ihm vertrauen konnte.

Dafür blieb noch genug Zeit. Heute musste sie sich ausruhen und essen, und er hatte es als Erster in der Halle bemerkt. Sie würde nicht gleich weich werden, nur weil er Augen im Kopf hatte, aber es machte sie ihm gewogen.

Prinz Esteban verließ Averil an der Tür zu ihren Gemächern. Er versuchte nicht, sich hineinzudrängen, und er äußerte auch keine frechen Reden. Als er ihr die Hand küsste, streiften seine Lippen kaum ihre Haut, eine Geste, die vorzügliche und rücksichtsvolle Hochachtung ausdrückte.

Er hatte Gereint vollkommen aus ihren Gedanken verscheucht. Ihr Schlaf in dieser Nacht war tief und traumlos, aber beim Aufwachen erinnerte sie sich sofort wieder an Estebans Berührung. Erst da kam ihr eine andere, viel beunruhigendere Möglichkeit in den Sinn.

Es konnte ein Zauber sein. Oder vielleicht wollte ihr Körper ihr sagen, dass es an der Zeit war, dass sie bereit war zu tun, was das Gesetz von ihr forderte.

Sie würde jeden Mann in Erwägung ziehen, der ihr vorgestellt wurde. Das hatte sie versprochen, und sie würde ihr Versprechen einhalten.

Kapitel 4

Die Schar der Botschafter, Müßiggänger und Freier sammelte sich bereits im Morgengrauen. Nachdem Averil aufgestanden, angezogen und für den Tag bereit war, drängten sie sich schon vor ihrer Tür. Ihre Wachen hatten alle Mühe, sie fernzuhalten.

Averil beauftragte ihre Dienerinnen mit dem Separieren von Boten und Müßiggängern und dem Einsammeln von Botschaften, Liebesbriefen, Bouquets und Pergamentrollen mit Gedichten, die von Ringen, Edelsteinen oder Perlenkettchen zusammengehalten wurden. Es war ein eindrucksvolles Spektakel, das all ihre Erwartungen weit übertraf.

»Offensichtlich habt Ihr einen bleibenden Eindruck hinterlassen, Comtesse«, sagte Jennet trocken.

»Sie nennen mich die Goldene Rose von Quitaine«, sagte Averil. »Glaubst du, dass auch nur einer von ihnen die Ironie darin erkennt?«

»Ein oder zwei vielleicht«, sagte Jennet. »Ich habe noch nie so viele gelbe Rosen gesehen.«

»Oder so viel schlechte Poesie.« Averil schüttelte den Kopf über das Pergament mit der Perlenschnur. Der Dichter hatte es offensichtlich an eine andere Dame geschrieben, deren Haar an den Glanz einer Butterblume erinnerte. Das Wort Butterblume hatte er durchgestrichen und »ein neuer Kupferpfennig« darüber geschrieben.

Besser ein Pfennig als eine Karotte, dachte sie. Die Perlen waren hübsch; sie hängte sie ihrer jüngsten Zofe um den Hals, deren Haut von ähnlich schimmernder Blässe war. Dann beschloss sie, die übrigen Geschenke unter den anderen Dienerinnen aufzuteilen, bis jede ein neues Stückchen Zierrat ihr Eigen nennen konnte.

Nicht alle zeigten gebührende Dankbarkeit, aber zumindest

hatte Averil sich an diesem Morgen keine Feinde gemacht. Jetzt musste sie noch dem Hof gegenübertreten und verschiedene Einladungen in Erwägung ziehen: einen Ball, eine Jagd, eine Soiree.

Die Jagd war verlockend, ebenso der Vortrag eines Gelehrten an der Universität. Doch es wäre unhöflich, eine der Einladungen so überstürzt anzunehmen. Eine Dame sollte jede sorgsam abwägen, um schließlich jene anzunehmen, die sie für die angemessenste hielt.

Averil hatte fleißig gelernt, aber sie war nicht für dieses Leben erzogen worden wie all die Höflinge und Hofdamen hier. Sie konnte Magie ausüben und ein Herzogtum regieren; sie konnte sogar einen Hof befehligen, wenn es ihr eigener war. Dieses Leben jedoch war ihr fremder als sie erwartet hatte.

Sie würde es schaffen. Sie musste. Aber zuerst hatte sie Entscheidungen zu treffen.

Sie sollte einen gewissen Teil der Meute zu einer Privataudienz hereinbitten; das wurde von ihr erwartet. Aber wen und für wie lange, das waren Fragen, die viel Takt und diplomatisches Geschick erforderten.

Sie wandte sich an Jennet. »Madame«, sagte sie, »ich bin Eure Schülerin.«

Jennet schnaubte hörbar und schüttelte den Kopf, gleichwohl merkte Averil, dass sie erfreut war, was so selten vorkam, dass es beachtenswert war.

Binnen kürzester Zeit hatte sie Averil im Salon platziert, inmitten sorgsam ausgewählter Geschenke und Blumen, einem Großteil der Meute den Laufpass gegeben, und die Übrigen zu einer einstündigen Plauderei hereingebeten.

Generäle sollten sich an ihrem strategischen Geschick ein Beispiel nehmen. Averil erkannte, dass ihr eine lange, anspruchsvolle Lehrzeit bevorstand.

Am heutigen Tag war es ihre Aufgabe, höflich und nach Möglichkeit charmant zu sein. Sie hatte bereits herausgefunden, dass Schweigen und die Andeutung eines Lächelns die Höflinge dazu anregte, geistreich und unterhaltsam zu sein; dann würden sie ihr die gleichen Eigenschaften zusprechen, obwohl sie nichts getan hatte, was diese Anerkennung verdiente.

Während sie damit beschäftigt waren, sie und einander zu bezaubern, beobachtete sie sie hinter der Maske ihres Lächelns. Sie erkannte, wer ein Magier war und wer nicht; wessen Lächeln echt und wessen Lächeln so falsch war wie ihr eigenes. Jennet hatte die Ranghöchsten ausgewählt, aber auch jene, von denen am ehesten zu erwarten war, dass sie von Nutzen sein konnten: Gebieter von Höfen und Konzilen, und Prinzen und andere hochgestellte Herrscher, die auf der Suche nach einer Ehefrau waren.

Mit Interesse stellte sie fest, dass keiner von ihnen unter jener Schwäche litt, die im Jahr zuvor so verbreitet gewesen war: dem Mangel an Geist und Willenskraft gegenüber der Hexerei des Königs. Dieses Gebrechen war im Süden und Westen Quitaines und in all den Ländern rund um Lys weit verbreitet. Aber diese adligen Herren des Ostens und Nordens hatten ihre Sinne offenbar noch recht gut beieinander.

Es schien, als ob der König das Herz seines Reiches bislang reingehalten hatte. Das würde sicherlich nicht von Dauer sein. Dies war ein Rätsel und gleichzeitig ein möglicher Vorteil.

Jennet gewährte ihnen genau eine Stunde. Als das letzte Sandkörnchen das Stundenglas durchlaufen hatte, trieb sie alle aus dem Zimmer – bis auf einen ruhigen Mann, der wachsam und abwartend an der Tür gestanden hatte.

Er hatte nichts Auffälliges an sich. Er war ein Magier, doch das waren auch viele andere. Er war schlicht und zweckmäßig gekleidet, ganz anders als die typischen geckenhaften Höflinge, und er sah aus, als könnte er ein Schwert führen.

Nach all den adligen Paradiesvögeln war sein Anblick wie ein Hauch von vertrauter Luft. Seine Verbeugung war anmutig, aber nicht affektiert, und die Rose, die er Averil überreichte, war von blutroter Farbe.

Averil zog die Brauen hoch. Er beugte sich über ihre Hand.

»Dylan Fawr von Caer Usk in Prydain«, stellte er sich vor. »Ich überbringe Euch die Grüße meiner Königin und all derer, die unsere Insel in ihrem Namen verteidigen.«

Die Rose war gerade erst aufgegangen; ihr Duft war von himmlischer Süße. Erst als Averil die Blüte zwischen den Fingern drehte, entdeckte sie einen klaren Edelstein – ein Kristall. Er glitt in ihre Hand und von dort in ihr Mieder, wo er kühl und hart auf ihrer Haut lag und vor Magie summte.

»Ich bin erfreut«, sagte sie, »Eure Bekanntschaft zu machen. Werdet Ihr mich ein weiteres Mal besuchen?«

»Wenn Eure Hoheit das wünschen«, sagte Dylan Fawr.

»Ihre Hoheit wünscht es«, erwiderte sie.

»Dann werde ich wiederkommen«, sagte er. »Mögt Ihr Rosen, Herrin? Die Gärten hier sind berühmt. Sie sind ein wenig ins Kraut geschossen in den letzten Jahren, aber sie sind immer noch schön.«

»Ich würde sie gern sehen«, sagte sie. »Irgendwie ist es ein Wunder, dass sie erhalten blieben, nicht wahr?«

»Es gibt einige, die sie noch pflegen«, erwiderte er, »obwohl ein kalter Wind weht und die Herzen der Menschen zu Stein wurden.«

»Aber nicht hier«, sagte sie.

»Hier mehr als irgendwo anders«, sagte Dylan Fawr.

Averil warf ihm einen prüfenden Blick zu, fragte ihn jedoch nicht, was er damit meinte. Ausgerechnet hier in Lutèce konnte es keine Ritter mehr geben. Aber Verbündete und Freunde schon – das konnte sie glauben, so wie sie glaubte, dass dieser Mann einer von ihnen war.

Sie reichte ihm die Hand zum Kuss und verabschiedete ihn. »Wir werden uns wiedersehen, Comtesse«, sagte er.

»Das hoffe ich sehr«, sagte Averil.

Nachdem er fort war, wurde Averil ein Moment des Alleinseins zuteil. Jennet hatte die Dienerinnen angewiesen, das Bad für die

Herrin zu richten und ihr Gewand für den Empfang bei Hofe bereitzulegen. Dadurch blieb Averil sich selbst überlassen, wenn auch nur für kurze Zeit.

Sie zog Dylan Fawrs Geschenk aus dem Mieder. Es war nicht größer als der Nagel ihres kleinen Fingers, aber als sie es in der Hand hielt, schaute sie hinab in einen endlosen Raum.

Der Raum war voller Sterne: ein Firmament von Kristallen mit hauchdünnen Silberfäden verbunden.

Sie schnappte nach Luft. Dylan Fawr hatte ihr ein Geschenk von unermesslichem Wert gegeben: das Netz, das die Ritter der Rose miteinander verband. Durch dieses Netz konnte jeder Mann mit jedem anderen sprechen und, wenn er es wünschte, sehen, was er tat, und wie und mit wem er es tat.

Sie nahmen sie wahr mit Willkommensfreude und sichtlicher Erleichterung. Nach so langer Zeit zu erfahren, dass die Rose wieder bei ihr war, war ein äußerst sonderbares Gefühl, halb Freude und halb Furcht. Wenn sie an diesem Ort auch nur den leisesten Verdacht auf das erregte, was sie in Händen hielt, könnte sie den Orden in Prydain zerstören, so wie er in Lys zerstört worden war.

Dieser Vertrauensbeweis war fast zu groß, um ihn zu ertragen. Sie umschloss den Kristall mit den Fingern.

Das Netz war noch in ihr. Sie flehte Gott an, dass sie nicht beides, den Kristall und sich selbst, durch dunkle Hexereien, die der König an ihr erproben mochte, verlieren würde.

Sie konnte ihn zurückgeben. Höchstwahrscheinlich sollte sie das tun. So beängstigend die Sache auch war, so hatte sie doch etwas Tröstliches. Sie war nicht allein an diesem fremden Ort.

Ihr Bad war fertig, ihre Zofen warteten. Sie behielt den Kristall in der Hand und rappelte sich hoch.

Ein Gedanke schoss ihr in den Kopf. Er war ungestüm und vielleicht verrückt, und dennoch erfüllte er ihren Geist, bis sie nicht mehr anders konnte als ihm zu folgen.

Der Kristall lag kalt auf ihrer Zunge und hatte einen seltsamen, süßlichen Geschmack. Sie schluckte ihn hinunter.

Sie hatte gefürchtet, seine scharfen Ränder könnten ihr Schmerzen zufügen, aber er schmolz in ihrem Hals und erfüllte sie mit kühler Süße. Das Netz der Rose war jetzt wirklich ein Teil von ihr geworden, und sie konnte es ganz umfassen. Ihre Haut prickelte, ihre Ohren summten.

Für einen kurzen Moment konnte sie die Matrix der Magie sehen, von der die Erde zusammengehalten wurde. Sie war kunstvoller als jedes Werk eines Magiers und unvorstellbar riesig.

Es war mehr als ihr Geist aufnehmen konnte. Ihr sterbliches Sehvermögen kehrte zurück und ließ die übernatürliche Klarheit verschwimmen. Aber die Erinnerung daran würde sie nie verlassen.

Sie war wunderschön und tödlich – so wie sie sein musste, um zu überleben. Sie hatte etwas getan, was nicht rückgängig zu machen war; es konnte sich gegen sie wenden und sie zerstören, oder es konnte sie alle retten. Nur die Zeit und der gute Gott würden ihr sagen, ob sie das Richtige getan hatte.

Kapitel 5

An diesem Abend wurde am Hof ein Maskenball veranstaltet, eine Frivolität, von der Averil zwar schon gehört, die sie jedoch noch nie erlebt hatte. Jennet bestand darauf, sie solle so weitermachen wie bisher und ein goldenes, mit Rosen verziertes Gewand tragen. Eintönigkeit war also offenbar keine Sünde, wenn sie einen Modetrend setzte.

Mittlerweile war Averil an glitzernde, extravagante Kleider gewöhnt. Sie hatte allerdings nicht erwartet, unter all den Masken und seltsamen Kostümen so viele auffällige Ähnlichkeiten zu den Wildvolkwesen, die überall in Quitaine Einzug gehalten hatten, zu entdecken. Hier wie dort sah sie Krallen und Hörner und Flügel und Augen, die zur Musik der Trommeln und Flöten tanzend durch die Halle wirbelten.

Wussten sie, wie uralt diese Musik war, oder wem sie damit Ehrerbietung erwiesen? Sie vermutete, dass sie es nicht wussten. Sie hatten sich im Netz ihrer Ränke verfangen, die derart geistlos waren, dass sie nur staunen konnte.

Prinz Esteban schien sie nicht zu verfolgen, aber als sie während einer Tanzpause die Stufen zur Halle hinunterschritt, war er plötzlich an ihrer Seite und beugte sich über ihre Hand. Er war gekleidet wie ein Feenprinz in Schwarz und Silber mit einer Maske, die aussah wie ein mit Juwelen besetzter silberner Falter.

»Keine Schmeicheleien«, warnte sie ihn. »Keine schönen Worte. Würdet Ihr mich diesen Tanz lehren?«

»Mit Vergnügen, verehrte Comtesse«, sagte er.

Ihr war nicht klar, warum sie ihn darum gebeten hatte. Die Luft machte sie schwindelig; sie war schwer von Wein und Moschus und verschiedenen Parfums. Beinahe hatte sie das Gefühl, als seien dies tatsächlich Wildvolkwesen und sie sei irgendwie durch die Schleier der Welt gefallen und in ihr gespenstisches Land geraten.

Es musste ein Zauber über diesem Ort liegen. Sie schaute sich nach dem König um, konnte ihn jedoch nicht finden. Entweder hatte er es vorgezogen, der Feier nicht beizuwohnen, oder er beobachtete das Ganze von einer verborgenen Galerie aus. Sie hätte auf das Letztere gewettet.

Das Netz in ihrem Inneren bekam den Zauber zu fassen und ertränkte ihn in silbrigem Glanz. Vor Staunen über dieses Wunder hielt sie inne. Sie wäre fast gestolpert, konnte sich allerdings gerade noch fangen, bevor sie aus der Reihe der Tanzenden fiel.

Mit warmer, fester Hand führte Prinz Esteban sie durch die Schrittfolgen. Sie konnte seine Magie jetzt deutlicher erkennen, entweder weil ihre eigene viel stärker geworden war oder weil er beschlossen hatte, mehr davon preiszugeben.

Seine Magie hatte eine feine Klarheit und eine geordnete Struktur, aber etwas daran war sonderbar. Nicht wie bei Averil, deren Magie wilde und verbotene Magie in sich barg, und es war auch nicht die übliche Art streng kontrollierter Magierkunst. Seine Magie war freier, dachte sie; sie ging ihren eigenen Weg, auf Pfaden, die sie nie zuvor gesehen hatte.

Erneut fing sie sich, bevor sie dem Zauber verfiel. Sie musste schauen und lernen und durfte kein Teil davon werden. Das war der Grund ihres Hierseins. Zum Mindesten konnte sie einen ganzen Tag standhalten, bevor sie sich geschlagen gab.

Der Tanz war unerwartet kompliziert. Nach und nach wurde die Musik schneller, bis ihr Geist ihr nicht mehr folgen konnte und ihr Körper sich instinktiv und aus einer tief verwurzelten Erinnerung heraus bewegte.

Als die Musik sich zu einem infernalischen Crescendo steigerte und abrupt endete, kam Averil wieder zu sich. Ihre Wangen waren gerötet, sie war erhitzt, und ihr Atem ging keuchend.

Prinz Esteban wirkte so kühl und ruhig wie immer, nur seine Augen glitzerten. Einen Moment lang war sie sich ihrer verschwitzten Körperlichkeit peinlich bewusst, ehe er ihre Hand unter seinen Arm schob und sagte: »Kommt. Es gibt noch Besseres zu sehen als das hier.«

Argwohn lief ihr wie ein kalter Hauch über den Rücken. Sie widerstand dem Drang, sich umzudrehen und davonzulaufen.

Sie war gekommen, um herauszufinden, was der König tat. Es hatte etwas mit dem hier zu tun: Es roch förmlich nach ihm. Dies bedeutete, dass sie, wenn sie diesem Mann folgte, mit großer Wahrscheinlichkeit in eine Falle lief; aber wenn sie es nicht tat, vertat sie womöglich ihre Chance, hinter das Geheimnis des Königs zu kommen.

Sie war so gut geschützt, wie es eine Magierin sein konnte. Sie hatte ihre Schutzzauber und ihre Magie und das Amulett, das sie auf seine Weise mit Gereint verband und warm und vertraut zwischen ihren Brüsten ruhte. Sie war bereit für diesen Krieg – in welcher Form er auch kommen würde.

Prinz Esteban führte sie sanft und zügig durch die Halle bis zu einem Wandelgang, der eine Reihe von Türen verbarg. Ohne Zögern steuerte er eine von ihnen an, was auf lange Gewohnheit schließen ließ. Sie hatte weder Schloss noch Riegel, sondern wurde durch Magie verschlossen, die an ihren Rändern schimmerte.

Bei der Berührung seiner Hand flackerten die Schutzzauber kurz auf und verblassten. Die Tür öffnete sich und gab den Blick frei auf einen in Mond- und Sternenlicht getauchten, süßlich duftenden Garten.

Draußen in der Welt hatte der Herbst begonnen; es war Erntezeit, und die ersten Nachtfröste kündigten sich bereits an. Aber in diesem Garten herrschte noch Hochsommer. Selbst in der Nacht war es drückend warm. Die feuchte, schwere Luft bildete Tautropfen auf Blumen, die üppiger blühten und süßer dufteten als alle Blumen, die Averil je gesehen hatte.

Dies war ein Paradiesgarten, aber es war ein Paradies, wie es einem in Fieberträumen erscheint. Seine Pfade bestanden aus Mondlicht und Nebel, wanden sich unter Ästen dahin, die schwer waren von Blüten und seltsamen, schimmernden Früchten. Nirgendwo gab es eine gerade Linie, keinen direkten Weg; verschlungene Windungen führten nach einer Weile zu einem mondbeschienenen Rasenstück.

Die Tänzer dort hatten wenig Sinn für Mode oder für Kleidung überhaupt. Ihre Gewänder, wenn sie welche trugen, waren so dünn wie Spinnenseide, schmiegten sich um Körper, die sich zu einem wilderen Rhythmus drehten und neigten, als Averil ihn zuvor in der Halle gehört hatte.

Der Teil von ihr, der ein ganzes Jahr lang gelernt hatte, eine anständige Herrin von Lys zu werden, war entsetzt. Der Rest, der fünfzehn Jahre lang bei den Priesterinnen der Insel studiert hatte, war fasziniert und gleichzeitig auf der Hut.

Die Magie hier war stärker als draußen, doch sie war von derselben Art. Sie sah nichts von jener Dunkelheit, die auf dem Feld der Bindung ihr Unwesen getrieben und freie Männer in seelenlose Sklaven verwandelt hatte. Es war auch keine wilde Magie, obwohl eine Menge Wildheit in ihr war. Hätte sie einen Namen dafür finden müssen, hätte sie sie als Magie des Fleisches bezeichnet, als eine Magie von Körpern, die von den Einschränkungen des Anstands und der kirchlichen Doktrin befreit waren.

»Vor dem Sturz der Schlange«, sagte der Mann an ihrer Seite, »bevor strahlende Magie durch bleischwere Gesetze gebunden wurde, war dies der Tanz, den Sterbliche tanzten.«

Averil zog die Brauen hoch. Sie wollte fragen, was dieser Tanz mit dem Diebstahl von Seelen zu tun hatte, aber das wäre nicht klug gewesen. Diese Tänzer schienen jedenfalls unversehrt, obwohl ihre Augen von Wein oder Schlimmerem glänzten.

Trotz all des Schutzes und ihrer rigorosen Abwehrhaltung war ihr Körper nicht immun gegen die Verlockung des Tanzes. Ihre Haut prickelte unter ihrer Rüstung aus Leinen und Seide; eine trägere, tiefere Hitze stieg von ihrem Schoß zu ihren Brüsten auf. Der Stoff ihres Unterkleides schien plötzlich kratzig, ihr Mieder war so stramm, dass sie kaum atmen konnte.

Von all den Magieströmen, die sich in ihr vermischten, lag derjenige, nach dem sie greifen wollte, am tiefsten. Es war auch der gefährlichste in dem Zustand, in dem sie sich befand, weil es das Band war, das sie den König um keinen Preis der Welt sehen lassen wollte: die gebündelte Macht, die sie mit Gereint teilte. Noch mehr als die Künste und Fähigkeiten, die sie bei den Priesterinnen erworben hatte, noch stärker als das Netz der Ritter und noch rätselhafter als die wilde Magie, deren Vorhandensein sie noch immer nicht akzeptieren mochte, war dies die Magie, die ihrem Herzen am nächsten war.

Genau wie er selbst, und dies war ein Gedanke, den sie sich hier nicht gestatten durfte. Noch durfte sie nicht von ihm träumen, weder von seinem Körper noch von seinem Geist, denn wenn sie das tat, würde sie auch das letzte bisschen Selbstbeherrschung verlieren.

Trotz allem war ihre Magie stärker als alles, von dem sie jemals gehört hatte. Sie war eine Rüstung und ein Schutzschild und eine wirksame Verteidigung gegen die Zauber, die dicht über diesem Ort hingen.

Prinz Esteban hatte seine eigene Rüstung: Er war so kühl und besonnen, wie sie gern sein wollte. Er beobachtete den Tanz mit leidenschaftslosem Blick, scheinbar ungerührt beim Aufblitzen nackter Haut, sanft gerundeten oder muskulösen Hinterbacken und langen Haarmähnen, die über geschwungene Rücken und schwellende Brüste wogten. Auf was sie sich alle zubewegten wurde mit einem Mal klar.

Averil wandte den Blick ab von den sich umeinander windenden Körpern. Der Rhythmus des Tanzes hatte sich in einen Rhythmus gewandelt, den ihr Körper nur allzu gut kannte, obwohl er diesen bestimmten Tanz noch nie getanzt hatte. Jeder Körper war geboren, ihn zu kennen.

Sie wandte den Tanzenden den Rücken zu und ging den Pfad zurück, den sie gekommen waren. Sie hatte fast damit gerechnet, dass Prinz Esteban ihr den Weg versperren würde, aber er folgte ihr schweigend.

Es war ein langer Weg bis zur Tür. Der Pfad war gewundener, als sie ihn in Erinnerung hatte; er erinnerte sie ein wenig zu lebhaft an die Windungen eines Schlangenkörpers.

Nach einer halben Ewigkeit erblickte sie endlich die Tür mit ihren schimmernden Schutzzaubern. Sie blieb stehen und sah Esteban ins Gesicht. »Der Mann, den ich einmal heirate«, sagte sie, »wird mir treu sein. Welche Götter er auch verehrt und welche Riten er auch vollzieht, er wird immer daran denken.«

»Die alten Gebräuche haben Raum für Treue, Comtesse«, sagte Esteban.

»Das will ich hoffen«, sagte Averil.

Ehe sie sich abwandte, sah sie, dass er lächelte. Er hegte Hoffnungen in dieser Hinsicht; warum sollte er nicht? Er verkörperte alle Eigenschaften, die sie bei ihrer Auswahl beachten sollte, was Schönheit und Fortpflanzung betraf. Zweifellos würde seine Magie ebenfalls angemessen sein.

Diese Dinge, die er ihr gezeigt hatte, waren alles andere als angemessen. Sie wünschte, sie könnte glauben, dass er die Absicht hatte, sie zu schockieren und zur Flucht in die Sicherheit ihrer Gemächer zu veranlassen. Aber es war nichts dergleichen gewesen. Er wollte sie sehen lassen, was er sah: die Schönheit und nicht die Sünde.

Sie erkannte sie tatsächlich. Es war mehr, als wozu sie bereit war.

Esteban schien sie zu verstehen. Er versuchte nicht, sie vom Durchschreiten der Tür und der Rückkehr in ihre Gemächer abzuhalten. Er folgte ihr bis sie ihre Wachen erreicht hatte, dann ließ er sie in Ruhe.

Einerseits war Averil darüber erleichtert, andererseits stellte sie mit gewissem Entsetzen fest, dass sie es bedauerte. Er war ein erstaunlich angenehmer Gesellschafter, trotz all ihres Argwohns, was seine Treuepflicht anbelangte.

In dieser Nacht träumte Averil zum ersten Mal seit ihrer Ankunft in Lutèce von Gereint. Er war schwarz gekleidet wie der Ritter, der er erst in einigen Jahren sein würde. Seine Arme waren fest vor der Brust verschränkt, und seine Gesichtszüge waren hart und entschlossen.

Sie hatte ihn noch nie so ernst gesehen. Sein Gesicht, wie sie es in Erinnerung hatte, war noch unfertig, ein Jungengesicht, weder gut aussehend noch hässlich – es war einfach so, wie es war. Meist spiegelte sich ein Anflug von Verwirrung darin: eine feine Linie zwischen den Brauen, wenn er versuchte, die Rätsel der Welt zu entschlüsseln.

Sie sah den Mann, der er einmal sein würde. Wenn sie einen Fels zum Anlehnen wollte, würde sein Körper gut dazu taugen und zu einigem mehr. Wenn sie einen Willen brauchte, der ihrem eigenen ebenbürtig war, so hatte er ihn, und jetzt richtete er sich gegen sie.

Wie üblich, wenn sie voneinander träumten, befanden sie sich auch in diesem Traum an einer hoch gelegenen Stelle: Soweit sie es erkennen konnte, war es einer der Türme des Königspalastes. Hinter Gereints Kopf konnte sie den Schatten der Kathedrale der Heiligen Mutter ausmachen, der sich schwarz vor dem Sternenhimmel abzeichnete. Er blickte nach unten durch ein Fenster im Steinboden, ein Rechteck aus Glas, durch das goldenes Licht auf sein Gesicht schien.

Darunter lag ein Zimmer, ein Gemach wie es viele im Schloss gab: weder klein noch groß und mit Tapisserien an den Wänden, Teppichen auf dem Boden und Brokatvorhängen, die ein hohes, mit Schnitzwerk verziertes Bett halb verdeckten. Der Mann, der darin lag, war nackt, und er war nicht allein.

Averil nahm die Frau kaum wahr. Das Gesicht des Mannes kannte sie allzu gut. Es war so kühl wie immer, mit weit auseinander stehenden dunklen Augen und sorgfältig gestutztem Bart.

Mit Bedacht nahm sie den Rest seines Körpers in Augenschein. Er war so schlank wie ein edles Rennpferd mit langen muskulösen Armen und Beinen und breiten Schultern, die sich weiter unten zu schmalen Hüften verjüngten. Seine Haut war feinporig, und ihre Farbe erinnerte an dunkles Olivenholz mit weichem Flaum aus samtigen schwarzen Härchen. Und es war nicht zu übersehen, dass er durchaus in der Lage war, eine Frau zufriedenzustellen.

Sie warf einen Blick auf Gereint. Er mochte klotzig und grobschlächtig wirken: ein vaterloser Bauernsohn, der weder mit Anmut noch mit Vornehmheit gesegnet war. Aber das angesehenste Wesen in jedem Königreich war der schwere Schlachthengst, der einen Ritter in die Schlacht trug; er war von weitaus größerem Wert als ein ganzer Stall von edlen Rennpferden.

Gereint blickte finster auf den Mann im Bett hinunter. »Ich mag ihn nicht«, sagte er. »Und ich traue ihm nicht. Vielleicht ist er nicht ein Mann des Königs, aber er gehört zur Schlange. Es steht ihm im Gesicht geschrieben.«

»Würdest du irgendeinen Mann mögen, der mein Ehemann werden könnte?«

Sie wollte ihn damit provozieren, doch er schien nur ein wenig ungehalten. »Natürlich nicht. Aber das hat hiermit nichts zu tun. Seht Ihr denn nicht, wie er ist?«

»Klar und deutlich.«

»Würdet Ihr ihn dennoch heiraten? Obwohl Ihr wisst, wen er anbetet?«

»Ich muss heiraten«, sagte sie.

Es war nicht das, was sie sagen wollte. Es war ihr herausgerutscht, bevor ihr etwas Vernünftigeres in den Sinn kam; dann war es zu spät, um die Worte zu ändern.

»Aber müsst Ihr ausgerechnet *ihn* heiraten?«

»Nein«, sagte sie. »Aber ich werde es vielleicht. Er macht mir keine Angst, obwohl ich weiß, was er ist.«

»Zauber«, grummelte Gereint. »Hexerei.«

»Vielleicht«, sagte Averil. »Und wenn ich so tue, als wäre ich betört, wird ihm oder meinem Onkel herausrutschen, was ich wissen muss.«

»Was? Nur so tun, als ob?«

»Wenn ich zu sehr in Versuchung komme«, sagte sie, »werde ich an dich denken.«

Das ließ ihn erröten, dann trieb es ihm die Zornesfalten ins Gesicht, was sie zum Lachen brachte. In diesem Gelächter wirbelte der Traum davon.

Kapitel 6

Averil erwachte in einem höchst sonderbaren Gemütszustand. Prinz Esteban und der Tanz der Schlange hatten sich auf seltsame Weise mit ihrem Traum von Gereint vermischt. Ihr Geist war schwer und langsam; es kostete sie ihre ganze Kraft, aufzustehen, zu baden, sich in ein weiteres aufwändiges Goldgewand helfen zu lassen und sich für ihren Auftritt bei Hofe zu wappnen.

Sie waren hier äußerst sparsam mit Spiegeln, Fensterscheiben, Kristallteilchen und Glasgegenständen, da all diesen Dingen Magie innewohnen konnte. Dennoch sollte eine Dame einen Spiegel haben, und Jennet hatte Averils aus Fontevrai mitgebracht: ein Rund aus poliertem Silber, vollkommen schlicht und ohne jede Verzierung.

Als Averils Auge darauf fiel, kräuselte sich die silberne Oberfläche und begann zu schimmern. Die Dienerinnen waren ganz versunken in endlosen Bahnen goldener Seide und schienen nichts zu bemerken. Nicht einmal Jennet war aufgefallen, dass sich Magie im Spiegel angesammelt hatte.

Averils Schultermuskeln spannten sich vor lauter Argwohn an, aber sie war seltsamerweise ohne jede Furcht. Was auch immer zu ihr kommen mochte, hatte nichts Bedrohliches an sich, noch hätte es die Schutzzauber dieses Ortes durchdringen können, wenn es ihr Böses gewollt hätte. Es war in der Tat vertraut, denn es trug den Geruch der Insel.

Feuchte Erde und Apfelblüten, frischgebackenes Brot und das Salz des Meeres. Einen Moment lang konnte sie kaum atmen, überwältigt von einem derartigen Heimweh, wie sie es sich niemals gestattet hatte, seit sie diesen gesegneten Ort vor mehr als einem Jahr verlassen hatte.

Das Glitzern des Spiegels beruhigte sich. Averil suchte nach der grünen Rundung der Insel oder den ihr vertrauten Gesichtern der Priesterinnen. Aber die Augen, in die sie schaute, gehörten einer Fremden.

Es stimmte schon, dass es eine Frau war, und dem Aussehen nach hatte sie einen hohen Rang inne: Ihr Gesicht war von den feinen Linien des Alters gekennzeichnet, aber immer noch wunderschön. Sie wirkte fast wie eine Priesterin. Die Magie in ihrem Inneren war anders, wenn der Unterschied auch kaum merklich war.

Sie war von der Insel gekommen wie Averil. Sie war mit ihr verwandt, sowohl im Geist als auch im Blut.

Averil war bereits so vergiftet von diesem Ort, dass sie in diesem Gesicht oder in der Magie, die es heraufbeschworen hatte, nach Anzeichen der Täuschung suchte. Sie fand keine.

Dies war der Königshof von Lys. Sie sollte sich keineswegs in Sicherheit wiegen. Von all den Fallen, in die sie hätte stolpern können, war dies die simpelste und die offensichtlichste.

Und dennoch …

Es war eine Aufforderung, jedoch eine äußerst höfliche. Eher eine Bitte als eine Nötigung. Sie konnte ihr nachkommen oder sie verweigern. Eine Weigerung würde keine Konsequenzen haben.

Abgesehen davon, dass in dieser Welt flüsternder Intrigen jede Entscheidung wohl oder übel Folgen hatte. Averil festigte Geist und Herz und ließ den Inhalt der Aufforderung auf sich einwirken. Mit kühler, sanfter Stimme, die sie kaum als ihre eigene erkannte, sagte Averil schließlich: »Nicht dieses Gewand heute, meine Damen, wenn ich bitten darf. Ich werde ausreiten. Jennet wird mich begleiten. Ihr Übrigen dürft tun, wonach es euch gelüstet.«

Averil nahm wahr, dass viel sagende Blick ausgetauscht wurden, deren Muster sie aufgrund mangelnder Erfahrung noch nicht durchschaute.

Dieses Gefühl von Ruhe und Überzeugung war neu für sie. Sie prägte sich die Blickabfolge ein, um sie später zu studieren, dann starrte sie den beiden Aufmüpfigsten warnend in die Augen, was die gesamte Truppe zum Abzug bewegte.

Averil war ein wenig überrascht, dass sie tatsächlich verschwanden. Sie würden sie natürlich bespitzeln; ein oder zwei mochten versuchen, ihr zu folgen. Aber sie hatten sich ihrem Willen unterworfen, und das war seltsam befriedigend. Zumindest wurde sie nicht völlig versklavt von diesen unwillkommenen Dienerinnen.

Jennet blieb vorsichtshalber stumm. Die Kleidung, die sie in der Zwischenzeit herbeigeschafft hatte, war, dem Guten Gott sei Dank, nicht goldfarben. Dankbar ließ Averil sich von ihr in schlichtes Leder und einfache Wolle, Stiefel statt Pantoletten und Gürtel und Wehrgehenk, die nicht nur als nutzloser Zierrat dienten, helfen.

Es gab noch einen anderen Ausgang aus diesen luxuriösen Gemächern, wenn man die Meute von Freiern und Bittstellern meiden wollte. Wie alle Dienergänge, die sie gesehen hatte, war er schmal und nicht sonderlich gut beleuchtet und so schmucklos und derb wie Averils Stiefel. Entgegenkommende Diener schienen sie und Jennet und den einzelnen Wachmann, der ihnen folgte, nicht wiederzuerkennen, oder waren höflich genug so zu tun, als wüssten sie nicht, wer sie war.

Sie musste nicht weit gehen. Die Kathedrale der Heiligen Mutter lag ein gutes Stück vom Palast entfernt, wenn man die normalen Straßen nutzte, aber ihre Führerin zeigte ihr einen anderen Weg. Er sah aus wie ein verfallener Bogengang am Rande eines überwucherten Gartens, doch er führte an der Kathedralenwand entlang. Durch ein Tor traten sie in einen Klostergarten mit ordentlich abgesteckten, rechteckigen Blumen- und Kräuterbeeten, und sorgfältig beschnittenen Apfel-, Birnen- und Feigenbäumen.

Averils wilde Magie erschauerte beim Anblick der peinlichen Wohlgeordnetheit dieses Ortes. Aber sie erfüllte einen Zweck: Schlangenmagie konnte nicht gedeihen, wo es nur schnurgerade

Linien gab. In einer sonnigen Ecke des Klosterhofes unter einem kunstvollen Glasfenster, das vielfarbige Lichtflecke auf das goldfarbene Pflaster warf, saß die Frau, die Averil zu sich bestellt hatte. Zwei weitere Frauen standen hinter ihr. Wie ihre Herrin kündeten auch sie von der Insel; an die Jüngere konnte Averil sich sogar erinnern, wenn auch nur vage: Sie war Novizin gewesen, als man Averil als Kind auf die Insel gebracht hatte.

»Mathilde«, sagte Averil.

Die Dame lächelte und neigte den Kopf mit dem glatten dunklen Haar. »Oh, dann erinnert Ihr Euch also noch an mich.«

»Ein bisschen«, sagte Averil. »Ich war noch sehr klein.«

»Klein ja, aber mit wachen Augen und äußerst wissbegierig«, sagte Mathilde.

»Das bin ich noch immer«, sagte Averil.

Die Damen lächelten. Ihre Gesichter hätten ein und derselben Frau gehören können: jung und von mittlerem Alter und alt. Averil hatte keinen Zweifel, dass sie blutsverwandt waren – wie sie selbst. Sie waren alle Kinder der Paladine.

Mathilde war nicht viel älter als sie. Die Nächstältere war Darienne, und die Älteste war Richildis. Alle drei waren Ehefrauen hochgestellter, adliger Männer und nahmen am Königshof einen hohen Rang ein.

Averil erinnerte sich dunkel an ihre Gesichter. Sie hatten nichts getan, um ihre Aufmerksamkeit zu erregen, aber offensichtlich hatten sie sie beobachtet.

Herzogin Richildis streckte ihr die Hand entgegen, die so glatt und ebenmäßig wie Elfenbein war. »Kommt her, Comtesse«, sagte sie. »Setzt Euch zu mir.«

Neben ihr auf der Steinbank war Platz, nicht unbehaglich nah, aber nah genug für ein vertrauliches Gespräch. Averil saß mit geradem Rücken und im Schoß gefalteten Händen, genauso wie sie so oft vor der Obersten Priesterin der Insel gesessen hatte.

Die Herzogin erkannte die Haltung wieder: Ihre Brauen wanderten ein Stück nach oben und ein leichtes Lächeln kräuselte ihre Lippen. »Wir sind hier alle gleichgestellt«, sagte sie. »Alle hervorragend ausgebildet, ohne Gelübde abgelegt zu haben, da wir nach Hause geschickt wurden, um zu heiraten, wie das Gesetz es verfügt.«

Das war richtig, dennoch bezweifelte Averil, dass dies die ganze Wahrheit war. Es war zu viel Macht an diesem Ort, so ruhig und still, dass man sie fast übersah, aber sie konnte ihre gewaltige Kraft in den Knochen spüren.

Dieser Ort, das erkannte sie mit leichtem Schaudern, war perfekt geschützt. Form und Farbe von jedem einzelnen Blumenbeet waren ein exaktes Spiegelbild des runden Mosaikfensters über Richildis' Kopf. Jede Magie, die hier Eingang fand, würde vollkommen kontrolliert sein.

Das Gefängnis der Schlange konnte ein solcher Ort sein. All jene verschlungene Magie würde sich innerhalb einer derart strengen Ordnung ineinander verwickeln und vollkommen machtlos werden.

Die Magie der Orden gehörte hierher. Die drei Damen der Insel erschienen wie angeordnete Rosenblüten auf dem Rankgitter einer Pergola.

Averil hätte sich hier genauso wohlfühlen müssen wie sie. Ohne es zu wollen, sehnte sie sich nach einer Schar von Wildvolkwesen, von denen keine zwei sich glichen und die durch die allzu klare Luft sprangen und purzelten.

Sie war korrumpiert. Sie schaute in jene klaren Augen und kultivierten Gesichter. Äußerlich waren sie ihr so ähnlich, aber in ihrem Inneren waren sie vollkommen anders.

Oder waren sie überhaupt anders? Was wusste sie schließlich schon über ihresgleichen? Die Insel war ihr ganzes Leben lang ihre Heimat gewesen. Diese Welt, in die man sie gezwungen hatte, erschien ihr mit jedem Atemzug, den sie tat, rätselhafter. Sie war dazu erzogen worden, Magie auszuüben, nicht um eine höfische Dame zu sein.

Das galt auch für diese drei. Es war nicht Mathilde, durch die sie die Antwort erhielt. Es war diejenige, die weder alt noch jung war: Darienne. Sie verfügte weder über Mathildes natürliche Wärme noch über Richildis' Weisheit, aber sie hatte etwas an sich, das Averil ansprach.

Averil schaute in ihre Augen, die zunächst dunkel schienen, in Wahrheit jedoch tiefblau waren. Sie fühlte keinen Anlass zu lächeln, ihr Herz allerdings war ein wenig erleichtert.

»Sagt mir«, sprach sie aus ihrer neugewonnenen Ruhe heraus. »Warum habt Ihr mich hierhergebracht?«

»Ihr brachtet Euch selbst hierher«, sagte Richildis. »Wir haben Euch nur die Möglichkeit angeboten.«

»Warum?«

»Weil«, erklärte Mathilde, »jede von uns an diesen Ort kam, verloren und schlecht vorbereitet, während sich die Wölfe näherten und die Jäger auf der Lauer lagen. Wir fanden alle früher oder später Ehemänner, und bei Euch wird das nicht anders sein. Aber wichtiger als das ist, dass wir Freundschaft fanden.«

»Ihr drei?«, fragte Averil.

»Und noch mehr Frauen«, sagte Richildis.

Averil nickte. Das erschien logisch. Adlige und Kinder von Kriegern, wie sie es waren, schickten vor der Armee gern Vorreiter aus. Warum sollten diese Frauen anders sein?

»Wenn es Euch beliebt«, sagte Mathilde, »es gibt heute Morgen ein Treffen. Nichts Gefährliches, keine heimliche Verschwörung, nur eine Zusammenkunft von Freundinnen. Werdet Ihr kommen?«

Keiner von Averils Beschützern schien Einwände zu haben. Es wäre ihr einerlei gewesen, wenn sie welche gehabt hätten, aber sie fand es interessant. Es war alles sehr interessant und ein wenig befremdlich.

»Ich werde kommen«, sagte sie nach einer nicht allzu großen Pause.

Sobald Averil dem Abenteuer zugestimmt hatte, erhob sich Richildis und schritt durch die Wand. Averil durchlebte einen kurzen Moment des Erstaunens, bevor das Muster aus Licht sie umgab. Es war kühl wie ein Windhauch; ein feines Singen war zu vernehmen.

Der Gesang wurde dünner und verstummte. Averil trat aus dem bunten Licht des Fensters in eine sonnendurchflutete Halle. Sie war hoch und luftig und mit einer atemraubenden Kuppel, deren Fenster von vielfarbiger Magie lebendig schimmerten.

Es erinnerte sie an die Kapelle der Priesterinnen auf der Insel, nur dass diese hier viel neuer und strahlender und überschwänglicher war. Sie glich einem Lachen, das Gestalt angenommen hatte, oder dem Geschmack von edlem Wein.

Averil hielt Maulaffen feil wie eine Bauernmagd auf dem Jahrmarkt. Sie wandte den Blick vom Glanz der Kuppel ab und richtete ihn auf die menschlichen Gesichter, die sie mit Interesse und hie und da ein wenig Argwohn beobachteten.

Es waren Frauen jeden Alters, aber in einem Punkt waren sie alle gleich: Sie trugen alle den Stempel der Insel. Averil hätte niemals erwartet, dass es so viele waren. Es mussten mindestens zwanzig sein. Sie saßen auf Stühlen oder Bänken oder standen ungezwungen da, während eine junge Frau auf einer Laute spielte und eine andere ein liebliches, trauriges Lied dazu sang.

Es hätte irgendein beliebiger Damensalon in diesem Königreich sein können, wenn auch ein wenig prachtvoller als die meisten – wäre nicht die Magie gewesen, die überall darin schimmerte. Irgendetwas in der Luft sagte ihr, dass sie sich immer noch in Lutèce in der Kathedrale befand: im Kapitelsaal oder in den Räumlichkeiten, die als Kapitelsaal dienten, wenn die Damen sie nicht brauchten. Im Moment konnte niemand hierhergelangen, dem man den Weg nicht gezeigt hatte.

Jede Frau hier war eine Magierin und nach Art der Insel erzogen. Ihr Zusammensein war eine Macht, stark genug, um Averils Knochen vibrieren zu lassen.

Averils Führerinnen fanden freie Plätze im Kreis und zogen sie mit sich, während das Lied langsam verklang. Als es zu Ende war, spürte Averil eine gewisse Anspannung und machte sich auf eine Befragung gefasst. Aber nach jenen ersten Blicken, ob sie nun neugierig oder argwöhnisch gewesen waren, schien man sie vergessen zu haben.

Die Sängerin gesellte sich zu den anderen. Die Lautenspielerin fuhr fort und stimmte eine anspruchsvolle Melodie an.

Der Kreis teilte sich auf in kleinere Kreise. Leises Gemurmel stieg zur Kuppel auf. Die Gesprächsfetzen, die Averil mitbekam, wirkten recht harmlos: ein bisschen Klatsch und Tratsch, Fragen nach dem Befinden von Ehemännern und Kindern, alltägliche Belanglosigkeiten, die in dieser wunderbaren Halle seltsam exotisch anmuteten.

Averils Führerinnen hatten sie sich selbst überlassen. Nach einem flüchtigen Gefühl der Verstimmung besann sie sich auf ihre Ausbildung: Sie wusste, was sie zu tun hatte. Sie nahm Geist und Charme und die wenige höfische Raffinesse, die sie mittlerweile erworben hatte, zusammen, und begann den Reigen, den man von ihr erwartete.

Kapitel 7

Unter ihnen war es nicht so schwierig, eine höfische Dame zu sein. Averil wurde angeleitet, wie sie sich zu bewegen, wie sie zu sprechen und was sie zu sagen hatte. Es war nicht offenkundig, aber all ihre Sinne waren geschärft und aufnahmebereit.

Während sie sich von einem Kreis zum anderen bewegte, folgte sie den Zeichen: das Hochziehen einer Braue, das Neigen eines Kopfes, der Tonfall eines Wortes. Jedes Gesicht hatte einen Namen, und jeder Name gehörte zu einem großen Herrscher des Reiches, so wie die Frau, die diesen Namen trug.

Dies waren keine Leibeigenen ihrer Ehemänner. An diesem Ort war Macht, die nicht allein auf Magie beruhte. Während die Männer im Rat des Königs zusammenkamen, trafen sich ihre Frauen mit weitaus weniger Trara.

»Wenn es eine Königin gäbe«, sagte Averil zu Darienne, »würde sie hier sein, nicht wahr?«

Genau in diesem Moment befand sie sich zwischen den Kreisen. Erschrocken hielt sie inne, als ihr die Einsicht dämmerte.

»Die Königin ist hier.«

»Ich bin nicht die Königin«, erwiderte Averil.

Darienne zog die Schulter hoch, was mehr sagte als tausend Worte.

Averil schüttelte den Kopf. »Mein Onkel könnte immer noch heiraten. Er umging das Gesetz, länger als ich hoffen konnte, aber selbst er muss sich Gedanken darüber gemacht haben, was geschieht, wenn ich mein Erbe antrete.«

»Vielleicht«, sagte Darienne. »Vielleicht glaubt er, dass er ewig lebt und somit niemals einen Thronfolger brauchen wird.«

»Kein Mensch kann ewig leben.«

»Manche würden sagen, dass er kein Mensch ist.«

Averil erschauerte. Dariennes Worte beschworen Visionen herauf, auf die sie lieber verzichtet hätte. »Er ist immer noch ein Mensch. Vielleicht nicht mehr lange, aber noch ist er nicht unsterblich.«

»Noch nicht«, sagte Darienne.

Averil wurde ruhig in ihrem Inneren. »Wollt Ihr damit sagen, dass jemand etwas dagegen tun sollte?«

»Meint Ihr das auch?«

»Ich habe mehr getan als die meisten«, sagte Averil.

»Aber nicht genug.«

»Kann überhaupt irgendetwas genug sein?«

»Wir sind hier«, sagte Darienne, »um diese Frage zu beantworten. Nicht heute und morgen wahrscheinlich auch nicht, aber was wir tun können, aus uns selbst heraus oder mit Hilfe unserer Verwandten, das werden wir tun.«

Averil hielt inne. Sie konnte sagen, was sie dachte, oder sie konnte ihre Gedanken für sich behalten, bis sie in ihrem Inneren verfaulten, was in dieser Versammlung von Fremden das Sicherste wäre.

Doch hatte sie jemals etwas getan, das vollkommen sicher war? »Wo wart Ihr dann«, fragte sie, »als eine Domäne nach der anderen ihren Herrn verlor? Wo wart Ihr, als die Rose in Lys welk wurde und starb? Was habt Ihr getan, um die Söhne des Reiches davor zu bewahren, ihren freien Willen und ihre Seelen zu verlieren? Von welchem Nutzen wart Ihr, Herzogin, in der Welt, die Euer König geschaffen hat?«

Die Gruppen waren näher gekommen, und aller Augen waren auf sie gerichtet. Die leisen Worte, die sie nur für Darienne bestimmt hatte, hallten in der Halle wider.

Sie weigerte sich, einen Rückzieher zu machen. Von Kindesbeinen an hatte sie auf der Insel gelernt, dass Worte, die es wert waren, ausgesprochen zu werden, es auch wert waren, dass sie vor der ganzen Welt ausgesprochen wurden.

Niemand der Anwesenden schien gewillt zu antworten. Gerade als sie sich angewidert abwenden wollte, erhob Richildis ihre Stimme. »Wir waren blind. Der Hof ist wie eine gläserne Kuppel. Wir glauben, dass wir die Welt sehen, aber wir sehen nur unsere eigenen Gesichter.«

»Es gab Fingerzeige und Warnungen«, sagte eine Dame aus Proensa. »Wir suchten nach Feinden außerhalb des Königreiches, wir durchforschten die Ströme der Magie. So wie die Rose es tat, bevor sie fiel. Wir fanden nichts. Wir schauten nie ins Herz unseres eigenen Königreichs, nie auf unseren eigenen allerheiligsten König.«

»Natürlich nicht«, sagte Averil. Ihr Zorn war ein wenig verraucht. Vor einem Jahr hatte niemand die Wahrheit gekannt. Diejenigen, die sie erahnt hatten, waren gestorben oder ihre Seelen waren gebannt worden. Dann fiel der Rosenorden, wurde zerstört in einer einzigen Nacht, und mit ihm das stärkste Verteidigungsmittel des Königreiches.

»Als die Rose fiel«, sagte Darienne wie ein Echo von Averils Gedanken, »wurden diejenigen von uns, die in einem Traum gelebt hatten, wachgerüttelt. Einige hatten Ehemänner oder Söhne verloren, wir alle hatten Verwandte verloren. Aber wir waren immer noch blind.«

»Vielleicht hättet Ihr den Hof verlassen sollen«, sagte Averil, »um zu sehen, was in Wahrheit in der Welt vor sich ging.«

»Das hätten wir«, sagte Mathilde, »aber es war nicht mehr sicher, das Herz des Königreiches zu verlassen.«

»Ihr sitzt in der Falle, nicht wahr?«, sagte Averil.

»Nein«, entgegnete Darienne. »Nicht mehr. Wir haben gelernt zu sehen.«

»Habt Ihr es Eure Ehemänner gelehrt? Eure Söhne?«

»Jene, die gelehrt werden können, schon. Die Übrigen werden es irgendwann lernen oder nicht. Es spielt keine Rolle.«

»Es ist Krieg, versteht Ihr?«, sagte Mathilde. Ihre sanfte Stimme ließ die Worte noch unversöhnlicher klingen. »Wir haben auf Euch gewartet, Herrin. Wir haben beobachtet und gelauscht und so viel verstanden, wie wir konnten. Dieser König wird nicht bestehen – und wenn er stirbt, werdet Ihr Königin sein. Dann wird die Welt wieder in die richtigen Bahnen gelenkt.«

»So einfach?«, fragte Averil. »Wenn Ihr glaubt, dass es so einfach sein kann, dann habt Ihr nur eine Art von Blindheit gegen eine andere eingetauscht.«

»Dann sagt uns, was wir sehen sollen«, sagte Mathilde.

Averil schüttelte den Kopf. »Wenn Ihr nicht im Stande seid, es selbst zu sehen, kann ich Euch nichts zeigen. Ihr seid nicht besser als all die anderen Höflinge, die jedes Wort glauben, das ihr oberster Lehnsherr spricht, und der Wahrheit den Rücken kehren.«

»Ihr sprecht harte Worte«, ergriff eine Dame das Wort, die bislang noch nichts gesagt hatte. Averil wurde allmählich ein wenig geschickter, was die höfischen Spielregeln anging: Sie erinnerte sich an den Namen der Dame, Jehanne, und an den Ehemann, zu dem sie gehörte, ein Graf aus Marais, einem Gebiet, das flussabwärts von der Hauptstadt lag.

»Gräfin«, sagte Averil zu ihr, »die Zeit der sanften Töne ist längst vorbei. Wäre Euch und Euerem Mannsvolk bewusst gewesen, was um Euch herum geschah, wäre es nie dazu gekommen. Aber es ist geschehen, und daran ist nichts zu ändern. Wir können jetzt nur noch eines tun und versuchen, das Schlimmste abzuwenden. Weiß eine von Euch, wo der König sich aufhält, oder was er tut, wenn er fortgeht?«

Die meisten Gesichter waren ratlos. Ein paar schüttelten den Kopf. »Er hüllt sich in einen Zauber«, sagte Darienne. »Oft ist es nur ein Trugbild von ihm, das dem Hofe vorsteht, und nicht er selbst. Wir haben gelernt, den Unterschied zu erkennen, aber er ist klug; sobald wir den Zauber durchdringen, verändert er ihn. Wir haben ihn bisher nicht aufspüren können oder herausgefunden, was er tut, obwohl wir es nur allzu leicht erraten können. In welches Glas wir auch blicken, um die Wahrheit herauszufinden, welche Art von Magie wir auch anwenden, wir sehen nichts als Dunkelheit.«

Die Luft in der Halle wurde merkwürdig kalt. Averil stemmte sich der Kälte mit lodernder Hitze entgegen. »Verschließt Euch nicht gegen mich! Ihr wisst, dass Ihr blind seid – das ist ein Anfang. Aber die vertrauten Wege führten zu nichts. Wir müssen uns ändern, andernfalls werden wir den Tod oder Schlimmeres erleiden.«

»Wenn das wahr wäre«, sagte Jehanne, »wären wir dann nicht längst schon tot? Warum sind wir immer noch am Leben und in Sicherheit, wenn wir zerstört werden sollen?«

»Die Schlange verschlingt nur lebende Beute«, erklärte Averil.

Sie hatte die meisten von ihnen in Angst und Schrecken versetzt. Ein paar, darunter auch ihre drei Führerinnen, schienen weniger erschüttert, sondern eher … erfreut?

Also waren doch nicht alle so blind, wie sie vorgaben, dachte sie. Zu ihnen sagte sie: »Vielleicht ist es nicht klug von euch, mir zu vertrauen.«

»Vielleicht nicht«, sagte Richildis, »aber nach allem, was wir über Euch wissen, halten wir es für sehr unwahrscheinlich, dass Ihr Eure Denkweise nach den Vorstellungen des Königs ändert.«

»Doch werde ich mich Euren Vorstellungen anschließen?«

»Habt Ihr das nicht bereits getan?«

»Das hängt davon ab«, sagte Averil, »was Ihr von mir haltet.«

»Die Insel hat Euch erzogen«, sagte Mathilde, »wie sie uns alle erzogen hat. Euer Vater war der geschätzte Freund des alten Königs, wurde jedoch vom neuen König nicht geliebt. Ihr wehrtet ihn ab, wie es niemand anders getan hat, und bewahrtet Euer Herzogtum vor ihm durch einen legendären Handel, wenn ich das so sagen darf.«

»Ich tat, was ich tun musste.«

»Also möchten wir Euch fragen«, sagte Darienne, »ob Ihr unsere Führerin sein wollt?«

»So bald fragt Ihr mich das?«

»Wir hatten mehr als ein Jahr, um diesen Schritt abzuwägen«, sagte Richildis. »Dass dieses Königreich unter einer gewaltigen Missregierung leidet, bestreitet hier keiner. Wir haben es zu lange geschehen lassen, waren zu schwach, sahen zu wenig – daran besteht kein Zweifel. Aber diese Zeiten sind vorbei.«

»Und was nun?«, fragte Averil. »Wollt Ihr, dass ich ihm Gift in den Wein schütte? Dass ich ihn verzaubere?«

»Das wurde bereits versucht und misslang.« Richildis' Blick war gleichmütig. »Er ist zu gut geschützt.«

»Habt Ihr einen anderen Plan?«

»Licht«, sagte Darienne. »Wissen. Verstehen. Magie allein wird uns nicht retten, aber wenn wir wissen, was er tut, wenn wir ihm zuvorkommen, dann werden wir das Unvermeidbare zumindest aufschieben können.«

»Ihr glaubt, es gibt keine Hoffnung«, sagte Averil.

»Ich glaube, wir haben es so lange mit derart halsstarriger Dummheit geschehen lassen, dass es keine einfache Lösung mehr geben kann. Und deshalb«, sagte Darienne, »suchen wir nach jedem noch so kleinen Hoffnungsschimmer.«

»Ein Aufstand? Eine Scheinkönigin?«

»Wäre es denn eine Täuschung?«

»Er ist der gesalbte König«, sagte Averil.

»Er ist ein Seelenzerstörer, ein Zauberer des schwärzesten Ordens, ein Unhold, wie diese Welt ihn selten sah, seit der Junge Gott die Schlange in Bande schlug.«

All dies entsprach der Wahrheit. »Trotzdem«, sagte Averil, »ist er der rechtmäßige König und Erbe des Throns, an Land und Königreich gebunden durch den Guten Gott und seine Heiligen.«

»All dies hat er verwirkt durch das, was er getan hat«, sagte Richildis.

»Welchen Rang habt Ihr inne, dass Ihr das Recht habt, über ihn zu urteilen?«

»Ich bin die Herzogin von Careol«, erklärte Richildis, »Tochter der Insel, Nachfahrin der Paladine. Keine von uns ist geringer als das, und Ihr seid noch mehr. Wer wäre besser in der Lage, über diesen König zu richten, der jeden Eid brach, den er dem Hof, seiner Sippe und dem Königreich schwor?«

Averil drehte sich langsam herum. Der Kreis um sie hatte sich geschlossen. Jede Frau darin hielt einen Teil der Magie. Was auch immer sie in diesem Kreise sagten, war sicher, nichts und niemand konnte diese Schutzzauber durchdringen.

Dies war eine totale Verschwörung. »Eigentlich braucht Ihr mich kaum«, sagte Averil. »Jede von Euch könnte den Thron aufgrund des Blutrechtes und der Magie für sich beanspruchen.«

»Keine mehr als Ihr«, sagte Darienne. »Wir sahen in den Spiegel und deuteten die Vorzeichen. Es liegt alles in Eurer Hand, Herrin. Wir werden hinter Euch stehen, welchen Weg Ihr auch einschlagen mögt.«

»Und wenn ich gar nichts tue?«

»Das liegt nicht in Eurer Natur«, erwiderte Darienne.

»Ich will keine von Euch mit in den Abgrund reißen«, sagte Averil. »Was ich tue – was ich beabsichtige zu tun –, könnte mehr als tödlich sein. Ihr habt Ehemänner und Kinder. Wärt Ihr bereit, sie in Gefahr zu bringen?«

»Alle von uns sind in Gefahr«, entgegnete Richildis, »und mit jedem Tag, der verstreicht, wird die Gefahr größer. Es ist besser, im Kampf zu sterben, würden unsere Männer sagen, als mit Körper und Seele dahinzuwelken.«

»Ich werde darüber nachdenken«, sagte Averil. »Mehr kann ich Euch im Augenblick nicht versprechen.«

Richildis nickte. Der Rest des Kreises seufzte leise – möglicherweise ein wenig enttäuscht. Aber Averil konnte ihnen nicht mehr geben.

Vielleicht war sie zu vorsichtig. Wenn sie irgendjemandem vertrauen konnte, dann den Leuten der Insel. Dies war jedoch eine derart bedeutsame Sache, dass sie es nicht riskieren mochte, übereilt zu handeln. Sie brauchte einen Tag und eine Nacht zum Nachdenken.

Darienne führte sie aus der Halle; die Übrigen blieben zurück. Jennet und der Wachmann warteten im Klostergarten, ganz versunken in einer Art Zaubertrance.

Während sie in angenehmen Träumen wandelten, die die Damen ihnen geschenkt hatten, richtete Averil das Wort an ihre Führerinnen. »Jeder will mich besitzen, mich kontrollieren oder zerstören.«

»Oder Euch folgen«, sagte Darienne.

»Mich kontrollieren«, wiederholte Averil. »Jeder Herrscher dient jenen, über die er herrscht.«

»Selbst Clodovec?«

»Vielleicht.« Averil hielt kurz inne. Ein Gedanke nahm Gestalt an, aber er war noch zu flüchtig um ihn zu fassen. »Vielleicht sogar Clodovec.«

Darienne drängte sie nicht zu einer Erklärung. Es war eine kleine Sache, doch sie sagte Averil eine Menge.

Als Jennet und der Wachmann aus ihrem verzauberten Traum erwachten, ging Darienne mit ihnen zum Palast zurück. Keiner sprach. Es war ein bemerkenswert einvernehmliches Schweigen, so ungezwungen, dass Averil ein wenig erschrocken war. Sollte sie ausgerechnet hier und jetzt solche Gefühle haben?

Es war eben so. Manchmal musste selbst die misstrauischste Hofdame lernen zu vertrauen.

Kapitel 8

Nachdem Averil die Versammlung der Frauen verlassen hatte, erkannte sie, wie viel sie ihr gegeben hatten. Es war nicht so sehr das, was sie gesagt hatten, sondern vielmehr wie, wann und wo sie es gesagt hatten. Irgendwie, durch irgendeine Kunst oder Macht, die sie noch nicht ganz verstand, hatten sie ihr einen Weg durch diese Welt der Höfe und Intrigen gezeigt.

Das zu Grunde liegende Schema hinter all den verschiedenen Gruppierungen wurde ihr langsam klar. Es war eine Art von Magie. Sie erschien ihr beinahe farbig wie verzaubertes Glas, zahllose Fragmente, die zusammenflossen oder auseinanderbrachen.

Die edlen Frauen waren die Matrix. Ihre Angehörigen teilten sich in ein wechselndes Schema verschiedener Lager: für den König, gegen den König, für die Kirche, gegen die Kirche, für die Armee, für die unterschiedlichen magischen Orden, für diesen Herrscher oder jenen. Und jede Gruppe wollte irgendetwas von Averil.

Sie hatte gewusst, dass sie begehrt sein würde wegen ihres Reichtums, wegen der Macht, die ihr Vater innegehabt hatte und die man auch bei ihr vermutete, wegen ihrer Schönheit und Abstammung. Es war ihr nicht recht bewusst gewesen, welche Rolle es spielte, dass sie die Nichte des Königs war. Sie war seine nächste Verwandte, ja, aber nach den alten Sitten, nach denen sich eine überraschend große Zahl zurücksehnte, war sie mehr als das. Es war ein heiliges Band, das sie als Schwestertochter mit ihm verband.

Sie schauten alle zurück an diesem Hof, und der König mehr als alle anderen – zurück bis zur Schlange und der Welt, die sie geschaffen hatte.

Ein oder zwei der Damen waren immer in Averils Nähe wie ein Talisman, und häufiger als alle anderen war es Darienne: Sie war auch eine Herzogin, und es war durchaus zu erwarten, dass sie sich mit der Neuen anfreundete. Sie leitete sie durch Kopfnicken und Blicke, Hinweise und Vorschläge.

Aber weder sie noch eine ihrer Mitverschwörerinnen war am dritten Morgen nach Averils Besuch im Damenzirkel zugegen – genauso wenig wie die übliche Meute von Bittstellern und Freiern. Eine einsame dunkle Gestalt saß im Vorraum, den Kopf mit der Tonsur geneigt und die langen weißen Hände wie zum Gebet gefaltet.

»Vater Gamelin«, sagte Averil. Ihre Stimme war kalt wie ihr Herz.

Er nahm sich Zeit, bevor er sich dazu herabließ, von ihr Notiz zu nehmen. Während er die Pause ausdehnte, entfaltete er seine Hände. In seinen Handflächen schimmerte etwas: ein Glassplitter, schärfer als eine Speerspitze und noch tödlicher als diese.

Averil erstarrte innerlich und äußerlich. In dem Glasstück war Magie und Gift und ein langsamer Tod. Genauso ein Pfeil hatte ihren Vater fast getötet; starke Magie und äußerste Wachsamkeit hatten ihn gerettet und ihm einen späteren und weniger schmerzvollen Tod beschert.

Sie blickte in die ausdruckslosen, dunklen Augen. »Ist das eine Drohung?«

»Eher eine Warnung«, sagte Gamelin. »Dies wartete auf Euch, als ich herkam. Jene, die es handhaben sollte, wurde beseitigt.«

Averil zog die Brauen hoch. »Eine der Euren, nehme ich an?«

»Nein«, erwiderte er.

»Ich glaube Euch nicht.«

Sie hatte diesen falschen Priester noch nie lächeln sehen, und auch jetzt verkniff er sich diese Schwäche. Aber in seinen Augen war ein kaltes Glitzern. »Natürlich glaubt Ihr mir nicht. Es war ein erbitterter Krieg, den wir führten.«

»Wir führen ihn noch immer«, sagte sie.

»Tun wir das?« Er erhob sich. Der Glassplitter zerschmolz in seinen Händen, schrumpfte und verschwand. »Dann werdet Ihr Eure Abmachung also nicht einhalten?«

»Ich werde sie einhalten«, sagte sie. »Ich bin hier, nicht wahr? Ich tue das, was ich versprach.«

»Ja, das tut Ihr«, sagte Gamelin. »Seine Majestät sind erfreut. Er wird noch erfreuter sein, wenn Ihr eine Wahl trefft unter den Freiern, die er herbestellt hat.«

Averil atmete langsam ein. Sie hatte diese Aufforderung erwartet – nicht so bald, aber sie war darauf vorbereitet. »So viele Freier«, sagte sie. »Solch eine erlesene Schar. Ich werde Zeit brauchen, alle in Erwägung zu ziehen.«

»In der Tat«, sagte er. »Seine Majestät hat sie alle eingeladen, beim Fest des Heiligen Longinus mit Euch zu dinieren. Dort werdet Ihr Eure Wahl treffen, und dort werdet Ihr Euch vermählen, und das Königreich wird frohlocken.«

Einen Moment lang herrschte vollkommene Leere in Averils Kopf. Longinus? Der Paladin, der ihr Vorfahre war? Sein Fest? Aber das war ja …

»Das ist ja in einem Monat«, sagte Averil.

»In vierundzwanzig Tagen«, sagte Gamelin. »Genügend Zeit

für Euren aufgeweckten Verstand, Comtesse. Ihr hattet schließlich ein ganzes Jahr Zeit, darüber nachzudenken. Sicher habt Ihr Eure Aussichten erwogen.«

»Ich habe all meine Möglichkeiten bedacht«, sagte Averil ruhig. »Ich lehne die Einladung ab. Ich werde mein Versprechen einhalten, aber zu einem von mir selbst gewählten Zeitpunkt. Ich werde mich nicht zu unziemlicher Hast drängen lassen.«

»Ihr werdet tun, was Euer König befiehlt«, sagte Gamelin. »In vierundzwanzig Tagen werdet Ihr heiraten, Comtesse. Denkt gründlich darüber nach, für welchen Mann Ihr Euch entscheidet. Ihr werdet an ihn gebunden sein, so lange Ihr beide lebt.«

Das mag nicht lange sein, dachte Averil kühl und gelassen. Immer schon hatte sie diese Gabe oder diesen Fluch gehabt, innerlich ruhig zu werden, wenn jede andere in helle Panik geraten würde.

Der König brauchte einen Thronerben. Er war nicht gewillt oder vielleicht nicht in der Lage, diesen Mangel selbst zu beheben. Seine nächste Verwandte, sein Schwesterkind, war jung und kräftig und voraussichtlich fruchtbar. Man würde Zauber wirken und Magie ausüben, daran hatte Averil keinen Zweifel. Dann, wenn sie als Gebärwerkzeug nicht mehr gebraucht wurde, würde er sich ihrer entledigen und das Kind als sein eigenes aufziehen.

All dies sah sie in den Augen des falschen Priesters, ein Plan so simpel, so perfekt, dass er nicht fehlschlagen konnte. Auch das war eine Gabe, zu sehen, wie unterschiedliche Teile sich zu einem Ganzen fügten und das Herz eines Mannes zu durchschauen, selbst wenn es so kalt war wie das einer Schlange und kaum menschlicher.

Sie hatte den König hinters Licht führen wollen, wollte eine Wahl und eine Verlobung vortäuschen, dann in die Sicherheit ihres Herzogtums flüchten und die Hochzeit so lange aufschieben, bis der Bräutigam oder der König das Warten satt hatte. Sie hätte sie jahrelang hinhalten können, wenn Clodovec oder sein Berater nicht mindestens genauso klug gewesen wären wie sie selbst.

Vierundzwanzig Tage. So wenig Zeit blieb ihr, sich selbst, ihr Herzogtum und vielleicht sogar ihre Welt zu retten.

»Ich werde gründlich nachdenken«, sagte sie zu dem Mann des Königs, der auch sein Gebieter sein mochte – wer wusste das schon?

»Ihr werdet eine weise Entscheidung treffen, Comtesse«, sagte Gamelin.

»Das wäre zu hoffen«, sagte Averil.

Dann verließ er sie, den alten und neuen Göttern zum Dank. Averil ließ sich auf den nächsten Stuhl fallen. Eine ganze Weile konnte sie kaum atmen.

So bald, so bald. Sie rappelte sich hoch und schnappte nach Luft. Die Zeit, die ihr blieb, musste reichen. Sie würde herausfinden, was der König tat, während der Hof tanzte und schlemmte und sich von früh bis spät vergnügte. Sie würde einen Mann auswählen, den sie ertragen konnte, oder wenn das nicht gelang, einen, den sie schnellstmöglich wieder loswerden konnte. Sie würde sich ihren Weg durch all die Gruppierungen bahnen, die sie umschwirrten und auf diese Weise vielleicht Beistand oder Rettung finden.

Ihr blieb keine andere Wahl.

Sie rief nach ihren Zofen, einem Bad und ihrem Staat. Eine Zofe fehlte, und keiner verlor ein Wort über sie; die Lücke hatte sich gefüllt, als hätte sie nie existiert.

Averil setzte ihr höfischstes Gesicht auf, sanft und undurchdringlich wie eine Maske. Sie spürte ein Kribbeln im Nacken, aber kein Pfeil flog aus dem Schatten heraus, um sie zu töten. Wenn es einen weiteren Angriff geben sollte, so würde er nicht an diesem Tag erfolgen.

Sie würde bereit sein, wenn er kam. Sie hatte den Faden eines

Zaubers um ihren Körper gewickelt, eine unsichtbare und nicht zu spürende Barriere. Wenn eine Waffe oder ein magisches Werk versuchte, den Schutz zu durchdringen, würde sie es merken.

Mehr als alles andere brauchte sie Zeit zum Nachdenken, doch ausgerechnet die hatte sie nicht. Sie musste im Stehen zwischen all den Scharen von Menschen bei Hof nachdenken, wo sie einerseits in Sicherheit war und andererseits in Lebensgefahr schwebte.

Sie marschierte los wie in eine Schlacht, eine Armee von Dienerinnen hinter sich. Mochten sie treu sein oder verlogen, sie würden ihr folgen, um ihr zu helfen oder um sie zu vernichten. Im Augenblick spielte es kaum eine Rolle was von beiden.

Der Rosenorden konnte ihr nicht helfen. Gereint war der Letzte, der erfahren sollte, wie wenig Spielraum der König ihr gelassen hatte. Hier in Lutèce hatte sie Verbündete, aber was konnten die für sie tun?

Sie tanzte, sie dinierte. Sie wog Anzahl und Eifer der Männer ab, die sie ehelichen wollten. Es waren nicht weniger oder bessere als am Tag zuvor. Prinz Esteban befand sich nicht unter ihnen, bemerkte sie zufällig. Sie mochte das bedeutsam finden oder auch nicht.

Ständig waren ein, zwei der Inseldamen in Sichtweite, vertraute Gesichter, die nicht indiskret sein wollten. Sie beobachteten sie, so wie jeder andere bei Hof, entweder offen oder heimlich.

Obwohl sie am liebsten fortgelaufen wäre und sich verkrochen hätte, blieb sie bis zum Schluss. Vielleicht bemerkte es ja niemand, dass sie an all den Kelchen, die man ihr reichte, nur ein wenig nippte. Ihre Gedanken waren von stechender, qualvoller Klarheit.

Als die letzten Freier vom Wein betäubt umkippten, zog sie sich zurück und beendete den quälend langen Tag. Ihre Dienerinnen schliefen im Stehen; sie entließ sie allesamt und entkleidete sich selbst und gab sich der langweiligen Aufgabe hin, jede Litze und jedes Strumpfband zu lösen.

In einem sauberen Hemd und mit frischgekämmtem und geflochtenem Haar lag sie wach und starrte an die mit Schnitzereien verzierte, vergoldete Decke. Nur noch dreiundzwanzig Tage. Es sei denn, sie fand einen Ausweg aus der Falle.

Wollte sie einen finden? Sollte sie? Dem Gesetz nach war sie schließlich dazu verpflichtet. Wenn sie einen Mann finden konnte, der laut Gesetz zulässig war, und der den alten Traditionen treu war und nicht dem König, wäre das hilfreich.

Dies waren kaltherzige Gedanken, aber es war eine kalte Welt. Ihr eigenes Herzogtum, voll mit wilder Magie und freien Menschen, schien so weit entfernt wie der Mond. Der Rosenorden war noch weiter entfernt. Und Gereint – an ihn wagte sie nicht einmal zu denken.

Sie setzte sich auf. Das Gewebe der Rose in ihrem Inneren war stumm. Funken von Gedanken und Wünschen liefen daran entlang, aber es gab nichts Dringliches. Ohne zu wissen wie, lenkte sie einen der Fäden nach Lutèce, entrollte ihn bis zu einem vertrauten Schimmer innerhalb der vielfältigen Stufen der Bewusstheit, die Geist und Seele der in der Stadt lebenden Magier ausmachten.

Auch Darienne schlief nicht. Sie saß allein in der Werkstatt eines Magiers und schuf aus einem erhitzten Glasstab ein kompliziertes magisches Werk.

Seine Form erinnerte Averil an das Netz, durch das sie gekommen war, obwohl sie bezweifelte, dass es demselben Zweck diente. Es sah eher so aus, als wäre es dazu gedacht, Magie an sich zu ziehen und in sich aufzunehmen. Licht spiegelte sich darin und sank ins Innere, um die Macht zu binden, die es gewirkt hatte.

Es war ein großartiges Werk: Averil hatte etwas Ähnliches auf der Insel gesehen. Selbst dort hätte es Beachtung gefunden.

Sie wartete, während Darienne die letzte Bindung vollendete, indem sie Fäden aus Glas und Licht verspann. Als sie fertig war, saß sie eine ganze Weile vollkommen still da. Dann sagte sie ohne aufzuschauen: »Ihr verfügt über große Fähigkeiten, um die Schutzzauber dieses Ortes zu durchdringen.«

»Euer Können ist größer«, sagte Averil, »um ein solches Werk zu fertigen.«

»Das mag sein«, erwiderte Darienne. »Es ist ziemlich gering, doch es hat seinen Nutzen.«

»Es fängt Magie ein«, sagte Averil. »Kann es auch eine Seele einfangen?«

»Vielleicht«, sagte Darienne. »Oder es mag einer Seele, die gestohlen wurde, Zuflucht bieten, um ihren Körper wiederzuerlangen.«

Averil hielt inne. Hinter der abgeklärten Miene ahnte sie einen tiefen, schrecklichen Schmerz. »Euer Sohn?«

»Zwei Söhne«, sagte Darienne. »Mein Jüngster starb, dem Guten Gott sei Dank, an einem Fieber, bevor man ihm die Seele nehmen konnte. Er ist sicher bei Gott.«

Es gab keine Worte, um solches Leid zu trösten. Averil konnte nur sagen: »Jetzt verstehe ich.«

»Tut Ihr das, Comtesse?«

»Ich habe diese Soldaten gesehen«, sagte Averil. »Ich sah, wie er sie nimmt und zu seinen Sklaven macht. Er stellt Armeen auf für den Tag, wenn die Schlange zurückkehrt – um für sie zu kämpfen, um sie zu füttern. Um alles zu unterwerfen, das ihm nicht schon gehört.«

Darienne senkte den Kopf. »Ja. Ja, wir haben es auch gesehen. Wir alle haben Angehörige, Diener, Vasallen verloren. Einige verloren ganze Städte und Dörfer: Alle Männer wurden fortgenommen und die Frauen blieben zurück und müssen sich allein durchschlagen.«

»Und Ihr tatet nichts, um ihn aufzuhalten.«

»Er kann nicht aufgehalten werden«, sagte Darienne in beherrschtem Ton. »Keine Magie kann ihn berühren. Wir haben es versucht, bei Gott, das haben wir! Dieses kleine Ding, das uns so großartig erscheint, ist für ihn nichts weiter als ein Kinderspielzeug. Was wir tun, bringt ihn noch nicht einmal ins Wanken.«

»Er übt eine andersartige Magie aus«, sagte Averil. »Schlangenmagie. Ihr müsst lernen, anders zu sehen und zu denken, aus den Beschränkungen des Glases auszubrechen und durch die freie Luft zu fliegen.«

»Dann ist es also wahr«, sagte Darienne. »Ihr habt die Orden verlassen. Ihr habt Euch auf etwas anderes eingelassen … auf eine andere Magie.«

»Wilde Magie«, sagte Averil. Allzu deutlich konnte sie Dariennes Entsetzen spüren. Sie hatte es geteilt; sie mochte immer noch nicht allzu intensiv darüber nachdenken, was sie tat oder was sie war. Für die Magierorden war wilde Magie etwas Schreckliches, Ungezügeltes, Gefährliches. Jene, die sich auf sie einließen, wurden für wahnsinnig gehalten.

Schlangenmagie war schlimmer. »Unsere Ausbildung behindert uns«, sagte Averil. »Sie macht uns blind. Der König weiß das und nutzt es skrupellos aus. Wir müssen lernen, über unsere strengen Kriterien, Regeln und Beschränkungen hinauszuschauen. Wir müssen andere Arten von Magie zulassen. Es gibt keinen anderen Weg, Widerstand gegen ihn zu leisten.«

Darienne erschauerte. Dennoch lachte sie – schmerzlich, aber aufrichtig. »Mir ist, als würde ich der Schlange selbst gegenüberstehen und der Versuchung nachgeben. Wir werden alle unsere Seelen verlieren. Nicht wahr?«

»Ich hoffe nicht«, sagte Averil. »Ich hoffe, wir werden sie wiederfinden, stärker als zuvor.«

»Das wäre ein Wunder«, sagte Darienne.

»Ich hoffe darauf«, sagte Averil. »Ich bete, dass es bald geschieht. Der König hat mir seinen Befehl gegeben. In dreiundzwanzig Tagen muss ich einen Mann auswählen und heiraten.«

»Oh«, sagte Darienne und blieb so lange stumm, bis Averil sich fragte, ob sie ihre Worte verstanden hatte. Schließlich sagte sie: »Er will sich Eurer gewiss sein.«

»Und ich? Kann ich mir irgendeiner Sache gewiss sein? Gibt es in Lys einen Mann, der bislang keine Ehefrau hat und dem ich trauen kann?«

»Nicht dass ich wüsste«, sagte Darienne mit offensichtlichem Bedauern.

»Nicht einmal unter den Botschaftern aus dem Ausland?«

»Unter denen am allerwenigsten«, sagte Darienne.

Sie wusste von Prinz Esteban. Es konnte ihrer Aufmerksamkeit kaum entgangen sein. Aber sie schien sich ihres Urteils ziemlich sicher.

Das war sich Averil letztendlich auch. Sie wusste nicht, was sie fühlte. Erleichterung? Bedauern? Der Mann aus Moresca war ein wunderschönes Wesen, doch das war die Schlange auch: glatt und geschmeidig.

Sie zog sich an den Fäden des Netzes entlang zurück, für kurze Zeit gefolgt von Dariennes Erstaunen. Die Wärme ihres Körpers war willkommen, das schlagende Herz, das die Seele sicher umschloss. Sie fand Schlaf und Ruhe und ausnahmsweise keinen Traum, an den sie sich am nächsten Morgen erinnerte.

Kapitel 9

Nach jenem ersten Maskenball hatte Prinz Esteban wohl überlegt Abstand gehalten. Vielleicht zielte er darauf ab, dass Averil sich über seine Vernachlässigung ärgerte. Wahrscheinlicher war, dass er ihr Zeit geben wollte, um über das, was er ihr gezeigt hatte, nachzudenken; zu einem gegebenen Moment würde er zurückkommen und sie erneut in Versuchung führen.

Es war ein Jammer, dass sie ihm nicht trauen konnte. Es wäre praktisch gewesen. Auch angenehm, was gewisse Dinge anging.

Es gab einen Mann von der anderen Seite des Meeres, dem sie vertrauen konnte, was Darienne und die anderen Damen auch sagen mochten. Sie betrachtete Dylan Fawr als Freund und aufrichtigen Verbündeten.

Er war kein Freier, obwohl er nach Alter, Rang und unverheiratetem Familienstand akzeptabel gewesen wäre. Aber seine Blicke wurden in dieselbe Richtung gezogen wie Averils Blicke; er war diskret, aber ihren wachsamen Augen war es nicht entgangen. Wenn sie völlig verzweifelt war, könnte sie ihn vielleicht bitten, sie vor einem schlimmeren Schicksal zu bewahren, aber es war ihr zuwider, ihre junge Freundschaft derart überzustrapazieren, während es anderswo noch Hoffnung geben mochte.

Er kam zu ihr, zehn Tage nachdem der König Averil das Ultimatum gestellt hatte. Jeden Morgen zählte sie beim Aufwachen die Tage, die ihr noch in Freiheit blieben, und betete, dass der neue Tag ihr eine Fluchtmöglichkeit bieten würde. Aber nichts geschah.

Zwei Wochen noch. Kalter Regen fiel vom Himmel, was jede Hoffnung auf einen Ausritt im königlichen Park, wo sich das Laub bereits golden gefärbt hatte, zunichtemachte. Der Hof hatte sich weitgehend in die Halle zurückgezogen. Dort im Warmen vertrieben sie sich die Zeit mit Würfelspielen, Tanzen und spielerischem Schwertgeplänkel.

Averil hätte nichts dagegen gehabt, mit ein, zwei Gegnern die Klingen zu kreuzen, doch das wäre ein Skandal gewesen. Als Frau war ihr auch das Spiel mit Würfeln nicht erlaubt – nur das Spiel mit den Herzen der Freier. Somit blieb das Tanzen oder der Austausch von Klatschgeschichten, wenn es ihr allzu langweilig wurde, den ganzen Tag herumzusitzen und sich bewundern zu lassen.

Dylan Fawr erwies sich als gelenkiger und unermüdlicher Tanzpartner. Als ihr Atem immer schneller ging und die Musik zu unerträglichem Gekreische anschwoll, lenkte er Averil aus dem Kreis der Tanzenden in plötzliche Stille.

Die Wandelgänge am Rand des Hofs waren für ein Stelldichein wie geschaffen. Bei einem Freier hätte sich Averil über derartige Absichten nicht gewundert, doch dieser Mann hatte nichts dergleichen im Sinn. Sie öffnete den Mund, um ihn nach seinem Vorhaben zu fragen.

Mit einer stummen Geste bat er sie zu schweigen. Mit einem Blick forderte er sie auf, zum anderen Ende des Wandelgangs zu schauen.

Zwei Schatten standen dort dicht zusammen, sicher waren es keine Liebenden. Sie flüsterten, aber durch irgendeinen akustischen Trick hörte sie jedes Wort, obwohl sie nicht wusste, wer da sprach, nur dass beide Männer waren.

»Wo ist der König dieses Mal? Soweit wir wissen, ist er für vierzehn Tage verreist.«

»Dann wisst Ihr, wo er ist.«

»Weiß ich das?«

»Er ist, wo er immer ist, wenn er mit einer seiner Armeen verschwindet: irgendwo unterwegs, um die Welt zu erobern.«

»Ich dachte, das wäre ihm langweilig geworden, nachdem er Quitaine an der Angel hat.«

»Dem König ist niemals langweilig. Wenn er nicht herumschleicht und etwas tötet, könnt Ihr Euch darauf verlassen, dass er über seine nächste Hetzjagd nachdenkt.«

»Was ist es diesmal? Gotha? Moresca? Das heilige Romagna?«

»Warum sollte er sich die Mühe machen? Er jagt eine größere Beute. Er hat die Rose zu Fall gebracht. Nun stellt er eine Flotte zusammen, um die Insel zu Fall zu bringen.«

»Das ist Wahnsinn.«

»Findet Ihr? Keiner hat jemals die Priesterinnen angegriffen. Man hat es nicht einmal versucht.«

»Aus gutem Grund. Sie verfügen über genügend Magie, um die ganze Welt abzuwehren.«

»Vielleicht war das einmal so. Die Rose verwelkte in einer

einzigen Nacht. Die Insel wird nicht so leicht zu bezwingen sein, doch er wird sie erobern. Keiner der Magier und Magierinnen des Erschaffens und des Buches kann sich der Macht widersetzen, die er auf seine Seite gezogen hat.«

»Es stimmt, dass die Orden ihm nicht viel entgegenzusetzen haben. Die Hälfte von ihnen gehört mittlerweile schon ihm, und die Übrigen sind zu schwach, um zu kämpfen. Aber …«

»Jeder fürchtet sich vor den Priesterinnen. Darauf verlassen sie sich. Nur er fürchtet sich vor nichts.«

»Nicht einmal vor dem Tod?«

»Er glaubt, dass er nicht sterben kann. Die, der er dient, wird ihm die Macht geben, ewig zu leben.«

»Nun gut. Das ist sogar noch wahnsinniger als alles andere.«

»Ist es Wahnsinn, wenn es die Wahrheit ist?«

Die Musik hatte aufgehört zu spielen, während die Männer sprachen. Als sie wieder anhob, übertönte sie jedes weitere Wort, das sie sagen mochten.

Averil hatte alles gehört, was sie hören musste. Sie wandte sich zu Dylan Fawr um. Er nickte ihr kurz zu, bevor er sie an sich zog und sich zu ihr herunterbeugte, wie um sie zu küssen.

Sie erstarrte, aber bevor sie sich zur Wehr setzen wollte, nahm sie das Rascheln von Röcken und das Kichern einer Frau in Begleitung eines mit Schmuck behangenen, in Samt gekleideten Herrn wahr. Als sie in einer Parfumwolke vorbeirauschten, fielen ihre Blicke auf Averil und Dylan Fawr, die scheinbar die gleichen Absichten hatten. Die Hand des eleganten Kavaliers befand sich bereits unter dem Rock seiner Angebeteten, und ihre machte sich an seinem Hosenstall zu schaffen.

Irgendwie fand Averil dies schockierender als den Tanz der Nackten, den Esteban ihr in jenem Garten gezeigt hatte. Jener war vollkommen unbefangen gewesen. Dies hier war so verlogen wie die bunte Maske vor dem Gesicht der Dame.

Averil war froh, als Dylan Fawr sie zurück in die Halle führte, aber noch froher war sie, sich in die halbwegs sichere Zufluchtsstätte ihrer Gemächer zurückziehen zu können. Dort ließ er sie bei Jennet und ihren scharfsichtigen Zofen zurück, und als er sich über ihre Hand beugte, um sich zu verabschieden, sagte er nur für ihre Ohren: »Wenn Ihr mich braucht, Ihr müsst es nur sagen.«

Sie neigte den Kopf, was als Freundlichkeit oder Zustimmung ausgelegt werden konnte. Sobald er sich zurückgezogen hatte, gab sie Kopfschmerzen und Unwohlsein vor, was es nötig machte, sie zu entkleiden und sie mit einer Tasse heißer Milch im abgedunkelten Zimmer allein zu lassen.

Die Kopfschmerzen waren nicht vorgetäuscht. Sie lag im dämmerigen Licht und hörte, wie der Schneeregen gegen die Fensterläden gepeitscht wurde. Was sie belauscht hatte, hätte sie nicht schockieren dürfen. Die Ritter hatten es seit Langem erwartet; die Priesterinnen hatten die Magie der Insel verstärkt, um sich dagegen zu wehren. Alle Mächte, die es auf der Welt gab, um die Hexerei des Königs zu bekämpfen, waren dort versammelt, in Erwartung seines Angriffs.

Und dennoch hatten die beiden adligen Herren einen großen Mangel in ihrer Planung gesehen. Die Orden hatten die alten Magieformen so vollkommen unterdrückt, dass sie mittlerweile vergessen waren. Wie tapfer die Priesterinnen auch kämpfen mochten, so konnten sie nicht wissen, was sie angreifen würde und auf welche Weise und dass es ein Werk sein konnte, gegen das sie keine Verteidigungsmittel hatten.

Das Herz von Averils Magie lebte außerhalb der Orden. Gereints Magie war davon sogar noch weiter entfernt: Er hatte den größten Teil seines Lebens nichts von ihnen geahnt. Er hatte nicht einmal etwas von der Notwendigkeit des Argwohns gegenüber der wilden Magie geahnt, die jeder Magier in der zivilisierten Welt von Kindesbeinen an hasste und fürchtete.

Sie wendete sich dem Silberschimmer in ihrem Inneren zu, dem Netz aus Sternen, das die Ritter miteinander verband. Obwohl er ihr im Moment nicht wohlgesinnt war, war Gereint da, mit ihr verwoben, sodass nicht mehr zu sagen war, welche Magie zu ihr und welche zu ihm gehörte.

Wie verärgert er auch über sie sein mochte, seine Magie umschlang sie wie zwei warme, starke Arme. Sie führte sie durch das Netz aus Sternen zu einem, der ein bisschen heller schimmerte als die Übrigen. Als sie ihn berührte, erblühte er zu einer windigen Landzunge und einem Regenschauer und einem Bauernhaus am Fuße eines Hügels. Neben dem Bauernhaus befand sich eine Gießerei, wo ein Ritter und ein Novize über einem Schmelzofen arbeiteten und Sand und Seegras und Kalk zu Glas verarbeiteten.

Auf einem Tisch an der Wand stand ein Spiegel. Der Ritter nickte Averils unsichtbarer Gestalt zu, und verbeugte sich so tief, dass sie sich fragte, welche Geschichten ihm über sie erzählt worden waren. Sie bewegte sich auf den Spiegel zu, der kurz zuvor enthüllt worden war: Ein zusammengefaltetes Tuch aus schwarzer Seide lag daneben.

Der Spiegel war größer als die üblichen Seherspiegel und von bemerkenswerter Qualität. Selbst auf der Insel wäre er eine Rarität gewesen. Averil verneigte sich vor der Kunstfertigkeit des Mannes, der ihn geschaffen hatte, hauchte ein Gebet für alle reinen Herzen und schaute in den Spiegel.

Zunächst hatte sie das Gefühl, als würde sie auf das Amulett schauen, das sie immer um den Hals trug, Ranken aus Rot, Grün, Silber und Blau, die sich auf der Oberfläche umeinanderschlangen. Dann lösten sich die Formen in Schlangen auf, die sich spiralenförmig schlängelten und in den Schwanz der jeweils nächsten bissen. Ein Teil von ihr war starr vor Entsetzen, aber der Rest sah nichts als Schönheit in jenen geschmeidigen Körpern und glitzernden Schuppen.

Ohne Vorwarnung fielen sie auseinander und glitten in die Tiefen des Spiegels hinein. Aus großer Höhe schaute sie hinunter auf eine tiefe Bucht und einen geschützten Hafen, und in dem Hafen lag eine Flotte von Schiffen. Hunderte lagen dort und weitere waren auf dem Strand und wurden mit den letzten Hammerschlägen des Schiffszimmermanns bearbeitet.

Es waren schwarze Schiffe mit schwarzen Segeln, und jeder Bug war mit gelben Schlangenaugen bemalt. Die Zauber, die in die Planken gewirkt waren, klangen wie das allzu vertraute Zischen von Schlangen; die Männer, die auf den Decks und in den Werften arbeiteten, hatten die ausdruckslosen und leeren Gesichter von jenen, die ihrer Seelen beraubt worden waren.

Sie hatte ganze Armeen gesehen sowie Priester und Schreiber und Magier, die weder Leben noch Geist in sich hatten. Aber diese vergleichsweise wenigen erfüllten ihr Herz seltsamerweise mit größerer Kälte.

Sie schwärmten wie Ameisen über die Schiffe. Einzeln verfügten sie weder über Verstand noch Willen, aber zusammen bewegten sie sich mit Schrecken erregendem Zielbewusstsein.

Averil hatte in einer gläsernen Kugel gelebt, umgeben vom Trugbild des Hofes. Hier war die Wirklichkeit, die der König geschaffen hatte. Nichts war sicher vor ihm oder vor der Macht, der er diente.

Sie fühlte seine glitschige Gegenwart in dem niedrigen rechteckigen Schloss, das über der Landzunge thronte. Es war sehr alt; seine Wände waren im Laufe der vielen Jahre verwittert, aber die Räume im Inneren waren neu hergerichtet worden. Er saß in der Halle auf einem hohen vergoldeten Stuhl, das Kinn aufgestützt, mit finsterem Blick auf den Mann in priesterlichem Schwarz, der ihm aus einer verblichenen Schriftrolle vorlas.

Averil kannte die Sprache der Schriftrolle. Sie war uralt und außerhalb der Insel und des Rosenordens so gut wie vergessen. Die Worte, die Gamelin las, waren obskur und beinahe unbegreiflich, aber sie sprachen von einem Leichentuch und einem Speer und einem gläsernen Käfig.

Sie fühlte ein Kribbeln im Nacken. Dies waren die Mysterien der Rose: das Leichentuch, in dem der Junge Gott begraben wurde, nachdem er beim Bezwingen der Schlange gestorben war; der Speer, mit dem er es getan hatte; und das Gefängnis, in das die Schlange eingesperrt worden war.

Auf einem Tisch vor dem König lagen zwei Dinge: ein Stoffbündel, das von einer vergilbten Schnur zusammengehalten wurde, und ein Speer mit gebrochenem Schaft. Von der dritten Sache war nichts zu sehen. Dann sagte der König: »Seid Ihr sicher, dass da nicht steht, wo das Dritte ist?«

»Weder hier«, sagte Gamelin, »noch sonst irgendwo. Dieses Wissen muss niemals aufgeschrieben worden sein. Wenn es so wäre, hätte mein Zauber es gefunden.«

»Einer der Ritter weiß es«, sagte der König. »Der Orden in Lys ist zerstört, doch den Rest der Welt suchen sie noch heim. Sicher gibt es einen Zauber, der denjenigen finden kann, der das Geheimnis bewahrt.«

»Sie waren immer Meister der Verteidigungszauber«, sagte Gamelin, »und dies verteidigen sie verbissener als alles andere.«

»Findet es, Gamelin«, sagte der König. »Findet es bald. Das letzte Schiff wird beim nächsten Schwarzmond fertig sein. Dann müssen wir segeln, bevor die Winterstürme kommen.«

»Wir sollten vielleicht bis zum Frühling warten, Majestät.«

»Nein«, sagte der König. Das Wort klang, als würde ein Tor geschlossen.

Gamelin öffnete den Mund, als wolle er weitere Einwände erheben, besann sich jedoch eines Besseren. Er verbeugte sich, rollte die Schriftrolle zusammen und legte sie in einen Schrein, der genauso alt aussah wie das Pergament.

Der König schien ihn bereits vergessen zu haben. Sein Blick ruhte wieder auf dem Speer und dem Stoff, der das Leichentuch sein musste, und seine Miene verfinsterte sich zunehmend. »Nutzlos«, sagte er zu sich selbst. »Wertlos. Ohne das Dritte sind sie nichts als ein Stück rostiges Eisen und ein in Seide gewickelter Lumpen. Wenn ihr Gefängnis sich nicht auf der Insel befindet …«

»Wir werden es finden«, sagte Gamelin. »Irgendwann wird ein Wort oder ein Gedanke oder auch nur ein Blick darauf weisen. Und dann, mein Gebieter, haben wir es.«

»Genug der Worte«, sagte der König. »Genug der Versprechen. Geht und wirkt Eure Zauber. Kehrt nicht zurück, bevor Ihr es gefunden habt.«

Gamelin verneigte sich tief. Durch die Verbeugung wurde sein Gesicht verborgen, aber der heiße Zorn, der in ihm loderte, war unverkennbar.

Als der falsche Priester die Halle verließ, trat Averil vom Spiegel zurück. Einen verwirrenden Moment lang existierte sie an drei Orten gleichzeitig; dann lag sie wieder in ihrem Zimmer in Lutèce, und ihr Kopf schmerzte schlimmer als zuvor.

Ihr Herz pochte laut. Sie hatte bekommen, was sie brauchte – und ihre schlimmsten Befürchtungen waren bestätigt worden. Aber sie war sich noch nicht sicher, was sie mit den Informationen anfangen würde.

Die Insel musste wissen, was auf sie zukam. Auch die Ritter mussten davon erfahren; schließlich hatte sie ihr Netz und ihren Spiegel benutzt, um es herauszufinden. Sie konnte ihnen diesen Krieg überlassen, während sie ihren eigenen in Lutèce führte.

Und dennoch …

Der Gedanke hatte keine Form und keinen schlüssigen Sinn. Es war eine Vorahnung, nichts weiter, ein Gefühl unter dem Brustbein. Sie vermisste etwas. Eine kleine, aber sehr wichtige Sache, die mit dem dritten Mysterium und den Hexereien des Priesters und sogar mit der Verdrießlichkeit des Königs zu tun hatte.

Bis zum Schwarzmond dauerte es noch fast einen Monat: Der Mond nahm gerade zu. Bei Vollmond würde der König sie zwingen, ihre Wahl zu treffen, dann würde er seinen verschwörerischen Plan zu Ende führen.

Heute Nacht sollte sie versuchen zu schlafen, ihre Kopfschmerzen loszuwerden und so etwas wie Klarheit in ihre Gedanken zu bringen. Morgen würde sie dann mit frischer Kraft überlegen, wie sie sich aus ihrer Zwangslage befreien konnte.

Kapitel 10

Am Morgen wartete Prinz Esteban vor Averils Tür. Sie hätte ihn kaum als Antwort auf ihre Gebete bezeichnet, doch er bot eine allzu willkommene Zerstreuung.

Er war allein; kein anderer wartete an der Tür. »Ich habe sie fortgeschickt«, sagte er.

»Wie kühn von Euch«, erwiderte Averil.

Er quittierte ihre Ironie mit einer Verbeugung. »Es gibt eine Jagd«, sagte er, »im Goldenen Wald. Jetzt, da der Regen aufgehört hat.«

Die Information weckte ihr Interesse, aber es wäre nicht klug gewesen, ihm das zu zeigen. »Eine Jagd? Tatsächlich? Wäre das der ganze Hof oder eine ausgewählte Gruppe?«

»Das liegt ganz an Euch, Comtesse«, sagte Esteban. »Werdet Ihr mit uns reiten?«

Averil unterdrückte ein Gähnen. Sie war vor Sonnenaufgang aufgestanden, kaum erholt nach einer Nacht, in der sie wie eine Tote geschlafen hatte. Mit den ersten Sonnenstrahlen wurde sie ein wenig munterer, aber sie fühlte sich noch immer schwer und langsam.

Eine Jagd würde ihren Kreislauf in Schwung bringen. Vielleicht fand sie dabei ja auch heraus, was Esteban dazu getrieben hatte, den Botschafter zu spielen.

»Was werden wir jagen?«, fragte sie. »Vögel? Rotwild? Wildschweine?«

»Verehrte Comtesse«, erwiderte er, »im Goldenen Wald jagen wir unseren Herzensträumen nach.«

Averil starrte ihn an, bis er nach Luft schnappte und den Blick abwendete. Er sollte wissen, dass höfische Spielchen bei ihr nicht angebracht waren. Sie ließ ihn warten, während sie sich für die Jagd bereitmachte.

Im schlichtesten Reitrock, den ihre Zofen ihr gestatteten, mit einem Bogen, der zum Jagen von Rotwild – oder von Männern – geeignet war, und einem Köcher voll goldgefiederter Pfeile ritt Averil in Begleitung von Jennet, einem halben Dutzend Wachen und dem Prinz von Moresca los. Die Jagdgesellschaft war noch dabei, sich im großen Hof des Palastes zu sammeln, eine wogende Menge aus Jägern und Höflingen, Dienern und Hofschranzen, mit bellenden Hunden, kreischenden Falken und schnaubenden Hengsten.

Es war ein schöner, heller Morgen, sauber gewaschen vom Regen. Ein großer Teil des Hofes schien ebenfalls der Meinung zu sein, dass es ein wunderbarer Tag für eine Jagd war. Jedes Tier, das nicht vor einer solchen Meute Reißaus nahm, hatte es verdient im Kochtopf zu landen.

Einige junge Männer, die zweckmäßigere Jagdkleidung trugen als die Übrigen, kamen herbeigeritten, um Esteban zu begrüßen und sich vor Averil zu verbeugen. Die meisten von ihnen hatten morescische Gesichtszüge und einen morescischen Akzent; ein oder zwei redeten mit dem melodischen Tonfall Proensas.

»Sollen wir?«, fragte einer von ihnen, während die Menge noch keinerlei Anstalten zum Aufbruch machte.

Esteban warf Averil einen Seitenblick zu. »Comtesse?«

Bis auf Esteban waren all diese Männer Fremde für sie; aber sie hatte ihre Wachen und ihre Zofe bei sich. Als sie Jennet anschaute, runzelte diese die Stirn, zuckte jedoch mit den Schultern. Sie würde sich der Entscheidung ihrer Herrin fügen.

Averil neigte den Kopf als Zeichen der Zustimmung, was Esteban mit einem flüchtigen Lächeln quittierte.

Sie überließen den Rest des Hofes sich selbst, bestiegen ihre

Pferde und ritten los. Das Tor, das Esteban wählte, führte durch ein Labyrinth von Gärten zu einem anderen, etwas größeren Tor und zum Ufer des Flusses.

Esteban hatte das Talent, versteckte oder wenig benutzte, aber praktische Fluchtwege zu finden. Dieser Weg führte zu einer breiten und gepflegten Straße, die unterhalb der Palastmauern verlief und zu einer der zwölf Brücken von Lutèce führte: eine für jeden der zwölf Paladine. Die Brücke, die sie überquerten, war nach Longinus, dem ersten Paladin, benannt, was recht passend war, da Averil seine Nachfahrin war.

Jenseits der Longinus-Brücke passierten sie abgeerntete Felder und steuerten dann einen entfernten Schimmer an. Der Goldene Wald hatte im Sturm ein wenig von seiner Schönheit verloren; der Waldboden war mit goldenen Blättern bedeckt, aber die Baumkronen leuchteten noch blassgolden über den silbrigen, glatten Stämmen der Buchen.

In diesen Wald und auf diese Lichtungen durften nur der König und seine Günstlinge einen Fuß setzen. Wenn ein Gemeiner hier beim Wildern erwischt wurde, verlor er nicht nur sein eigenes Leben, sondern musste vorher noch mit ansehen, wie seine Frau und seine Kinder aufgehängt wurden.

Das war das Recht des Königs; das Land war sein Eigentum, und er konnte damit tun, was immer er wollte. Averil war nach einer anderen Philosophie erzogen worden. Sie hatte nicht weiter gedacht, als den König am Wiedererwecken der Schlange zu hindern, aber wenn das vollbracht war und Lys überlebte, konnte sie die Gesetze ändern. Sie würde dieser Welt ein anderes Gesicht geben.

Dies waren gefährliche Gedanken in dieser Welt, die zum Teil schon von Schlangenmagie durchdrungen war. Deshalb richtete sie ihre Konzentration auf das schräg einfallende Sonnenlicht zwischen den Zweigen und auf die Wegbiegung, die sie tiefer in den Wald führte.

Einer von Estebans Gefährten erwies sich als äußerst geschickter Jäger. Er fand eine Spur, die, wie er sagte, von einem stattlichen Hirsch stammen musste.

Wenn Averil ein bisschen aus den Augenwinkeln schaute, konnte sie erkennen, wo das Tier gegangen war. Seine Anwesenheit war noch in der Luft und an den raschelnden Blättern des Waldbodens zu spüren. Die Ausmaße seines Geweihs waren enorm: Zweige waren abgebrochen und frische Kratzer an Baumstämmen kündeten davon, dass er die Spitzen seiner Waffen geschärft hatte.

Die Männer waren darauf versessen, ihm nachzujagen und ihn zu erlegen. Averil zögerte ein wenig. Der Morgen war klar und kühl und wunderschön. Sie atmete die liebliche, saubere Luft tief ein und ließ das Pferd in seinem eigenen Tempo laufen.

Ihre Wachen und ihre Zofe blieben mit ihr zurück. Estebans Gefährten nahmen die Spur des Hirsches auf. Es überraschte Averil nicht, dass er keine Eile hatte, ihnen zu folgen. Er war ihr nicht wie ein Mann erschienen, der auf diese Art von Jagd versessen war.

Sie war noch nie zuvor durch diesen Wald geritten, aber sie wusste, wo sie sich befand. Es war ein eigenartiges Gefühl, als wären diese Pfade ebenso ein Teil von ihr wie die Rillen in der Haut ihrer Fingerspitzen.

Das letzte Mal, als sie ein derartiges Gespür für das Land gehabt hatte, war in ihrem Herzogtum Quitaine gewesen. Es gab hier keine wilde Magie, kein Wildvolk, das zwischen den Schatten hin und her flitzte und sie von den Ästen aus anschaute. Die Magie der Orden war zu stark an diesem Ort für jene luftigen Geister.

Und dennoch erinnerte sich das Land an sie. Dieser Hain war schon da gewesen, bevor die Orden kamen, selbst bevor die Schlange fiel. Keiner der Bäume, die sie sah, war so alt, aber das Herz des Waldes hatte seit Anbeginn der Welt geschlagen.

Averil hatte kaum erwartet, einen solchen Ort mitten in Lys zu finden. Aber schließlich sollte auch die Magie der Schlange

lange fort und tief begraben sein, und dennoch hatte der König sie nicht nur wiederentdeckt, sondern auch gelernt, sie auszuüben. Dieses Land barg mehr Geheimnisse, als die Orden der Magier eingestehen mochten.

Averil hatte die Hirschjagd vergessen. Das, was sie nun jagte, war tiefer und seltsamer. Sie suchte nach dem Herzen des Waldes – welches vielleicht auch das Herz von Lys sein mochte.

Der Goldene Wald erstreckte sich weit über die sanften Hügel im Westen von Lutèce, den Fluss entlang und hinauf zu dem niedrigen Bergkamm, den die Leute auch Drachenrücken nannten. Averil vermutete, dass er früher einen anderen Namen hatte: die Schlange.

Keine Ausgeburt der alten Nacht lag schlafend unter den baumbewachsenen Hängen. Die Knochen der Erde traten deutlich hervor. Man hätte erwarten können, dass sich auf einem der Felsvorsprünge eine Burg erheben würde, doch diese Hügel waren von menschlichen Wohnstätten gereinigt worden.

Das königliche Jagdschloss lag tief im Walde an einer geschützten Stelle im Tal, am Ufer eines glasklaren Sees. Es erinnerte Averil allzu lebhaft an die Insel der Priesterinnen: steil aufragende Hänge, dazwischen die grüne Senke, der klare See und daneben das Herrenhaus.

Nicht der König hatte es gebaut. Es war viele Generationen alt, und der letzte Teil war in den Tagen seines Vaters errichtet worden: die luftige Konstruktion eines Turmes mit Fenstern aus farblosem Glas. Sie bargen keine Magie; das Glas war so klar, dass sich nichts darin verfangen und nichts darin eingeschlossen werden konnte. Alles, was hindurchkam, war Licht.

Es gab Diener im Herrenhaus, diskrete Menschen, die die unerwarteten Gäste freundlich willkommen hießen und ihnen Essen, Getränke und einen Platz zum Ausruhen anboten. Averil nahm ihre Gastfreundschaft gerne an. Dies war noch nicht das Herz des Waldes, aber es schien ganz in der Nähe zu sein.

Es war fast, als wäre sie in Quitaine: diese friedliche Ruhe, die Abwesenheit von Spionen, Geflüster und Intrigen. Niemand hier wünschte ihr etwas Böses oder kümmerte sich überhaupt darum, wer sie war.

Sie wagte nicht, sich an diesem Zufluchtsort allzu wohl zu fühlen. Esteban war mit ihr hierhergekommen, und seine Anwesenheit war alles andere als beruhigend.

Er hatte sie aus eigenen Beweggründen hergebracht. Sie war gut beraten, ihm nicht zu trauen. So friedlich und ungefährlich das Herrenhaus und der Wald auch wirken mochten, so gehörten sie dennoch dem König. Und der König wollte nichts Geringeres, als die Welt aus den Angeln zu heben.

Nachdem sie gegessen, getrunken und eine Weile ausgeruht hatte, stellte sie fest, dass ihre Wachen sich zurückgezogen hatten und Jennet auf ihrem Platz eingenickt war. Der Zauber war subtil und meisterhaft gewirkt. Sie warf Esteban einen argwöhnischen Blick zu.

Er erwiderte ihren Blick mit ausdrucksloser Miene. Selbst jetzt hatte sie nicht das Gefühl, dass eine Gefahr von ihm ausging. »Messire«, sagte sie, »wenn Ihr glaubt, Ihr habt mich in Eurer Gewalt, so muss ich Euch eines Besseren belehren.«

»Daran würde ich nicht einmal im Traum denken«, sagte er. »Es gibt hier etwas, das Ihr vielleicht zu sehen wünscht. Darf ich Euch begleiten?«

»Ein weiterer nackter Tanz? Nein danke, lieber nicht.«

»Dies hier mag Euch weniger anstößig erscheinen«, sagte er, »oder Euch einen gewaltigen Schock versetzen. Aber ich kann Euch versichern, dass Ihr Euch nicht langweilen werdet.«

Neugierde war immer schon Averils Schwäche gewesen. Sie erhob sich mit einem Seitenblick auf Jennet. Die Zofe schlief tief und fest in ihrem Sessel und schnarchte leise vor sich hin.

Sie würde nicht so bald erwachen. Unwillkürlich fragte sich Averil, ob sie überhaupt wieder aufwachen würde.

Natürlich würde sie wieder wach werden. Derartige Zauber

wirkten für den Betrachter immer unauflösbar, bis ihr Urheber sie aufhob. Averil ließ die schlafende Jennet zurück und folgte Esteban in den inneren Teil des Hauses.

Kapitel 11

Das Herrenhaus war sogar noch größer und älter, als Averil gedacht hatte. Der Teil, der sich über der Erde erhob, war nur der oberste Abschnitt eines riesigen Bauwerks. Es war nicht zu erahnen, wie tief es in den Felsen hinabreichte; unter den Kellergewölben befanden sich Höhlen, und noch weiter unten, in unvorstellbarer Tiefe, strömte ein eiskalter, unterirdischer Fluss, der in den See mündete.

So tief stiegen sie nicht hinab. Esteban ging eine überraschend breite, offene Treppe unterhalb des Weinkellers hinunter. Kristallene Lampen schimmerten, die aufleuchteten, wenn sie von Magie gestreift wurden.

Die Wände der oberen Gewölbe waren aus schlichtem Stein, wie man es in einem Keller erwartete. Während Averil hinter Esteban die Stufen hinabstieg, erschienen Anzeichen von Farbe: Überreste von Gemälden, längst abgeblättert und verblichen, und noch weiter unten kunstvolle Mosaike im Stil des alten Romagnareiches. Dann wurden die Mosaike schlichter und verschwanden, woraufhin wieder Bilder folgten – aber was für Bilder. Averil hatte so etwas noch nie gesehen.

Sie schienen eigentlich recht harmlos: Bilder von Wäldern mit Wild und Vögeln, Herden von buckligen Rindern und stämmigen Falben und Hirschböcken, deren Geweihe sich von einer Wand zur anderen erstreckten. Seltsame stockartige Gestalten jagten sie mit Speeren und Pfeilen. Es gab Schönheit hier, die jedoch ganz anders geartet war als alles, was sie bislang kannte. Sie folgte den Stufen und ließ Esteban hinter sich.

Die Treppe mündete schließlich in eine riesige schimmernde Halle. Es war eine Höhle, so weit und hoch wie eine Kathedrale; ihre Wände und Pfeiler wirkten, als bestünden sie aus Gold und Perlen, Malachit und Jaspis und Lapislazuli.

Hier befanden sich keine Werke von menschlichen Händen, und dennoch waren die Wände voller Bilder. Geschmeidige Gebilde wanden sich zwischen den Säulen, die Wände hinauf und hinunter und über den Fußboden. Es waren nicht nur Schlangen, denn einige hatten Flügel, andere zeigten glänzende Krallen.

Averil suchte in ihrem Inneren nach Abscheu, fand jedoch nur eine Art von Frieden. Es war, als wäre sie im Inneren des Amuletts, das Gereint ihr geschenkt hatte.

Ein verzweigtes Gebilde am anderen Ende der Halle zog ihre Blicke auf sich und ließ sie näher treten. Es sah aus wie ein riesiger Baum, eine Art Weltbaum, mit einer Schlange in seinen Ästen. Sie schimmerte gold-, silber- und bronzefarben und grün. Ihre Augen waren reines Gold.

Ein tiefer Schauder überkam Averil. Sie hatte diese Augen schon einmal gesehen, an einem Ort, wo man sie viel weniger erwartet hätte als hier: in der Kapelle der Insel, bevor sie übers Meer gesegelt war, um ihr Erbe anzutreten.

Jetzt wie damals befahl ihr ihre ganze Erziehung, vor Entsetzen zu erstarren, doch ihr Herz fand nichts Böses. Es lag Schönheit in diesen glänzenden Schuppen und goldenen Augen, sie sprachen von uralter Weisheit und göttlicher Ruhe. Die Schlange betrachtete sie mit tiefem Verstehen.

Sie erkannte sie wieder. Sie war die Nachfahrin der Paladine, aber ihre Magie war weitaus älter. Die Mutter aller Götter hatte sie gesegnet, und die wilde Magie hatte sie als eine der ihren anerkannt.

In der Kapelle der Priesterinnen war sie vor der Wahrheit zurückgeschreckt, weil sie noch nicht bereit gewesen war, sich ihr zu stellen. Sie war immer noch nicht bereit, aber sie hatte seitdem mehr gesehen und mehr getan, als sie es jemals erwartet hätte. Einiges, was sie gesehen hatte …

»Sklaverei«, sagte sie. »Hexerei. Seelen, die aus lebendigen Körpern gerissen und aufgefressen werden, bis nichts davon übrig bleibt, nicht einmal die Erinnerung. Wie konnte sie dazu werden?«

»Wie kann sich irgendetwas Gutes zum Bösen wenden?«

Esteban stand hinter ihr. Er erdreistete sich nicht, sie zu berühren, was klug war.

»Haltet Ihr den König für böse?«, fragte sie.

»Ich glaube, er betreibt eine Form der Anbetung, die von jenen, die sie ins Leben riefen, nicht beabsichtigt war.«

»Ein Pfad zur linken Hand?«

»In der Tat.«

»Ich ziehe meine linke Hand der rechten vor«, sagte Averil.

»Zieht Ihr die Art des Königs dem vor, was Ihr hier seht?«

»Was sehe ich denn?«

»Wahrheit«, sagte Esteban.

Sie wandte sich um und schaute ihm ins Gesicht. Seine Augen waren dunkel, und dennoch erinnerten sie Averil an die der Schlange: klar und weise und mit einem Schimmer von Bosheit. »Was ist die Wahrheit?«, stellte sie ihn zur Rede. »Ich sah, was mein Onkel aus unserer Welt machen würde. Alles was man uns lehrte, würde er zunichtemachen; er wird uns zu Sklaven machen und unsere Seelen zerstören.«

»Er wurde auf dieselbe Weise ausgebildet wie Ihr«, sagte Esteban. »Überrascht es Euch, dass er sich davon abwendet?«

»Nein«, sagte Averil. »Aber ist es nicht so gewesen? Der Junge Gott hat uns alle errettet und uns befreit?«

»Das möchten die Priester uns glauben machen«, antwortete Esteban und ließ den Finger über den Schwanz der Schlange gleiten. Das hätte Averil niemals gewagt, aber es schien keine Folgen zu haben. »Hat uns der Junge Gott befreit, oder hat er uns nur einer anderen Sklaverei unterworfen? Unsere Magierorden sind sehr streng in dem, was sie erlauben; alles was sich ihren Einschränkungen widersetzt, wird ohne Gnade zermalmt. Unsere Edelleute sind gezwungen, sich gegenseitig zu heiraten; wenn sie ihre Liebe außerhalb der Adelshäuser finden, wird diese Liebe als Sünde verdammt und ihren Nachfahren wird das Erbe versagt. Was die Orden und Adelshäuser nicht in Ketten legen, wird von der Kirche geknebelt. Unsere gesamte Welt ist eingeschlossen in Glas, und dennoch bringt keiner von uns den Willen zur Flucht auf.«

Averil presste die Lippen zusammen. Seine Worte waren verführerisch, und das meiste von ihnen entsprach der Wahrheit. Sie hatte dasselbe in den Wildländern gehört, von Wesen, die weitaus schlimmer unter der Weltordnung gelitten hatten als jeder Sterbliche.

»Selbst wenn das so ist«, sagte sie, »so würde doch kein Magier oder Priester tun, was der König und seine Diener getan haben. Wie sehr die Gesetze uns auch einschränken mögen, so behalten wir doch die Ganzheit unserer Seelen.«

»Tun wir das?«

»Ich schon.«

»Ihr seid in einer außerordentlich glücklichen Lage, Comtesse, und dennoch müsst Ihr einen Ehemann wählen, wie das Gesetz es von Euch verlangt.«

Averils Herz krampfte sich zusammen. Er musste wissen, was in vierzehn Tagen geschehen würde – dieser Mann wusste alles. Sie sah ihm erneut ins Gesicht. »Warnt Ihr mich davor, dass Ihr mich, sollte ich Euch zum Ehemann wählen, zu Eurer Sklavin machen werdet?«

Seine Mundwinkel zuckten. »Nur wenn Ihr eine Sklavin der Liebe wärt, Comtesse, und nur, wenn Ihr dasselbe mit mir machen würdet.«

Das war höfisches Geplänkel, aber bevor sie ihn deswegen zurechtwies, studierte sie sorgfältig sein Gesicht. Sie konnte keine Falschheit darin entdecken.

Schlangen logen. Das hatte man sie gelehrt. Sie waren unaufrichtig, kaltherzig und zutiefst bösartig.

Unaufrichtig, das konnte sie glauben, das waren die meisten Menschen. Das Herz dieses Mannes war nicht kalt. Kühl und beherrscht, ja, und sorgfältig kontrolliert, aber darunter loderte Leidenschaft.

Böse? Nein. Er war nicht, was sie einen guten Mann nennen würde, doch er war auch kein schlechter Mann. Er war interessant. Er brachte sie dazu, mehr über ihn wissen zu wollen.

»Ihr seid ein Abtrünniger«, sagte sie, »und fühlt Euch Mächten verbunden, die längst von der Welt verbannt wurden. Meine Seele würde verdammt sein, wenn ich Euch über den Weg traute.«

»Vielleicht würde sie das«, sagte er. »Oder sie würde vielleicht gerettet.«

»Angenommen, ich glaube Euch«, sagte sie. »Angenommen, wir gehen ein Bündnis ein. Ich bin die Feindin des Königs, jetzt und für immer. Ich werde es nicht dulden, dass er die Welt nach seiner Vorstellung umwandelt. Könnt Ihr Euch mit mir gegen ihn erheben? Werdet Ihr es tun?«

»Ich möchte eine freie Welt«, sagte er, »ohne falsche Lehren, weder die der Kirche noch die der Magier noch die des Verräterkönigs.«

Averils Atem ging schnell und flach. Sie stand kurz davor, ihm zu verraten, wer sie wirklich war: Welche Formen der Magie in ihr existierten und wer ihre andere Hälfte war.

Sie wäre verrückt, ihm so weit zu vertrauen. Um ihrer selbst willen mochte es ihr einerlei sein, aber Gereint und der Rosenorden waren untrennbar darin eingebunden. Für sie blieb sie stumm.

Esteban berührte ihre Wange. Sie zitterte, obwohl seine Hand warm war. »Wärt Ihr gern frei, Comtesse? Frei, in der Wahl eines Geliebten? Frei, um jene Magie auszuüben, die wirklich zu Euch gehört?«

»Was wäre der Preis dafür? Eine Ehe mit Euch?«

»Wenn es Euer Wille ist«, sagte er.

»Und Ihr? Wen würdet Ihr wählen, wenn Ihr frei wärt? Wäre ich genauso verlockend, wenn ich nicht die Herzogin von Quitaine wäre?«

»Ihr wärt wunderschön, auch wenn Ihr als Sklavin geboren wärt«, sagte er.

»Aber würdet Ihr mich dann auch als Ehefrau wollen?«

Ein warmes Lächeln trat auf seine Lippen. »Ich wäre in Versuchung«, sagte er.

»Nur in Versuchung?«

Er zog ihre Hand an seine Lippen. Sie spürte seine Berührung am ganzen Körper. Ohne es zu wollen, sah sie ihn wie in ihrem Traum: nackt auf einem zerwühlten Bett. Die Frau neben ihm hatte eine rotgoldene Haarmähne und einen Körper, der dem ihrem auf beunruhigende Weise ähnlich war.

Trotz ihres hellen Teints neigte sie nicht zum Erröten, aber jetzt spürte sie, wie ihre Wangen heiß wurden. Die Gedanken, die ihr kamen, hatten nichts mit ihr zu tun. Dieser Ort musste sie hervorbringen.

Er zog sie von der Wand fort. Sie brachte nicht den Willen auf, sich zu widersetzen, selbst als er sie immer tiefer in die Höhle führte, bis hinab zur Quelle des schimmernden Lichtes.

Es war ein Teich, tief und vollkommen klar. Eine niedrige Steinmauer umschloss ihn: das einzige Werk menschlicher Hände in dieser Höhle. Averil blieb stehen, um ins Wasser zu schauen.

Etwas lag zusammengerollt da, schlafend. Durch die Verzerrung des Wassers war es schwer auszumachen, aber ihre Knochen verrieten ihr, dass es sehr tief und sehr groß war. Seine Farben waren vertraut: Gold, Silber, Rot und Grün. Das goldene Auge konnte sich nicht schließen, doch sein leerer Blick verriet, dass es schlief.

Das Amulett zwischen ihren Brüsten wurde plötzlich schwer

und zog sie nach unten. Als sie die Hand darauf presste, ließ ein plötzlicher Hitzeschwall sie nach Luft schnappen.

Doch genauso schnell wie es gekommen war, hatte sich das seltsame Gefühl auch wieder verflüchtigt. Wahrscheinlich hatte sie es sich nur eingebildet. Dies war ein sonderbarer Ort, und sie befand sich in einer äußerst merkwürdigen Stimmung.

Sie zog sich vorsichtig zurück und wandte sich Esteban zu. »Ist das …?«

Er schüttelte den Kopf. »Nur ein Ebenbild. Aber ein wirklichkeitstreues Ebenbild. Der Zauber reflektiert Die Erhabene, wo auch immer sie sich befindet.«

Averil atmete tief ein und zwang sich, wieder zurück in Richtung Wand zu gehen. Natürlich war dies nicht das Gefängnis der Schlange. Wäre es das, hätte der König längst Besitz davon ergriffen und die Schlafende geweckt.

Sie schaute auf die schimmernden Windungen. Es war ein wunderschöner Anblick. Die Schuppen schienen aus Kristall zu bestehen, die Augen aus goldenem Bernstein, die Pupillen aus schwarzem Gagat.

Tiefe Ruhe und übernatürlicher Frieden umgaben die Schlange. Da war nichts von jenem eingeschlossenen Zorn, den ihre Lehrerinnen immer beschworen hatten. Es schien Averil, als hätte sie ihre Gefangenschaft selbst gewählt, als wäre sie ein Teil irgendeines riesigen Plans, der für Sterbliche nicht zu durchschauen war.

Ihr ganzes Leben lang hatte sie geglaubt, die Schlange sei das Böse schlechthin und durch ihren Sturz sei die Welt gerettet worden. Wenn das nicht die Wahrheit war, was war dann noch alles gelogen? Hatte selbst die Mutter aller Götter sie mit Lügen umgarnt?

Averils Kopf drohte zu zerspringen. Sie hatte es schon als quälend genug empfunden, als sie erkannt hatte, welch großer Teil ihrer Magie aus wilder Magie bestand, die als Übel verdammt wurde. Wenn die Schlange nun ganz anders war, als man es sie gelehrt hatte, gerieten sämtliche Grundfesten ihrer Welt ins Wanken. Sie trieb hilflos im Nichts, ohne Hoffnung auf einen sicheren Anker.

Esteban beobachtete sie. Er schwieg, aber seine Augen schauten sie erwartungsvoll an. Er hatte sie an diesen Ort gebracht, um sie an allem zweifeln zu lassen, was sie bislang zu wissen geglaubt hatte.

Es wäre einfach gewesen, ihn zu hassen, doch Averil entschied sich selten für den einfachen und bequemen Weg. Allerdings fragte sie sich, wie sie mit alldem umgehen sollte.

Ihr Verhalten angesichts der wilden Magie war nicht von Besonnenheit gekennzeichnet gewesen: Zuerst hatte sie sie verabscheut, dann hatte sie sich dagegen gewehrt, um sich ihr schließlich zähneknirschend zu fügen. Sie wollte hier nicht dasselbe tun. Mit Mühe brachte sie genug Kraft auf, um zu sagen: »Ich weiß nicht, ob ich dieses Ding verehren kann.«

»Sie hat nie nach Huldigung verlangt«, sagte Esteban. »Das ist ein menschlicher Trugschluss, der zu solchen Auswüchsen geführt hat, wie Ihr sie bei Eurem König erleben könnt.«

»Was wollte sie dann? Außer Seelen zum Fressen?«

»Sie wollte einfach nur sein«, sagte er. »Sterbliche haben sich immer vor dem gefürchtet, was sie nicht verstehen. Manchmal wandelt sich Furcht in Anbetung, manchmal in Hass. Aber jene, deren Verstand erfassen konnte, was Die Erhabene lehrte, waren freier im Herzen und im Geist, als es Menschen jemals gewesen sind – so frei, dass die Götter Angst bekamen. Und wenn Götter sich fürchten, kann das Welten zum Einstürzen bringen.«

»Wovor haben die Götter Angst?«

»Vor Klarheit«, sagte Esteban. »Wenn Sterbliche verstehen würden, was Götter in Wahrheit sind, könnten sie aufhören, sie anzubeten, dann würden sie aufhören zu glauben.«

»Und Götter nähren sich durch den Glauben der Sterblichen.« Averils Rücken und Schultern waren so angespannt, dass sie schmerzten. »Ich weiß, was die Götter sind, ja, sogar der Gute

Gott und sein Sohn. Ich habe gesehen, was vor ihnen kam und vor diesem Ding, das Ihr … bewundert. Oder wie soll man es ausdrücken, da Ihr es ja nicht anbetet?«

Zum ersten Mal sah sie ihn fassungslos. Hatte er nichts von der Mutter gewusst?

Als gewandter Höfling fing er sich schnell wieder. »Dann wisst Ihr also, was sie uns anbietet, Comtesse? Sie befreit uns von den Göttern. Sie lehrt uns, in die höchsten Sphären des Himmels aufzusteigen, wo Magie nicht länger eingeschränkt ist und Liebe keinem Zwang unterliegt. Wir können alle heil werden, statt in zahllose Fragmente zu zerfallen.«

Seine Worte gingen Averil zu Herzen. Mit ihrer facettenreichen Magie, die von den Orden größtenteils abgelehnt wurde, wusste Averil besser als die meisten, wie eingeschränkt ihre Welt sein konnte. Wenn sie wirklich frei sein könnte, wenn sie frei entscheiden könnte, wen sie lieben und wie sie ihre Magie ausüben würde, wäre dieses ganze Theater überflüssig. Sie wäre wie im Flug in Prydain und in Gereints Armen und bräuchte keinen Gedanken an diesen hübschen, verführerischen Prinzen zu verschwenden.

Sie erwiderte seinen Blick. Er zuckte zusammen. Ja, sie hatte ihn aus der Fassung gebracht. Er hatte nicht erwartet, dass sie so stark sein würde. »Was wollt Ihr von mir«, fragte sie.

»Eure Macht«, sagte er, »und wenn Ihr wollt Eure Hand. Clodovec ist eine Gefahr für uns alle. Ich werde Euch helfen, ihn zu zerstören und Euch zur Königin von Lys zu machen.«

»Königin unter der da?« Sie nickte in Richtung des Teichs. »Werdet Ihr sie auch aufwecken?«

»Wenn sie die Orden zu Fall bringt, ja«, erwiderte er.

»Zuerst müsst Ihr sie finden.«

»Das wird der König für uns erledigen.«

»Anschlag und Gegenanschlag«, sagte sie. »Falsch wie eine Schlange.«

Er lächelte. »Und angemessen, nicht wahr?«

»Ihr habt Verbündete?«

»Ein paar«, sagte er, »hier und da.«

»Der König hat mehr als ein paar.« Averil hatte selbst einige Verbündete, aber das wollte sie diesem Mann nicht auf die Nase binden.

»Das mag sein«, sagte Esteban, »doch die meisten Verbündeten des Königs sind Sklaven oder Fanatiker. Meine oder unsere, wenn Ihr wollt, sind Männer mit Fähigkeiten und Verstand. Ihr Geist gehört ihnen, und ihre Seelen sind fest in ihren Körpern verankert.«

»Ich müsste zuerst mit ihnen zusammenkommen und mit ihnen reden«, sagte Averil, »und mich vergewissern, dass alles der Wahrheit entspricht.«

Er verneigte sich. »Selbstverständlich, Comtesse.«

»Dort oben warten sie auf uns, nicht wahr?«

Sein Lächeln schwand wieder. »In der Tat.«

»Dann wollen wir sie nicht länger warten lassen«, sagte sie.

Kapitel 12

An dieser Verschwörung waren nicht so viele Personen beteiligt wie bei der Damenversammlung in Lutèce: nur neun saßen im Salon hinter der Halle, und es waren alles Männer, keine Frau war darunter. Sie waren für die Jagd gekleidet, und Averil erkannte nur zwei von ihnen. Die Übrigen sahen aus, als hätten sie einen weiten, schnellen Ritt hinter sich: Ihre Stiefel waren schlammig und ihre Umhänge staubig von der Reise.

Sie bemerkte, dass sie alle Magier waren, aber keiner trug das Abzeichen eines Ordens. Sie stammten nicht alle aus Moresca oder dem Königreich Lys; zwei große, breitschultrige Männer sprachen mit dem Akzent von Gotha, und einer stammte anscheinend aus Romagna.

Keiner von ihnen kam aus Prydain. Averil fragte sich, ob sie dieser Tatsache Bedeutsamkeit zusprechen sollte. Es kam auch keiner aus den Gewürzländern oder von der anderen Seite des Meeres oder aus den weit entfernten Ländern des Südens.

Sie verbeugten sich vor ihr, als wäre sie bereits eine gekrönte Königin. Im Gegenzug nickte sie ihnen zu. Protest wäre reine Zeitverschwendung gewesen.

Sie hütete sich davor, irgendetwas zu fühlen. Ihr Geist konzentrierte sich auf den Augenblick, auf die Gesichter im Kreise und auf die Augen, die sie beobachteten: einige neugierig, andere spekulativ und wieder andere mit unverhohlener Gier. Sie vermutete, dass keiner der Männer eine Ehefrau besaß.

Selbst in der Welt, die sie erschaffen wollten, war der Körper einer Frau ein Besitztum. Sie hatte keinen Zweifel, dass sie die freie Wahl hätte – wenn sie sich so entschied, wie sie es von ihr wünschten. Wenn es darum ging, waren sie nicht viel anders als der König. Wie viel Zeit würden sie ihr lassen?, fragte sie sich. Mehr? Weniger? Gar keine?

Sie behielt ihre Gedanken für sich. Es stand ein Stuhl für sie bereit und Wein und Kuchen und all das Drumherum höfischer Artigkeiten.

Esteban stellte ihr jeden namentlich vor. Sie verankerte die Namen im Gedächtnis und ließ auf sich wirken, was sie sah: der Große aus Gotha, der Dicke aus Gotha, der drahtige, kleine Kerl aus Romagna mit den nervösen Händen, der Ältliche aus Moresca, der ausgesprochen hübsche, kleine Graf aus Tenchebrai in Lys und so weiter. Die meisten von ihnen blieben stumm. Abgesehen von Esteban schien nur der Große aus Gotha, dessen Name Erdrich war, befugt zu erläutern, was sie alle dachten.

Er war es, der sagte: »Comtesse, wir sind sehr erfreut, Euch hier zu sehen. Jetzt, da Ihr das Geheimnis dieses Ortes entschlüsselt habt, hoffen wir, dass Ihr eine von uns werdet.«

»Ich werde es in Erwägung ziehen«, erwiderte Averil. Und das würde sie tun, aber zu welchem Schluss sie dabei kommen würde, ging nur sie selbst etwas an und sonst niemanden.

Erdrich kannte sie noch nicht gut genug, um ihre Worte richtig zu deuten. Sein breites Gesicht begann zu strahlen. »Gut! Sehr gut, Comtesse. Werdet Ihr auch den Plan in Erwägung ziehen, den wir vorschlagen?«

Sie zog eine Braue hoch, was ihn aufforderte fortzufahren.

Das tat er lang und breit. Sie ließ die Worte an sich vorbeirauschen und horchte auf den Weizen zwischen all der Spreu.

Es war ein recht simpler Plan, dabei ziemlich elegant. Averil sollte weiter ihre Rolle am Hof des Königs spielen. Sie sollte sich sogar, wenn nötig, dem Willen des Königs fügen; jeder Einzelne von ihnen, erklärte er, würde mit Freuden ihr Ehemann werden. In der Zwischenzeit würden die Verschwörer sich an die Fersen des Königs heften – einige hatten es schon getan, und viele andere würden folgen.

Wenn sie alle an Ort und Stelle wären, würden sie den König denunzieren und stürzen, seine Sklaven mit Hilfe eines ausgeklügelten Werkes befreien und Averil zur Königin machen.

»Wird dies geschehen«, fragte sie, »bevor oder nachdem er die Insel zerstört und die Schlange geweckt hat?«

Das ließ ihn innehalten. Sie schauten sich an. Nach einer kleinen Weile sagte der Mann aus Gotha: »Je eher, desto besser, wenn es nach uns ginge. Aber es wäre uns sehr dienlich, wenn er das Gefängnis der Schlange finden würde. Wenn es auf der Insel ist …«

»Dort ist es nicht«, sagte Averil.

»Seid Ihr Euch dessen ganz sicher, Comtesse?«, fragte Esteban.

Sie sollte es nicht sein, doch in ihrem Herzen war sie es. Sie nickte. »Die Insel wäre viel zu offensichtlich.«

Sie machte sich auf Proteste gefasst, sie nickten jedoch alle und stimmten ihrer Logik zu. »Der Sturz der Insel wäre uns eigentlich dienlich«, sagte der Gothaer. »Neben den Orden und der Rose, die beide bereits zerbrochen wurden, gibt es keine größere Macht auf der Welt als die der Priesterinnen und keine stärkere Bedrohung für unser Anliegen.«

»Was ist mit der Kirche?«, fragte Averil. »Was ist mit den Weisen im Osten? Haben sie nichts zu dieser Sache zu sagen?«

»Die Kirche gehört dem König«, sagte Esteban, »ansonsten ist sie ohnehin zu schwach, um etwas zu bewirken – genau wie die Magierorden. Der Osten ist eher für als gegen uns. Die Weisen haben die Orden immer für unausgereift und ihre Herrschaft für zu streng gehalten.«

»Der König hat uns den Weg geebnet«, sagte der Gothaer. »Es würde uns nützen, wenn er noch eine Weile damit fortfahren würde. Sobald die Insel eingenommen ist, schlagen wir zu.«

»Vielleicht lassen wir den König auch davonkommen«, sagte der Graf von Tenchebrai, »damit er uns zur Erhabenen führt.«

»Das könnte unser Verderben sein«, sagte Esteban, »aber wir werden darüber entscheiden, wenn die Zeit gekommen ist.« Er wandte sich an Averil. »Comtesse, Ihr habt uns angehört. Was sagt Ihr dazu?«

Averil hatte diese Frage gefürchtet. »Ich sage«, antwortete sie gemessen, »dass ich Zeit zum Nachdenken brauche. Wird sie mir gewährt werden?«

»Selbstverständlich«, sagte Esteban ohne jeden Anflug von Enttäuschung. »Selbstverständlich, Comtesse. Dies ist eine große Sache und zugleich eine schreckliche in jeder Beziehung. Ihr tut gut daran, Euren Entschluss nicht zu übereilen.«

»Ich werde nicht lange brauchen«, sagte sie, »dennoch muss ich alles überdenken, was ich gehört und gesehen habe. Ihr verlangt von mir, mich gegen alles zu wenden, was ich jemals war und etwas zu werden, was ich mir niemals hätte träumen lassen. Ich wurde nicht aufgezogen, um Königin zu werden.«

»Ein Grund mehr zu glauben, dass Ihr in bewundernswerter Weise dazu geeignet seid«, sagte Esteban.

Averil hatte beträchtliche Zweifel daran, aber sie unterließ es, sie auszusprechen. Sie nahm die Verbeugungen huldvoll zur Kenntnis und blieb auf ihrem Platz, als sie sich zurückzogen.

Esteban wäre vielleicht geblieben, doch sie ermutigte ihn nicht dazu. Er ging als Letzter, wobei er sich mehrfach nach ihr umschaute.

Der Abzug der Verbündeten war keineswegs eine Erleichterung für Averil. Sie zogen sich nur bis zur Halle zurück, wo sie auf der Lauer lagen und mehr oder weniger geduldig auf ihre Entscheidung warteten.

Wenn sie gehofft hatte, sie ein paar Tage oder Wochen hinzuhalten, war diese Hoffnung schnell verflogen. Ein, zwei Tage mochte sie vielleicht herausschinden, an Wochen oder Monate war allerdings nicht zu denken.

Sie würde nicht mehr unversehrt entkommen können, wenn sie sich weigerte, nicht nach allem, was sie gesehen und gehört hatte. Bestenfalls würde man sie ergreifen und unter Androhung von Gewalt verheiraten: Wenn Esteban dazu nicht im Stande wäre, würde sich gewiss ein anderer finden. Schlimmstenfalls würde sie einen tragischen, bedauerlichen Unfall erleiden, und eine andere Frau der königlichen Familie würde ihren Platz einnehmen.

Sie erhob sich und ging im Salon auf und ab. Guter Gott, gab es denn nicht irgendjemanden, der nicht einen Teil von ihr wollte? Die Ritter, die Priesterinnen, das Wildvolk, die Mutter, der König, die höfischen Damen aus Lutèce und jetzt noch diese Männer hier – sie alle wollten einen Nutzen aus ihr ziehen. Sie war ein Pfand in einem gewaltigen Spiel; Reichtum, Rang und Macht halfen ihr nicht. Sie war so hilflos wie eine Maus in der Falle.

Plötzlich blieb sie abrupt stehen. Fast alles stimmte, aber war sie wirklich hilflos? Nicht, wenn sie es nicht wollte.

Kein Sterblicher ahnte, was sie alles war – außer Gereint. Ganz wenige wussten, was er war oder wessen er fähig war, entweder allein oder durch die Verbindung, die sie miteinander hatten.

Er war der einzige Mann auf der Welt, den sie wollte, und ihn konnte sie nicht haben. Wenn sie diesen Handel einging, konnte sich das ändern. Sie könnten sein, wozu sie bestimmt waren.

Aber der Preis …

Die Insel und all ihre Macht und Leben und Seelen der Priesterinnen für einen Mann, der sie vielleicht nicht mehr wollen würde, nachdem sie zur Verräterin geworden war. Und als solche würde er sie bezeichnen. Und das wäre sie auch.

Wenn sie ihn überzeugen könnte, ihn verändern …

Könnte sie das? Würde er es zulassen?

Sie ließ sich auf den nächstbesten Stuhl fallen und legte den Kopf in die Hände. Ob sie diese Entscheidung jetzt traf oder nach zwei Wochen, sie würde nicht einfacher werden.

Wenn sie Gereint an dieser Verschwörung beteiligen könnte, würde sie es tun? Wollte sie das, was diese Männer ihr anboten? Wenn sie die Insel retten könnte und trotzdem alles andere bekäme, würde sie es tun?

Ihr Körper schmerzte vor Verlangen nach der Freiheit, selbst wählen zu können, was sie sein, wohin sie gehen, wen sie lieben würde. Ihr Geist führte ihr hartnäckig Zweifel vor Augen.

Zu ihrer Überraschung meldete auch ihr Herz Bedenken an. Diese adligen Herren und Magier hatten ihr nicht alles erzählt, was sie wussten. Sie hatten es nicht geschafft, eine plausible Erklärung für das zu finden, was die Schlange während ihrer Herrschaft getan hatte. Wenn sie den Sterblichen die Freiheit gab, nach ihrem eigenen Willen zu handeln, was sollte die Starken und Gewalttätigen daran hindern, die Schwächeren zu unterjochen?

Und genau das würden sie tun. Seit Anbeginn der Welt war es niemals anders gewesen.

Sie suchte keinen Rat in ihrer Magie. Diese Entscheidung musste sie allein fällen.

Sie sollte darüber schlafen. Oder sie sollte tun, was die Menschen im Osten taten: es zuerst betrunken und dann nüchtern überdenken. Genug Wein war vorhanden, doch als sie nach ihrem Becher griff, sträubte sich ihr Magen.

So konnte sie nicht leben. Sie schickte eine Botschaft in die Halle, eine magische Ranke, die sie alle zügig herbeilaufen ließ.

Sie bedauerte fast, was sie zu sagen hatte. »Dies ist eine zu schwer wiegende Entscheidung, um sie von einem Moment auf den anderen zu fällen. Können wir es fürs Erste so belassen? Morgen oder übermorgen werde ich Euch meinen Entschluss mitteilen.«

»Selbstverständlich, Comtesse«, sage Esteban, obwohl einige der anderen alles andere als erfreut wirkten.

Zu diesen sagte sie: »Meine Herren, wenn Ihr anderswo Verpflichtungen habt, kommt ihnen bitte nach. Wenn meine Wahl getroffen ist, werdet Ihr es erfahren.«

»Hoheit«, sagten sie und verbeugten sich, machten aber keinerlei Anstalten zu gehen.

Sie wünschte, sie täten es. Es war schwierig nachzudenken, wenn neun Männer sie wachsam beäugten und versuchten, sie mit Hilfe ihrer Magie zu bespitzeln. Sie war die Antwort auf ihre Gebete. Sie konnten nichts weiter tun, als auf ihr Wort zu warten.

Sie starrte sie an, bis sie sich wieder in die Halle zurückzogen. Dann kamen die Dienerinnen, um sie in das Zimmer zu geleiten, in dem Jennet noch immer schlief.

Der Zauber schien noch nicht weichen zu wollen. Averil sah, wie man ihn auflösen konnte, wie einen Knoten in einem Faden, aber sie hob ihn nicht auf. Momentan hatte sie kein Bedürfnis nach Jennets Fragen und ihrer Wachsamkeit.

Begleitet von Jennets leisem Schnarchen war Averil so allein, wie sie es hoffen konnte. Sie döste eine Weile in dem hohen Himmelbett vor sich hin, aber tieferer Schlaf schien nicht möglich. Das silbrige Netz in ihrem Inneren und die warme Präsenz, die sie nie verließ, hielten sie wach.

So viele Dinge banden sie an diese Welt. Wie verzweifelt sie auch versuchte, sich von ihnen zu befreien, sie klammerten sich beharrlich an ihr fest.

Ebenso beharrlich blieb ihr tiefgründiger Argwohn gegen die Schlange und ihre Absichten. Sie konnte nicht vergessen, dass sie ein lebendiges Wesen war, obwohl sie durch Magie erschaffen wurde und somit fast unsterblich war. Lebendige Wesen brauchten Nahrung – und die Nahrung der Schlange waren menschliche Seelen.

Im tiefsten Inneren ihrer Magie war ihr das bewusst. Vielleicht verschonte diese Erhabene, wie sie sie nannten, ja diejenigen, die ihr dienten, aber der Rest der Welt war nur dazu da, ihren gewaltigen Hunger zu stillen.

Vielleicht hatte sie noch eine andere Seite. Vielleicht konnten jenes weise Auge und jener himmlische Frieden all die Schrecken ausgleichen, von deren Existenz sie wusste. Konnte sie sowohl dunkel als auch hell sein, gut und böse?

Möglicherweise. Doch in diesem kalten, einsamen Bett liegend, mit dem Kopf voller Sterne und dem Herzen voller Zweifel, wusste sie, dass sie sich nicht in solcher Weise von alldem abwenden konnte, zu dem sie erzogen worden war. Mochte es auch falsch sein und sie ein Feigling, aber sie würde sich selbst untreu werden, wenn sie sich darauf einließ.

Kapitel 13

Averil blieben im Höchstfall ein Tag und eine Nacht, bevor Esteban und seine Verbündeten sie zwingen würden zu sprechen. Heute Nacht befand sie sich unter leichter Bewachung: ein Geflacker von Schutzzaubern, die Estebans Geruch verströmten. Er vertraute ihr – nicht genug, um sie ganz in Ruhe zu lassen, aber sie könnte auch von Wachen umringt sein, sowohl von menschlichen als auch von magischen.

Ihre eigenen Wachen waren in der Nähe. Unversehrt entkamen sie langsam ihrem Zauberschlaf. Sie wirkte ihre Schutzzauber mit akribischer Sorgfalt. Die Hälfte formte sie zu einem Trugbild, sodass ein herumspionierender Magier glauben würde, der Bann wäre ungebrochen und die Wachen wären noch fest am Schlafen. Die andere Hälfte schirmte sie ab, während sie den Bannzauber der Verschwörer auflöste.

Jennet erwachte als Erste. Sie schlug die Augen auf und runzelte die Stirn; Averil fühlte, wie sie das Gebilde ihrer Magie durchforschte, die Kennzeichen des Zaubers fand und wiedererkannte.

Kaum war sie wach, schalt sie sich selbst, weil sie in die Falle getappt war. Sie war auf den Beinen und sammelte ihre umherliegende Habe ein, bevor Averil ein Wort sagen konnte.

Averil hatte ohnehin keine Zeit zum Sprechen. Jetzt, da die Schutzzauber errichtet und ihre Begleiter erwacht waren, musste sie einen weiteren Zauber wirken, der noch mehr Fingerspitzengefühl und Kraft erforderte als der erste. Sie hatte die äußere Form des von Esteban gewirkten Zaubers beibehalten; er wand sich durch die einzelnen Stränge des Bannzaubers. Nun sandte sie ihn zurück zu dem Magier, der ihn gewirkt hatte.

Die Woge des Schlafes strömte hinaus aus dem Zimmer, in dem sie saß und erfüllte den Rest des Herrenhauses. Diener sackten zusammen bei dem, was sie taten; Wachen schnarchten auf ihren Posten. Das Wichtigste war jedoch, dass Esteban und seine Verbündeten in der Halle zusammenbrachen. Da der Zauber aus ihrer eigenen Magie gewirkt war und ihnen wie ihr eigenes Spiegelbild erschien, bemerkten sie ihn nicht, bevor er sie niederstreckte.

Averil lehnte sich zurück und tat einen tiefen Seufzer. Einen kurzen Moment lang ergab sie sich der Schwäche, die dem Wirken des Zaubers folgte. Dann rappelte sie sich hoch und befahl ihrem Geist, wieder klar zu denken.

Viel Zeit hatte sie nicht. Sie musste aus diesem Raum fliehen, ihre Wachen finden und ein gutes Stück vom Herrenhaus entfernt sein, bevor die Magier aufwachten, denn das würden sie beizeiten. Averil war nicht annähernd stark genug, um zehn Magier einen Tag und eine Nacht lang zu bannen. Sie konnte von Glück sagen, wenn sie den Rest des Nachmittags gewann.

Ihre Wachen taten ihren Teil, um sie zu unterstützen: Kaum hatte sie den Bannzauber des Türschlosses aufgedröselt und die Tür geöffnet, kamen sie schon herbeigerannt. Sie waren hellwach und in keiner guten Stimmung. Sobald sie sich mit Jennet in ihrem bewaffneten Kreis befand, rannten sie in Richtung Stall. Sie nahm die Röcke hoch und eilte mit ihnen über den Hof.

Der Stall wurde von zwei laut schnarchenden Stallburschen gesichert sowie von einem Wachposten, der im Stehen schlief. Keiner von ihnen regte sich, als Averil und ihre Eskorte die Pferde sattelten, aufsaßen und schweigend davonritten. Der Zauber war so stark, dass Averil ein paar ihrer eigenen Männer dabei erwischte, wie sie aus Sympathie mitgähnten.

Als sie das Tor durchquerten und den Wald erreichten, wappnete sich Averil gegen einen Hinterhalt oder einen plötzlichen magischen Überfall, doch ihr Zauber hielt noch an. Er hatte angefangen, sich selbst zu kräftigen. Je mehr die Magier dagegen ankämpften, desto stärker bannte er sie.

Averil verstärkte ihre eigenen Schutzzauber, so gut sie es vermochte. Dann wollte sie sich an der Mähne ihres Pferdes festkrallen und sich nach Lutèce tragen lassen, aber während sie die Waldwege entlanggaloppierten, gingen ihre Gedanken eigene Wege.

Lutèce war keine sichere Zufluchtsstätte. Esteban würde ihr dorthin folgen und seinen Feldzug gegen ihre Seele fortsetzen. Ihrer Einschätzung nach würde er eher belustigt als erzürnt sein, dass sie seinen eigenen Bannzauber gegen ihn gewendet hatte.

Er würde nicht aufgeben, bis sie zum Fest des Königs kam und ihn zum Ehemann erwählte. Welche Wahl hatte sie schließlich? Keiner war besser. Die meisten waren schlechter.

Sie setzte sich abrupt auf. Ihr Pferd zuckte zusammen, bockte und blieb stehen. Wie in Trance hielt sie sich im Sattel, bis es ihrer Eskorte dämmerte, dass sie nicht mehr unter ihnen war.

Während sie ihre Pferde wendeten und zu ihr zurückritten, gelangte sie zu dem einzigen Entschluss, den sie treffen konnte, um weiterhin Averil zu bleiben. Er war vielleicht feige, und er mochte sich als entsetzlicher, gefährlicher Fehler erweisen. Aber sie konnte nicht anders.

Sie schaute in die Gesichter der Männer und der einzigen Frau, die einen Kreis um sie gebildet hatten. »Folgt mir«, sagte sie.

Ein paar von ihnen hätten ihren Befehl vielleicht gern in Frage gestellt; vor allem Jennet sah aus, als würde sie ihre Meinung sagen wollen, aber sie hielten ihre Zungen in Zaum. Averil nickte, ergriff die Zügel und ritt los.

Die Dunkelheit hatte sich herabgesenkt, bevor sie die Stadtmauern von Lutèce erreichten. Die Tore waren geschlossen und die Nachtwachen auf ihren Posten, doch das Geheimtor, durch das Esteban sie am Morgen geführt hatte, war unbewacht.

Averil prüfte die Umgebung mit Auge und Geist, fand jedoch keinen Hinterhalt, keinen Zauber, der sie beim Durchqueren bannte. Sie waren beidem davongelaufen – oder all jene, die einen Teil von ihr wollten, gingen davon aus, dass ihre Beute in Sicherheit war.

Im Inneren der Stadtmauern ritt sie nicht in Richtung Palast, sondern zu einer Reihe von stattlichen Häusern am Fluss. Ihre Gärten gingen ineinander über: eine Besonderheit, die sicher manchem Liebenden oder Flüchtling dienlich war.

Averil hatte nicht die Absicht, die Geliebte irgendeines Mannes hier zu sein. Bis auf zwei ließ sie all ihre Wachen im Schatten der Peredur-Brücke zurück, die nach dem jüngsten Paladin benannt worden war, dem Liebling des Jungen Gottes. Während Averils Männer über Jennet wachten, huschte Averil zu Fuß durch die sternlose Nacht.

Sie fand ihren Weg mit Hilfe ihrer Magie, die sie zu einem der entfernteren Häuser lenkte. Es lag ganz in der Nähe des Hafens, wo alle in Lutèce ankommenden Schiffe vor Anker gingen.

Vielleicht war das beabsichtigt. Hinter dem letzten Tor wurde sie von betörendem Blumenduft umfangen. Es war ein Rosengarten in voller Blüte, als wäre es Hochsommer statt Spätherbst. Die Blüten waren rot wie Blut und weiß wie Schnee, unterbrochen von gelegentlichen goldgelben Tupfern.

Auf ihre Weise waren sie trutziger als alles, was Averil je gesehen hatte: Rot stand für die Ritter, Weiß für die Damen von der Insel, direkt unter der Nase des Königs, der sie allesamt zerstören wollte.

Dylan Fawr war indisponiert. Der Pförtner empfing die Herzogin von Quitaine voller Freude, und ließ sie wissen, dass ihr Besuch so willkommen wie erwartet war. Aber der Haushofmeister wollte sie nicht weiter vorlassen als bis zum Salon.

»Morgen früh, Comtesse«, sagte der Mann, »wird er Euch empfangen. Heute Nacht …«

»Morgen früh kann es zu spät sein«, sagte Averil mit mühsam gezügelter Ungeduld. »Bitte. Ich muss ihn noch heute Abend sehen.«

Doch der Mann blieb hartnäckig. »Comtesse, zu meinem größten Bedauern, aber Ihr dürft nicht.«

Er war ein guter Wachhund und sehr gewissenhaft, aber Averil hatte an diesem Abend keine Zeit, diese Loyalität zu würdigen. Sie rauschte an ihm vorbei, ohne auf seinen Protest zu achten.

Dylan Fawrs Tür war bewacht, der Mann jedoch, der verwegen genug war, sich ihr in den Weg zu stellen, prallte in einem Funkenregen zurück. Sie hatte die Tür leise öffnen wollen, nur ihre Magie war anderer Ansicht. Die Tür zerbarst in tausend Splitter.

Sie stand in dem plötzlich leeren Türrahmen, in ihren Ohren brauste es, und sie verspürte ein neues, tieferes Verständnis für Gereint, dem solche Ausbrüche nur allzu vertraut waren. Nicht einmal als Kind hatte sie derart die Kontrolle über ihre Kräfte verloren.

Dylan Fawr starrte sie erschrocken an, ebenso wie der junge Edelmann, den sie ab und an bei Hofe gesehen hatte. Er war weder zierlich noch hübsch; in der Tat hätte man ihn als männlichen Mann bezeichnet.

In männlicher Manier baute er sich zwischen Averil und seinem Liebhaber auf. Averil öffnete den Mund, um etwas zu sagen, aber Dylan Fawr kam ihr zuvor. »Nein, nein, mein Lieber; es droht keine Gefahr. Kommt herein, Herzogin. Habt Ihr Baron Fourchard kennen gelernt? Natürlich habt Ihr das. Fourchard, zieht Euren Morgenrock an und holt der Herzogin einen Becher Wein.«

Averil konnte nichts tun, als sich vor dem Hausherrn zu verbeugen. Seine Fassung half ihr sehr dabei, ihre eigene wiederzuerlangen; genauso dienlich war auch der Wein, den der junge Edelmann brachte und ihr mit der Anmut eines königlichen Pagen servierte.

Sie dankte dem jungen Mann höflich. Dylan Fawr, der sich entschuldigt hatte, während sein Geliebter sich um ihren uneingeladenen Gast kümmerte, kehrte kurze Zeit später vollständig bekleidet und hellwach zurück. Er ließ sich ebenfalls einen Becher Wein reichen und schickte den jungen Fourchard hinaus, damit er sich ankleiden konnte. Er nickte ihm zu und sagte: »Es ist Zeit. Macht Euch bereit.«

Die Augen des Jungen begannen zu leuchten. Er verbeugte sich und machte sich bereitwillig von dannen.

»Ihr habt es erwartet«, sagte sie.

»Ihr nicht?«

Sie runzelte die Stirn. »Nicht ganz in dieser Weise. Auch nicht so schnell. Ich dachte, ich hätte noch Zeit bis zum Frühling.«

»Der König hat ein Jahr lang gewartet«, sagte er. »Seine Geduld ist erschöpft.«

»Es ist nicht der König«, sagte sie, aber dann stockte sie. »Oder doch, zum Teil ist er es auch. Aber das ist nicht der Grund, aus dem ich hier bin. Ihr habt versprochen, mir zu helfen. Könnt Ihr mir ein Schiff für die Reise zur Insel besorgen?«

»Die Insel weiß, was auf sie zukommt«, sagte er, nicht um ihr von ihrem Vorhaben abzuraten, sondern weil es gesagt werden musste.

»Ich glaube nicht, dass man dort alles weiß«, sagte sie. »Habt Ihr gewusst, dass der König Feinde hat, die dieselbe Macht verehren, der er zu dienen behauptet?«

Sein Gesichtsausdruck blieb unverändert, nur seine Augen verdunkelten sich. »Ich habe Gerüchte gehört.«

»Ich hörte«, sagte sie, »dass meines Feindes Feind mein Freund sein sollte. Aber ich kann mich nicht mit jenen verbünden. Sie verlangen es von mir – dringend, wie es scheint. Wegen dem, was ich bin und wer ich bin.«

Bei diesen Worten wanderten seine Brauen fast in der Mitte zusammen. »Haben sie Euch angerührt? Euch verletzt?«

»Nichts geschah gegen meinen Willen«, sagte sie wahrheitsgemäß.

Sein Stirnrunzeln wollte nicht weichen. »Seid Ihr sicher? Wenn sie Zauber gewirkt haben …«

»Ich bin immer noch Jungfrau«, sagte sie scharfzüngig, »wenn es das ist, was Ihr wissen wollt.«

Seine Augen wurden groß, eine leichte Röte färbte seine Wangen. Er sah aus, als hätte sie ihn geohrfeigt. »Nein! Nein, Comtesse. Selbst wenn es mich etwas anginge, würde ich Euch vertrauen zu tun, was das Beste ist. Ich habe mich nur gefragt … diese Burschen sind dafür bekannt, Zauber zu wirken, die der Erinnerung einen Streich spielen und Schäden anrichten, die sich erst lange Zeit später bemerkbar machen. Sie sind äußerst heimtückisch. Seid Ihr sicher, dass sie Euch nichts zu Leide getan haben?«

»Ich bin mir sicher«, sagte sie. Sie war stolz darauf, dass ihre Stimme ruhig klang. »Es war ihnen sehr daran gelegen, dass ich unversehrt blieb und in der Lage, selbst zu entscheiden. Das muss eine Voraussetzung für ihre Form von Magie sein.«

»Oder eine Sache ihrer Ehre.« Er erwiderte ihren erschrockenen Blick. »Nicht alle Nachfolger der Schlange sind böse oder unehrenhaft. Einige glauben wirklich daran.«

»Ihr seid doch nicht etwa einer von ihnen?«

Er lachte so herzlich, dass sie ihm glaubte, als er sagte: »Nie und nimmer, Comtesse. Wie verlockend ihre Visionen vom Paradies auf Erden auch sein mögen, so fürchte ich, dass das Verhalten des Königs der Wahrheit näher kommt.«

»Das glaube ich auch«, sagte Averil. »Sie werden mich nicht in Ruhe lassen, bis ich mich entscheide. Und wenn meine Entscheidung gegen sie ausfällt, würde ich keine Wetten darauf abschließen, wie lange ich am Leben bleibe. Wenn der König mich nicht vernichtet, werden seine Rivalen es für ihn tun.«

Dylan Fawr nickte. Jegliche Heiterkeit war aus seinem Gesicht gewichen. »Ich habe ein Schiff: Es ist mein eigenes und liegt unter der Longinus-Brücke vor Anker. Wir können mit der Morgenflut in See stechen.«

Averil zog die Brauen hoch. »Wir?«

»Ich glaube, es ist Zeit, dass ich zu meinen Leuten zurückkehre«, sagte er, »bevor die Winterstürme die Seewege zu unsicher machen.«

»Aber …«

Er hob die Hand und gebot ihr zu schweigen. »Glaubt mir«, sagte er. »Dies ist kein angenehmer Ort für einen Mann aus meinem Volk, um lange zu verweilen. Meine Königin hat mich gebeten, zur Wintersonnenwende an ihren Hof zu kommen. Ich werde ihr natürlich gehorchen.«

»Aber wenn Ihr zu übereilt abreist …«

»Ich trödele schon seit Tagen herum«, sagte er. »Meine Freunde bei Hof drängen mich zu gehen, und sei es nur, weil sie das Gerede über die bevorstehende Reise satt haben.«

»Mein Freund«, sagte Averil, »Ihr denkt wirklich an alles.«

Er machte eine kleine Verbeugung. »Ich lebe, um zu dienen, Comtesse. Und außerdem«, fügte er hinzu, »verschafft es mir beträchtliche Freude, Eurem König und seinen Rivalen entgegenzuwirken.«

Averil erwiderte die Verbeugung. »Ihr habt meinen Dank, Messire, und meine Erkenntlichkeit. Wenn ich mich je revanchieren kann …«

»Tut was Ihr könnt, um das aufzuhalten, von dem wir befürchten, dass es kommen wird. Das ist alles, worum ich bitte.«

»Das kann ich tun«, sagte Averil, »und das werde ich tun.«

Kapitel 14

Spät dämmerte der Morgen unter einer dichten Wolkendecke, aber noch war kein Regentropfen gefallen. Dylan Fawrs Eskorte war um sechs neu angeheuerte Männer und zwei Diener gewachsen, die sich bei Fackellicht den Weg zum Kai und zu dem dort wartenden Schiff bahnten.

Die *Cernunnos* war ein ordentliches Schiff mit einem Kapitän, der einigermaßen menschlich wirkte, bis Licht auf seine Augen fiel und sie grünlich schimmern ließ. Averil hatte dergleichen zuletzt bei einem Wildvolkwesen gesehen; sie hätte nie erwartet, hier auf so etwas zu treffen.

Der Mann – wenn man ihn so nennen konnte – beugte sich tief über ihre Hand. »Comtesse«, sagte er. »Welch große Ehre.«

Sie erwiderte die Verbeugung. Seine Berührung ließ sie erzittern. Die wilde Magie in seinem Inneren war sehr stark.

Er war nicht der Einzige seiner Art. Die meisten der Seeleute waren ebenfalls Feenwesen, und einige schienen auf den zweiten Blick längst nicht so menschlich wie auf den ersten.

Einer von ihnen, dem es vor lauter Ehrfurcht fast die Sprache verschlagen hatte, führte sie in die Schiffskabine und wies sie an, dort zu bleiben und sich still zu verhalten, bis sie Lutèce ein gutes Stück hinter sich gelassen hatten.

Sie erhob keine Einwände. Die Schutzzauber der *Cernunnos'* waren stark; sie versuchte nicht, sie durch ihre eigenen zu ergänzen. Wenn Esteban oder der König auf Verfolgungsjagd waren, so mochten sie den Geruch ihrer Magie aufspüren.

Es gab andere, die nach ihr suchen würden, und die sie nicht gern ohne eine Nachricht zurückließ, aber Dylan Fawr hatte versprochen, sich darum zu kümmern. Sie musste darauf vertrauen. Wenn sie zurückkehrte, was ihre ernsthafte Absicht war, würde sie die Hilfe und Freundschaft der Damen in Lutèce benötigen.

Wenn sie wirklich ihre Verbündeten waren, würden sie Verständnis haben. Wenn nicht … nun denn. Dies war ein Test, und sie hätten ihn dann nicht bestanden.

Eingeschlossen in der Dunkelheit der Schiffskabine, bemaß sie die Zeit nach den Schritten an Deck und den Befehlen in einer Sprache, die sie halbwegs verstand: Sie ähnelte der Sprache von Prydain, wirkte jedoch älter und wilder, und eine seltsame Magie schwang darin mit.

Das Schiff glitt flussabwärts dahin. Es hatte angefangen zu regnen, die Tropfen prasselten aufs Deck, doch es war vollkommen windstill. Das war von Vorteil: Es würde die Wachen des Königs im Hause halten und Jägern die Jagdlust verderben.

Averil rollte sich auf dem brettartigen Bett zusammen, das die Hälfte der Kajüte ausfüllte. Es war weitaus bequemer, als es aussah, und die Decken waren aus guter Wolle und sehr warm. Nach einer kleinen Weile brachte der wortkarge Seemann Brot und Fleisch und klein gehackte Äpfel mit Honig und Gewürzen und einen Krug starkes braunes Bier.

Jennet schlief – schon wieder. Estebans Bannzauber war noch nicht ganz von ihr gewichen; selbst wenn sie wach schien und umherging oder ritt, sah sie aus, als würde sie in einem Traum dahinwandeln.

Morgen würden sie die Insel erreichen. Die Priesterinnen würden wissen, wie der Zauber aufzuheben war. In der Zwischenzeit gab sich Averil alle Mühe, ihre zermürbenden Befürchtungen unter Kontrolle zu halten.

Averil hielt sich für einen geduldigen Menschen, aber es war eine Qual, von der Außenwelt abgeschnitten in der Kajüte zu liegen und zu warten. Sie ertrug es, so lange sie konnte, doch als sie spürte, dass es kurz vor Mittag war und das Schiff ein gutes Stück von Lutèce entfernt sein musste, hatte sie genug. Es sprach sicher nichts dagegen, wenn sie die Tür öffnete und ein bisschen frische Luft hereinließ, wie kalt und nass sie auch sein mochte.

Als sie sich in Umhang und Decken gehüllt erhob, ließ ein Gewirr von Stimmen sie innehalten. Jemand oder etwas war an Bord des Schiffes gekommen.

Niemand schlug Alarm; es war kein Überfall. Aber der Ton von Dylan Fawrs Stimme versetzte ihr eine Gänsehaut. Sie klang höflich und sanft, allerdings war der stahlharte Unterton nicht zu überhören. Wer auch immer an Bord gekommen war, war kein Freund.

Averil presste ihr Ohr an die Tür und schärfte ihre Sinne, um die Worte zu verstehen, die vom rauschenden Regen fast übertönt wurden. »In der Tat, Messire«, sagte der Kapitän, »wir segeln auf Geheiß der Königin nach Prydain.«

»Ich verstehe«, sagte der Fremde, »aber unser König bittet darum, den Botschafter Ihrer Majestät noch ein wenig länger unterhalten zu dürfen. Wenn Ihr und Eure Leute uns folgen mögt, werden wir das Schiff unbehelligt in Euer Land zurückkehren lassen.«

»Ich bedauere sehr«, sagte Dylan Fawr, »dass wir die Anwesenheit Eures Königs nicht länger genießen können, aber Ihre

Majestät hat uns klaren Befehl gegeben. Sie wünscht, dass wir so schnell wie möglich zurückkehren.«

»Gewiss«, sagte der Mann des Königs, »könnt Ihr ein, zwei weitere Tage …«

»Es tut mir unendlich leid«, sagte Dylan Fawr, »aber es ist unmöglich. Mögt Ihr noch einen Becher Wein nehmen, bevor Ihr geht?«

»Wir werden Euch mitnehmen, Messire«, erwiderte der Mann des Königs.

»Das glaube ich nicht«, sagte Dylan Fawr. Es klang, als würde er lächeln.

Averil spürte, wie die Schutzzauber des Schiffes sich rüsteten. Sie kannte den Zauber, dieser war dennoch stärker und komplexer als die schlichteren Werke, die sie bislang gesehen hatte. Er schmiedete Ketten aus Magie und gebündeltem Willen, umschloss das Schiff und trieb alles davon, was die Kühnheit hatte, es zu bedrohen.

Es vertrieb auch das Sternennetz der Rosenritter. Eine leere Höhle gähnte, wo sie gewesen waren, aber Averil machte keinen Versuch, sie zurückzurufen. Es war sicherer für sie alle, wenn sie nichts unternahm.

Gerade als die Ketten sich schlossen, bemerkte Averil die Lücke: die Schwachstelle, die nicht breiter war als ein Schlangenkörper. Jenseits davon waren eine Wildnis aus lebendigem Grün und eine einzelne flammenhelle Blüte und das Gesicht des Königs.

Sie war fast enttäuscht, dass es nicht Estebans Gesicht war – eine Enttäuschung, der sie nicht weiter auf den Grund gehen wollte. Dies war ein älterer, nicht weniger tödlicher Feind.

Er blickte ihr direkt ins Gesicht. Sie hatte nicht gedacht, dass er sie sehen konnte, wie sie ihn sah. Er hatte es vielleicht genauso wenig erwartet: Seine Augen wurden groß.

Sie hüllte sich in einen Nebelschwaden, doch es war zu spät. Er hatte sie erkannt. Der Pfeil der Macht, der die Schutzzauber durchbohrt hatte, mochte für das gesamte Schiff gedacht gewesen sein, seine volle Zerstörungskraft richtete sich jedoch auf Averil.

Sie schlug ihn beiseite. Die Anstrengung warf sie beinahe zu Boden. Das Schiff schwankte, als hätte es einen Schlag erhalten.

Es folgte eine lange, atemlose Pause. Die Präsenz des Königs war verschwunden. Aber etwas anderes war da, etwas vollkommen anderes – reiner, stärker und weitaus grauenerregender.

Der Sturm erhob sich wie der Zorn Gottes: eine Explosion aus Wind und ein Sturzbach aus Regen. Die See schwoll an, um sich damit zu vereinen. Zwischen diesen Naturgewalten ächzte das Schiff in allen Planken.

Keine sterbliche Magie konnte sich dem entgegenstemmen. Verzweifelt klammerte sich Averil an alles, was Halt bot. Soweit sie wusste, war das Schiff leer; die anderen waren von den Wellen fortgespült worden.

Sie wäre verrückt gewesen, hätte sie sich in diesem Unwetter an Deck gewagt. Gnadenlos hin und her geschleudert und eingesperrt im Dunkeln, versuchte Averil den Sturm, so gut es ging, zu überstehen.

Sie strengte sich an, um zu sehen, was jenseits der Wände vor sich ging, aber selbst die Magie wurde durch die Gewalt des Sturms in Stücke gerissen. Sie konnte nichts sehen als Wasser – Wasser überall und Wind, der jedes lebende Wesen hinfortfegte.

Es gab keine Pause, kein Zählen von Atemzügen im Geheul des Windes. Es ging endlos weiter; sie war betäubt und benommen, und ihre Arme schmerzten vom langen Festhalten an einem Pfosten, den sie nicht sehen konnte.

Sie betete, während der Wind ihre Gedanken zerfetzte. Sie sammelte so viel Magie, wie sie noch übrig hatte und verschloss sie in ihrem Inneren. Gott wusste, was sie damit anfangen sollte, wenn sie ertrank, aber ihre Instinkte ließen sich nicht beirren.

Innerhalb der Magie, die sie gesammelt hatte, regte sich eine vertraute Präsenz. Selbst die Schutzzauber konnten ihn nicht fernhalten: Er war ein Teil von ihr.

Gereint strahlte wie ein Leuchtfeuer in der Nacht. Seine Magie war stark und rein. Sie krallte sich daran fest wie an eine Rettungsleine und ließ sich davon mitziehen, fort aus der Welt, fort von dem Angriff des Königs.

Das Schiff folgte ihr, mit den Ketten, die es umschlangen und den Leben, die sich daran klammerten, gegen den Strudel aus Wind und Wasser. Sie fühlte sein Gewicht in ihrem Geist, wie es an ihrem Körper zerrte, aber sie hielt aus. Gereints Kraft stärkte sie.

Er gab sie ihr ohne jede Einschränkung, wie er es immer getan hatte. Worum sie ihn auch bat, er gab es ihr stets aus freien Stücken. Sie folgte ihm auf seinem Weg durch den tosenden Sturm.

Sie wusste nicht, ob Stunden vergingen oder Minuten. Der Wind war überall um sie herum, genau wie das tosende Wasser. Der König war nirgendwo in dieser Welt, auch nicht die Schlangenmagier, die sich gegen ihn verschworen hatten.

Dies hatte den Geschmack der Insel. Hatte etwas ihre Verteidigungsmechanismen in Kraft gesetzt? Was für eine törichte Närrin war sie nur gewesen, ihre Ankunft nicht anzukündigen.

Die Schiffsplanken ächzten. Sie waren dazu gemacht, Stürmen zu trotzen, aber dieser drosch mit einer unvorstellbaren Bösartigkeit auf sie ein. Wieder und wieder schlug er zu und knickte den Mast mit einem lauten Krachen, das Averil durch Mark und Bein ging.

Selbst Gereints Kraft hatte Grenzen. Noch hielt sie sich aufrecht, aber sie ließ bereits nach. Wenn sie beide losließen, würde das Schiff zerbersten.

Land war in Reichweite. Welches Land es war, spielte keine Rolle, Hauptsache es war nicht Lys. Die Insel war es nicht; Averil hätte es gewusst, auch jenseits des Todes. Es musste Prydain sein oder das ferne Hibernia.

Es war einerlei. Sie lenkte das Schiff durch die Wand aus Wind und Wasser, als wäre sein Bug ein Rammbock. Der Wind schlug zurück, das Wasser brüllte ihr entgegen. Die winzigen Lebensfunken, die noch auf dem Schiff ausharrten, begannen zu verlöschen.

Sie sammelte jeden Fetzen Magie, den sie noch übrig hatte und schleuderte ihn in das Werk.

Das Schiff zerbrach wie eine Eierschale und spuckte menschliche Leiber in die See. Mit allerletzter Kraft tauchte Averil nach Jennet. Als ihre Arme sich um den vom Zauberschlaf erschlafften Körper schlossen, wurden beide vom eisigen Wasser verschluckt.

Kapitel 15

Gereint fuhr mit einem gequälten Schrei aus seinem Traum hoch. In dem Raum, den er mit Riquier teilte, brannte ein Nachtlicht und tauchte die Deckenbalken in warmes Licht. Er lauschte auf das Tosen des Windes, aber hier in Caermor war der Gewittersturm nicht mehr als ein sanfter Regenschauer.

Stöhnend sank er zurück auf sein Lager. Sämtliche Muskeln taten ihm weh, seine Lunge lechzte nach Luft. Sein Körper zitterte noch vom Brausen der winterlichen See.

All das war nicht von Bedeutung. Er hatte Averil verloren. Seine Magie hatte losgelassen, und als er versuchte, sie von Neuem zu erheben, kratzten seine Fingernägel über den Boden.

Sie konnte nicht tot sein. Dann wäre auch er gestorben. Irgendwo in jener wilden See, mitten in einem Durcheinander von Treibgut, war sie noch am Leben.

Riquier schlief tief und fest und ließ sich von Gereints Geräuschen nicht stören. Trotzdem bewegte sich Gereint so geräuschlos wie möglich, stand auf, zog sich an und schlich auf den Gang hinaus.

Streng genommen sollte er dies nicht tun, aber seine letzten

Unterrichtsstunden hatten dieses Thema berührt und mit der Zeit hatte er gelernt, sich Kenntnisse anzueignen, die über seinen Unterrichtsstoff hinausgingen. Er war leise, weil Ritter und Knappen schliefen und weil es noch Stunden bis zum Morgengrauen dauern würde.

Es gab drei Seherspiegel im Ritterhaus von Caermor. Der Erste und Kleinste stand im Unterrichtszimmer, wo er von Novizen und jüngeren Knappen genutzt werden konnte. Er konnte bestenfalls zeigen, was in der einen Hälfte von Prydain vor sich ging. Die See war eine zu große Barriere, und das Land strapazierte seine bescheidenen Fähigkeiten.

Der Zweite hing in der Kapelle hinter einer Wand aus Magie. Die Ritter nutzten ihn für ihre großen Werke; durch ihn hatte man ganz Prydain im Blick und das Meer bis zur Insel, lediglich das Festland von Lys blieb verschwommen.

Der Dritte war kein Spiegel wie die anderen, sondern eine Kugel aus Kristallglas, die in einer Silberschale in Vater Owains Arbeitszimmer ruhte. Es war eine Art Mysterium; niemand mochte erklären, was es war oder wo es herkam.

Gereint hatte es erkannt, als er es zum ersten Mal sah. Er hatte eine Gabe oder einen Fluch, was solche Dinge anging: Er konnte sehen, was niemand anders sah. Die Kugel war eine große Rarität, der Globus der Welt wurde es genannt. Ein Magier mit ausreichenden Kräften und Fähigkeiten konnte durch ihn hindurch auf jeden Ort der Welt und auf jedes lebende Wesen schauen.

Gereint hatte die Kraft. Was die Fähigkeit anging, war er sich nicht sicher, dennoch musste er es versuchen.

Zu dieser Stunde war das Arbeitszimmer verlassen und der Korridor, der dorthin führte, menschenleer. An der Tür befanden sich Schutzzauber, aber solche Dinge bereiteten Gereint selten Schwierigkeiten. Schutzzauber waren wie Spitzenmuster gearbeitet; er wand sich unbemerkt durch die Löcher hindurch.

Sein Freund Ademar sagte immer, welch ein Glück es für alle war, dass er keine Ambitionen hatte, ein Dieb zu werden. Er fragte sich, ob es als Diebstahl betrachtet würde, ohne Erlaubnis in die Gemächer des ritterlichen Großmeisters vorzudringen.

Es geschah in allerbester Absicht. Hinter der Tür hielt er inne und kratzte seine Gedanken zusammen, die sich in alle Winde zerstreut hatten. Dunkel ragten die Bücherregale auf. Eine schwach schimmernde Gestalt stand Wache: eine emaillierte Rüstung, die einst Magie besessen hatte, deren Erinnerung sie noch immer in sich trug.

Gereint spürte die starke Versuchung, den Zauber zu erwecken und die Rüstung herumlaufen zu lassen, doch wegen solcher Spielereien war er nicht hergekommen. Vorsichtig ging er an der Rüstung vorbei, wobei er das Gefühl verscheuchte, von unsichtbaren Augen hinter den Augenschlitzen beobachtet zu werden. Vor dem Arbeitstisch mit den geschnitzten Beinen und der intarsierten Tischplatte blieb er stehen. Die Kristallkugel in ihrer Schale ruhte in der äußersten Ecke, als hätte man sie wegen wichtigerer Dinge beiseitegeschoben. Ein Bücherstapel, Tinte und Federn, ein paar bekritzelte Pergamentbögen und ein Gebilde aus Glasstäben und Prismen weckten wie die Ritterrüstung Gereints Interesse.

Aus schmerzhafter Erfahrung wusste er, welche Gefahr darin lag. Erneut schottete er seinen Geist gegen jede Versuchung ab und wandte sich der Kristallkugel zu.

Sie sang. Der Klang war nur für das Herz hörbar, ein hoher, reiner Ton, der den Raum mit Süße erfüllte.

Gereint mahnte all seine Sinne zur Ordnung und rief sich alles ins Gedächtnis, was er über Seherspiegel wusste. Leider war das nicht besonders viel. Ein Magier sollte seinen Verstand sammeln, seine Magie zur Ordnung rufen, und er durfte auf keinen Fall die Kontrolle über die Vision verlieren.

Er schloss die Augen, verharrte einen Moment lang in der sternenerleuchteten Dunkelheit. Als er sie öffnete, flackerte ein Licht im Glas. Es war klein, zuerst kaum zu sehen, aber nach und nach wurde es heller.

Er konnte fühlen, wie sein Wille zerfaserte und auseinandertrieb. Bilder flackerten auf, sprangen von einem zum anderen. Er knirschte mit den Zähnen und kniff die Augen zusammen und beschwor seine Erinnerung an Averil herauf.

Es war nicht so sehr Gesicht und Körper, obwohl er beides mehr als anziehend fand. Es war teils ihr Geruch, wie Moschus und Kräuter und frischgewaschene Haut, und teils der Klang ihrer Stimme und ein wenig die Art, wie sie sich bewegte. Und vor allem, wer sie war: der Kern ihres Wesens, der in seinem Herzen wohnte. Dafür hatte er keine Worte, aber er brauchte auch keine.

Er konzentrierte sich darauf und richtete diese Konzentration in das Glas. Es leistete Widerstand: Es war ein machtvolles Ding, und solche Dinge waren nicht zu blindem Gehorsam geschaffen. Ein Magier musste sich das Recht dazu verschaffen, sich ihrer zu bedienen.

Wahrscheinlich gab es subtilere Mittel, um das Glas unter Kontrolle zu bekommen. Gereint konnte sich nur gegen den Widerstand stemmen, bis dieser oder er selbst nachgab. Er musste Averil finden. Es gab keine Alternative. Er würde sie finden.

Jemand war hinter ihn getreten. Er wagte nicht, seine Augen vom Glas zu wenden, nicht einmal aus Schuldgefühl oder Angst erwischt zu werden. Er kannte die Präsenz des Ritters fast genauso gut wie die Averils: Es war Mauritius.

»Helft mir«, sagte er.

Mauritius kannte Gereint besser als die meisten anderen. Er begann keine Auseinandersetzung, wies den Knappen auch nicht zurecht, weil er sich erdreistete, einem Ritter Befehle zu geben. Er trat an Gereints Seite, ergriff seine Magie, als wäre sie ein Schwertgriff, und richtete sie zielsicher ins Herz des Kristalls.

Die Verbindung war nicht so sanft wie jene, die Gereint mit Averil einging, noch ging sie genauso tief, aber sie brachte seine Stärke mit dem Können eines Meisters zusammen. Ablenkungen und Versuchungen wurden nichtig. Es war, als würde er durch tiefes Wasser in plötzliche Helligkeit stürzen.

Die Welt sang. Weit fort in kalten Fernen tosten Wellen und klatschten auf Steine. Wo Averil sich befand, war strahlender Frieden und eine gespenstische und jenseitige Musik.

Sie war ihm fremd und gleichzeitig vertraut. Das Wildvolk sang unter dem Meer.

Als Averils Augen sich an das durchsichtige, unergründliche Licht gewöhnt hatten, sah sie sie alle um sich herumschwimmen. Anstelle von Flügeln und Klauen bevorzugten sie Kiemen und Flossen, die an diesem Ort dienlicher waren. Jene, die von menschenähnlicher Gestalt waren, hatten meist runde fischartige Augen und flache, nasenlose Gesichter und ihre Beine waren wie miteinander verflochtene Glasstäbe und endeten in einer Art Delphinschwanz.

Ein Schwarm von ihnen schwamm auf sie zu und zog Jennet sanft, aber unerbittlich aus ihrem Griff. Jennets Gesicht war bleich, ihr dunkles Haar trieb wie Seegras im Wasser, ihre Arme hingen schlaff herab. Sie atmete nicht, genauso wenig wie Averil – sonst wären sie beide ertrunken.

Wenn sie tot waren, wie kam es, dass Jennet immer noch schlief und Averil hellwach war? Averil fühlte sich nicht tot. Stattdessen fühlte sie sich verzaubert und umgeben von wilder Magie, während Wildvolkwesen ihr zuwinkten und sie mit sich zogen.

Sie folgte ihnen, weil sie keinen Grund sah, sich zu widersetzen. Im Wasser gab es Strömungen, so deutlich sichtbar wie die Wege eines Waldes. Einige führten abwärts in unvorstellbare Tiefen, andere wanden sich hinauf zum aufgewühlten Himmel.

Der Sturm wütete noch immer. Die Wucht seines Zorns erreichte sogar jene, die unter Wasser waren und ließ die Strömungen durcheinanderwogen. Averils Eskorte – Wächter, Fänger oder was auch immer – führte sie unbeirrbar weiter und … in die Tiefe?

Sie schoss von ihnen fort, strebte nach oben in Richtung Sturm. Aber sie unterbrach ihre Flucht und hielt inne. Jennet befand sich noch in ihren Händen.

Averil streckte flehentlich die Hände nach ihr aus. Die Augen der Wildvolkwesen waren kalt und fremdartig. Sie waren nicht einmal annähernd menschlich.

Dennoch teilten sie einen Bereich ihrer Magie. Sie gab ihnen diesen Teil, halb als Geschenk, halb als Drohung. Sie war von der Mutter gesegnet worden. Die Wildvolkwesen mussten tun, was die Mutter von ihnen wünschen würde.

Einer nach dem anderen wogten sie auf sie zu und schleiften Jennet mit. Sie wirbelten um sie herum und trugen sie hinauf in das grimmige Getose und in die wildesten Wellen.

Eine schwarze Landmasse erhob sich über dem Wasser. Sie lag reglos da, unbeeindruckt von der tobenden Brandung, die gegen ihre Ufer klatschte.

Ein großer Teil von Averil schreckte zurück. An Land würde sie diese Leichtigkeit verlieren, diese Freiheit von allen irdischen Fesseln. Sie musste sich wieder der Tyrannei von Atem, Pulsschlag und Leben unterwerfen. Sie würde wieder sterblich sein.

Sie konnte bleiben – genauso wie sie sich immer noch Esteban und seinen Verbündeten unterwerfen konnte oder dem König und seinem schrecklichen Plan. Sie hatte die Wahl.

Sie wollte sich schon umdrehen, aber während sie noch zögerte, rief eine Stimme nach ihr. Sie kam aus der Erde und der Luft, schwang in den Wellen mit. Das Licht flackerte und wurde plötzlich heller.

Sie blickte auf und sah in Gereints Gesicht. In diesem Licht sah es genauso gespenstisch aus wie die Gesichter der Wildvolkwesen. Er schaute zu ihr hinab wie in die Tiefe eines Brunnens. Als ihre Blicke sich trafen, überstrahlten seine Augen das Licht. Sie musste den Blick abwenden, um nicht geblendet zu werden.

Er streckte die Hand nach ihr aus. Sie schnellte hoch, bekam

Jennets Handgelenk zu fassen und versuchte, nach ihm zu greifen.

Selbst im Wasser war Jennets Gewicht eine große Last. Aber Gereint hielt sie mit festem Griff und zog sie hinauf in das Getose von Wind und Wellen.

Kapitel 16

Averil rauschten die Ohren. Sie war nass. Ihr war vage bewusst, dass sie eigentlich frieren müsste.

Das würde kommen, wenn sie richtig wach war. Sie drehte sich auf den Rücken und starrte benommen in den Himmel.

Es war dasselbe reine unbefleckte Blau, das im Fenster der Kathedrale schimmerte: die wunderschönste aller Farben und die mit der tiefsten Magie. Wie ein Glutfeuer aus geschmolzenem Gold erhob sich die Sonne über der tosenden See. Ein scharfer Wind trieb die Schaumkronen der Wellen vor sich her.

Schwerfällig setzte sie sich auf. Ein bleicher Strand erstreckte sich vor ihr, immer wieder unterbrochen von zerklüfteten Felsvorsprüngen. Zwischen den Steinen hatte sich Treibgut verfangen; zerbrochene Speere und geborstene Schiffsplanken zersplitterten in der Brandung.

Zwischen all dem Treibgut bewegte sich hier und da etwas, das sich bei näherem Hinschauen als menschliche Gestalt erwies, die sich mühsam aufsetzte oder unsicher herumstolperte. Averil sah, wie weitere von den Wellen auf den Strand gespült wurden.

Sie verbeugte sich vor dem Wildvolk und dankte ihm. Feierlich erwiderten sie die Verbeugung. Es gab eine Dankespflicht, aber sie war sich nicht sicher, wer bei wem in der Pflicht stand.

Mühsam rappelte sie sich hoch, bis sie wankend auf den Füßen stand. Ihr Atem ging keuchend. Schmerz zuckte durch ihre Fußsohlen und wanderte die Beine hoch, als seien spitze Messer unter dem Sand verborgen.

Sie biss die Zähne zusammen und wagte einen Schritt. Mit jedem weiteren Schritt wurde der Schmerz schwächer, bis sie ihn fast vergessen hatte.

Nicht allzu weit entfernt kniete Dylan Fawr, gestützt auf Fourchard, der zwar arg mitgenommen, aber schon wieder auf den Beinen war. Ihre Blicke richteten sich auf eine Gestalt, die Averil am liebsten nicht wiedererkannt hätte. Jennets Schlaf war in den Tod übergegangen. Ihr Körper war leer; sie lag genauso da, wie Averil sie tief unter dem Meer gesehen hatte: mit schlaffen Armen und offenem Haar.

»Die See fordert ihren Preis«, sagte Dylan Fawr. Er klang unsagbar erschöpft.

»War es die See? Oder die Feinde des Königs, die nicht unsere Freunde sind?«

»Es scheint, sie teilen sich das Opfer«, erwiderte Dylan Fawr.

Averil erschauerte. »Sagt das nicht. Ihr wisst nicht, was der König mit seinen Armeen macht. Wer sagt mir, dass seine Feinde besser sind als er?«

»Ich weiß sehr wohl, was er tut«, sagte Dylan Fawr, »und ich weiß, dass sie nicht so tief gesunken sind – noch nicht. Wollt Ihr sie dem Meer zurückgeben, oder wollt Ihr sie hier im Sand begraben?«

Averil wollte, dass sie noch lebte und dass sie beide in Fontevrai waren, ohne von wilder Magie, Verräterkönigen oder Schlangenmagiern drangsaliert zu werden. Aber das lag an der Kälte und der Erschöpfung, die sie zu einem jammernden Kind werden ließen. »Ich will sie dem Meer geben«, sagte sie. »Die Wesen dort werden auf ihre eigene Weise gütig zu ihr sein.«

Dylan Fawr verbeugte sich. Anscheinend hatte sie, ohne es zu wissen, das Richtige getan.

Zusammen mit Fourchard half er Averil, Jennet in ihren Umhang wie in ein Leichentuch zu hüllen und sie fest zu verschnüren. Dann sprachen sie ihren Segen aus und trugen sie zurück in die Wellen. So schwer sie an Land zu tragen war, hatte sie im Wasser kaum Gewicht und war so leicht wie ein Blatt.

Sie konnten nicht weit hinausgehen; der Seegang war noch zu stark. Als ihnen das Wasser bis zur Brust reichte, verwandelten sich die Wellen in glitzernde Hände. Sie umschlangen Jennet und zogen sie abwärts, brachten sie zurück in ihr Unterwasserreich.

Die beiden Männer zogen Averil aus dem Wasser, bevor sie erfror. Dabei spürte sie die Kälte kaum. Sie war immer noch wärmer als ihr Herz.

Gereint konnte sich nicht genau erinnern, was er zu Mauritius und Vater Owain gesagt hatte oder was sie geantwortet hatten, aber als sein Kopf wieder klar war, saß er auf einem Pferd und ritt nach Süden in Richtung Küste. Ein halbes Dutzend Novizen und Knappen begleitete ihn, und Mauritius ritt voran.

Gereint schien nicht in Ungnade gefallen zu sein. Ihr Unternehmen mochte sich als gefahrvoll erweisen, doch es fiel schwer, an einem solchen Tag ein grimmiges Gesicht zu machen. Die Regenwolken waren davongeweht; es war ein strahlender Morgen, wie es in diesem nebligen Land nur selten einen gab.

Ihre Pferde waren schnell und frisch, dennoch schleppten sich die Meilen dahin. Er sehnte sich nach Flügeln, um schneller zu fliegen als irgendein Pferd galoppieren konnte.

Sein Geist sprang voraus, aber er konnte Averil nicht finden. Er war zu sehr erschüttert, er konnte sich nicht konzentrieren. Es war eine harte Geduldsprobe, diesen Ritt und diese quälende Ungewissheit zu ertragen. Er lehnte den Kopf an den Hals des Pferdes und war froh über die kratzige Mähne an seinen Wangen. Die kräftige, schaukelnde Gangart und das gleichmäßige Stampfen der Hufe auf dem Grasweg lullten ihn ein.

Die Sonne neigte sich Richtung Westen; der Wind war scharf und kalt und schmeckte nach Salz. Gereint hatte sich vor Mauritius gedrängt, als sie sich dem Meer näherten. Schließlich ritt er einen lang gestreckten Hügel hinauf und schaute hinab auf eine Wildnis aus Sand, Felsen und tosenden Wellen.

Es gab kein Dorf an dieser verlassenen Küste, dennoch sah es so aus, als hätte ein Einsiedler sie einst als Rückzugsort gewählt. Vor den Klippen befand sich eine runde Behausung aus rohen Steinen und angeschwemmten Planken. Das Dach der Hütte war eingestürzt, und die Tür war verschwunden, aber sie bot einen behelfsmäßigen Unterschlupf.

Sie waren dort. Alle, die den Schiffbruch überlebt hatten, hockten um die halb zerfallene Feuerstelle: acht Männer und eine einzige Frau. Gereint nahm die Männer kaum wahr; ihre Anzahl würde ihm später ins Gedächtnis kommen, da ein Knappe darin geübt war, sich alle Einzelheiten einzuprägen. Er sprang vom Pferd und war mit einem Satz auf der anderen Seite der Mauer, als wären ihm Flügel gewachsen.

Nach der unsanften Landung kniete er wankend vor Averil. Sie streckte die Hand aus, um ihn zu stützen, noch bevor er sie berührte. Ein gewaltiger Seufzer entfuhr ihm. Ein Jahr lang hatte er ohne sie gelebt, ganz auf seine Pflichten konzentriert, genau wie sie auf ihre. Ihre Magie war miteinander verbunden, wo auch immer sie sein mochten; nichts konnte die beiden Teile voneinander trennen. Aber dass sie beide leibhaftig hier waren, Hand in Hand, erschien ihm zutiefst richtig zu sein.

Er verbeugte sich tief. Das ziemte sich so: Sie war eine hochgestellte Dame, eine Nachfahrin der Paladine, und er war ein Bauernsohn.

Sie zog ihn hoch. Ihre Augen wurden ein wenig größer, als er sich aufrichtete. Er widerstand dem Drang sich zu ducken, um kleiner zu erscheinen. Er war gewachsen, Gott helfe ihm; sie war eine große Frau, aber ihr Kopf reichte ihm nur noch gerade bis zur Schulter.

Es kostete ihn seine ganze Willenskraft, sie loszulassen. Sie war abgezehrt, ihr Blick war verhärmt, Haare und Kleider waren vom Salzwasser ganz steif geworden. Trotzdem war sie das wunderschönste Wesen, das er jemals gesehen hatte.

Sie schien ihn bereits vergessen zu haben. Ihr Blick ruhte nicht mehr auf ihm, sondern war zu den Männern hinter ihm gewandert. Sie begrüßte alle mit Namen und nahm ihre Ehrerbietung mit einem leichten Anflug von Ungeduld entgegen. »Nein, nicht, hört auf damit. Wir sind alle Freunde hier.«

»Wie Ihr wünscht, Comtesse«, sagte Mauritius. »Seid Ihr kräftig genug zu reisen? Ich würde Euch nicht darum bitten, aber dies ist kein guter Platz zum Übernachten. Östlich von hier liegt eine Stadt, es ist nur eine Stunde zu reiten. Wir haben Schlafplätze und ein Bad bestellt oder was Euer Herz sonst noch begehren mag.«

»Ein Bad?«, sagte sie schwach.

Gereint biss sich auf die Lippe. Er musste sich das Lachen verkneifen – das war typisch Averil.

Als sie aufgesessen war, nahm Gereint den Platz direkt hinter ihr ein, wie er es immer getan hatte, bevor sie getrennt wurden. Ihre übrigen Begleiter saßen so gut auf, wie sie konnten – einige ohne jedes Geschick, schließlich waren sie Seeleute und keine Reiter. Aber sie schafften es einigermaßen.

Gereint verlor sie nicht aus den Augen, nicht einmal als es dunkel wurde und die Straße im fahlen Mondlicht kaum auszumachen war. Nie wieder, dachte er. Egal, was er tun musste oder wie er es tun musste, er würde sich nie wieder von ihr trennen lassen.

Für Averil war der Ritt ein verschwommenes Durcheinander von Wind, Sternen und Dunkelheit und Gereints Wärme dicht hinter ihr. Sie war fast am Ende ihrer Kräfte, aber so lange er da war, konnte sie weiterreiten.

Das Dorf war so nah, wie Mauritius es versprochen hatte. Es

war klein und sehr alt, voller kleiner dunkler Menschen, die aussahen, als wären sie Kinder des Wildvolks. Sie hießen sie herzlich willkommen und gaben ihr alles, was der Ritter ihr versprochen hatte.

Sie hatte gedacht, sie könnte den Sturm, den Untergang des Schiffes und den Tod ihrer Zofe und all ihrer Wachen niemals vergessen, aber nachdem sie gebadet und gegessen hatte und ins Bett gefallen war, glitt die Erinnerung davon. Da war nichts außer Gereint, der nahe ihrer Tür schlief, und ein kleiner flüchtiger Gedanke: War da nicht etwas Merkwürdiges mit seiner Cotte?

Blau stand ihm wirklich gut. Aber sollte sie nicht …?

Der Rest des Gedankens verlor sich im Schlaf, aber beim Aufwachen dachte sie ihn zu Ende.

»Sollte sie nicht grün sein?«

Sie erhielt keine Antwort auf die Frage. Sie lag in einem merkwürdig geformten Raum: Das Haus war rund und die Zimmerwände verliefen wie Radspeichen vom inneren Kreis der Halle nach außen.

Averil erhob sich. Ihre Gastgeberin, eine Witwe, die sowohl gescheit als auch betucht war, hatte ihr passende Kleider zurechtgelegt. Es waren schmucklose Kleider für einfache Menschen; Averil war froh, wieder so schlicht gekleidet zu sein, in einem sauberen Leinenhemd, einem dunkelgrünen Gewand und bequemen, zweckmäßigen Schuhen, die nicht nur schön aussahen. Sie löste ihre Zöpfe, kämmte sich das Haar, um es erneut zu flechten.

Die Knappen schliefen noch in der Halle, eingehüllt in ihre tiefblauen Umhänge. Gereints strohblonden Haarschopf konnte sie kaum übersehen: Er lag direkt zu ihren Füßen.

Sie hockte sich neben ihn, faltete die Hände im Schoß und wartete darauf, dass er erwachte. Es dauerte nicht lange. Unter Averils scharfer Beobachtung begann er, sich zu regen und die Stirn zu runzeln. Nach ein paar Atemzügen öffneten sich seine Augen.

Bei ihrem Anblick bekamen sie einen warmen Glanz. Sie spürte diese Wärme in ihrem Körper, sie schien von den Knien zum Brustbein hochzusteigen.

Bei den Heiligen, wenn irgendein Sohn der Paladine das mit ihr machen könnte, würde sie ihn ohne Umschweife heiraten. Aber es war Gereint; sie musste sich gegen seine Wirkung auf sie stählen. »Du hast es mir gar nicht gesagt«, beklagte sie sich.

Er sah sie fragend an. »Was?«

Sie strich über seinen Umhang. »Das hier.«

Er stützte sich auf. Sein Hemd spannte über der Schulter. Seine Figur hatte sich verändert: Aus dem schlaksigen Bauernjungen mit den etwas grobschlächtigen Bewegungen war ein gut trainierter Kämpfer geworden.

Averil musste aufhören, an diesen Körper zu denken, sonst würde sie bald keinen klaren Gedanken mehr fassen können.

Gereint sah sie noch immer stirnrunzelnd an. »Ich wollte es Euch sagen. Es war einfach keine Zeit dazu.«

»Dann haben sie dich zwei Mal getestet?«

Er schüttelte den Kopf. »Ich dachte, ich würde die Prüfung zum Novizen ablegen. Dann gaben sie mir das hier. Ich habe wirklich versucht, es ihnen auszureden.«

»Das kann ich mir lebhaft vorstellen«, sagte sie. »Du hast hart trainiert. Selbst ich kann das sehen. Du siehst aus wie ein Knappe.«

Er errötete und wendete den Blick ab. »Ich habe mir Mühe gegeben«, murmelte er.

»Ich bin stolz auf dich«, sagte sie. »Auch wenn du selbst es dir nicht gestattest.«

Das brachte ihn vollkommen durcheinander. Ein paar Worte bekam er doch noch zusammen. »Ich sollte mich nicht über meinen Stand erheben.«

Sie packte seinen Kopf und drehte ihn herum, bis er sie ansehen musste. »Du bist jetzt kein Bauer mehr, und du wirst auch nie wieder einer sein. Du wirst ein Ritter der Rose. Ein Ritter erhebt sich nicht über seinen Stand. Er macht seinem Orden und seinen Brüdern Ehre, indem er handelt, wie ein Ritter handeln sollte.«

Donnernder Applaus ließ sie zusammenfahren. Die übrigen Knappen waren wach und auf den Beinen und grinsten sie an, während sie auf Bänke klopften und mit den Füßen stampften.

»Gut, dass Ihr es ihm sagt, Comtesse!«, sagte Riquier. »Gott weiß, auf uns hört er ja nicht.«

»Aber ich höre doch auf euch!«, protestierte Gereint.

Riquier schüttelte den Kopf und grinste weiterhin. »Du bist so stur wie das Maultier deiner Mutter. Comtesse, wir haben Euch schmerzlich vermisst. Wir alle, nicht nur dieser große Bengel.«

Das brachte Averil aus der Fassung, aber mittlerweile war sie an höfisches Geplänkel gewöhnt und fand Worte, die sogar einen Sinn ergaben. »Ich fühle mich geehrt, Messire.«

Riquier machte eine schwungvolle Verbeugung. »Die Ehre ist auf unserer Seite, Herrin. Womit können wir Euch dienen? Würdet Ihr gern etwas zu Euch nehmen?«

»Ich bin hungrig«, gab sie zu, worauf alle losrannten, um für die Erfüllung ihrer Bedürfnisse zu sorgen.

Gereint konnte den anderen nicht folgen: Sie hielt ihn noch immer gefangen. Am liebsten hätte sie ihn nie wieder losgelassen.

Vorsichtig lockerte sie ihren Griff. Sie erwartete, dass er aufspringen und mit den anderen davonstürmen würde, doch er blieb, wo er war. »Ihr habt doch keine Überraschung für mich, oder?«, sagte er. »Der Mann, der in Eurer Begleitung war – ich nehme doch nicht an …«

Averil musste eine Lachsalve verschlucken. »Nie und nimmer«, sagte sie. »Hast du nicht diesen jungen Bullen an seiner Seite gesehen, der fast so groß ist wie du?«

Gereint zog die Brauen hoch. »Wirklich?«

»So wahr ich hier sitze«, erwiderte sie.

Er stieß einen langen Seufzer aus. »Dann ist es ja gut.«

Seine Erleichterung war so groß, dass sie sie schmecken konnte. Sie überspielte sie mit Worten. »Er ist der Botschafter der Königin in Lys. Oder er war es. Ich bezweifle, dass er nach dieser Sache zurückkehren kann.«

»Ich weiß, wer er ist«, sagte Gereint. »Ich musste fragen. Schließlich seid ihr deswegen nach Lutèce gegangen. Da gab es keinen?«

»Nicht einen«, sagte sie.

Es war die Wahrheit. Sie konnte nicht verstehen, warum es ihr wie eine Lüge erschien. Sie fühlte nichts für Esteban – jedenfalls nichts, das sich mit dem vergleichen ließ, was sie für diesen großen Tölpel von einem Jungen empfand.

Es hatte keinerlei Logik. Gereint half ihr auch nicht weiter. »Vielleicht gibt es hier einen passenden Grafen oder Prinzen«, sagte er.

»Bist du jetzt etwa unter die Kuppler gegangen?«

Das versetzte ihm einen Schock, was ihre Absicht gewesen war. »Ich stelle mich nur den Tatsachen«, sagte er steif.

»Tu das nicht«, sagte sie. »Das liegt nicht an dir.«

Seine Verbeugung war so steif wie der Klang seiner Stimme. »Ja, Eure Hoheit«, sagte er.

Sie faltete die Hände, damit sie ihn nicht ohrfeigen konnte. Er tat nur das, wozu sie ihn provoziert hatte.

Die einjährige Trennung machte diese Sache zwischen ihnen gefährlicher als je zuvor. Er war gewachsen und sie ebenfalls; sie waren keine Kinder mehr. Er wusste genauso gut wie Averil, dass es ihre einzige Rettung war, möglichst bald einen Ehemann zu finden und an sich zu binden und Gereint, so weit, wie sie es ertragen konnten, auf Distanz zu halten.

Für einen etwas zu langen Augenblick bedauerte sie, dass sie vor Esteban davongelaufen war. Er versprach eine Welt, in der sie nicht gezwungen wäre, innerhalb der königlichen Linie zu

Bücher sind zauberhaft!

Bücher sind zauberhaft!
Mayersche

heiraten – eine Welt, in der sie haben könnte, wonach ihr Herz sich so sehr sehnte.

Doch das war nicht die Welt, in der sie lebte. Sie erhob sich, strich ihre Röcke glatt und wandte einer Versuchung den Rücken, die stärker war als Esteban und seine Verschwörungspläne es jemals sein konnten.

Kapitel 17

Das Frühstück begann mit großem Wohlbehagen, als sie sich an den reichlichen Speisen labten, die die Knappen aus der Küche herbeiholten. Averil saß so weit wie möglich von Gereint entfernt, aber niemand sagte etwas dazu. Er war der Niederste unter den Knappen; sie war Herzogin. Ihr Platz war zwischen dem Ritter und dem Botschafter, mit denen sie sich feines Weißbrot, frischgebratenen Fisch und gesüßten Wein, Kuchen, Äpfel und frischen Topfen schmecken ließ.

Es gab keine Uneinigkeit an diesem Morgen; auch Averil ließ sich keinerlei Verstimmung anmerken. Nachdem sie gegessen hatten, erschien ihre Gastgeberin, windzerzaust und nach Salzwasser riechend. Sie beaufsichtigte nicht nur die Fischerbootflotte ihres verstorbenen Ehemanns; sie kommandierte ihre eigene.

Sie bestand darauf, dass alle nicht nur mit vollen Mägen, sondern auch mit prallgefüllten Satteltaschen losritten. Ihre Güte wärmte Averil das Herz. Sie gab aus freien Stücken und nicht aus Pflichtbewusstsein; ihre Großzügigkeit kam von Herzen.

Averil hätte gern ein wenig länger in diesem gastlichen Haus verweilt, doch die Zeit drängte.

Wie ihre Gastgeberin Madame Alison hieß die Insel Prydain Averil herzlich willkommen. Obwohl der Winter vor der Tür stand und die Wälder ihre goldenen und roten Blätter bereits verloren hatten, war die Sonne noch warm und die Luft lieblich.

Es gab Wildvolkwesen in den Gehölzen – nicht so viele, wie mittlerweile in Quitaine weilten, aber ein ansehnlicher Schwarm, so zahlreich und fast so geräuschvoll wie zankende Elstern. Averil war überrascht, wie sehr ihr Anblick sie erfreute. Lutèce war zu kahl und karg für das Wildvolk gewesen, und das Meer bot keine Zuflucht für das Volk der Lüfte.

Sie hatte sich an eine Welt gewöhnt, die voll von ihnen war. Sie hier zu sehen, wo sie genauso frei wie alle anderen Kreaturen dieses Landes leben konnten, ließ sie ein wenig hoffen, dass Prydain die Kraft hatte, dem König von Lys die Stirn zu bieten. Es war nicht nur eine Insel und ein souveränes Königreich, sondern verfügte auch über eine anders geartete Magie. Vielleicht reichte diese Andersartigkeit aus, um die Pläne des Königs ins Wanken zu bringen.

Die Ritter schienen sich wohl zu fühlen. Die Trauer über den Sturz ihres Ordens oder das Entsetzen über die zerstörte Magie und all die getöteten Kameraden würden sie zwar niemals vergessen, aber hier waren sie stark. Sie bewegten sich so selbstverständlich in den magischen Strömungen dieses Landes wie Fische im Wasser.

Diese Strömungen führten sie nun nordwärts zu einer Stadt, die sowohl durch ihren Geist als auch durch ihre Bauwerke aus Ziegeln und Holz beeindruckte. Ihr Palast stand am Ufer eines Flusses und thronte über den niedrigen, runden Häusern und den gedrungenen Wachtürmen im Osten. Die schlanken Turmspitzen von Lys und die Marmorkuppeln von Romagna hatten hier nicht Fuß fassen können. Prydain blieb wie eh und je sich selbst treu.

Eine Kompanie von Wachen erwartete die Ritter am Tor. Ihr Hauptmann verneigte sich tief vor Averil und sagte: »Ihre Majestät heißt die Herrin von Quitaine willkommen und erbittet die Gnade ihres Besuchs.«

Averil war noch nicht bereit für die Rückkehr in die Welt der Höfe und Paläste, dennoch blieb ihr keine andere Wahl. Sie war Gast in diesem Land; sie hatte Verpflichtungen gegenüber ihrer Gastgeberin. Sie unterdrückte einen Seufzer, brachte ein Lächeln und eine leichte Verbeugung zu Stande und ließ sich zur westlichen Stadtmauer geleiten.

Die Straßen, durch die sie ritt, waren breit und sauber. Die Menschen, denen sie begegneten, sahen gut genährt aus; Bettler gab es kaum. Auf den Märkten wurden außer lebensnotwendigen Dingen auch Kleinode feilgeboten. Die Stadt strahlte eine gewisse Zufriedenheit aus.

Es warf ein gutes Licht auf die Königin, dass sie über eine solche Stadt regierte. Ihr Palast war nichts im Vergleich zum Palast von Lutèce; sein Prunk bestand in poliertem Holz und schimmerndem Glas, und seinen Höflingen und Hofdamen fehlte jene Extravaganz, die Averil in Lutèce gesehen hatte. Sie wirkten auch nicht allesamt wie nutzlose Faulenzer; jene, die sich in der Halle aufhielten, schienen eher Bittsteller als Müßiggänger zu sein.

Averil wusste, dass Prydains Königin jung war, dennoch war sie überrascht. Und sie hatte auch gehört, dass sie eine Priesterin der Insel war. Sie hatte die Prüfungen bestanden und war als Priesterin geweiht worden, bevor der Tod ihres Vaters und ihrer Brüder sie unerwartet zur einzigen Thronerbin des Königreichs Prydain machten. Es musste eine Ausnahmeregelung gegeben haben; sie war mit ungebrochenem Gelübde fortgeschickt worden, sodass sie weiterhin Priesterin und gleichzeitig Königin sein konnte.

Es war nicht bekannt, ob sie sich gesträubt hatte, die Insel zu verlassen. Als sie nach Prydain gerufen wurde, war Averil noch ein Kind und zu sehr mit sich selbst beschäftigt gewesen, um auf eine der Älteren zu achten.

Was auch immer Eiluned gefühlt hatte, als die Umstände sie zwangen, ihren Orden und ihr Zuhause zu verlassen, so hatte sie offensichtlich ihren Frieden damit geschlossen. Sie war in ihr Amt hineingewachsen, ohne sich von ihm zermürben zu lassen.

Sie war vom alten Geblüt, älter als die Paladine. Viele aus ihrer Sippe bevölkerten die Straßen der Stadt: kleine, dunkle Menschen, die vor Magie knisterten. Einige trugen noch die alten Klanzeichen auf Wangen und Stirn.

Eiluned pflegte diesen Brauch nicht. Ihre breite Stirn war frei von Zeichen, die hohen Wangen nur von ihrem eigenen rosa Schimmer geziert. Sie trug eine Krone aus Blumen, die letzten des Herbstes, violett, goldfarben und weiß; ihr Gewand war schlicht, und sie trug keinen Schmuck, bis auf einen goldenen Gürtel, von dem drei goldene Äpfel herabhingen.

Als Averil sich ihr näherte, erhob sie sich von ihrem vergoldeten Sessel. Die Äpfel klingelten leise, als sie sich bewegte: Es waren kleine Glöckchen. Sie rauschte an Schreibern und Hofstaat vorbei, um Averil zu begrüßen und sie auf beide Wangen zu küssen. »Kusine! Willkommen. Ich bin hoch erfreut, Euch lebendig und bei guter Gesundheit zu sehen.«

»Kusine«, sagte Averil. »Habt Dank für Eure Güte.«

Eiluned lächelte. »Wir schenken sie Euch mit Freuden. Die Welt ist in großer Gefahr. Wir brauchen jeden, der kämpfen kann.«

Averil verbeugte sich bei diesen Worten. »Dann wisst Ihr es, Majestät, die Insel wird bedroht.«

»Morgen werden wir Rat halten«, sagte Eiluned. »Heute lasst Euch von meinen Bediensteten mit Essen versorgen und mit einem Bad verwöhnen. Ruht Euch aus. Ihr werdet natürlich mein Gast sein.«

»Natürlich«, sagte Averil. Es war angemessen; es wurde erwartet. Sie hätte kaum damit rechnen können, im Gästehaus der Ritter zu wohnen, wenn es eine Unterkunft gab, die ihrem Rang und ihrem Geschlecht besser entsprach.

Es war dumm von ihr, enttäuscht zu sein, und wenn sie des höfischen Lebens noch so überdrüssig war. Sie nahm die Schultern zurück, zauberte ein Lächeln auf ihre Lippen und ließ sich von der Dienerschaft der Königin in ihre Gemächer führen.

Da Averil nun unter dem Schutz der Königin stand, durften die Ritter sich zurückziehen. Mit schleppenden Schritten zog Gereint von dannen. Sein Platz war nicht an der Seite Averils, mit jedem Tag wurde er sich dessen gewisser. Dennoch brach es ihm das Herz.

Er hatte nur daran gedacht, sie aus dem Meer zu retten und sie dann nach Caermor zu bringen. Es war ihm nicht in den Sinn gekommen, dass das Leben, das sie in Fontevrai geführt hatten, als er Postulant in den Diensten des Landvogtes und sie als Dienerin verkleidet war, hier nicht möglich war.

Sie war eine Herzogin im Exil. Er war ein Knappe des Rosenordens. Sie hatten ihre verschiedenen Lebensbereiche, und diese waren streng voneinander getrennt.

Sie ging, wohin ihre Pflicht sie rief. Genau wie er. Sie schaute sich nicht um und zeigte auch keinerlei Anzeichen, dass sein Fortgehen sie kümmerte.

Was hatten sie schließlich auch schon gemeinsam? Eine Laune der Magie hatte sie zu zwei Hälften desselben unnatürlichen Wesens gemacht. In allen anderen Dingen waren sie einander vollkommen fremd – und Fremde würden sie bleiben, das war besser für sie und besser für ihn.

Der Anflug von Zorn begleitete ihn auf dem Weg zum Ordenshaus, bevor er langsam abflaute. Danach war er nur noch griesgrämig. Niemand nahm davon Notiz: Sie waren alle hungrig und müde und hatten nichts anderes im Kopf als ihr Abendessen und ihre Nachtlager.

Gereint wäre am liebsten unter die Decke gekrochen und erst im Frühling wieder aufgestanden, aber nachdem die Pferde abgezäumt und gefüttert waren, rief Mauritius nach ihm. Der Ritter hatte den Stalldienst übernommen, eine Aufgabe, die von allen abwechselnd erfüllt wurde, damit sie Bescheidenheit bewahrten.

Anscheinend hatte er auf Gereint gewartet: Er saß auf einer Tonne und hatte ein frischgereinigtes Zaumzeug auf dem Schoß. Gereint bückte sich und ergriff ein Halfter, das noch nicht sauber war.

Mauritius war der anspruchloseste der Ritter. Er war ein ruhiger Mann und neigte nicht zur Prahlerei, doch er war ein hervorragender Kämpfer und mächtiger Magier. Das Netz, das Magie und Geist der Ritter miteinander verband, war zum Teil sein Werk. Nachdem es beim Fall der Rose zerrissen worden war, und seine Überreste mit Hilfe des Wildvolkes zusammengetragen worden waren, half er, es wieder zusammenzufügen und noch widerstandsfähiger als zuvor zu machen.

Gereint kannte Mauritius, seit die Ritter ihn aufgenommen hatten. Niemand hatte es direkt gesagt, aber Gereint war sich sicher, dass Mauritius die Übrigen überzeugt hatte, den ungeschlachten Jungen zu akzeptieren, der so viel Magie in sich hatte, dass er eine Gefahr für sich selbst und alle um ihn herum darstellte.

Wäre Gereint nicht so widerspenstig und nervös gewesen, hätte er bei dieser stummen Tätigkeit Trost gefunden. Stattdessen hoffte er, dass er nur gerufen wurde, um beim Saubermachen zu helfen; danach wollte er sich eiligst in sein Zimmer verkriechen.

Mauritius war nicht so gnädig. Er ließ Gereint das Zaumzeug auseinandernehmen und reinigen, aber als er es weghängen wollte, sagte der Ritter: »Wenn du willst, können wir dich aus Caermor fortschicken.«

Gereint keuchte, als hätte er einen Schlag in den Magen bekommen. Sein Verstand sagte ihm, dass er den Vorschlag annehmen sollte. Sein Körper konnte nicht atmen.

Fortgeschickt werden? Wieder von ihr getrennt sein? Gott helfe ihm, aber allein der Gedanke war ihm unerträglich.

Er suchte nach Worten, die die Wahrheit verbargen, doch Mauritius kam ihm zuvor. »Na schön«, sagte der Ritter. Er wirkte keineswegs verärgert. »Ich werde dir die Wahrheit sagen. Was zwischen euch beiden existiert, mag die größte Hoffnung sein, die wir haben. Aber es wird dir mehr abverlangen, als fair oder gerecht wäre zu erbitten.«

»Ich habe noch nie gehört, dass das Leben fair oder gerecht ist«, sagte Gereint. »Vielleicht ist es so für Adlige. Wir anderen haben nicht so viel Glück.«

Mauritius quittierte den Seitenhieb, indem er die Hand hob. »Gut gebrüllt, Löwe! Dennoch hast du eine Wahl.«

»Welche denn? Soll ich den König uns alle zerstören lassen?«

»Es gibt noch andere Magier auf der Welt«, sagte Mauritius trocken.

»Aber Ihr sagtet …« Gereint unterbrach sich. »Was soll ich denn tun? Wir können niemals das sein, was wir sein wollen. Wir wagen nicht einmal daran zu denken. Aber unsere Magie denkt an nichts anderes.«

»Das ist ein Problem«, sagte Mauritius. »Du kamst zu uns, um Disziplin zu lernen. Dies ist ein größerer Test, als irgendeiner von uns sich vorstellen kann. Aber wenn der Gute Gott ihn festgelegt hat, muss er glauben, dass du ihn bestehen kannst.«

»Oder er will uns sagen, dass die Welt sich ändern muss.«

»Es ist nicht an Euch, das zu sagen, Messire«, sagte Mauritius.

Seine Stimme war ruhig, aber Gereints Kehle schnürte sich zusammen. Wie wohlwollend Mauritius auch sein mochte, so war er doch durch Sitte und Gesetz gebunden. Das waren alle Magier, durch die Grundlagen ihrer Orden. Alles andere war wilde Magie – und nicht einmal nach seinem Ausflug in die Wildländer konnte Mauritius seinen Geist derart erweitern.

Gereint wollte sich nicht enttäuscht zeigen. Mauritius hatte ihm nicht verboten, seine Magie mit Averils zu verbinden – nicht dass irgendjemand ihn hätte aufhalten können, aber nach den bestehenden Gesetzen hätte mancher Magier es versucht.

Der Ritter war ein so treuer Verbündeter, wie ihn Gereint sich auf dieser Welt nur wünschen konnte.

Wenn er weise wäre, würde er nehmen, was er kriegen konnte. Der einzige andere Weg war der Weg der Schlange, den der Prinz von Moresca Averil angeboten hatte – und dieser Gedanke war für Gereint nicht zu ertragen. Weder jetzt noch in irgendeiner Welt, die er sich vorstellen konnte.

Kapitel 18

Averil übte sich nicht länger in ehrerbietiger Zurückhaltung. Wenn sie sprach, erwartete sie, dass man ihr zuhörte; wenn sie eine bestimmte Handlungsweise vorschlug, war es für sie selbstverständlich, dass ihre Anordnungen ausgeführt wurden.

In Prydain war sie ein geehrter Gast, aber sie regierte nicht. Ihre Stimme wurde zwar durchaus gehört, sie war jedoch nur eine unter vielen. Sie war nicht die Lauteste, noch sah es so aus, als könnte sie ihren Willen durchsetzen.

»Wir verstehen, was Ihr sagen wollt, Comtesse«, sagte der Kanzler der Königin mit Engelsgeduld, »und wir haben erwogen, eine Flotte zusammenzustellen und der Insel zu Hilfe zu kommen, aber wir glauben, es ist dienlicher für die Insel, wenn wir hier die Stellung halten.«

Averil knirschte mit den Zähnen. Seit drei Tagen führte sie diesen Krieg mit Worten – drei nebelige, regnerische, feuchte Tage lang diskutierte sie mit dem geheimen Rat der Königin. Ihre Geduld war am Ende und ihre Stimmung auf dem Tiefpunkt. »Nein, Messire«, sagte sie, »bei allem Respekt, aber Ihr versteht eben *nicht*, was ich sagen will. Ich bitte um ein Schiff und eine Besatzung für meine Reise zur Insel. Sobald ich dort bin, kann das Schiff nach Prydain zurückkehren. Wenn wir uns beeilen, sind wir dort, bevor der König einfällt.«

»Comtesse«, sagte der Kanzler, »die Schutzzauber der Insel sind errichtet. Die Mauern aus Luft sind drei- oder viermal so stark wie Ihr es in Erinnerung haben mögt. Euer erstes Schiff ging verloren, beim Versuch diese Barrieren zu durchdringen. Wir können kein weiteres Schiff entbehren – und Euch schon gar nicht, Comtesse.«

»Diesmal werde ich durchkommen«, sagte sie. »Beim letzten Mal war ich unvorbereitet. Jetzt weiß ich, was mich erwartet. Sie werden sich meiner erinnern; sie werden mich durchlassen.«

»Werden sie das?«, Dylan Fawr war die ganze Zeit ruhig geblieben, aber auch er hatte seine Grenzen. Seine Stimme war ungewohnt scharf. »Comtesse, nach allem, was sie gehört haben, werden sie denken, dass Ihr die Waffe des Königs gegen sie seid, und dass Eure Ankunft die Luftmauern zerstören und die Eindringlinge hereinlassen würde. Könnt Ihr es ihnen verdenken, wenn sie nichts und niemanden passieren lassen? Nicht einmal Euch?«

»Ich kann ihnen helfen«, sagte sie. »Ich weiß, was auf sie zukommt, und ich kann helfen, es aufzuhalten. Hier bin ich nicht von Nutzen, während ich dort …«

»Wenn es Euch bestimmt gewesen wäre, die Insel zu erreichen«, sagte Dylan Fawr, »würdet Ihr jetzt dort sein. Die Mächte brachten Euch hierher. Hier werdet Ihr gebraucht.«

Trotzig schüttelte sie den Kopf. Sie war halb wahnsinnig vor Sehnsucht, bei den Priesterinnen zu sein und ihnen bei der Vertreibung des Königs zu helfen, statt tatenlos an einem anderen königlichen Hof herumzusitzen.

Sie blickte in die Runde der höflichen, gleichmütigen Gesichter. Nicht einmal die Ritter gaben ihr Unterstützung. Weder ihr Wille noch ihr Drängen kümmerte sie im Geringsten.

Sie verließ die Runde so abrupt, dass es fast an eine Beleidigung grenzte, aber sie scherte sich nicht darum. Als die Leute vor der Tür des Ratszimmers ihr Gesicht erblickten, gingen sie ihr aus dem Weg.

Sie war in einer außergewöhnlichen Stimmung; noch nie war sie so kurz davor gewesen, den Verstand zu verlieren. Sie musste nach draußen, musste rennen, etwas tun, irgendetwas anderes, als herumzusitzen und sich höfischen Unsinn anzuhören. Aber der Regen war stärker geworden, die Tropfen prasselten noch lauter als zuvor aufs Dach.

Ihre einzige Zufluchtsstätte waren die Bibliothek, die größer war als die in Quitaine, oder die Kapelle, deren Stille sie lehren mochte, ihr normales, vernunftbegabtes Wesen wiederzuerlangen.

Vielleicht hatte Dylan Fawr Recht. Möglicherweise lag wirklich ein Zauber über ihr.

Es gab nur einen Menschen, der dies herausfinden konnte. Sie hatte ihn nicht mehr gesehen, seit er sie der Obhut der Königin überlassen hatte. Seither hatte er ihr keine Botschaft mehr gesandt, weder auf die Weise der Sterblichen noch durch ihre vereinigte Magie. Er mied sie – was klug von ihm war, aber in ihrer derzeitigen Stimmung hatte sie das Gefühl, als hätte er sie verlassen.

Einer der königlichen Wachen folgte Averil aus dem Palast, machte jedoch keinerlei Anstalten, sie aufzuhalten. Sie fühlte sich nicht als Gefangene, dennoch war es eine Erleichterung, dass man sie gehen ließ, wohin sie wollte.

Der Regen hatte nicht nachgelassen. Trotz der dicht gewebten Wolle ihres Umhangs war sie durchnässt, als sie die Tür des Ordenshauses erreichte.

Eine ganze Weile gab es keinerlei Reaktion auf ihr Klopfen. Sie fragte sich schon, ob sie das falsche Haus erwischt hatte; über dem Türsturz befand sich zwar eine geschnitzte Rose und die Mauern verströmten vertraute Magie, aber das mochte Täuschung sein.

Dann öffnete sich das Guckloch des Pförtners und zwei Augen spähten hindurch. Sie wurden groß, als Averil ihre Kapuze ein Stück zurückschob, um ihr Gesicht zu zeigen. Ohne dass sie etwas sagen musste, schob der Mann den Riegel zurück und öffnete die Tür.

Er war ein Novize, und Averil erkannte ihn wieder. »Ademar«, sagte sie. »Ich bin hergekommen, weil ich mit …«

»Ja, Comtesse«, sagte er ein wenig atemlos. Er war ein weltverdrossener junger Dachs gewesen, als sie ihn kennen gelernt hatte, aber der Sturz der Rose und die Flucht ins Exil hatten ihm seine Überheblichkeit ausgetrieben. »Folgt mir, Comtesse. In der Pförtnerloge brennt ein Feuer. Dort könnt Ihr Euch aufwärmen.«

Die Pförtnerloge war ein kleiner, schmuckloser Raum, aber warm und trocken, wie Ademar es versprochen hatte. Vor dem Feuer standen zwei stabile Sessel, und dazwischen befand sich ein Tisch, auf dem ein Korb mit Brot, Käse und Äpfeln und ein Krug Bier bereitstanden. Averil lehnte dankend ab, als Ademar ihr etwas von seinem Essen anbot, genoss jedoch das wärmende Feuer.

Ademar nahm Averils Umhang und legte ihn zum Trocknen über einen der Sessel. Am liebsten hätte sie Platz genommen, aber die Dringlichkeit ihres Anliegens und eine Prise Zorn verscheuchten ihre Mattigkeit. »Messire«, sagte sie, »ich danke Euch hierfür, aber ich muss mit Gereint sprechen. Ist er im Haus?«

Ademar machte ein verlegenes Gesicht. »Ich glaube schon, Comtesse. Aber …«

»Wirst du mich zu ihm bringen?«

Offensichtlich war er hin und her gerissen. »Comtesse, wenn Euer Mann meinen Posten übernimmt, kann ich – aber …«

»Also gut«, sagte sie und steuerte die Tür an.

Er sprang auf, um sie zu versperren. »Comtesse, seid Ihr sicher, dass Ihr das tun solltet? Wollt Ihr nicht lieber zuerst mit Mauritius reden?«

»Warum?«, fragte sie. »Stimmt etwas nicht? Ist ihm etwas zugestoßen?«

»Nein, Comtesse«, sagte Ademar. »Aber ihm wurde strengste Disziplin auferlegt, und er kann nicht selbst über seine Zeit verfügen.«

»Dann will er mich also nicht sehen?«

Ademar schüttelte heftig den Kopf. »Nein, Comtesse. Das stimmt nicht. Er hat gar nichts über Euch gesagt. Darf ich Euch zu Mauritius führen? Bitte!«

Averil seufzte. »Also gut«, sagte sie. Sie dachte bewusst nicht darüber nach, was es bedeuten mochte, dass Gereint nicht von ihr gesprochen hatte. Er war klug, wieder einmal. Und sie war eine Närrin.

Obwohl er Großritter der Rose und Großmeister aller noch lebenden Rosenritter aus Lys war, war Mauritius sofort dazu bereit, mit Averil zu sprechen – im Unterschied zu dem neuesten seiner Knappen. Als Ademar sie zu ihm brachte, kam er gerade aus einem Raum voller Novizen. Er brachte einen ausgeprägten Geruch nach Feuermagie mit, und als er sich bewegte, war ein leichtes Knistern zu hören.

Averil schnipste mit den Fingern und wirkte einen Gegenzauber, der Feuer in Luft und Wasser verwandelte, bevor alles im Äther verdampfte. Es war anmaßend, dennoch dankte der Ritter ihr höflich und fragte: »Was verschafft uns die Ehre, Comtesse?«

Ademar war verschwunden. Nachdem Averil genug davon hatte, Gereint ohrfeigen zu wollen, hätte er als Nächster ihren Zorn zu spüren bekommen. »Messire«, sagte sie und hoffte, dass ihr Tonfall nicht zu scharf war, »ich möchte Euch um eine Audienz mit Eurem neuesten Knappen ersuchen.«

»In der Tat«, erwiderte Mauritius. Sie konnte seinen Gesichtsausdruck nicht deuten. Er führte sie ein paar Stufen hinab in einen leeren Unterrichtsraum. Es war feucht und kalt und das Licht war trübe, aber auf sein Fingerschnipsen hin brannten die Lampen über den Bänken und Tischen.

Das Licht brachte willkommene Wärme, jedoch keinen Frieden für Averils Geist. Während Mauritius auf dem Lehrerstuhl Platz nahm, ging sie rastlos hin und her, bevor sie mit rauschenden Röcken herumwirbelte und ihm ins Gesicht sah. »Nun?«, fragte sie.

»Eure Hoheit«, sagte Mauritius in einem Ton, in dem er ungebärdige Novizen zurechtwies, »dies hier ist kein Kloster. Wir halten ihn nicht von Euch fern. Aber ist es klug? Ihr wisst beide, was nach Gesetz und Sitte sein muss. Werdet Ihr sein Herz brechen oder nur sein Vertrauen?«

Averil schnappte nach Luft. Sie hatte keine Worte erwartet, die ihr so wehtaten – auch wenn sie sie selbst oft genug gedacht hatte. »Messire«, sagte sie, musste jedoch innehalten um Atem zu holen. »Messire, ich würde ihm niemals wehtun. Aber der König bedroht die Insel, und die Magie, die wir teilen, könnte sich als die Waffe erweisen, die die Priesterinnen brauchen, um ihn zurückzuschlagen.«

Mauritius' dunkle Brauen zogen sich zusammen. »Wilde Magie? Noch mehr Grund, Euch nicht zu trauen.«

»Es ist keine wilde Magie«, sagte Averil. »Vielleicht ist es etwas Neues auf der Welt. Oder vielleicht ist es so alt, dass es vor langer Zeit vergessen wurde. Nein, ich spreche nicht von Schlangenmagie! Es hat die Macht, sie zu bekämpfen. Vielleicht genug, um die Insel zu retten.«

»Und wenn es sich gegen Euch und uns alle wendet und alles zerstört, was es retten wollte?«

»Vertraut Ihr Gereint?«, fragte sie.

Er wirkte ein wenig bestürzt. »Er hat gelernt, sich selbst zu kontrollieren. Aber, Comtesse …«

»Werdet Ihr zumindest in Erwägung ziehen, was wir zu tun vermögen? Könnt Ihr Euren Geist von den Orden loslösen und die Welt sehen, die jenseits von ihnen existiert?«

Mauritius war mit Averil durch die Wildländer geritten, hatte die Scharen von Wildvolkwesen gesehen und ihre Magie geschmeckt. Es war für Averil nicht angenehm gewesen; für ihn musste es eine regelrechte Qual gewesen sein.

Nichtsdestotrotz hatte es ihm die Wahrheit gezeigt über die Welt, die er zu kennen geglaubt hatte. Daran musste er denken. Sie wollte, dass er hinschaute und versuchte zu verstehen.

Es war, als würde man gegen eine Festungsmauer anrennen. »Comtesse, es mag gut sein, dass Ihr die Antwort auf all unsere Gebete seid, aber wir müssen ganz sicher sein, bevor wir die Welt aufgeben, die wir kennen. Was mich angeht, so glaube ich, dass es einen Mittelweg gibt. Und vielleicht«, fuhr er fort, bevor sie ihm zuvorkommen konnte, »ist es das, was ihr beide in euch habt. Aber wir können uns bei dieser Sache nicht nur auf unseren Glauben verlassen.«

»Warum nicht? Die Paladine hatten auch nicht mehr als ihren Glauben, als sie in den Dienst des Jungen Gottes traten.«

Sein Atem ging zischend, dann wirkte er plötzlich verblüfft und begann zu lachen. »Gut pariert, Eure Hoheit! Aber versteht Ihr denn nicht? Wir befinden uns alle in schrecklicher Gefahr. Die Insel ist darauf vorbereitet, sich dem Zorn des Königs entgegenzustellen und ihn, wenn möglich, zu zerstören. Wir stehen hier als ihre Nachhut. Wenn er auf der Insel versagt, wird er hierherkommen. Dann werdet Ihr den Kampf bekommen, nach dem es Euch so sehr gelüstet.«

»Ich will gar nicht …« Averil verstummte. Das stimmte nicht. Sie wollte einen Kampf. Sie wollte Feuer und Rache und dass Clodovec die Seele entrissen wurde, wie er es so vielen Söhnen von Lys angetan hatte. Er sollte wissen, wer ihn zerstört hatte und warum, er sollte dieselben Qualen erleiden, die er über sein Volk gebracht hatte.

Sie rief sich zur Ordnung. »Ihr seid hier gut platziert«, sagte sie, »aber ich könnte uns allen besser von der Insel aus dienen. Mit der Macht der Priesterinnen und der Kraft, die ich mit Gereint teile, können wir …«

»Dafür ist es zu spät.«

Averil wirbelte herum. Gereint stand in der Tür. Sein helles Haar war feucht, als wäre er im Regen über den Hof gelaufen; sein Atem ging schnell.

Er lächelte nicht. Ihr Anblick schien ihn nicht sonderlich zu erfreuen.

Und dennoch war er in diesen Raum gerannt. Ademar kam hinter ihm her, rot im Gesicht und außer Atem, mit einem Gesichtsausdruck, der zugleich schuldbewusst und entschlossen war.

Averil würde später einen Weg finden, ihm zu danken. Fürs Erste richtete sie ihre Aufmerksamkeit auf Gereint. »Es wird nicht zu spät sein, wenn wir uns beeilen. Wir haben reichlich Zeit, die Insel vor dem nächsten Schwarzmond zu erreichen.«

»Die Insel ist für uns alle verschlossen, bis dieser Krieg zu Ende ist«, sagte Gereint. »Glaubt Ihr, wie hätten nicht selbst schon versucht hinüberzugelangen? Es ist unmöglich. Wir haben keine andere Wahl, als hierzubleiben.«

»Wir?«, fragte sie mit hochgezogener Braue.

Seine Miene erstarrte. »Ihr wurdet hierhergebracht, Comtesse. Dafür gibt es einen Grund.«

»Ja«, erwiderte sie. »Ich habe gerufen und du hast geantwortet. Du hast mich aus dem Wasser gezogen.«

»Das hätte ich nicht tun können, wenn die Insel Euch eingelassen hätte. Und das hätte sie getan, Comtesse, wenn sie Euch dort gewollt oder gebraucht hätte.«

»Sie braucht uns beide«, sagte sie. »Sag mir nicht, dass du das nicht einsiehst.«

»Ich kann nicht«, sagte er.

Zum Teufel mit diesem Jungen, er konnte genauso dumm aussehen wie ein Schaf im Stall seiner Mutter. Es war schade für ihn, dass Averil es besser wusste. »Lüg mich nicht an«, sagte sie.

»Es ist die Wahrheit. Die Insel braucht uns nicht. Prydain und der Rosenorden schon. Auch Ihr würdet das einsehen, wenn Ihr nicht so eigensinnig wärt.«

»Natürlich – ich bin eigensinnig! Der Rest der Welt ist blind. Warum kannst du das nicht erkennen? Du konntest es doch früher immer.«

»Da gibt es nichts zu erkennen. Wir sind da, wo wir hingehören. Ihr auch. Was auch immer wir tun sollen, wir werden es hier tun.«

Sie wirbelte herum zu Mauritius. Er sah aus wie ein Zuschauer bei einem Federballspiel; sein Blick ging zwischen den beiden hin und her. Sie ahnte, wem von beiden er den Sieg wünschte.

Von ihm war keine Hilfe zu erwarten. Selbst der einzige Mensch, dem sie jemals wirklich vertraut hatte, war gegen sie. Sie war allein.

Sie ging an Gereint vorbei und verließ den Raum, ohne darauf zu achten, wann er es aufgab die Tür zu versperren. Als sie sie erreichte, war er verschwunden. Das war alles, was zählte.

Kapitel 19

Es hatte keinen Sinn, zu schmollen oder vor Zorn Wände zu zerschmettern. Averil zog sich in ihre Gemächer im Palast zurück, versperrte die Tür, riss Fenster und Läden auf und ließ die kalte, feuchte Luft hereinwehen.

Es half ihr beim Nachdenken. Gereints Weigerung verletzte sie mehr als sie zugeben mochte, obwohl sie nicht so weit ging, sie als Verrat zu bezeichnen. Er leistete nur seinem Großmeister Gehorsam.

Sie hielt inne. So einfach war es nicht. Er glaubte, was alle anderen seines Ordens wie eine Doktrin rezitierten. Er widersetzte sich ihr aus eigenem Herzen, nicht nur weil seine Oberen es von ihm verlangten.

Sie waren noch nie zuvor zerstritten gewesen. Es hatte Uneinigkeiten gegeben, ja, aber am Ende waren sie immer auf dieselbe Weise beigelegt worden – auf ihre Weise. Gereint hatte einen eigenen Kopf bekommen. Und das gefiel ihr überhaupt nicht.

Also schön, dachte sie, während sie in ihrem Zimmer auf und ab ging. Sie war allein. Sie hatte alle Verbündeten und alle, die möglicherweise ihre Verbündeten sein konnten, in Lys zurückgelassen, wo sie Schachfigur oder Marionette sein mochte, aber sie war ebenso gut Herzogin und möglicherweise eines Tages Königin. Hier war sie ein Niemand; sie hatte keinen Rang, keinen Palast, kein Vermögen, sondern konnte nichts weiter tun, als auf die Großzügigkeit der Königin zu hoffen. Niemand würde ihr auf dieser Seite des Meeres helfen.

Das Netz der Ritter war sicher in ihrem Inneren verankert, doch es würde ihrem Willen nicht nachgeben. Die Ritter hatten zugestimmt: Prydain war ihr Schlachtfeld, und die Insel musste sich allein durchschlagen.

Sie erhoben keine Einwände, als sie durch den Seherspiegel in Erfahrung bringen wollte, was auf der Insel vor sich ging – kein Wunder. Es gab nämlich nichts zu sehen. Die Wände aus Luft waren errichtet und gesichert. Stürme umbrausten sie, trieben Schiffe in die Irre und zerstörten sie sogar, was sie zu ihrem Leidwesen erfahren hatte.

Nichts, was sie tat oder versuchte, konnte diese Mauern durchdringen. Sie erhoben sich vor ihrem geistigen Auge wie eine Kuppel aus Glas, an den Rändern durchscheinend genug, um einen aufragenden Berg und die Schaumkronen der Wellen zu erahnen, aber dort, wo sich das Tal der Priesterinnen und der Hafen befinden mussten, war nichts als verschwommenes Dunkel. Es war ein verlassenes Eiland aus steilen schwarzen Felsen mit einem See in der Mitte.

Die Magie der Priesterinnen konnte sie nirgends ausmachen. Sie war gründlich und vollkommen abgeschirmt. Wie laut sie auch danach rief und wie weit sie sich auch vorwagte, sie erhielt nur Stille als Antwort.

Mit Gereints Hilfe hätte sie es vielleicht geschafft. Aber auch er war von ihr abgeschottet. Sein tiefstes Inneres war noch da, reglos wie ein Stein, schwer und undurchdringlich.

Der König würde die Kuppel aus makellosem Glas zerstören, seine Schlangenmagie würde darunter hindurchgleiten und sie zerbrechen wie eine Eierschale. Und es gab nichts, was sie dagegen tun konnte. Sie konnte nicht einmal die Priesterinnen warnen.

»Comtesse?«

Averil raffte ihre gesamte Disziplin zusammen, um ihren Zorn zu unterdrücken und die Hofdame zu begrüßen, die sich vor ihr verbeugte. Es war schwer; sie hatte ein merkwürdiges Gefühl, als würde etwas sie daran hindern, sich zu zügeln.

Sie schob den Gedanken beiseite. Sie war erschöpft, sie war enttäuscht, sie wurde von allen Seiten behindert. Kein Wunder, dass sie zornig war.

»Eure Hoheit«, sagte die Hofdame, »Ihr habt eine Nachricht erhalten. Der Junge, der sie gebracht hat, wurde gebeten, auf Eure Antwort zu warten.«

Averil nahm das gefaltete Pergament aus Madame Grisels Händen entgegen und hätte es fast fallen gelassen. Es knisterte vor Magie, eine Signatur, die so deutlich war wie mit Tinte geschrieben.

Das Pergament hatte etwas seltsam Vertrautes, sie konnte sich jedoch nicht entsinnen, wo sie so etwas schon einmal gesehen hatte. Auf der Insel vielleicht – oder in den Wildländern, dachte sie mit leichtem Schauder. Es hatte einen unverkennbaren Hauch von wilder Magie an sich; aber davon gab es auch eine Menge in Prydain. »Wer hat das geschickt?«, fragte sie.

»Der Junge gehört zum Meistermagier Ihrer Majestät, Comtesse«, sagte Grisel. »Der Myrddin wird er genannt.«

Averil war unwillkürlich fasziniert. »Tatsächlich? Das klingt nicht wie ein Titel von einem der Orden.«

»Das ist richtig«, sagte die Frau. Sie machte einen Hofknicks und zog sich zurück, bevor Averil sie zurückrufen konnte.

Averil öffnete den Mund, um es dennoch zu versuchen, zuckte dann mit den Schultern und ließ es sein. Sie setzte sich auf die Bettkante und betrachtete den Brief in ihrer Hand. Das Siegel sah aus wie ein Blutstropfen, glitzernd und lebendig, mit dem Bild eines fliegenden Falken geprägt.

Sie zögerte, bevor sie das Siegel brach, aber der magische Sturm, den sie befürchtet hatte, blieb aus. Der Brief war in einer altmodischen Schrift verfasst und ließ auf einen geübten Schreiber schließen. Die Worte waren kurz und prägnant.

An Eure Majestät von Quitaine, die bei bester Gesundheit sein möge: Uns kamen gewisse Schwierigkeiten und Verstimmungen zu Ohren. Zwar mag es dafür keine Lösung geben, aber eine Zerstreuung könnte Euch vielleicht erfreuen. Der Junge wird Euch führen, wenn Ihr bereit seid, ihm zu folgen.

Averil strich mit dem Finger über die geschriebenen Zeilen. Die Magie darin prickelte auf ihrer Haut. Wilde Magie lag darin, daran gab es keinen Zweifel.

Sie hatte noch nie etwas von einem Myrddin gehört. Wahrscheinlich war das Ganze eine Lüge oder ein Hinterhalt.

Sie spürte einen Lufthauch. Als sie aufschaute, sah sie, dass der Türrahmen von zwei breiten Schultern unter einem blauen Umhang ausgefüllt wurde. Türen mussten größer sein, wo Gereint sich aufhielt, dachte sie abwesend, oder er musste aufhören zu wachsen wie ein gut gewässerter Baum.

Ein Teil von ihr wollte ihn dorthin zurückschicken, wo er herkam. Der andere Teil war weitaus erleichterter als ihr lieb war.

Ihre Begrüßung war nicht gerade freundlich, aber sie schickte ihn auch nicht fort. »Messire. Was führt Euch hierher?«

Er machte ein finsteres Gesicht. Er war ebenso verwirrt wie sie, und seine Stimmung war keineswegs besser. »Ihr bereitet mir Kopfschmerzen. Ihr müsst damit aufhören.«

»Du hättest nicht den ganzen Weg durch den Regen kommen

müssen, um mir das zu sagen«, erwiderte sie. »Haben deine Aufpasser dich gehen lassen? Oder bist du davongelaufen?«

Seine Kiefermuskeln spannten sich. »Ich will nicht, dass wir kämpfen. Aber Ihr seid unvernünftig. Ich weiß, Ihr wurdet auf der Insel erzogen und dass sie Euer wahres Zuhause ist, aber …«

»Fontevrai ist mein Zuhause«, sagte sie. »Die Insel ist der Quell jeglicher Magie in diesem Teil der Welt. Hat noch niemand darüber nachgedacht, was passieren wird, wenn sie fällt?«

»Sie wird nicht fallen«, sagte er.

»Die Rose wurde schon gestürzt.«

Das ließ ihn kurz innehalten. »Der Rosenorden war in Lys, im Kernland des Königs, ohne Hilfe der wilden Magie. Die Insel liegt mitten im Meer.«

»Das wird Clodovec nicht aufhalten«, sagte sie grimmig. »Wenn er die Schlange aufweckt, gerät die ganze Welt unter ihre Herrschaft. Ob Land oder Meer, das spielt keine Rolle.«

»Dazu muss er sie zuerst finden«, sagte Gereint.

»Wenn er glaubt, dass die Ritter sie noch verstecken, kannst du dir denken, wohin er gehen wird, nicht wahr? Er wird hierherkommen.«

»Dann wird die Insel sicher sein«, sagte Gereint folgerichtig, »und wir sind dort, wo wir am meisten gebraucht werden.«

Averil biss sich auf die Zunge. Sie hatte gerade ihr eigenes Argument ad absurdum geführt.

Das konnte auch ihm nicht entgangen sein. Er war jedoch zu rücksichtsvoll, um sich damit zu brüsten.

»Ich nehme an, dass auch du nicht weißt, wo sie sich befindet«, sagte sie.

Er schüttelte den Kopf. »Niemand weiß es.«

»Bist du sicher? Auch nicht Mauritius? Auch nicht der ritterliche Großmeister hier in Prydain?«

»Sie vertrauen mir nicht alles an«, sagte er halbwegs fröhlich angesichts der Umstände.

Natürlich teilten die Ritter der höchsten Ränge nicht die

größten Geheimnisse ihres Ordens mit einem frischgebackenen Knappen. Es war töricht von Averil, auch nur die vage Vermutung anzustellen, dass er die Antwort kennen könnte.

»Ich glaube, sie wissen es nicht. Diejenigen, die es wussten, sind tot, und es scheint, als wären sie gestorben ohne zu reden. Dieses Mysterium ist verborgen – vielleicht für immer.«

»Wenn es irgendeinen Weg gibt, die Schlange aufzuspüren, wird Clodovec sie finden. Er ruft jede Macht zu Hilfe, die er kennt. Und er ist nicht der Einzige. Einige der Bluthunde, die der Fährte folgen, sind Männer der Schlange, aber sie gehören nicht zu ihm. Diese Jagdgesellschaft wird die Beute aufstöbern oder die Welt ins Verderben stürzen bei dem Versuch, sie zu finden. Aus diesem Grund brauchen wir die Insel. Was ist sonst noch übrig, das so viel Macht an einem einzigen Ort bündelt?«

»Sie teilt ihre Macht nicht«, sagte Gereint. »Die Priesterinnen behalten sie für sich. Alles, was sie tun, ist geheim. Wie soll das eine Hilfe für uns andere sein?«

»Sie halten die Welt zusammen«, sagte Averil.

»Glaubt Ihr wirklich, dass sie Hilfe brauchen? Oder hat Ademar Recht? Er sagt, Ihr wollt zur Insel und die Priesterinnen überzeugen, Euch zu einer von ihnen zu machen wie Königin Eiluned, damit Ihr nicht gezwungen seid zu heiraten.«

»Ademar befindet sich im Irrtum«, sagte sie, »in Bezug auf die Priesterinnen, das Heiraten und auf mich. Ich kenne meine Pflicht. Sie mag mir nicht gefallen, ich mag beten, dass sie aufgehoben wird, aber am Ende werde ich Quitaine geben, was es braucht: einen Befehlshaber für seine Armeen und einen Vater für seinen Thronerben.«

Gereint hatte den Anstand, nicht verlegen zu wirken, und die Kraft, sich von ihren Worten nicht niederschmettern zu lassen. Sie waren nicht einfacher auszusprechen als anzuhören gewesen.

Averil hatte das Thema plötzlich satt und deutete auf den Brief des Myrddins. »Hier, was hältst du davon?«

Das Ablenkungsmanöver funktionierte. Gereint spürte die Magie, die von dem Brief ausging: Seine Augen wurden groß und seine Hand zitterte. Als er das Siegel betrachtete, wurden seine Augen noch größer. »Der Myrddin? Er möchte Euch sehen?«

»Wieso?«, fragte Averil. »Kennst du ihn?«

Er schüttelte den Kopf. »Oh, nein. Er lebt auf einem Berggipfel in Dyfed am westlichen Rand des Königreichs. Er kommt nur an den Hof, wenn es unbedingt notwendig ist oder wenn ein großes Ritual bevorsteht: eine Krönung, die Geburt eines Thronerben, der Tod eines Königs. Wenn er zurzeit in Caermor ist, wird irgendetwas geschehen.«

»Es geschieht in diesem Moment«, sagte sie gereizt. »Clodovec will die Insel zerstören.«

Gereint breitete die Arme aus und zuckte mit den Schultern. »Vielleicht geht es ja darum, Comtesse. Werdet Ihr hingehen? Der Junge sitzt noch im Vorraum. Er sieht so aus, als hätte er sich darauf eingestellt, tagelang zu warten.«

»Was ist, wenn es sich um eine Falle handelt?«, fragte sie.

»Ich glaube nicht, dass es eine ist.« Er strich mit dem Finger über das Pergament. »Das hier kündet von starker Magie, aber es ist saubere Magie. Es riecht kein bisschen nach Schlangenmagie.«

»Sie könnte getarnt sein«, sagte sie.

»Nein.« Er legte den Brief auf den Tisch neben dem Bett. »Wir sollten gehen. Ich glaube, der Junge des Myrddins ist zwar nicht menschlich, aber trotzdem braucht er etwas zu essen und einen Platz zum Ausruhen.«

»Und ich bin eine schlechte Gastgeberin, da ich ihm nichts dergleichen angeboten habe.« Averil atmete hörbar aus. »Dann lass uns gehen. Zusammen.«

Er äußerte keine Einwände. Trotz ihres Ärgers über ihn hatte sie seit einem Jahr zum ersten Mal wieder das Gefühl, als würde die Welt sich in ihrer richtigen Umlaufbahn befinden. Gereint stand hinter ihr. Endlich war sie wieder wirklich sicher.

Kapitel 20

Der Junge des Myrddins wirkte auf den ersten Blick wie jeder andere adlige Page, aber um ihn umgab ein merkwürdiger Schimmer. Er erinnerte an ein Wildvolkwesen, obwohl Averil noch keinem begegnet war, das so menschenähnlich aussah.

Er oder es sprach nicht, als sie höflich grüßte. Er erhob sich von der Bank und verbeugte sich, dann bedeutete er ihr mit einer Handbewegung, ihm zu folgen.

Er bewegte sich so schnell, dass sie Mühe hatten zu folgen, dennoch verloren sie ihn nie ganz aus den Augen. Averil versuchte, sich auf all die Kehren und Flure zu konzentrieren.

Zu ihrer Überraschung verließen sie den Palast nicht, obwohl er ihr plötzlich seltsam und fremdartig erschien. Sie waren in eine Art Anderswelt gelangt, oder vielleicht befanden sie sich in einem Zeitstrudel. Die Luft schien schwer, fast wie Wasser; sie bewegten sich langsam hindurch, im verzögerten Tempo eines Traumes.

Sie verließen ein Labyrinth aus Korridoren und erklommen eine Wendeltreppe. Sie war aus Eschenholz gemacht, und die Macht, die darin schlummerte, erinnerte Averil an die alten Geschichten über den Weltbaum, der vor dem Fall der Schlange in den Nordländern gestanden hatte.

Es gab hier weder Glas noch Eisen noch andere Metalle. Alles war aus Holz. Die Tür am oberen Ende der Treppe, vor der sie stehen blieben, um nach dem Aufstieg zu verschnaufen, wurde mit Holzzapfen zusammengehalten; kein einziger Nagel war zu sehen, nichts aus Metall oder Stein.

Der Raum hinter der Tür war rund und hoch, ein Turmzimmer, und während Treppe und Tür nur aus Holz bestanden, war hier alles aus Stein. Auch in diesem Raum schimmerte nicht das kleinste bisschen Glas; die hohen, schmalen Fenster hatten weder Glas noch Läden und ließen die Luft frei hereinströmen. Die Säulen, von der die Deckenkuppel gehalten wurde, waren steinerne Skulpturen und bildeten Eichbäume, Eschen und Weißdorn ab. Averil hätte schwören können, dass sich etwas zwischen den Ästen herumschlängelte.

Sie sah Schlangen in allen Astgabeln. Dies waren nur kahle Steinbäume, die eine Kuppel stützten wie das Himmelsgewölbe. In der Tat war in der Mitte ein Stück Himmel zu sehen, ein Kreis aus verschwommenem Grau.

Es war ein seltsamer kahler Raum ohne Feuerstelle oder Möbelstücke, doch das Merkwürdigste war, dass es nicht kalt war. Sie konnte den Kuss des Regens auf den Wangen spüren, als sie die Fenster passierte, und ein Graupelschauer prasselte auf die Kuppel nieder, aber die Luft war warm und lieblich. Sie roch wie ein Wald im Frühling.

Wenn sie die Augen schloss, konnte sie Sonnenschein auf ihrem Gesicht fühlen und den Duft von Gräsern und Blumen riechen. Das Prasseln des Schneeregens wurde zum sanften Geplätscher eines Baches.

Sie hätte diese Welt derjenigen vorgezogen, die ihre Augen ihr zeigten, aber es war nicht ihre Art, vor der Wahrheit zurückzuschrecken, wie absonderlich sie auch sein mochte. Sie öffnete die Augen und erblickte den Mann, der am anderen Ende der Halle stand, kaum auszumachen im dämmerigen Licht und dem aufsteigenden Nebel.

Der Anblick löste Widerwillen in ihr aus. Er war ein großer, breitschulteriger Mann in schlichter, dunkler Kleidung. Sie verscheuchte den Nebel mit einem Zauberwort und einer Handbewegung und schleuderte ein Hexenlicht hinterher.

Dann erkannte sie den Mann, der dastand und sie anlächelte, als wäre er stolz auf ihr kleines Zauberkunststück. Sein Anblick erschreckte sie; sie trat hastig zurück in Gereints sichere Nähe.

Instinktiv umschloss er sie mit seinen Armen. Seine Überraschung und plötzliche Freude sprudelte durch ihren Körper. »Messire Perrin! Ihr seid also der Magier der Königin?«

»Ich bin der Falke auf der Bergspitze«, erwiderte der Magier. Er wirkte genauso erfreut wie Gereint.

Averil konnte ihre Wiedersehensfreude nicht teilen. Bei ihrem letzten Zusammentreffen mit diesem Mann – sie bezweifelte, ob man ihn überhaupt so bezeichnen konnte – hatte er für die überlebenden Ritter Gastgeber gespielt, weit weg in den Wildländern. Er war so voll von wilder Magie, dass ihre Haut davon zu jucken begann. Und obwohl niemand es je ausgesprochen hatte, nahm sie stark an, dass er eine große Machtposition in diesem Land einnahm.

Gereint teilte Averils Argwohn nicht. Er war dieser Kreatur bereits in Fontevrai begegnet, wo er in Gestalt eines Kräuterkundlers erschienen war. Er konnte nicht verstehen, wieso irgendjemand diesen Mann, den er Messire Perrin nannte, nicht mögen oder ihm misstrauen konnte.

Die Sympathie und das Vertrauen des Jungen entbehrten jeder Logik. Averils Vernunft reichte jedoch für beide. Sie wand sich aus Gereints Griff und trat dem Magier gegenüber.

Sein Lächeln war unerträglich strahlend. »Comtesse«, sagte er. »Wie schön, Euch wiederzusehen!«

»Ist es das?« Das war unhöflich, aber Averil konnte nicht auf ihre Manieren achten, wenn es um wilde Magie ging. »Ihr scheint überall zu sein. Amtiert Ihr auch unter dem König von Lys?«

»Nicht unter dem derzeitigen König«, erwiderte er. Er streckte die Hand aus. »Sollen wir an einen angenehmeren Ort gehen?«

Averil öffnete den Mund, um dankend abzulehnen, aber Gereint hatte die Hand des Magiers bereits ergriffen. Der Raum veränderte sich, der Duft nach Gräsern und Blumen wurde stärker, und ein Nebel stieg auf, um sie zu verschlucken. Als Averil wieder zur Besinnung kam, war der Turm verschwunden, und der Ort, an dem sie sich befanden war so vertraut wie der Magier, der sie dorthin gebracht hatte.

Das Ganze wirkte vollkommen gewöhnlich: eine Wiese, die sich bis zum Waldrand zog, ein Küchengarten durch einen Zaun gegen Hasen und Rehe geschützt, ein reetgedecktes Bauernhaus, aus dessen Schornstein Rauch aufstieg. Der Obstgarten stand in Blüte; sein Duft war durch die Welten zu ihr gelangt.

Draußen in der Welt herrschte Winter, das wusste sie, aber hier war Frühling. Auch als sie sich das letzte Mal an diesem Ort aufgehalten hatte, war Frühling gewesen. Vielleicht war hier immer Frühling. In den Wildländern war alles möglich.

Scharen von kleineren Wildvolkwesen wirbelten wie Blätter über ihren Köpfen herum und zwitscherten aufgeregte Worte. Die Größeren traten nicht in Erscheinung – abgesehen von Messire Perrin, der sie ins Haus führte.

Es war drinnen viel größer, als man von außen erwartete, genau wie sie es in Erinnerung hatte. Es war seltsam, die Räume ohne die herumliegende Ausrüstung der Ritter zu sehen. Sie waren sauber und leer und sonnig und strahlten eine Ruhe aus, die es in der Welt der Sterblichen nicht gab.

Messire Perrin führte seine Gäste zu dem schweren Holztisch in der Küche und servierte ihnen einen rustikalen Festschmaus: frischgebackenes Brot und frische Butter, Hartkäse und Frischkäse mit Kräutern und Knoblauch, Äpfel und Birnen und Aprikosen, die wie lieblicher Sonnenschein schmeckten. Dazu gab es kühles Quellwasser, dessen Geschmack von tiefer Erde und hoher Magie kündete, und als Abschluss winzige Gläser mit einem Likör, der wie Met und flüssiges Feuer schmeckte.

Averil wollte eigentlich nichts essen, aber sie war hungrig wie ein Wolf. Sie hatte die Früchte dieses Landes schon einmal gegessen, ohne ihre Seele oder ihre Freiheit zu verlieren; sie konnte nur hoffen, dass sie weiterhin geschützt war.

Gereint hatte seine gewaltige Portion bereits halb aufgegessen. Averil griff nach einem Stückchen Brot und der Schüssel mit dem Kräuterkäse. Es schmeckte gut, geradezu köstlich; sie konnte nichts Verzaubertes darin entdecken.

Messire Perrin aß mit ihnen. Es war das erste Mal, dass sie sah, wie er menschliche Nahrung zu sich nahm, wodurch eine ihrer Verdächtigungen widerlegt wurde.

Er tat sein Bestes, um sowohl menschlich als auch sterblich auszusehen. Er war ein großer Mann wie Gereint, mit hellem Haar und grauen Augen. Sie hätten Landsmänner sein können, obwohl Gereint unverkennbar menschlich war und Perrin zweifelsohne nicht.

Aber war Gereint tatsächlich durch und durch menschlich? Er sprach und benahm sich wie ein Bauer aus dem Westen von Lys, mit breitem ländlichem Akzent und einer gewissen bäuerlichen Treuherzigkeit, die ihm während des Jahres bei den Rittern nicht abhanden gekommen war. Darüber hinaus verfügte er über eine stärkere Magie als jeder andere Magier, den sie jemals gekannt hatte.

Kein anderer hatte eine Magie, die so tief ging und so weit reichte. Sie war nicht unerschöpflich – ein-, zweimal hatte sie gesehen, wie sie an ihre Grenzen stieß –, aber er hatte mehr davon als irgendein Sterblicher haben sollte.

Konnte es daran liegen, dass er kein Sterblicher war?

Der Gedanke ließ Averil innehalten. Gereint war gottgeboren, wie man auf dem Lande sagte: ein Kind ohne Vater. Seine Mutter hatte niemals den Namen des Mannes gesagt, bei dem sie gelegen hatte, noch hatte irgendjemand Ansprüche auf den Sohn erhoben, der aus dem Beischlaf entstanden war. Für sie blieb nichts weiter als eine grimmige Abneigung gegen jedwede Magie und die strikte Weigerung, ihren Sohn seinen Gaben entsprechend ausbilden zu lassen.

Wenn ein Magier sie geliebt und verlassen hätte, würde das vieles erklären. Wenn er mehr gewesen wäre als ein Magier …

So etwas gab es dieser Tage nicht mehr. Die alten Götter und Dämonen waren verschwunden, verschluckt von der Schlange oder von der Kirche des Jungen Gottes, die an ihre Stelle getreten war. Es musste ein umherziehender Zauberer gewesen sein oder ein Edelmann, der sich eine Weile in dem abgelegenen Dorf aufgehalten hatte und dann in seine eigene Welt zurückgekehrt war; oder ein wilder Magier, der die Gestalt eines Bauern angenommen hatte und nach einem Tag oder einer Woche wie ein Blatt im Wind seiner ungezügelten Magie davongeflogen war.

Ein wilder Magier würde vieles erklären. Averil schnitt einen Apfel in mundgerechte Stücke, tauchte sie in Honig und aß sie bewusst langsam, damit die Süße ihren Geist erfüllte und die nutzlosen Gedanken aus ihrem Kopf vertrieb. Welche Rolle spielte es, von wem Gereint gezeugt worden war? Er war, wie er war, einerlei, woher er gekommen war.

Er ahnte nichts von ihren verwickelten Gedankengängen. Er aß mit herzhaftem Appetit, lachte und scherzte mit ihrem Gastgeber und legte sich ins Zeug, um von ihrer Schweigsamkeit abzulenken.

Manchmal wünschte sie, sie könnte so arglos sein wie er. Sie schob ihren fast leeren Teller beiseite, überlegte, ob sie den Likör trinken sollte, wagte jedoch nicht, ihren Verstand zu vernebeln und wartete, bis die anderen fertig waren.

Es schien, als hätten sie auf sie gewartet. Wundersamerweise bekam sie von ihrer sonnigen Freundlichkeit kein Sodbrennen.

Sie mochte es zwar kaum zugeben, aber nach dem Untergang des Schiffes, der Trauer und der nagenden Unzufriedenheit, war ihr dieses Zwischenspiel im Land des ewigen Frühlings durchaus willkommen. Wenn sie in der Lage gewesen wäre, ihre Ängste und Sorgen loszulassen, könnte sie hier etwas Ähnliches wie Frieden finden.

Im Tod war auch Frieden. Aber fürs Erste mochte sie noch nicht sterben.

Sie nickte Messire Perrin kurz zu und verlieh ihrem Gesicht

den Ausdruck kühler Höflichkeit. »Ich danke Euch für Eure Gastfreundschaft«, sagte sie.

Er erwiderte ihre Verbeugung. »Sie wird Euch mit Freuden gewährt.«

Damit hatten sie dem Anstand Genüge getan. Sie stützte die Ellbogen auf den Tisch und beugte sich ein wenig vor. »Nun denn, Messire. Ihr habt uns sicher nicht wegen unserer angenehmen Gesellschaft hergebracht. Was wollt Ihr von uns?«

Er grinste. »Das tat gut, nicht wahr? Wie lange musstet Ihr Euch verstellen?«

»Zu lange«, sagte sie.

»Höfe sind eine schreckliche Strapaze für aufrichtige Gemüter«, stimmte er zu.

Er hatte Charme, das musste Averil ihm lassen. Sie würde sich jedoch nicht verleiten lassen, ihn zu mögen. »Werdet Ihr meine Frage beantworten?«

Er verbeugte sich mit dem richtigen Quäntchen Spott, um sie ein wenig zu reizen, ohne ihren Zorn zu erwecken. »Ich habe eine Frage an Euch, Comtesse. Was wisst Ihr über das große Mysterium der Ritter?«

Damit hätte sie niemals gerechnet, aber Messire Perrin hatte anscheinend eine Schwäche für das Unerwartete. Ihre Antwort war unverblümt, aber einigermaßen höflich. »Weniger als die Ritter wissen, da bin ich sicher. Der König von Lys ist auf der Jagd danach. Seine Rivalen hoffen, er findet es, damit sie es an sich bringen können. Die Ritter sollten wissen, wo es ist. Habt Ihr sie gefragt?«

»Die Ritter wissen nichts«, erwiderte Perrin. »Jene, die es wussten, sind tot.«

»Wer wusste es denn?«, fragte Gereint.

Perrin antwortete, ohne zu zögern. »Der Großmeister, seine beiden treuesten Großritter, und der Ritter, der es bewahrte. Nur vier, und immer nur diese vier, seit der Gründung des Ordens.«

»Aber wenn der König sie alle gefangen genommen und getötet hat, warum hat er dann nicht das Gefängnis der Schlange gefunden?«

»Vielleicht ist es keine reale Sache«, sagte Averil. »Wenn es Wissen ist oder ein Zauber, der nur in der Erinnerung bewahrt wurde, dann ist es verloren. Dann kann man es nicht wiedererlangen.«

Gereint schüttelte den Kopf. »Das ergibt keinen Sinn. All die Magie, die die Ritter ausüben, ist greifbare Magie. Die anderen Mysterien sind real. Folglich müsste das größte Mysterium das wahrhaftigste sein.«

Perrin applaudierte ihm, was ihn sichtlich verwirrte. »Gut und weise gesprochen! Ja, das Mysterium ist etwas, das man mit Händen berühren kann.«

»Das wisst Ihr, und trotzdem fragt Ihr mich?«, sagte Averil.

»Was ich weiß, ist altes Wissen«, sagte er. Zum ersten Mal seit ihrem Wiedersehen wurde sein Gesicht ernst. Seine Augen hatten die gleiche Farbe wie der Regen in Caermor, silbrig grau mit einem Schimmer von Licht darunter. »Nach dem Sturz und dem Werk, das die Alte Macht eingekerkert hat, übertrug Longinus die Verantwortung dafür seiner Geliebten Melusine.«

»Melusine?«, sagte Averil erschrocken. »Die Verräterin? Sie war nie und nimmer die Geliebte des ersten Ritters.«

»Das möchte die Kirche ihre Kinder glauben lassen«, sagte Perrin. »Sie lehrt, dass Longinus keine Geliebte hatte, bevor die Heilige Madeleine, nach dem Willen des Guten Gottes, seine Sinne mit Wein berauschte und ihre zwei Nachfolger empfing: Prinz Gahmuret und die schöne Emeraude, beide gesegnet mit großen magischen Fähigkeiten. Das ist eine wunderschöne Geschichte, aber es war nicht Madeleine, die ihm diese Kinder gebar. Sie nahm sie nach dem Sturz zu sich und gab ihnen ihren Namen, im Bewusstsein der Schande, die ihre wahre Mutter über sich gebracht hatte.«

Averil fühlte nichts, noch nicht. Der Schock war zu tief. Sie konnte es nicht glauben.

»Ich stamme von Gahmuret ab«, sagte sie leise, und hoffte, dass ihre Stimme ruhig klang. »Wollt Ihr mir sagen, dass meine gesamte Abstammung auf einer Lüge beruht?«

»Eure Abstammung ist erhaben und edel«, sagte Perrin, »und die Frau, die Eure Linie begann, traf eine Wahl, von der sie wusste, dass sie dadurch in den Augen der Welt auf ewig verdammt sein würde. Sie betrog den Jungen Gott, ja – auf seinen eigenen Befehl. Es war eine Falle, in die die Schlange und ihre Diener hineintappten, und so wurden sie zerstört.«

Averils Kopf begann zu schmerzen. »Der Junge Gott *bat* sie darum, es zu tun? Das ist Häresie.«

»Das ist die Wahrheit häufig«, sagte Perrin.

»Und warum lehrt die Kirche dann etwas anderes?«

»Weil sie Feinde hatte, und die gewannen langsam die Oberhand. Jene, die die Wahrheit sagten, wurden verstoßen oder getötet. Melusines Kinder waren nur in Sicherheit, weil sie kurz vor dem Sturz geboren wurden und nur wenige von ihrer Existenz wussten. Als Madeleine sich mit Longinus zusammentat und die beiden anfingen, ihre Geschichte zu spinnen, glaubte ihnen die Welt. Jene, die zweifelten oder sich an die Zeit davor erinnerten, als Longinus und Melusine ein berühmtes Liebespaar waren, begannen entweder ihrer Erinnerung zu misstrauen oder sie glaubten, Longinus zu ehren, indem sie niemals davon sprachen.«

Averil kniff die Augen zusammen und presste ihre Hände dagegen. »Ich kann Euch nicht glauben. Woher wisst Ihr das?«

»Ich erinnere mich«, erwiderte er.

Sie senkte die Hände und öffnete die Augen. Er schaute weder sie an noch etwas anderes in diesem Zeitalter der Erde. Seine Stimme war leise und sein Blick abwesend, auf Dinge gerichtet, die zweitausend Jahre zuvor geschehen waren.

»Sie war die Tochter eines Dämons«, sagte er, »mit all der Schönheit dieses Blutes sowie all der Magie. Ihre Kinder erbten beides. Sie starb aus freien Stücken, in Bewusstsein dessen, was nach ihrem Tod kommen würde; und mit ihrer letzten Kraft legte sie das Mysterium in Longinus' Hände. ›Bewahre es‹, sagte sie. ›Lass es niemals aus den Augen. Du weißt was geschieht, wenn das Werk fehlschlägt.‹ Longinus hätte es vor Entsetzen und Trauer fast fortgeschleudert, aber während sie starb, hielt sie seine Hände darüber, bis er es mit den Fingern umschloss. Er behielt es sein Leben lang bei sich, und als er starb, gab er es an seinen treuesten Schüler weiter. Und so wurde es von Generation zu Generation weitergegeben.«

»Und was ist es nun?«, fragte Gereint. »Wisst Ihr es noch?«

»Es verändert sich«, sagte Perrin. »Von Generation zu Generation, von einem Bewahrer zum nächsten, nimmt es eine neue Form an, die jeweils am dienlichsten ist. Es war eine Halskette, ein Gürtel, ein Handschuh, ein Helm, ein Dolch – jedes Mal ist es etwas anderes, aber in einer Hinsicht bleibt es immer gleich.«

»Und die wäre?«

»Es hat immer eine Form, die dem Bewahrer ermöglicht, es dicht am Körper zu tragen.«

»Logisch«, sagte Gereint. »Ihr wisst, wo es sich jetzt befindet, nicht wahr?«

Perrin schüttelte den Kopf. »Ich weiß, wo es war. Nach dem Sturz der Rose verschwand es. Kein noch lebender Ritter bewahrt das Geheimnis. Und dennoch hat es irgendjemand irgendwo. Jemand, der vielleicht gar nicht weiß, was er hat.«

Wie von selbst wanderte Averils Hand zu dem Amulett, das sie sogar beim Baden niemals abnahm. Es war natürlich absurd. Es war ein Geschenk, nichts weiter, ein wertloses Schmuckstück, an dem sie hing, ohne dass es einen vernünftigen Grund dafür gab.

Gereint hatte denselben Gedanken gehabt. »Wer hatte es zuletzt? Wie war sein Name?«

»Ich weiß es nicht«, erwiderte Perrin. »Es war ein Ritter von hohem Rang, aber er muss sehr alt gewesen sein, als die Rose fiel: Das Mysterium hatte sich vierzig Jahre lang nicht verändert oder den Besitzer gewechselt.«

»Vielleicht ist es immer noch in einem der Ordenshäuser«, sagte Gereint, »oder im Mutterhaus selbst. Wenn keiner weiß, wonach er suchen soll, ist es vielleicht sogar von den Rittern übersehen worden.«

»Das wäre möglich«, sagte Perrin, aber seine Worte klangen nicht überzeugt. »Sagt mir doch bitte, Messire, wurde Euch von einem der Ritter jemals ein Geschenk überreicht?«

Gereint zuckte leicht zusammen, gerade genug, dass Averil es mitbekam. Er warf ihr einen hastigen Seitenblick zu. »Ein alter Mann gab mir ein Kleinod«, sagte er, »als ich vom Mutterhaus fortging zum Palast des Herzogs. Aber es kann nicht ...«

»Darf ich es sehen?«

»Ich habe es nicht mehr«, sagte Gereint.

»Aber es ist hier.«

Averils Herz hätte aufschreien und sie zur Flucht mahnen sollen, so lange sie noch konnte – denn wenn ihr hübsches Amulett das größte Mysterium des Rosenordens war, könnte dies sehr wohl eine Falle sein, durch die die ganze Welt ins Verderben gestürzt würde. Aber sie spürte keine Furcht, abgesehen von dem, was jede vernünftige Person fühlen würde, wenn man ihr sagte, dass sie das Gefängnis der Schlange bewachte. Sie mochte und traute Perrin nicht, aber was es auch war, das er wollte, sein Ziel war nicht, die Schlange zu befreien. Das erkannte sie in seinen Augen, deren Blick auf ihr ruhte.

Langsam zog sie das Amulett aus dem Mieder und hielt es an der Kette hoch. Ihre Hand zitterte; die farbenfroh emaillierte Scheibe drehte sich und funkelte. Sie erschien ebenso wenig magisch wie eh und je. Kein Feuerblitz durchzuckte sie; keine abscheuliche Bestie aus uralten Zeiten erhob sich, um sie zu verschlingen.

Perrin machte keine Anstalten, das Schmuckstück an sich zu nehmen. »Ah«, war alles, was er sagte.

»Nun?«, sagte sie. »Ist es das, wofür Ihr es haltet?«

»Darf ich es berühren?«, fragte er.

Sie wunderte sich über seine Zurückhaltung, aber wieder fühlte sie keine Furcht. Vielleicht hatte das Amulett sie verzaubert. Vielleicht hatten all die Offenbarungen der letzten Minuten sie benommen gemacht.

Sie legte das Amulett auf ihre Handfläche und hielt es so, dass er es berühren konnte. Er streifte es kaum mit den Fingerspitzen und zog seine Hand zurück.

Sie hatte nichts gefühlt. Die Emaillearbeit schimmerte, die Ornamente darin wanden sich wie Ranken – oder wie Schlangen.

Sie inspizierte es, als wäre es ein Seherspiegel. Es war so undurchsichtig wie immer. Die Vision, die sie in der Höhle unter dem königlichen Jagdschloss erblickt hatte, erschien nicht vor ihren Augen.

Perrin lehnte sich zurück und holte tief Luft. »Ja«, sagte er. »Mögen die Götter uns gnädig sein, ja.«

Kapitel 21

Woher wollt Ihr das wissen?«, fragte Gereint.

Perrin ergriff seine Hand, bevor er sie zurückziehen konnte, und hielt sie über das Amulett, das noch immer auf Averils Handfläche lag.

Averil runzelte die Stirn. Gereint spürte nichts, bis auf jene Mischung aus Geist und Magie, die sie zu der machte, die sie war.

Das Amulett ließ die Struktur ein wenig wärmer werden, ein wenig komplizierter. Seine Farben schimmerten wie strahlende Edelsteine. Jene Linien waren tatsächlich Schlangen; er hatte sich immer gefragt, ob es Blätter waren oder Ranken oder ein Fantasiemuster, das der Juwelier sich ausgedacht hatte.

Da war etwas im Inneren. Er konnte sie nicht richtig sehen, aber er fühlte sie. Sie hatte sich zusammengerollt, lag ruhig da in ihrem Refugium, jenseits von Zeit und Raum, und träumte kalte und schuppenartige Träume.

Er blickte auf in Averils Augen. Sie sah, weil er sah: Die Magie hatte sich in beiden erhoben, verlieh ihm Sehkraft und ihr Erkenntnis.

Sehr, sehr behutsam löste sie die Kette von ihrem Hals und legte das Amulett auf den Tisch. Es lag schimmernd da, rot und golden und silbern und blau, so harmlos anzusehen wie irgendein beliebiges Schmuckstück aus der Kiepe eines Hausierers.

»Ich glaube nicht, dass ich es haben sollte«, sagte sie. »Der alte Ritter hat es dir gegeben.«

»Nein«, sagte Gereint. »Es gehört Euch. Habt Ihr nicht gehört, was Messire Perrin sagte? Eure Vorfahren hatten es als Erste. Es ist Euer Erbe.«

»Eines, um das ich nie gebeten habe«, sagte sie.

»Das ist häufig so«, sagte Perrin. »Ich glaube wirklich, dass es dazu bestimmt war, in Eure Hände zu gelangen – oder, zu euch beiden. Was ihr zwischen euch habt, ähnelt sehr dem, was ich zwischen Longinus und Melusine beobachtet habe.«

Averil erschauerte. Auch Gereint überkam ein leichtes Frösteln bei der Vorstellung, dass sie durch die Verräterin an das Amulett gekommen war – selbst wenn Perrin gesagt hatte, dass die Wahrheit ganz anders aussah. Es erklärte trotzdem nicht, woher Gereint es bekommen hatte; aber an der ganzen Sache war das Meiste unerklärlich.

Gereint griff etwas auf, das er noch nicht gewusst hatte. »Es hat andere gegeben, die so waren wie wir? War es dasselbe wie bei uns?«

»Es war etwas sehr Ähnliches«, sagte Perrin, »und keiner von uns hatte dergleichen jemals gesehen oder gedacht, es ein zweites Mal zu sehen. Es mag ein Omen sein, dass es in diesem Zeitalter der Welt zurückgekehrt ist.«

»Ein Omen wofür?«, fragte Averil fast unhörbar leise. »Dass ich zur Verräterin werde und mich dem Tod in die Arme werfe?«

»Das will ich nicht hoffen«, sagte Gereint so heftig, dass sie zusammenschreckte. Er versuchte, seiner Stimme einen sanfteren Tonfall zu geben. »Ihr seid nicht Melusine, und dies ist nicht das Zeitalter, in dem sie lebte. Wir sind in einigen Dingen weiser geworden. Wir haben zwar einiges vergessen, jedoch mehr als das hinzugewonnen. Die Magie ist anders geworden. Ihr könnt sie nutzen, um Eure Seele zu schützen.«

»Vielleicht«, sagte sie, aber was ist, wenn ich dieselbe Schwäche in mir habe, die sie hatte? Selbst wenn ich glauben würde, dass der Junge Gott sie bat, ihn zu betrügen, so willigte sie darin ein. Sie diente der Schlange. Sie starb an ihrem Gift.«

»Melusine starb, als die Schlange verstand, was sie getan hatte«, sagte Perrin. Sie hatten fast vergessen, dass er anwesend war. »Der Junge Gott war fast besiegt. Durch ihren Tod gelang es ihm, seine Kräfte zu sammeln und den entscheidenden Schlag auszuführen. Der Ausbruch von Magie aus Melusines sterbendem Körper errichtete das Gefängnis; die übrigen Priesterinnen sicherten es und sperrten die Schlange darin ein. Wenn sie nicht getan hätte, was sie tat und nicht gestorben wäre, hätte es keinen Sieg gegeben, kein Gefängnis, und keine Welt, wie wir sie kennen.« Er hielt inne, um sich zu fassen. »Wenn das Schwäche ist, Comtesse, dann bete ich darum, dass wir alle so kraftlos sein mögen.«

Averil senkte den Blick. Es war interessant zu beobachten, wie gut sie auf die Zurechtweisung reagierte: Sie war ein bisschen über sich selbst hinausgewachsen, seit Gereint ihr zum ersten Mal begegnet war. Bescheidenheit stand ihr besser zu Gesicht als königlicher Hochmut.

Gereint hätte diese Gedanken nicht laut ausgesprochen, aber er hatte das Gefühl, Perrin würde dasselbe denken. Der Magier wirkte fast ein wenig amüsiert und überaus milde. Seine Leidenschaft war verflogen.

»Wie war Euer Name?«, fragte Gereint ihn.

»Peredur«, antwortete er ohne Zögern.

Gereints Herz setzte kurz aus. »Doch nicht etwa – der –?«

»Doch, genau dieser Peredur bin ich«, sagte der Mann, den er als Perrin gekannt hatte – zumindest ähnelten sich die Namen.

Der jüngste Paladin, der Liebling des Jungen Gottes. Lebendig, hier vor ihnen, und er zeigte höchstens dreißig seiner zweitausend Jahre.

»Wie?«, fragte Gereint. Es klang wie ein Luftstoß, kaum wie ein Wort.

»Ein Geburtsunfall«, erklärte Peredur. »Mein Vater war ein unbedeutender Gott. Meine Mutter war eine Meisterin der wilden Magie, wie Ihr es nennen würdet.«

»Nein«, rief Averil und schlug mit der Faust auf den Tisch. »Genug davon. Die Paladine waren sterbliche Magier. Und sie sind alle tot. Jeder von ihnen.«

»Ich nicht«, sagte Peredur, der auch Kräuterkundler in Fontevrai war, sowie Machthaber in den Wildländern und der Myrddin von Prydain.

Warum sollte er nicht der letzte Paladin sein, dachte Gereint. Im Widerspruch zu Averils Worten stand in den Büchern nicht, dass alle Paladine menschlich waren, nur dass sie alle über machtvolle magische Fähigkeiten verfügten und dem Jungen Gott treu ergeben waren. Mächtig war dieser Mann offensichtlich, und er hatte mit derart schönen, leidenschaftlichen Worten von der Verräterin gesprochen, dass er sie gekannt haben musste.

Von all den Wundern, die Gereint gesehen hatte, seit er von zuhause fort zu den Rittern gelaufen war, war dies eines der größten. Aber es hatte seinen Preis. Sein Finger streifte das Amulett, ohne es richtig zu berühren. »Dies sollte Euch gehören«, sagte er. »Ihr seid der Größte von uns allen. Ihr wart ein Paladin; Ihr seid an der Seite des Jungen Gottes gewandelt. Ihr habt gesehen, wie dieses Ding entstanden ist. Wer sollte es besser bewahren?«

»Diese Aufgabe wurde mir nicht gegeben«, sagte Peredur. »Meine Aufgabe ist es, über den Bewahrer zu wachen.«

»Warum?«

»Denkt nach«, sagte Peredur. »Mit jedem Bewahrer veränderte sich das Mysterium. Ein Bewahrer und eine Erscheinungsform wären zu einfach zu finden.«

»Das kann ich mir denken«, sagte Gereint, »aber wenn man es zu Anfang gut genug versteckt hätte, warum sollte es dann noch mehr Schutz brauchen? Wie kann es gefunden werden, es sei denn, der Suchende wüsste, wo es sich befindet, oder könnte erraten, wohin es gelangt ist?«

»Mit einer Schuppe der Schlange und einem Suchzauber kann es gelingen«, sagte Peredur.

Gereint hatte nicht gewollt, dass es auf seine Frage tatsächlich eine Antwort gab, und schon gar keine, die so niederschmetternd einfach war. Er griff nach einem Strohhalm. »Sicher gibt es davon keine mehr auf der Welt.«

»Das wäre zu hoffen«, sagte Peredur tonlos.

»Wenn es so etwas geben sollte, wird Clodovec es finden – oder seine Rivalen werden es finden.« Averil starrte auf ihre Hände, die zu Fäusten geballt vor ihr auf dem Tisch lagen. »Wäre es hier sicher? Keiner schaut heute mehr viel auf die Wildländer.«

»Suchzauber und die Kunst Gleiches mit Gleichem zu verhexen sind älter als Eure Orden und reichen tiefer in die Erde«, erklärte Peredur. »Wohin auch immer dieses Ding sich bewegt, unsere Feinde können es aufspüren.«

»Ich habe befürchtet, dass Ihr das sagen würdet«, murmelte Averil. Sie klang fast resigniert. »Kein Mann hat dieses Geschenk je haben wollen, nicht wahr?«

»Oder keine Frau«, sagte Peredur. »Ab und an wurde es an eine der Priesterinnen weitergegeben. Sowohl die Inselpriesterinnen als auch die Ritter des Rosenordens haben es verteidigt.«

»Ich bin weder das eine noch das andere«, sagte Averil.

»Ihr seid beides.« Gereint legte die Hände auf die ihren. »Wir werden es zusammen bewahren, Comtesse. Dafür sind wir doch da, nicht wahr?«, sagte er zu Peredur. »Deshalb gibt es zwei von uns.«

Peredur nickte bedächtig. »Ja, so scheint es.«

Averils Hände waren kalt. Gereint öffnete die zusammengeballten Fäuste und wärmte sie zwischen seinen Handflächen. Sie hatte fürs Erste genug von Worten; er schenkte ihr Stille.

Es war immer schwerer für sie gewesen. Für ihn war jegliche Magie fremdartig und neu und kaum zu verstehen. Sie war es gewohnt, Magie für etwas zu halten, das man nach den Regeln menschlicher Vernunft einschränken und beherrschen konnte. Wilde Magie machte ihr Angst, obwohl sie empört gewesen wäre, wenn er sie darauf angesprochen hätte.

Dies war wilder als wilde Magie. Es gab keine Kontrolle darüber und keine Ordnung oder Regel, die es in seine Schranken wies. Es existierte aus sich selbst heraus.

Langsam wurde ihr wärmer; die Anspannung wich aus ihrem Körper. Auch Gereint entspannte sich ein wenig.

Plötzlich erstarrte sie und entzog ihm ihre Hand. Sie mochte ihn nicht anschauen. Ihr Gesichtsausdruck hätte ihm zornig erscheinen können, aber dafür kannte er sie zu gut. Sie war den Tränen gefährlich nah.

Zum Teufel mit den Gesetzen, die sie auseinanderhielten. Zum Teufel mit der Tradition, die sie nicht sein ließen, was der Paladin und seine Geliebte gewesen waren.

Gereint zügelte seinen Zorn, bevor er seine Magie entflammen konnte. Er wandte sich Peredur zu und gab sich alle Mühe, seine Gedanken an Averil zu verscheuchen. »Was sollen wir also tun, Messire? Wir befinden uns in einer ausweglosen Lage. Wir können nicht nach vorn gehen. Wir wagen es nicht zurückzugehen. Wohin können wir uns wenden?«

»Ich denke«, meldete sich Averil zu Wort, »dass wir jetzt erst einmal zurück nach Prydain gehen sollten. Wenn wir uns anders verhalten, erregen wir Argwohn. Wir müssen so tun, als hätte sich nichts geändert.«

Sie hatte ihre Fassung wiedererlangt, wie immer. Ihre Worte waren kühl und forsch, ohne jeden Anflug von Schwäche.

»Einige Dinge müssen sich verändern«, sagte Gereint. »Mauritius muss wissen, wo das Mysterium sich befindet. Vater Owain auch.«

»Und die Königin«, sagte Averil, »aber sonst niemand.«

»Ja«, sagte Peredur.

»Wissen sie es?«, fragte Gereint. »Was Ihr seid?«

Peredur schüttelte den Kopf.

»Vielleicht sollten sie es wissen«, sagte Averil.

»Ich glaube nicht«, sagte Gereint. »Es ist so schon schwer genug für Euch. Mauritius ist ohnehin bis an seine Grenzen belastet, er trägt das Gewicht der ganzen Welt auf den Schultern, da die Rose zerbrochen ist und die Insel sich in einer solchen Gefahr befindet. Wenn er es nicht unbedingt erfahren muss, sollten wir ihm diese weitere Bürde ersparen.«

»Geheimnisse«, sagte sie verächtlich. »Wann verwandeln sie sich in Lügen? Warum sollten sie überhaupt existieren? Dieses Ding«, ihr Finger deutete auf das Amulett, »hätte es niemals geben sollen. Warum wurde dem Gefangenen das Leben gelassen? Warum wurde er nicht getötet? Die Kirche lehrt, dass es so war. Warum lügt sie?«

»Die Kirche weiß es nicht«, sagte Gereint.

»Nein, sie weiß es nicht«, sagte Peredur. »Diese Entscheidung wurde auf dem Feld der Bindung getroffen.«

»Aber warum?«, rief Averil.

Sie befand sich viel näher an den Grenzen ihrer Belastbarkeit, als Mauritius es jemals sein könnte. Gereint konnte sie diesmal nicht einmal berühren, um sie zu trösten. Sie war ans andere Ende des Raumes gewirbelt und presste den Rücken an die Wand, als sei sie ebenso eine Gefangene wie die Schlange.

»Comtesse«, sagte Peredur sanft, »wir konnten sie nicht töten. Nicht weil es uns an Stärke mangelte, nein, wir hatten den triumphierenden Jungen Gott mit all der Macht des Himmels. Als wir all unsere Macht gegen die Gestürzte erhoben, hielt er uns auf. ›Das steht nicht geschrieben‹, sagte er. Und das war alles, was er sagte.«

»›Die Welt trägt in sich die Samenkörner ihrer eigenen Vernichtung.‹« Gereint sprach die Worte ohne Freude aus. Ein alter Philosoph hatte sie geschrieben; sie waren heidnischer Unsinn, hatte man ihn gelehrt, und haarsträubende Ketzerei.

Aber sie wurden weitergegeben, erkannte er plötzlich, weil sie wahr waren. Sie waren ein Mysterium, eingebunden in diesem Ding, das auf dem Tisch lag und so unschuldig und unmagisch aussah.

»Denkt an ein Samenkorn«, sagte Peredur. Seine tiefe schnurrende Stimme schien sich aus Gereints eigenen Gedanken zu erheben. »Habt Ihr je ein Feld oder ein Waldstück abgebrannt, damit es danach umso grüner und üppiger gedeiht? Die Erde wird fruchtbarer durch das Feuer; das Samenkorn wächst besser heran, und die Bäume werden kräftiger. Würde irgendeiner von uns sein, was wir sind, wenn die Bindung nicht vollzogen worden wäre?«

»Es war ein großes Blutvergießen und ein schreckliches Leiden«, sagte Averil, »und es sollte niemals wieder geschehen.«

»Niemals wurde ein Krieg durch einen anderen beendet«, sagte Peredur.

Averil nahm das Amulett vom Tisch. Ihre Hand zitterte, als sie die silberne Kette über ihren Kopf streifte; sie zuckte zusammen, als es ihre Brust berührte. Dann holte sie tief Luft und festigte ihren Stand. »Wenn dieser letzte Krieg vorüber ist«, sagte sie, »werden wir dieses Ding vernichten. Es schert mich nicht, welchem Zweck es dienen soll. So lange es existiert, bedroht es alles, was wir sind oder sein können.«

Peredur breitete die Arme aus – nicht in der Art, als würde er sich geschlagen geben, aber seine leichte Verbeugung drückte aufrichtige Hochachtung aus. Gereint erwiderte die Verbeugung.

Averil tat es ihnen nicht gleich. »Wir müssen gehen«, sagte sie. »Wenn Ihr so gütig sein würdet, uns den Weg zu zeigen, Messire?«

Peredur deutete auf die Kochstelle, wo das Feuer bis auf ein glimmendes Aschenhäufchen heruntergebrannt war. »Da ist die Tür«, sagte er. »Kommt. Folgt mir.«

Es zeigte, wie verstört sie war, dass sie die dargebotene Hand ergriff und ihm wortlos folgte. Sie ging so schnell, dass Gereint beinahe zurückgelassen worden wäre. Als die beiden in den Überresten des Feuers verschwanden, trat auch er in die Asche. Einen Moment lang befand er sich in einem Schwindel erregenden Nichts, dann fiel er in graues Licht und wurde von einem Geruch nach Regen und der Kühle des Spätherbstes umfangen.

Kapitel 22

Erneut lag das Amulett schimmernd auf einem Tisch und wurde von einem Kreis aus Augenpaaren inspiziert. Der Tisch stand im Privatgemach der Königin, und das Licht, das dort brannte, war sterbliches Lampenlicht. Die Wildländer waren weit entfernt, jenseits des Meeres, in einer anderen Welt und vielleicht in einer anderen Zeit.

Schweigend lauschten Mauritius, Owain und Eiluned dem Bericht. Averil musste erzählen: Peredur wollte nicht und Gereint hatte es in der königlichen Gesellschaft die Sprache verschlagen.

Mit den beiden würde sie später reden. An diesem dunklen, verregneten Abend erzählte sie den Rittern und der Königin alles, was sie über das Geschenk des alten Ritters wusste, behielt jedoch ihr Wissen über Peredur für sich. Dann schwieg sie und ließ die anderen in Ruhe über alles nachdenken.

Selbst ohne die Tatsache, dass der Myrddin von Prydain der letzte der Paladine war, hatten die Zuhörer eine Menge zu verarbeiten. Sie taten es ohne Hast bei einem Krug Wein und einem Teller mit Speisen aus der Küche: handfeste Verpflegung, die die Mägen füllte und den Geist erfrischte.

Averil merkte, dass sie schläfrig wurde. Sie hatte seit dem vorgestrigen Tag nicht mehr geschlafen; sie war zwischen den Welten gewandert und hatte Dinge erfahren, die sie niemals hatte erfahren wollen. Jetzt, in dem warmen stillen Gemach der Königin, hatte sie alle Mühe, gegen den Schlaf anzukämpfen.

Als der Schlummer sie übermannte, spülten Träume über sie hinweg wie langsame Meereswogen. Sie sah Schiffe dahinsegeln – schwarze Schiffe von ungeheurer Zahl – und Priesterinnen, die beim gläsernen See tanzten, und Ritter bei einem Turnier, einem Tumult aus brechenden Lanzen, klirrendem Stahl und zersplitterndem Holz.

Unter all den Dingen war nichts, das sie nicht schon wusste; nichts, das sie als Prophezeiung bezeichnet hätte. Sie stützte den Kopf auf die Hand und ließ die Augen zufallen.

Blätter fielen durch die dämmerige, dunstige Luft und raschelten auf dem kaum auszumachenden Boden. Sie waren seltsam geformt und viel größer als gewöhnliche Blätter, sogar größer als die breiten Blätter des Lindenbaums, und ihre Farbe sah aus wie versilbertes Eisen.

Es waren Schuppen, jede so groß wie ein kleines Schild. Sie türmten sich vor den Stämmen großer steinerner Bäume. Seltsame Gestalten bewegten sich in diesem sonderbaren Wald, schattenhafte Wesen mit blass schimmernden Augen.

Eines davon erkannte sie wieder. Es war Esteban. Der Traum hatte ihn in einen Teufel von der Kirchturmzinne mit gespaltenen Hufen und klauenartigen Händen verwandelt, das Gesicht schwarz gebrannt vom Höllenfeuer.

Selbst im Traum war ihr bewusst, wie absurd das Ganze war. Esteban war kein Dämon. Er war fehlgeleitet, ja, gefährlich, sicher. Aber er diente nicht dem Fürsten der Hölle.

Er diente einer Sache, die noch tödlicher war. Deshalb verlieh ihre Fantasie ihm diese Gestalt. Er trappelte auf seinen Ziegenfüßen über Schuppenhaufen auf der Suche nach der einen Besonderen unter all den vielen.

Bevor sie herausfand, was es war, das er suchte, sprach Gereints Stimme in ihr Ohr. »Comtesse.« Er sagte es leise, dann jedoch vernehmlicher: »Comtesse!«

Sie schreckte aus ihrem Traum hoch. Die Königin und die Ritter waren noch tief in Gedanken versunken, aber Gereint kniete an ihrer Seite. Er umfasste ihre Hände. Wieder.

Er musste damit aufhören. Aber sie brachte nicht die Kraft auf, sich aus seinem Griff zu lösen.

»Ihr begannt dahinzuschwinden«, sagte er. »Wo wolltet Ihr hingehen?«

»Es war nur ein Traum«, erwiderte sie.

»Träume verwandeln eine Frau nicht in Glas. Ich konnte durch Euch hindurch auf den Tisch sehen.«

Averils Magen krampfte sich zusammen. Sie wusste nichts von einer Magie, die so etwas bewirken konnte. »Wilde Magie«, sagte sie und spuckte die Worte fast aus. »Sie steckt in mir auf irgendeine Weise und tut Dinge, die ich nicht verstehen kann.«

»Damit kenne ich mich ein bisschen aus«, sagte er. »Sagt mir, was Ihr träumtet.«

»Nichts, das einen Sinn ergab«, sagte sie.

»Erzählt es mir.«

»Alles, was ich sah, war ein einziges Durcheinander«, sagte sie mit einem Anflug von Zorn. »Am Ende sah ich dann Teufel mit vertrauten Gesichtern und Schlangenschuppen, die wie Blätter herunterfielen. Da war eine Besondere, die sie finden wollten. Du hast mich geweckt, bevor sie sie fanden.«

»Ich habe Euch geweckt, bevor Ihr verschwunden seid.« Er zitterte, wirkte jedoch eher zornig als verängstigt. »Was auch immer dieser Traum war oder sein sollte, er war dabei, Euch zu verschlucken.«

»Aber warum? Es gibt keinen Grund. Es war ein Traum, das ist alles, und nicht einmal ein hellseherischer. Ich dachte an all diese Dinge und sie haben sich ineinander verschlungen, bis mein Geist sie im Traum hinausschleuderte.«

»Da war etwas«, sagte Gereint. »Etwas, das mehr bedeutet, als wir wissen. Zeigt es mir, Comtesse. Gebt mir den Traum.«

Sie schüttelte den Kopf so heftig, dass ihr Blick verschwamm. »Nein! Wenn er mich um ein Haar verschluckt hätte, was würde er dann mit dir machen?«

»Ich bin gewarnt, und Ihr seid hier. Lasst mich einfach sehen.«

Sie wollte nicht, aber er war ihr zu nah und zu verdammt unwiderstehlich. Der Traum war noch da und verfolgte sie. Als er sich ihm öffnete, strömte er in ihn hinein.

Sie hielt seine Hände fest, für den Fall, dass er verschwand. Aber er blieb wie er war, breitschultrig und massiv. Mit gerunzelter Stirn betrachtete er die verwirrenden Bilder, die er von ihr bekommen hatte.

»Siehst du?«, sagte sie. »Es ist ein ganz gewöhnlicher Traum. Den Rest musst du dir eingebildet haben. Bist du auch eingenickt?«

Er hörte ihr nicht zu. Seine Brauen waren zusammengezogen, seine Augen glichen grauem Glas. Sie sah, wie der Schuppenregen und der Ziegenfüßige sich darin spiegelten.

Alle Schuppen waren genau gleich, bis auf eine. Sie konnte sie eher fühlen als sehen, eine Scherbe aus Glas in einem Durcheinander aus grauem Eisen. Sie öffnete sich wie ein Auge und fixierte sie.

Sie kannte Averil. Sie hatte jedes Wort gehört, das sie in diesem Raum gesprochen hatten. Wenn es Esteban war, mussten sie

Verrat fürchten. Wenn es der König war oder, was noch schlimmer wäre, Gamelin, dann wandelten sie auf weitaus gefährlicheren Pfaden.

Sie riss sämtliche Schutzwände und Schilde weg, die sie hatte. Vielleicht bildete sie es sich nur ein, aber sie hörte einen Schmerzensschrei und fühlte, wie die unwillkommene Präsenz von ihr abfiel.

Gott wusste, was das bewirken würde. Gereint, der geistesgegenwärtiger und skrupelloser war, sprang hinterher, aber der Spion war fort. Seine vage Spur war schnell verschwunden, ohne etwas zu hinterlassen.

Gereint zog sich enttäuscht zurück. Averil saß innerhalb des Kreises ihrer Schutzzauber mit einem Gefühl der Kälte in ihrem Inneren und der erschreckenden Gewissheit, dass sie Zerstörung über sie alle gebracht hatte. Jemand hatte sie mit einem Bann belegt; die übereilte Flucht, der Sturm und der Schiffsuntergang hatten ihr keine Zeit gelassen, nach so etwas zu suchen.

Es musste Esteban sein: Warum hätte er sonst in ihrem Traum erscheinen sollen? Gerissen, wie er war, hatte er genau auf das spekuliert, was geschehen war. Er hatte ihr erlaubt zu fliehen, wohl wissend, dass er ihr folgen konnte, wohin auch immer sie sich wendete. Er wusste, was sie wusste, wo sie war und mit wem – alles, all ihre Geheimnisse, bis zum letzten.

Die Last der Verzweiflung drückte sie zu Boden. Gereint packte sie an ihren Schultern und zog sie derart grob in eine aufrechte Position, dass sie wütend wurde.

Ihr Zorn vertrieb ihre Trostlosigkeit, so wie es seine Absicht gewesen war. Und das machte sie noch wütender. Zur Hölle mit diesen arroganten Männern, allesamt Wichtigtuer und obendrein gefährlich.

Im Gegensatz zu ihren Feinden war Gereint ganz in ihrer Nähe. Sie nahm ihn ins Visier.

Seine Schutzschilde waren errichtet, beeindruckend konzentriert und gut ausgebildet, wie es sich für einen Knappen gehörte.

Selbst in diesem Moment musste sie sich vor seinen Kenntnissen verneigen.

Er erwiderte die Verbeugung, wenn auch mit Argwohn. Seine Schutzzauber hielten Stand.

Die Wut war noch in ihr, richtete sich jedoch nicht länger gegen ihn. »Hilf mir«, sagte sie.

Er schüttelte den Kopf. »Noch nicht. Diese Art von Jagd erledigt man besser mit kühlem Kopf.«

»So viel Zeit haben wir vielleicht nicht«, sagte sie.

»Ein bisschen Zeit bleibt uns schon«, sagte Peredur.

Sie hatte vergessen, dass noch jemand außer ihnen im Raum war. Sie hatte nichts weiter gesehen, als den Traum und den Spion und Gereint. Immer Gereint, wo sie auch war, ob sie ihn wollte oder nicht.

Wollte sie ihn jetzt?

Ja, und auf mannigfaltige Weise …

Sie schaute von Peredur zu den Rittern und zur Königin. Sie beobachteten sie mit ausdruckslosen Gesichtern. »Ich möchte Euch um Verzeihung bitten«, sagte sie zu ihnen, »für alles, was ich über Euch gebracht habe.«

»Wir haben unsere Verteidigungsmittel«, sagte Eiluned.

Averil öffnete den Mund, um zu fragen, wozu sie gut sein sollten, wenn sie bereits durchdrungen wurden, aber das wäre nicht klug gewesen. Sie senkte den Blick und verneigte sich. Es war keine Unterwürfigkeit, und sie wusste, sie würden es nicht als solche auffassen.

»Die schwarze Flotte ist losgesegelt«, sagte Peredur.

Averils Kopf schnellte hoch. Die Übrigen blickten genauso erschrocken drein wie sie.

»Wann?«, wollte Gereint wissen.

»Just in diesem Moment«, erwiderte Peredur, »mit der abendlichen Flut.«

»Dann sind wir in Sicherheit, nicht wahr?«, fragte Averil. »Sie sind nicht meinetwegen losgesegelt.«

»Das wäre sehr unwahrscheinlich«, sagte Peredur.

Averil wollte beruhigt werden, doch beim Klang seiner Worte spannten sich ihre Nackenmuskeln an. Keiner von ihnen war in Sicherheit, wenn der König wusste, wo das Mysterium sich befand und wer es bewahrte.

»Ich werde fortgehen«, erklärte sie. »Ich werde ein Versteck finden und eine Spur hinterlassen, damit er – wer auch immer er sei – mir folgen kann. Vielleicht kann ich sogar den König von der Insel fortlocken. Wenn ich ein Boot ausleihen könnte, und sei es nur ein winzig kleines, könnte ich sie alle weit aufs Meer hinauslocken, damit sie von Stürmen und Wellen ins Verderben gebracht werden.«

Peredur neigte den Kopf, als würde er nachdenken. »Ein interessanter Vorschlag«, sagte er, »und vielleicht sogar praktikabel. Wenn das Mysterium auf den Meeresgrund sinken würde, könnten Äonen dahingehen, bevor es wieder ans Licht käme.«

»Das ist lebensgefährlich«, sagte Gereint und hatte Mühe, seinen Zorn zu unterdrücken, »und ein riskantes Wagnis noch dazu. Wenn das Mysterium gefunden wird, bevor es versinkt, ist es aus mit uns allen.«

»Macht es einen Unterschied, ob man mich hier gefangen nimmt oder auf halbem Weg in den Westen? Draußen auf dem Meer habe ich zumindest die Chance, das Ding loszuwerden, bevor man mich ergreift.«

»Niemand wird nach Westen segeln«, sagte die Königin. Sie erhob nicht die Stimme, aber Averil verstummte. »Ihr seid unsere Verbündete und unser Gast. Wir werden Euch schützen, so gut wir es vermögen, und kämpfen, wenn wir müssen. Niemand wird Euch gefangen nehmen oder töten, während wir am Leben sind, um Euch zu verteidigen.«

Schöne Worte, dachte Averil, und begutachtete die Frau, die sie gesprochen hatte. Der König von Lys hätte sie auch gesagt, wenn er die Gelegenheit gehabt hätte.

Diese Frau war mitnichten ein zweiter Clodovec. Doch konnte Averil ihr vertrauen? Sie könnte ihre eigenen Gründe da haben, das Mysterium in ihrem Königreich zu behalten.

Sie war eine Priesterin der Insel. Wenn Averil ihr nicht vertrauen konnte, dann gab es niemanden auf der ganzen Welt, dem sie trauen konnte. Sie erhob sich und machte einen tiefen Hofknicks. »Ich danke Euch, Majestät.«

Eiluned zog sie mit erstaunlich kräftigen Händen wieder hoch. »Kein Titel soll zwischen uns sein«, sagte sie. »Ich wäre erfreut, Euch Freundin zu nennen.«

»Ich auch«, sagte Averil ohne Zögern. Ein kleiner Teil von ihr hegte immer noch Bedenken, aber das war ein Überbleibsel aus ihrer Zeit in Lutèce. Nicht jeder Hof war so wie der des Königs; sicherlich nicht ihr eigener in Quitaine.

Es war eine schreckliche Welt, wenn eine Frau nicht mit einer anderen Freundschaft schließen konnte, selbst wenn die eine Herzogin und die andere Königin war. Averil schob ihre Befürchtungen beiseite, hörte ausnahmsweise einmal auf ihr Herz, ergriff Eiluneds Hände und lächelte. Es war kein ungezwungenes Lächeln und es war schnell verflogen, doch für den Anfang musste es ausreichen.

Kapitel 23

Die schwarze Flotte war losgesegelt. Die Ritter folgten ihr in ihrem Netz aus Seherspiegeln, während die Magier von Prydain das ihre taten, indem sie in Becken und Teiche schauten und so überblickten, was im gesamten Königreich vor sich ging. Die Schutzzauber des Inselreiches waren erhoben und die Wachtürme besetzt, und jedes Auge war auf das schimmernde Nichts im Äther gerichtet, das die Insel der Priesterinnen verbarg.

Gereint widerstrebte es, mit Mauritius und Vater Owain ins

Haus des Rosenordens zurückzukehren. Er wusste nur allzu gut, wie töricht er sich aufführte. Averil war im Palast der Königin so sicher, wie sie es auf dieser Welt sein konnte, selbst mit jenem todbringenden Geschenk, das er ihr niemals hätte geben sollen.

Er hätte es behalten sollen und damit auch die Gefahr, die von ihm ausging. Wenn dann jemand Jagd darauf machte, wäre er das Opfer und nicht Averil.

Es würde jemand kommen. Das spürte er in seinen Knochen, wo die Magie saß. Noch tiefer als die Magie war die Gewissheit, dass dieser Mensch oder diese Macht Averil nachjagen würde, weil sie das Mysterium bewahrte, und Gereint musste da sein, wenn es dazu kam.

Die Ritter verabschiedeten sich noch von den Damen. Es erforderte eine Menge Mut, den Austausch von Höflichkeiten zu unterbrechen. »Messires«, sagte Gereint, »Majestät.«

Sie betrachteten ihn ohne Entrüstung, sogar mit einem gewissen Respekt. Das brachte ihn aus der Fassung. Er musste all seinen Verstand zusammennehmen, bevor er fortfahren konnte. »Wenn Ihr keine allzu großen Einwände habt«, sagte er, »dürfte ich die Comtesse bewachen? Es ist mein Fehler, dass sie einen Beschützer braucht.«

Er achtete absichtlich nicht auf Averils Gesichtsausdruck. Mauritius' Blick sprach Bände. Gereint hielt den Atem an, bis ihm schwindelig wurde; dann atmete er mit flachen Atemzügen weiter und blieb in Habachtstellung stehen, wie er es gelernt hatte.

Der Ritter runzelte die Stirn und rieb sich die lange, gebogene Nase. Er warf Vater Owain einen Seitenblick zu. Der ältere Ritter zuckte mit den Schultern.

»Wir haben es schon einmal so geregelt«, bemerkte Mauritius, »aber wir haben kein Ordenshaus in diesem Palast, wie wir es in Quitaine hatten. Wie sollen wir deine Anwesenheit rechtfertigen?«

»Gebt ihn mir«, sagte Peredur. »Ernennt ihn zu meinem Lehrling, wenn Ihr wollt, und ein solcher wird er auch sein, wenn er von seinen übrigen Pflichten entbunden werden kann.«

Mauritius zog eine Braue hoch. »In der Tat, Messire, das ist eine Ehre. Ich möchte Euch nur eines fragen. Kennt Ihr Euch mit Waffen aus? Das ist nämlich seine größte Schwäche.«

»Ein bisschen schon«, sagte Peredur ohne ironischen Unterton.

Gereint biss sich auf die Zunge. Wenn er kundtäte, was er wusste, würde er die Dinge ungeheuer komplizieren. Er konnte nur stumm bleiben und es den beiden überlassen, über alles Weitere zu entscheiden.

»Einer meiner älteren Knappen wird Euch bei seinem Waffentraining unterstützen«, sagte Mauritius nach kurzem Nachdenken. »Wir werden ihn regelmäßig rufen lassen, um sein Wissen und seine Fähigkeiten zu überprüfen.«

»Wie es Euch beliebt, Messire«, sagte Peredur. Offensichtlich empfand er es nicht als Beleidigung, dass seine Fähigkeiten als Lehrmeister derart in Frage gestellt wurden. Wenn er sich überhaupt etwas dabei dachte, so schien es ihn zu amüsieren.

Schließlich befanden es die Ritter für angemessen, sich zu verabschieden. Gereint fürchtete noch immer, man würde ihn zum Mitkommen auffordern, aber abgesehen von einem Blick, den er nicht deuten konnte, und einem mehr oder weniger deutlichen Kopfnicken, hatte Mauritius ihm nichts zu sagen. Auch die Königin äußerte sich nicht in seiner Angelegenheit, sondern wünschte den Rittern nur einen schönen Abend.

Somit blieben Gereint, Peredur und Averil schließlich allein zurück. Die Hitze, die von ihr ausstrahlte, ließ Gereints Haut prickeln. Als sie sich erhob, musste er sich beherrschen, um nicht einen Schritt zurückzutreten.

Sie sagte nichts von dem, was er erwartet hatte, sondern nickte nur Peredur zu. »Messire«, sagte sie. Zu Gereint sagte sie nichts.

Als sie sich umdrehte und auf die Tür zuschritt, musste er sich zwingen, ihr zu folgen. Peredur machte keinen Versuch, ihn aufzuhalten.

Auch sie blieb stumm. In der Tat ignorierte sie ihn vollkommen. Das tat weh, wie sehr er es auch verdient haben mochte. Dennoch fühlte es sich genauso richtig an wie eh und je, ihr nachzugehen, ihr still und wachsam zu folgen, wohin sie auch gehen mochte.

Averil war keineswegs erfreut, dass man sie von einem zum anderen weiterreichte wie ein Gepäckstück. Noch weniger erfreut war sie über den Sprung, den ihr Herz tat, als Gereint die Erlaubnis erhielt, ihren Wächter zu spielen, wie er es in Fontevrai getan hatte.

Was die Schicklichkeit dieser Regelung anging, so äußerte keiner der Älteren Bedenken, obwohl sie angebracht gewesen wären. Gereint mochte vielleicht ein Heiliger sein, aber Averil war es nicht. Je kühler sie äußerlich erscheinen wollte, desto heißer brannte sie in ihrem Inneren; je mehr sie sich bemühte, ihre Gedanken an ihn zu verscheuchen, desto mehr erfüllte er ihren Geist.

Zumindest war es eine Ablenkung von jener größeren Furcht, dem Gewicht des Mysteriums, das so geringfügig war und dennoch so grauenvoll, versteckt unter ihrem Hemd. Sie überließ es Gereint, sich in ihren Räumen zurechtzufinden, während sie sich auf das bisschen Schlaf vorbereitete, das sie in dieser Nacht finden mochte.

Kurz nachdem sie die Dienerinnen nach ihrem Bad fortgeschickt hatte, erschien ein zweiter Knappe an der Tür: Gereints Freund und Lehrer Riquier, schwer beladen mit Gereints Sachen und einer Auswahl von Waffen. Sie hatte die leise Hoffnung, er würde bleiben, aber nach einem kurzen Höflichkeitsaustausch und dem Versprechen, zu den morgendlichen Schwertkampfübungen zurückzukehren, machte er sich auf den Rückweg zum Haus des Rosenordens.

Damit blieben nur noch sie und Gereint. Die Dienerschaft war zwar in Rufweite, doch es gab keine Zofen oder Wärter, die über Averils Tugend wachten.

Sie würde selbst darauf achten müssen. Die Schwierigkeit lag darin, es stark genug zu wollen, dachte sie. Gereint verstaute seine Sachen in dem Alkoven, der ihrer Zofe gehört hätte, wenn sie noch eine gehabt hätte. Die Pritsche schleppte er jedoch in den größeren Raum und stellte sie quer vor die Tür.

Ihr Bett war wie ein Zimmer, ein gepolsterter Schrank mit einem vergitterten Fenster, das auf einen tief unten liegenden Hof hinausging. Es war zu klein, um eine Fluchtmöglichkeit zu bieten, und sein Gitter war aus Eisen geschmiedet und in die Wand eingelassen. Nur Insekten oder flüchtige Feenwesen konnten durch diesen Weg kommen oder gehen.

Averil wollte sich in diesen schrankartigen Raum zurückziehen und sich bis zum Morgen darin verstecken. Gereint entkleidete sich bis auf Hemd und Kniehose und platzierte ein kurzes Schwert und ein Messer neben seiner Pritsche. Dann kniete er nieder und senkte den Kopf, als wolle er beten.

Sie nahm an, dass man es als Beten bezeichnen konnte, wenn es ein Gebet war, nach den Mächten zu rufen und Schutzzauber durch den Raum zu wirken.

Als er den Kopf hob, hockte sie da und begutachtete die Schutzwerke, die er errichtet hatte. Sie tat so, als würde sie sein Stirnrunzeln nicht bemerken. Sollte er sich doch grämen; er hatte es nicht anderes verdient.

Nach einer Weile sagte sie: »Du hättest das niemals tun sollen.«

»Warum nicht? Wolltet Ihr die Schutzzauber selbst errichten? Comtesse, ich hatte nicht vor …«

Sie hob die Hand. Er unterbrach sein Geschwätz. »Ihr wisst, dass ich mich darum nicht schere«, sagte sie. »Warum wolltest du unbedingt hierherkommen? Wir waren beide besser dran, als ich in diesem Zimmer war und du im Ordenshaus.«

»Vielleicht waren wir das«, sagte er, »aber das war bevor wir wussten, was Ihr bei Euch tragt. Es ist notwendig, dass wir zusammen sind, Herrin. Wenn wir beim Angriff getrennt sind, bleibt vielleicht nicht genug Zeit, das Nötige zu tun.«

»Was ist nötig? Woher willst du wissen, was es ist? Woher willst du überhaupt irgendetwas wissen?«

»Comtesse«, sagte er in bewusst ruhigem Tonfall, »mittlerweile weiß ich schon ein wenig. Vielleicht nicht so viel wie Messire Peredur über Waffen weiß, aber genug. Der Rest liegt bei Euch.«

»Es ist der Rest dessen, was in mir ist, das mir Sorgen macht«, sagte sie grimmig.

Im Lampenlicht war es schwer auszumachen, aber seine Wangen schienen ein wenig gerötet. »Wir sind gewiss stark genug, um das zu überwinden.«

»Bist du es?«

»Ich muss«, sagte er.

Welch glücklicher Mensch, die Welt derart naiv zu betrachten. Averil streifte die Kette ab und hielt ihm das trügerisch kleine Ding unter die Nase, das so viel Unglück verursachte. »Dann nimm dies hier an dich. Bewahre es statt meiner. Suche einen anderen, der es übernehmen kann, wenn du kannst. Wenn sie dann kommen und nach mir suchen, finden sie nichts weiter als eine Herzogin im Exil, auf der Suche nach einem Mann, den sie in Ehren heiraten kann.«

Die Worte ließen ihn nicht zusammenzucken, was ihre Absicht gewesen war. Auch das Amulett nahm er nicht an sich. »Wenn es so einfach wäre, meint Ihr nicht, dass die Ritter oder die Königin es uns gesagt hätten? Dieses Ding kommt zu der Person, die sie erwählt. Ihr könnt es nicht weggeben, bevor Eure Zeit vorbei ist.«

»Das könnte eher sein, als es uns allen lieb wäre«, sagte sie.

»Nicht, wenn ich es verhindern kann.«

Sie wollte ihn verspotten, ihn forttreiben, aber sie konnte

sich nicht derart verstellen, nicht einmal um sie beide zu retten. Seufzend ließ sie das Amulett wieder unter ihr Hemd gleiten. »Glaubst du, Gott lacht uns aus? Oder ist es eine andere Macht, die uns zu dem gemacht hat, was wir sind?«

»Ich glaube nicht, dass die Mutter sich um die Gesetze der Sterblichen schert«, sagte er.

»Ich weiß, dass sie das nicht tut. Aber wir sind Sterbliche. Wir müssen uns darum kümmern.«

»Vielleicht sollten wir das nicht«, sagte er.

»Sag das nicht.«

»Und wenn es wahr ist?«, fragte er. »Und wenn alles, was man uns gelehrt hat, falsch ist? Warum sind wir so, wenn wir nicht sein können, wozu wir offensichtlich bestimmt sind? Sind wir irgendein göttlicher Fehler?«

Sie stand auf und wich zurück. »Hör damit auf. Du klingst wie der Schlangenkult.«

Er wurde bleich, aber der Damm war gebrochen. Er konnte nicht aufhören, genauso wenig wie sie. »Wir können so nicht weitermachen, Herrin. Ich kann nicht glauben, dass wir leiden sollen wie Mönche in der Fastenzeit, die sich mit Träumen von reich gedeckten Festtafeln peinigen. Es muss einen Grund für all das geben – und einen Ausweg aus der Misere.«

»Vielleicht gibt es den«, sagte sie. »Vielleicht werden wir beide tot sein, bevor wir vor lauter Verlangen nacheinander den Verstand verlieren.«

»Ich möchte nicht sterben«, sagte er. »Ich möchte diesen Krieg gewinnen und das Mysterium loswerden. Dann möchte ich, dass die Welt sich ändert. Wie kann irgendetwas zwischen uns eine Sünde sein? Hat Gott uns nicht so geschaffen, wie wir sind?«

Sie presste sich die Hände auf die Ohren. Es nutzte nicht viel. Seine Frustration tobte in ihrem Inneren und spiegelte ihre eigene Verzweiflung wider.

»Das war ein schlechter Einfall«, sagte sie. »Du hättest wegbleiben sollen. Wir sind nicht mehr die Unschuldslämmer, die wir einmal waren. Wir tun nichts weiter, als einander zu quälen.«

»Mag es auch eine Qual sein«, sagte er, »wir sind sicherer, wenn wir zusammen sind als getrennt.«

»Das hier ist sicher?«

»Möchtet Ihr lieber Körper und Seele sterben lassen, als entehrt zu werden?«

»Ja!«, schrie sie.

»Das meint Ihr nicht so.«

Verdammter Bauerntölpel, genauso stur wie sein eigener Maulesel. Dazu von tödlicher Scharfsichtigkeit. Niemand konnte so weit oder so klar denken wie Gereint.

Er sah direkt durch sie hindurch. Sie wollte ihn deswegen hassen – es würde die Dinge erleichtern. Es kostete sie all ihre Kraft, ihn nicht noch mehr zu lieben, als sie es bereits tat.

»Was können wir tun?«, fragte sie. »Was können wir uns jemals erhoffen? Ich möchte kein edles Opfer bringen. Ich möchte auch keinen adligen Ehemann. Ich will dich. Aber ich kann dich nicht haben.«

Seine Augen verengten sich zu Schlitzen. »Hat Longinus seine Melusine geheiratet? Madeleine hat er nicht geheiratet, das weiß ich. Unser Priester in Rémy hat das immer sehr übel genommen. Er predigte uns stets, ihrem Beispiel nicht zu folgen.«

»Noch können wir ihm jetzt folgen«, sagte sie, obwohl ein vager Hoffnungsschimmer in ihr keimte.

»Warum? Gibt es ein geschriebenes Gesetz, das besagt, dass Ihr heiraten müsst? Was ist, wenn Ihr doch noch Eure Gelübde ablegt und Priesterin werdet? Dann könnt Ihr nicht heiraten, nicht wahr? Hebt dann nicht ein Gesetz das andere auf?«

»Du hast Logik studiert«, sagte sie. »Ist dir klar, wie gefährlich das ist?«

Sein Grinsen erschreckte sie. »Das sagt Riquier auch immer. Er ist mein bester Lehrer. Priesterinnen heiraten doch nicht, oder? Aber es ist ihnen nicht verboten, Kinder zu gebären. Die

Nachkommen hätten auch nicht den Makel einer unehelichen Herkunft, nicht wahr? Weil ihre Mütter Priesterinnen sind. Es ist dasselbe wie bei den Rittern: Es gibt Ahnenreihen von ihnen in den Orden. Mauritius entstammt einer solchen Ahnenreihe, von Ritter zu Ritter bis zurück zu Gahmuret. Riquier ebenso, er stammt vom gesegneten Ilderim ab. Gibt es nicht auch Ahnenreihen von Priesterinnen?«

»Hat dich niemand die Wahrheit gelehrt?«, fragte sie mit einem Anflug von Schärfe. »Priesterinnen können die Erlaubnis bekommen zu heiraten, wenn ihr Rang oder ihre Blutlinie es erforderlich macht, oder sie können ein Kind gebären, das nicht den Makel der Unehelichkeit trägt. Meine Mutter war eine Priesterin. Ich kann dich dennoch nicht heiraten, selbst wenn du den Ritterorden verlassen würdest. Ich kann dich niemals heiraten. Das ist das Gesetz, und so wurde es niedergeschrieben. Es gibt keine ehrenhafte Verbindung zwischen Adligen und Gemeinen, wie verliebt sie auch sein mögen.«

»Das ist ein sehr schlechtes Gesetz.«

»Es verhindert die Verwässerung des Blutes«, sagte sie, »und erhält seine Heiligkeit. Es ist eine geheiligte Sache. Und was heilig ist, ist nicht logisch.«

»Was soll an Tintenlinien auf Pergamentpapier heilig sein?«, murmelte Gereint. »Ich werde Euch sagen, was heilig ist. Wenn ich Euch anschaue, sehe ich den Glorienschein des Gottes, der Euch erschaffen hat. Ich segne ihn dafür – oder sie, wer weiß? Er hat uns füreinander erschaffen. Unsere Magie – das sind zwei Teile eines Ganzen. Unsere Herzen sind dieselben. Unsere Körper würden es auch sein, wenn wir nicht durch menschliche Torheit gefesselt wären.«

»Und aus diesem Grunde kannst du nicht hierbleiben«, sagte sie, obwohl es ihr die Kehle zuschnürte. »Mag es töricht sein oder nicht, es ist, wie es ist. Ich kann mein Leid nicht Gott opfern. So heilig bin ich nicht.«

»Dann tut es nicht«, sagte er. »Beißt die Zähne zusammen und ertragt es. Weil ich Euch nicht verlassen werde. Wir brauchen einander. Unsere Magie braucht uns – genau wie dieses Königreich. Wollt Ihr erleben, wie es zerstört wird, weil Ihr meinen Anblick nicht ertragen könnt?«

»Es stimmt nicht, dass ich dich nicht ertragen kann«, sagte sie mit einem Anflug von Verzweiflung. »Es ist nur, dass mir dein Anblick viel zu sehr gefällt.«

»Warum? Ich bin nicht einmal hübsch anzusehen.«

Er würde vielleicht nie verstehen, warum sie sich plötzlich ausschüttete vor Lachen. Sie hätte genauso gut losheulen können. Sie hoffte, dass sie damit seine Gefühle verletzte, aber so empfindlich war er nicht.

Als sie wieder sprechen konnte, waren ihre Worte äußerst töricht. »Wenn ich auf Schönheit aus wäre, hätte ich den Prinzen von Moresca genommen – mitsamt seiner Schlangenmagie. Schönheit ist nicht meine Schwäche. Groß und tölpelhaft offensichtlich schon. Und stark. Und halsstarrig. Und manchmal regelrecht abscheulich.«

Das saß. »Ich bin nicht …«

»Du bist menschlich«, sagte sie. »Und mit Fehlern behaftet. Und so vollkommen ein Teil von mir, dass ich vor Gott und der Mutter nicht weiß, was wir tun sollen. Weil diese Welt nicht für uns gemacht ist, und diejenige die es wäre, ist jene Welt, deren Geburt wir mit allen Mitteln verhindern wollen.«

»Dann müssen wir eine neue Welt schaffen«, sagte er. »Eine Welt, die weder von der Kirche noch von der Schlange unterjocht wird. Wo die Gesetze rar sind, aber sinnvoll, und die Liebe sein kann, wozu sie bestimmt ist.«

»Kann es eine solche Welt geben? Würde sie sich nicht selbst in Stücke reißen?«

»Würdet Ihr es nicht gern ausprobieren?«

Sie schüttelte den Kopf. Ihre Augen waren voller Tränen. Sie war erschöpft, und sie hatte einen Spion in diese Zufluchtstätte gebracht, und sie hatte herausgefunden, dass das Schmuckstück, das sie so sehr mochte, das schrecklichste Ding auf der Erde war.

Sie zwang Gereint, sie nicht zu berühren oder zu trösten – als er daraufhin seine Hände bei sich behielt, hasste sie ihn fast deswegen. »Geh weg«, sagte sie.

»Das kann ich nicht.« Er klang genauso überwältigt, wie sie sich fühlte, doch es reichte nicht, um seine Entschlossenheit zu erschüttern. »Bitte, Comtesse. Geht schlafen. Lasst mich tun, was ich tun muss. Lasst mich über Euch wachen.«

»Werdet Ihr bei meinem Bett wachen?«

»Nein.« Er erhob sich, baute sich vor ihr auf; dann versetzte er ihr einen Schock, der sie sprachlos machte, indem er sie schnappte und kurzerhand ins Bett beförderte. »Gute Nacht, Comtesse«, sagte er mit fester Stimme.

Sie blieb, wo er sie zurückgelassen hatte, nicht wegen eines plötzlichen Anflugs von Gehorsamkeit, sondern weil sie ihren Körper einfach nicht mehr bewegen konnte. Das Federbett war weich und warm, trotz all ihrer Qualen verlockte es sie mit seiner Behaglichkeit.

Es schien, als hätte sie das Schlimmste überwunden. Der Rest war erträglich genug, um vom Schlaf fortgespült zu werden wie von einer Flutwelle. Sie versuchte sich dagegen zu wehren, aus Angst vor den Träumen, die er ihr bescheren mochte, aber all ihre Kräfte hatten sie verlassen.

Sie musste darauf vertrauen, dass Gereint sie auch jenseits des Schlafes beschützen würde. Sie konnte ihn dort fühlen. Er stand Wache wie ein steinerner Ritter in einer Kathedrale. Weitaus sicherer, als sie sein wollte, und weitaus beruhigter durch jene unbeugsame Präsenz ließ sie sich fallen.

Kapitel 24

Vor dem ersten Morgengrauen stand Riquier bereits vor der Tür und rief Gereint zu seinen morgendlichen Waffenübungen. Gereint hatte die ganze Nacht kaum ein Auge zugetan, und das nicht nur wegen seines Wortgefechts mit Averil. Aber nichts hatte die beiden bedroht.

Müde und schwerfällig stand er auf, wusch sich und zog sich missmutig an. Aber Riquier kannte kein Pardon, und Gereint bat ihn nicht um Schonung. Als er das Bündel mit den Übungsschwertern aus dem Alkoven hervorgeholt hatte und sich zum Gehen anschickte, erschrak er fast zu Tode.

Averil war auf, angekleidet und hellwach, mit frischgekämmtem und geflochtenem Haar und wild entschlossener Miene und ganz offensichtlich in streitbarer Laune. Er war fast geneigt, ihr einen Streit zu liefern, entschloss sich jedoch dagegen. Stattdessen konnte sie seiner morgendlichen Demütigung auf dem Trainingshof zuschauen; vielleicht würde ihr das ja ein Lächeln entlocken.

Riquier zog eine Braue hoch, äußerte jedoch keine Einwände. Zu dritt verließen sie mit Riquier an der Spitze Averils Gemächer.

Gereint hatte erwartet, dass er sie bis zum Ordenshaus führen würde, aber etwa auf halbem Wege blieb er stehen. In der Nähe der Palastmauer befand sich ein Innenhof, an dessen Wänden sich ein ansehnliches Arsenal von Waffen und Ausrüstungsteilen befand. In der Mitte des Hofes war ein mit Sand ausgestreuter Kreis, der von den darüberliegenden Fenstern beleuchtet wurde.

Der Himmel war noch dunkel, die Morgendämmerung war kaum angebrochen, aber in dem Kreis war Licht und eine einsame Gestalt, die mit einem Schwert bewaffnet war.

Bis auf seinen Schatten hatte der Mann keinen Gegner, und

dennoch vollführte er einen gekonnten, rhythmischen Schwertkampf von atemberaubender Präzision. Es war ein Tanz aus geschliffenem Stahl, wunderschön anzusehen und gleichzeitig tödlich.

Gereint hielt inne und starrte gebannt auf den Kämpfer, Averil blieb dicht hinter ihm. Riquier bewegte sich vorsichtig über den Sand, als wolle er sich an den Tänzer heranpirschen, der so konzentriert war, dass er alles um sich herum vergessen hatte.

Der Schwertkämpfer war Peredur. Gereint war kein Meister, was die Beurteilung dieser Kunst anging, aber wenn er noch nicht recht davon überzeugt gewesen wäre, dass dieser Mann tatsächlich ein Paladin war, so hätte diese Darbietung als Beweis gereicht.

Riquier beobachtete den Tanz eine ganze Weile. Dann hob er sein Schwert und wagte einen Streich, der eine von Peredurs Bewegungen widerspiegelte; darauf versuchte er noch einen Streich und noch einen und fand den Rhythmus mit der Leichtigkeit eines geborenen Schwertkämpfers.

Nach und nach passte Peredur seinen Rhythmus ein wenig an, bis sie zusammen tanzten, Hieb um Hieb, Streich um Streich. Anfangs berührten ihre Klingen sich nur leicht, schließlich gingen sie ernsthafter zur Sache. Riquier war ein beachtlicher Schwertkämpfer, aber Peredur nahm es mit Leichtigkeit mit ihm auf, mit einer kraftvollen Anmut, die mehr als nur ein wenig übermenschlich war.

Er versuchte nicht, Riquier zu besiegen, sondern wollte nur seine Fähigkeiten prüfen. Riquiers Gesicht glänzte von Schweiß, aber Peredur wirkte so kühl wie eh und je. Er lächelte. Genau wie Riquier, nur dass dessen Lächeln zu einer Grimasse verzerrt war.

Endlich hatte Peredur Erbarmen mit ihm. Er verlangsamte das Tempo, bis Riquiers Atem sich beruhigte.

Der Tanz war langsam und einfach genug, dass Gereint sich

veranlasst fühlte mitzutun. Kurz darauf folgte Averil seinem Beispiel. Sie hatte eine eigene Klinge, von deren Existenz er nichts gewusst hatte.

Sie besaß mehr Anmut als Gereint und auch größeres Geschick. Es war ein seltsames und berauschendes Gefühl, mit ihr zu tanzen, jeder für sich und dennoch durch die parallelen Bewegungen miteinander verbunden. Alle vier kombinierten Schritt um Schritt, wobei Peredur sie derart subtil führte, dass seine Anleitung fast nicht zu spüren war.

Es war eine Art von Magie. Es fesselte den ganzen Körper in einer tranceartigen Schrittfolge, formte und prägte ihn, sodass er sich nur auf eine ganz bestimmte Weise bewegen konnte. Gereints Mitte war tiefer und seine Auffassungsgabe geschärfter als je zuvor.

Zum ersten Mal war das Ganze mehr als eine routinemäßige Übung. Er hatte einen Vorgeschmack darauf bekommen, als er bei seinem Test gegen sich selbst gekämpft und dabei ein großartiges Werk geschaffen hatte; aber dies hier war stärker. Es ließ ihn fast glauben, dass aus ihm doch noch ein anständiger Schwertkämpfer werden könnte.

Er war traurig, als es vorüber war, und erschrocken, dass er schweißüberströmt war und ihm Muskeln wehtaten, von deren Existenz er bislang nichts geahnt hatte. Sie traten alle zu einem Salut zusammen, bevor sie die Klingen senkten. Gereints zitterte am stärksten. Averils war fast ruhig.

Sie war wunderschön mit einem Schwert in der Hand anzusehen. Genau wie Riquier. Peredurs Anblick ging über Schönheit hinaus.

In zweitausend Jahren konnte ein Mann hundertfach zum Meister werden. Gereint wollte das, was Peredur hatte, und sei es auch nur ein winziger Teil davon.

Er war erschöpft und gleichzeitig in Hochstimmung. Jeden Tag konnte er das hier haben. Jeden Morgen, wenn sein Körper es aushielt.

Er würde es aushalten. Dafür würde er schon sorgen. Genau wie Peredur, dessen war er sich gewiss.

Peredur hatte Gereint unter seine Fittiche genommen – den Grund dafür wusste Gereint nicht.Vielleicht wegen seiner überschäumenden Magie. Die meisten Magier waren unheimlich fasziniert davon. Darüber hinaus hatte er das Mysterium eine Weile bewahrt, und er war immer noch ein Teil von Averil, die es nun bewahrte. Er nahm an, dass er interessant war.

Riquier war zu Atem gekommen und konnte wieder sprechen. »Messire, ich muss mich für meine Oberen entschuldigen. Der Gedanke, ich könnte dem, was Ihr zu lehren habt, irgendetwas hinzufügen …«

»Euer Gebieter ist ein weiser Mann«, sagte Peredur.

Riquier riss vor Staunen die Augen auf.

»Es ist das Lernen, das zählt, Messire, wer auch immer das Lehren übernimmt.«

»Werdet Ihr mich unterrichten?«

»Mit Vergnügen«, sagte Peredur.

Riquier verbeugte sich vor ihm mit an Ehrfurcht grenzendem Respekt. Er brauchte nicht zu wissen, was Peredur sonst noch war. Dass er ein Meister der Schwertkunst war, genügte.

Das lehrte Gereint etwas, bei Averil half es ihm jedoch nicht weiter. Sie hatte an diesem Morgen noch kein Wort zu ihm gesagt, noch hatte sie ihn eines Blickes gewürdigt. Er hatte Verständnis dafür, aber das hieß noch lange nicht, dass es ihm gefiel.

Er folgte den anderen aus dem Innenhof ins helle Morgenlicht. Peredur plante den Besuch der Bibliothek und weiteren Unterricht; Riquier hätte zum Ordenshaus zurückkehren sollen, konnte sich jedoch nicht losreißen. Averil schien entschlossen, bei ihnen zu bleiben, wohin auch immer sie gingen.

Gereint musste sich bei den Büchern ganz gut gehalten haben, denn keiner von ihnen bezichtigte ihn der Unaufmerksamkeit. Averil, die ein wenig abgelenkt war, wurde sanft, aber bestimmt zurechtgewiesen. Gereint wollte sie schon fast verteidigen, bevor ihm wieder einfiel, dass er hier nicht ihr Beschützer war; offensichtlich hatte sie beschlossen, mit ihm die Schulbank zu drücken.

Genau wie Riquier, und das war ein wenig befremdlich. In Gereints Welt war Riquier immer der Lehrer gewesen. Trotz seines jungen Alters stand er dem Rang nach weitaus höher und war schon kurz davor, Ritter zu werden.

Angesichts Peredurs war er fast so sehr noch ein Kind wie die anderen – und das mit offensichtlicher Freude. Peredur wusste über mehr Bescheid als über den Schwertkampf. Er hatte einen klaren Blick und ein tiefes Verständnis für Magie.

An diesem ersten Tag tat er nichts offenkundig Magisches. Er lehrte sie nicht aus den Büchern, obwohl sie in der Bibliothek der Königin saßen, sondern aus dem Gedächtnis. Er sprach von Paladinen und Priesterinnen und dem Jungen Gott, bevor er die Schlange in Bande schlug.

Es war nichts, was sie nicht schon wussten; Gereint hatte alles vom Priester in der Kirche gehört. Aber Peredur erzählte es wie jemand, der dabei gewesen war. »In jener Zeit war keines Mannes Seele sicher, und keine Frau konnte hoffen, dem Gebären von Söhnen zu entkommen, die den Hunger der Schlange stillen sollten. Die letzten Magier, die Verbündeten des Jungen Gottes, mussten alle Magie zusammenraffen, die noch in Erde und Luft vorhanden war, sie vor den Sklaven der Schlange verbergen und sie dann, allen Widrigkeiten zum Trotz und angesichts eines äußerst machtvollen Gegners, ausüben. Sie waren Meister der Schutzzauber und der Geheimhaltung – aus Notwendigkeit – aber sie hatten keinerlei Gewähr, dass sie ihr Ziel erreichen würden. Sie lebten in Angst: vor Verlust, vor Verrat, vor der Zerstörung ihrer Seelen.«

»Ihr glaubt, wir sind verweichlicht und verwöhnt heutzutage«, sagte Averil.

»Vielleicht haben wir mehr zu verlieren«, sagte Gereint.

Averil machte ein Gesicht, als würde sie seine Worte missbilligen, aber Peredur nickte. »Die Welt ist reicher geworden und in mancherlei Hinsicht rätselhafter. Für all die Dinge, die sie verloren hat, gewann sie mehr als genug dazu. Wir haben mehr zu verteidigen, aber auch weniger Kenntnisse über das, wogegen wir kämpfen.«

»Es gibt einige, die es wissen«, sagte Averil. »Sie haben die Schlangenmagie über all die Jahrhunderte hinweg am Leben gehalten. Wie kommt es, dass ihnen niemand auf die Schliche kam? Haben sie sich die Künste der Paladine angeeignet und verstehen sie sich auf Schutzzauber und Tarnung? Oder wurde ihnen gestattet weiterzuleben? Was wissen wir nicht, das wir um unserer Leben und Seelen willen wissen sollten?«

Peredur musterte sie mit einem prüfenden Blick. »Hattet Ihr eine Vorsehung, Comtesse?«

Sie schüttelte den Kopf. »Ich habe ein Kribbeln in den Knochen. Das ist alles. Etwas ist da draußen, und wir sehen es nicht.«

»Dafür gibt es die Schutzzauber«, sagte Gereint, »um gegen das Unerwartete zu schützen.«

»Sie haben uns nicht vor Clodovec geschützt.«

Gereint quittierte den Schlag mit dem Salut eines Schwertkämpfers. »Sollen wir in die Zukunft sehen? Oder einen neuen Weg ersinnen, um nach dem zu suchen, was wir nicht sehen können und dessen wir uns nicht sicher sind?«

»Erkundet Euer Herz«, sagte Peredur.

Sie sah ihn an und verdrehte die Augen. »Das ist nicht der Ort, wo die Wahrheit ist.«

»Im Gegenteil«, sagte er. »Die Wahrheit ist immer da. Ihr müsst sie nur finden.«

»Mein Herz hat uns alle in Gefahr gebracht«, sagte sie bitter. »Warum sollte ich ihm vertrauen?«

»Worauf solltet Ihr sonst vertrauen?«

Sie scheute wie ein erschrockenes Pferd und stürzte davon.

Gereint hatte kaum Zeit für einen vorwurfsvollen Blick, bevor er hinter ihr her stürmte. Peredur wirkte keineswegs reumütig und auch keineswegs überrascht.

Vielleicht hatte Averil Recht, was Peredur anging. Möglicherweise war er so gefährlich, wie sie gefürchtet hatte.

Aber vielleicht war sie ja schlimmer als er. Gereint hatte keine andere Wahl, als seinem Herzen zu folgen – und das beharrte darauf, beiden zu vertrauen, einerlei, was sie voneinander hielten. Wenn ihn das zu einem leichtgläubigen Narren machte, dann konnte er es auch nicht ändern.

Kapitel 25

Averils Welt war aus den Fugen geraten. Alles, was sie angegangen war, war fehlgeschlagen. Alles, was ihr blieb, war ein Leben im Exil, Verrat, und ein Mann, den sie nicht haben konnte.

Noch während sie all ihre Misserfolge betrauerte, war ihr bewusst, dass sie sich besser zusammenreißen und den Tatsachen ins Gesicht sehen sollte. Es war nicht ihre Art, vor Selbstmitleid zu zerfließen. Aber Peredur hatte ihr einen Stachel ins Herz gejagt. Je mehr sie dagegen ankämpfte, desto unbarmherziger stach er zu.

Ihre Flucht führte sie aus dem Palast hinaus, vorbei an den Wachen, die keine Anstalten machten, sie aufzuhalten. Caermors Straßen waren voller Menschen, die sich über den regenfreien Tag freuten: Bei strahlend blauem Himmel und Sonnenschein war es winterlich kalt geworden.

In der Nähe des Tuchmarkts hatte Gereint sie endlich eingeholt. Er legte ihr einen Umhang um die Schultern, den er irgendwie herbeigezaubert hatte: Sie hatte das Kleidungsstück noch nie gesehen, und für Gereint wäre es zu klein gewesen.

Sie hüllte sich in den dicken dunkelgrünen Wollstoff und genoss seine Wärme.

Er war klug genug, den Mund zu halten. Sie ließ sich einfach treiben und wanderte durch die Stadt. Gereint folgte ihr als große schweigende Präsenz.

Sie hatte seit ihrer Ankunft herzlich wenig von Caermor gesehen und kannte nur den Palast und seine unmittelbare Umgebung. Die Stadt war größer, als sie erwartet hatte, und manche Stadtteile waren äußerst seltsam.

Da sich im Palast keine Wildvolkwesen tummelten, hatte sie geglaubt, dass es in den Städten des Landes keine gab, obwohl es jenseits der Stadtmauern von ihnen nur so wimmelte. Auf ihrem Weg durch die Straßen und Gassen musste sie jedoch feststellen, dass sie sich gründlich getäuscht hatte. Wie Dylan Fawrs verlorenes Schiff war diese Stadt voll von Leuten, die nicht menschlich waren.

Nicht immer war es offensichtlich. Die Wildvolkwesen jenseits des Meeres waren so sonderbar, wie es lebendige Geschöpfe nur sein konnten; nur wenige von ihnen hatten mehr als eine vage Ähnlichkeit mit normalen Sterblichen. Hier in Prydain hielten sie es anscheinend für besser, sich der Bevölkerung anzugleichen, statt sie mit ihrer Andersartigkeit zu erzürnen. Nur wenn sie sie aus den Augenwinkeln betrachtete, erkannte sie die Eigentümlichkeiten: ein Katzenauge in einem runden braunen Gesicht, ein Ohr, das an ein halb entfaltetes Blatt erinnerte, ein Mann, der ihr nur bis zur Taille reichte, aber genauso massig wie Gereint war.

Sie lebten, arbeiteten, tranken und feilschten genauso frei wie die Menschen. Als ihr der verlockende Duft nach frischen Fleischpasteten in die Nase stieg, blieb Averil stehen, und Gereint brachte ihr eine Portion für einen Kupfergroschen. Der Bäcker war ein sehr großes, gertenschlankes Wesen von unbestimmtem Geschlecht und mit Augen, die so klar waren wie Wasser. Als er, sie oder es lächelte, kam eine Vielzahl scharfer, spitzer Zähne zum Vorschein.

Averil hatte das Wildvolk aus Ehr- und Pflichtgefühl und zum Schutze ihres Volkes in ihrem Herzogtum willkommen geheißen. Sie hatte sich jedoch in seiner Nähe niemals richtig wohlgefühlt. Durch ihre größere Ähnlichkeit mit den Menschen hatten die hiesigen Wildvolkwesen beinahe etwas Beruhigendes – aber nur beinahe. Im Grunde ihres Herzens war sie eben immer noch ein Kind der Orden.

Gereint teilte dieses Unbehagen nicht. Er bewegte sich zwischen den Sonderbaren mit der gleichen Selbstverständlichkeit wie zwischen den eindeutig sterblichen Bürgern. Es gab keinen Zweifel daran, welcher der beiden Gruppen er angehörte, aber durch seine Magie stand er dem Wildvolk näher, als es für einen sterblichen Magier ratsam war.

Sie aß eine ganze Fleischpastete und den großen Teil einer weiteren: Sie waren reichhaltig und schmackhaft und füllten ihren Magen mit behaglicher Wärme. Während Gereint sich über die Reste hermachte, schlenderte sie zu einer Kirche, die sich an der Ecke gegenüber vom Bäckerladen befand. Sie war klein und unsagbar alt, mit einem niedrigen, quadratischen Turm und einem steinernen Türbogen.

Die Tür stand offen. Sie trat durch den Bogen in einen überraschend warmen, dämmerigen Raum. Das Muster der hohen, schmalen Mosaikfenster war ein halbes Jahrtausend alt.

Das war ziemlich alt, aber der abgetretene Steinfußboden musste noch viel älter sein. Langsam ging sie auf den Altar zu. Er bestand aus demselben blassgoldenen Stein wie die Bodenplatten: ein Tisch auf einem Sockel, sehr schlicht, mit einem ewigen Licht und einem goldenen Reliquienschrein.

An der Wand hinter dem Altar befand sich ein verblichenes Gemälde des Jungen Gottes. Die zwölf Paladine umringten ihn, und die neun Priesterinnen verneigten sich zu seinen Füßen. Mit seiner Hand erhob er den Speer, und über ihm bog sich die Schlange mit weit geöffnetem Maul und gifttriefenden Zähnen.

Averil starrte auf die Paladine. Der Jüngste und Meistgeliebte stand wie immer zur Rechten, Schwert und Helm des Jungen Gottes wie ein Knappe in den Händen haltend. Er war blond, mit weichen Wangen, so wie sie ihn auf allen Gemälden gesehen hatte.

Er hatte keine besondere Ähnlichkeit mit Peredur. Sie erkannte Longinus, ernst und finster, mit einem Speer in der Hand, und die Heilige Madeleine mit einem goldenen Becher und dem gefalteten Bündel, bei dem es sich um das Leichentuch des Jungen Gottes handelte. Melusine stand ein gutes Stück abseits, wie immer auf diesen Darstellungen, das Gesicht verschleiert und der Körper halb abgewandt, die Hand nach der Schlange ausgestreckt.

Hier waren keine Antworten zu finden, nicht auf die Fragen, die Averil auf der Seele brannten. Sie begnügte sich mit dem Frieden, der an diesem dämmerigen Ort herrschte, erfreute sich an seiner Stille und an dem Weihrauchduft, der von dem uralten Mauerwerk ausging.

Sie kniete sich vor den Altar und senkte den Kopf. Dabei bemerkte sie, dass der Fußboden nicht einfach aus abgetretenen, unebenen Steinplatten bestand. Er war mit Gravierungen verziert, die von unsagbarem Alter kündeten.

Bei solchen Kirchen war es häufig so, dass man beim Bau Überreste älterer Schreine verwendet hatte. Diese Kirche war auf den Ruinen eines solchen alten Schreins errichtet worden: Die Gravierungen auf dem Fußboden hatten einst die obersten Bereiche des Schreins geziert. Sie waren so abgetreten, dass Averil nichts weiter als ein paar gewundene Linien und Hervorhebungen erkennen konnte.

Sie folgte ihnen am Altar vorbei zu einer niedrigen, schmalen Tür, hinter der es nach feuchter Erde und altem Stein roch.

Sie erzitterte tief in ihrem Inneren, aber der Drang, in die Krypta hinabzusteigen, war einfach unwiderstehlich. Sie schaute sich um. Gereint war immer noch hinter ihr, er schwieg und machte keine Anstalten, sie aufzuhalten.

Gott wusste, was sie dort unten finden würde. Alte Grabstätten wahrscheinlich. Sie rief ein Licht ins Leben, um den steilen Abstieg zu erhellen.

Die Tür war fast zu schmal für Gereint. Ohne Murren quetschte er sich hindurch.

Die Krypta war rund und hatte ein niedriges Deckengewölbe, und hinter den Säulen befanden sich Nischen. Darin standen Tische aus Stein, auf denen steinerne Statuen lagen, starre Figuren, die Hände über der kalten Brust gefaltet. Unter jedem Händepaar ruhte der Griff eines Schwertes.

Dies waren die allerersten Ritter. Die Rose war in jede Grabplatte eingraviert. Auch Namen waren eingraviert, abgewetzt von all den Jahren: Pelagius, Orosius, Gereint.

»Schau«, sagte Averil.

Der lebendige Gereint beugte sich herab, um das eingravierte Gesicht zu betrachten. Es war streng, mit langer Nase und langem Bart: ganz anders als seine treuherzigen Gesichtszüge mit den immer noch bartlosen Wangen. »Dies sind die ersten Ritter nach den Paladinen«, sagte er voller Staunen. »Wie sind sie hierhergekommen? Ich dachte, sie wären alle in Lys.«

»Dort nahmen sie ihren Anfang«, sagte Averil, »dann kamen sie hierher, um den Glauben des Jungen Gottes zu verkünden. Er hat sich hier auf der Insel anders verbreitet, wie man sehen kann, aber er war sehr stark und dauerhaft.«

»Vielleicht können wir daraus lernen.« Er verließ seinen Namensvetter und wanderte im Kreis der Grabstätten umher. Auf der anderen Seite der Krypta blieb er stehen. »Kommt her«, sagte er.

Seine Stimme klang sonderbar. Averil beeilte sich nicht, dennoch ging sie schneller, als sie es sonst getan hätte.

Die Grabstätte, vor der er stand, war kahl. Keine Statue lag darauf. Der eingravierte Name war weggemeißelt worden. Aber als er die Stelle berührte, wo er gewesen war, schimmerte hellblaues Licht unter seinen Fingern.

Der Name war noch da. All die Jahrhunderte und alle Arglist hatten ihn nicht auslöschen können: *Melusine*.

Averil trat einen Schritt zurück, aber sie wollte nicht länger davonlaufen. Sie zwang sich, nach vorn zu gehen.

Gereint zog die Umrisse der verschwundenen Statue nach. Wie der Name war auch sie noch da – für jene, die sie sehen konnten.

»Sie brachten sie hierher«, sagte er leise, als ob sie vom Klang seiner Stimme erwachen könnte. »Sie wussten Bescheid. Sie erinnerten sich, wer sie war. Sie verehrten sie.«

So schien es tatsächlich. Das Abbild war liebevoll gearbeitet, lebensechter als die Statuen sämtlicher Ritter. Averil erkannte das Gesicht wieder: Sie sah es jeden Tag im Spiegel.

Diese Tatsache entsetzte sie nicht so sehr, wie sie es vielleicht erwartet hätte. Diese Krypta, dieser Schrein mit seiner ganz bewussten Ehrerbietung bewies ihr mehr als alle Worte, dass Peredur die Wahrheit gesagt hatte. Die Verräterin hatte ihren Gott niemals verraten. Alles, was sie getan hatte, war aus Liebe zu ihm geschehen.

Die Statue sah nicht nur aus, als wäre sie tatsächlich noch vorhanden, sondern fühlte sich auch so an. Anstelle eines Schwertes umklammerten ihre Hände etwas, das auf den ersten Blick an einen seltsamen Dolch erinnerte.

Zu Tode erschrocken erkannte Averil, dass es weder eine Klinge war noch irgendein anderes von Menschenhand geschaffenes Ding. Es war länglich, geschwungen und blass, nicht so sehr wie ein Knochen, sondern eher wie milchiges Glas.

Gereints Stimme schien sich aus ihren eigenen Gedanken zu erheben. »Ist es das, wonach es aussieht?«

Sie nickte stumm. Ihre Kehle war wie zugeschnürt.

Sein Atem zischte. »Es muss nicht unbedingt eine Schuppe sein, oder? Es kann genauso gut ein Knochen sein. Oder ein Zahn. Jeder Teil der Schlange würde reichen.«

Averil mochte den Zahn nicht anschauen, doch sie konnte

ihren Blick nicht abwenden. Er schimmerte wie eine Perle, ein lebendiger Glanz, der über die Äonen hinwegtäuschte, in denen er von seinem Körper getrennt war.

Bilder spiegelten sich darin, eine ganze Welt öffnete sich durch das schmale Tor: eine sturmgepeitschte See und eine Flotte aus schwarzen Segeln und ein hoch aufragender schwarzer Gipfel, der sich gegen den stürmischen Himmel abzeichnete. Das alles war nichts Bemerkenswertes oder Unerwartetes – abgesehen davon, dass jeder Spiegel, jedes Wasserbecken und jede Kristallkugel an der Stelle blind war, wo sich die Insel befand. In diesem sonderbarsten aller magischen Instrumente war sie so klar und deutlich zu sehen, als wären die Schutzwände aus Luft niemals errichtet worden.

Vielleicht war es eine andere Flotte und eine andere Zeit. Aber Averil verwarf diesen Gedanken, sobald sie ihn gedacht hatte. Was sie sah, war wahr, es geschah heute, an diesem Tag.

Die Insel ragte steil aus dem Meer. Von dieser Seite aus war kein Hafen zu sehen; das Tal der Priesterinnen lag tief im Herzen der Berge versteckt. Da war nur der schwarze Fels und Gischt und Hagel, die gegen Mast und Schot peitschten. Glitzerndes Eis hing an der Takelage der Schiffe.

Wenn sie vorhatten, die Insel zu belagern, gingen sie auf merkwürdige Art zu Werke. Die Schiffe segelten so dicht an ihr vorbei, wie der Sturm und die aufgewühlte See es zuließen, aber keines von ihnen steuerte die Insel direkt an oder nahm einen Kurs, der auf ihre andere Seite führte. Sie segelten alle an ihr vorbei.

Es konnte nicht sein, dass sie sie übersehen hatten. Derartige Magier, die mit solchen Schiffen segelten, konnten Wände aus Luft erkennen und spürten die veränderten Strömungen, die dadurch im Äther hervorgerufen wurden. Und dennoch machten die Magier des Königs keinen Versuch, sie zu durchdringen.

»Sie kommen hierher.«

Gereint hatte immer schon klarer sehen können als alle anderen. Dennoch sagte Averil: »Das kannst du nicht wissen.«

»Ist das nicht die Nordhälfte der Insel? Und segeln sie nicht westwärts daran vorbei? Wenn sie nicht auf Prydain zusteuern, gibt es nichts als das offene Meer und das Ende der Welt.«

Das war nicht zu bestreiten. Averil sank der Mut so tief wie nie zuvor. »Sie kommen meinetwegen.«

Das konnte niemand bestreiten, und Gereint versuchte es auch nicht. »Wir müssen es der Königin sagen. Ich glaube nicht, dass irgendjemand ahnt, was sie vorhaben. Wenn sie die Schutzwände der Insel zu ihrer Tarnung nutzen, wird keiner der hiesigen Magier sie sehen, bis sie an Land gehen.«

»Es ist mein Fehler«, sagte Averil. Sie starrte in den gähnenden Schlund, der sie dazu verleiten wollte, sich in tiefe Verzweiflung zu stürzen.

Bevor Gereint die Worte aussprechen konnte, sagte sie sie selbst. »Das bringt uns nicht weiter, nicht wahr? Ja, wir sollten der Königin Bescheid geben und beten, dass sie uns glaubt.«

»Das wird sie.«

Seine Zuversicht war erfrischend. Sie wirkte aufrichtig. Averil zögerte und war in Versuchung, den Zahn als Beweisstück mitzunehmen.

Das wäre äußerst unklug gewesen. Er hatte hier seit Entstehen des Rosenordens unentdeckt geruht. Am besten blieb er, wo er war. Sie hatte genug mit der Bewahrung des Mysteriums zu tun – und jetzt umso mehr, da sie es in die Nähe dessen gebracht hatte, das in der Lage war, es zu zerstören.

Kapitel 26

Königin Eiluned empfing Averil sogleich. Es war die Stunde zwischen dem königlichen Konzil und dem Abendessen in der Halle und sie weilte in ihren Privatgemächern; als Averil hereingelassen wurde, lag Eiluned eingehüllt in einen weichen

Hausmantel auf einem Sofa, während Dylan Fawr ihr aus einem alten Sagenbuch vorlas.

In ihrer Gesellschaft befand sich ein weiterer Mann, der nicht viel älter als Gereint sein konnte; mit seinen feinen Gesichtszügen und seinem dunklen Teint war er der Königin auffallend ähnlich. Er war Prinz Goronwy, der Sohn ihres älteren Bruders. Averil war kurz nach ihrer Ankunft in Caermor mit ihm bekannt gemacht worden. Sie fand ihn nicht besonders sympathisch, obwohl ein paar Leute bei Hof eine Verbindung zwischen dem Thronerben der Königin und der Herzogin von Quitaine für begrüßenswert hielten.

In diesem Augenblick war sie über seinen Anblick nicht gerade erfreut, aber sie konnte kaum darum bitten, ihn fortzuschicken. Sie nickte ihm zu, wie es sich schickte. Er erwiderte die Geste, indem er die Lider hochzog.

Arroganter Bursche. Sie wandte sich brüsk von ihm ab und richtete ihre Aufmerksamkeit auf Dylan Fawr. Er schenkte ihr ein warmherziges Lächeln und las weiter: ein angenehmer Gegensatz zu der Kälte, die von Prinz Goronwy ausging.

Die Sage, die er vorlas, war sehr alt: Es war die Geschichte zweier Liebender vor dem Sturz der Schlange, die sich gegen ihre Familien stellten und den Meistern trotzten, die ihnen die Seelen rauben wollten. Soweit Averil sich entsinnen konnte, waren sie zusammen gestorben, während ihre Seelen jedoch unversehrt blieben.

An diesem Tag hatte sie allerdings wenig Interesse für alte Geschichten. Sie war froh, als er mit einem fragenden Blick auf die Königin innehielt und nicht gebeten wurde weiterzulesen.

Eiluned setzte sich auf. Ihre Augen wirkten müde, aber ihr Lächeln war aufrichtig. »Kusine! Willkommen. Ist alles zu Eurer Zufriedenheit? Behandeln die Diener Euch mit dem nötigen Respekt?«

»Eure Diener erfüllen ihre Pflichten auf tadellose Weise, Kusine«, sagte Averil.

Eiluned legte den Kopf zur Seite. »Aber?« Sie deutete auf die Couch und lud Averil ein, Platz zu nehmen.

Averil wagte es nicht. Im Stehen hatte sie sich besser in der Gewalt; wenn sie sich auch nur ein kleines bisschen entspannte, würde sie zusammenbrechen und in Hysterie verfallen.

»Ich habe keinerlei Klagen über Eure Gastfreundschaft, Majestät«, sagte sie, »genauso wenig über Euer Königreich. Aber ich habe große Sorge darum. Die schwarze Flotte hat die Insel passiert, ohne anzulegen. Wir glauben, sie ist auf dem Weg hierher.«

Das rüttelte die Königin aus ihrer Mattigkeit. Dylan Fawr erstarrte. Nicht so der Junge, wie Averil bemerkte. Seine Brauen zogen sich zusammen, aber ansonsten blieb er ruhig sitzen, behielt alles im Blick und lauschte mit der schläfrigen Wachsamkeit einer Katze.

Eiluneds Gelassenheit und Lethargie waren verflogen. Ihre Stimme war klar und forsch. »Seid Ihr sicher?«

»So sicher, wie ich sein kann«, erwiderte Averil. »Wir haben in die Zukunft geblickt, der Knappe und ich, und wir sahen, wie die Schiffe die Wände aus Luft passierten. Sie segeln nach Nordwesten.«

»Könnte es ein Ablenkungsmanöver sein?«, fragte Dylan Fawr. »Clodovec kann sich denken, dass wir von seinen Plänen die Insel einzunehmen wissen. Vielleicht will er uns ja nur dazu verleiten, uns auf die Verteidigung Prydains zu konzentrieren. Dann könnte er die Flotte wenden und ungestört zum Angriff übergehen.«

Averil schüttelte den Kopf. »Er weiß, was sich hier befindet. Es ist ihm viel wichtiger als die Priesterinnen, und sobald er es hat, kann er alles zerstören, was er möchte.«

»Nur wenn er es handhaben kann«, sagte Eiluned. »Für sich allein hat es keinen Nutzen. Es scheint keine Magie zu haben, geschweige denn die Funktion einer Waffe.«

»Zuerst muss er es an sich bringen«, sagte Dylan Fawr. »Wir haben unsere eigenen Verteidigungsmittel, Comtesse.«

»Das habt Ihr, mein Freund«, sagte Averil. »Werden sie ausreichen?«

»Was seht Ihr?«, fragte Eiluned.

Sie fragte nicht, was Averil beim Wahrsagen gesehen hatte, noch fragte sie, wie Averil all das sehen konnte, obwohl niemand anders es konnte. Entweder war dies ein Ausdruck großen Vertrauens oder sie wusste mehr, als sie vorgab.

Averil schloss die Augen. In der Dunkelheit spürte sie, wie die Welt in Schieflage geriet; sie schwankte. Gereints Hände legten sich auf ihre Schultern und gaben ihr Halt.

Sie war sich bewusst, dass die Augen der Königin und die der anderen auf sie gerichtet waren. Wenn sie ihr geistiges Auge nur einen winzigen Spalt öffnete, konnte sie sich selbst dastehen sehen: in ihren schlichten schwarzen Kleidern, die Wangen vor Kälte gerötet und das Haar aus den Flechten gelöst, mit dem großen blonden Mann, der wie eine Mauer hinter ihr stand.

Die Vision schimmerte wie ein Spiegelbild in einem Glas. Durch sie hindurch sah sie wieder die See, die Mauern aus Luft, die Flotte. Der Sturm hatte an Stärke zugenommen. Einige der Schiffe trieben hilflos zwischen den Wellenbergen, aber die meisten hielten unbeirrt ihren Kurs.

Sie wurden von mehr angetrieben als vom Wind. Die Magie, die sie erfüllte, hatte nichts mit den Mächten von Luft und Wasser gemein. Der Wind, der ihre Segel blähte, blies aus einer anderen Richtung als der Wind der Welt.

Ohne die Augen zu öffnen, fragte Averil: »Haben das Leichentuch und der Speer ihre eigene Magie?«

Es war Eiluned, die antwortete, obwohl Averil spürte, wie Gereint sich hinter ihr regte und seinen Griff festigte. »Auf der Insel sagt man, dass das eine ein Schild ist und das andere eine Waffe, aber niemand kann sich erinnern, ob sie jemals auf diese Weise genutzt wurden.«

»Ja«, sagte Gereint, »wir haben sie als Reliquien bewahrt, aber noch nie die Magie in ihnen zum Leben erweckt. Einige sagen, es läge daran, dass sie keine große Wirkung haben; ihr Wert ist die Erinnerung an das, was sie für den Orden bedeuten. Aber andere sagen, sie seien nie zum Einsatz gekommen, weil sie zu stark sind und weil niemand die Macht hat, sie zum Leben zu erwecken, ohne unser aller Leben aufs Spiel zu setzen.«

»Das klingt wahrscheinlicher, nicht wahr?«, sagte Averil.

Sie spürte, wie er nickte. »Der König hätte nicht so um ihren Besitz gekämpft, wenn sie nur Andenken wären. Sie haben das Blut des Jungen Gottes an sich und das Relikt seiner Macht. Ich kenne nicht ihre gesamte Bedeutung: Dieses Wissen wird nicht an Angehörige meines Rangs weitergegeben. Aber ich glaube, die Mysterien stärken einander, wenn sie alle vereint sind. Wenn er das Dritte in die Hände bekommt, wird er mehr Macht haben, als ein Sterblicher jemals haben sollte – selbst für den Fall, dass er den Bann des Amuletts nicht brechen kann.«

»Clodovec träumt davon, die Welt zu regieren.« Averil schlug die Augen auf. Sie konnte die Schiffe noch immer kommen sehen, die wie Seeschlangen durch die Wellen glitten. Das Amulett unter ihrem Hemd fühlte sich plötzlich schwer an, als wüsste es, was dort nahte und es bedrohte.

Sie entfernte sich einen Schritt von Gereint und trat auf die Königin zu. »Kusine, ich weiß Ihr habt mir verboten von hier fortzugehen, nicht einmal um Euer Königreich zu retten. Aber könnten wir nicht unsererseits ein Ablenkungsmanöver versuchen? Wenn wir ein Schiff aussenden und ich scheinbar an Bord bin, wird er uns vielleicht folgen.«

»Vielleicht«, sagte Gereint, »oder vielleicht, wenn er die anderen Mysterien zu nutzen weiß, wird er das eine aufspüren, das Ihr bei Euch tragt und wissen, dass es sich um eine Täuschung handelt.«

»Es ist einen Versuch wert«, sagte Dylan Fawr. »Wir wissen nicht, inwieweit er die Magie nutzen kann, die er an sich gebracht hat.«

»Es soll geschehen«, sagte die Königin. »Ein Tarnzauber, ein

Trugbild, ein Hinweis, dass sich das Mysterium an Bord befindet – ein guter Plan.«

»Und wenn er den Köder nicht schluckt?«, fragte Gereint.

»Prydain ist ein zu großer Brocken, als dass er ihn schlucken könnte«, sagte Dylan Fawr. Sein Lächeln war hart wie Stahl.

Gereint sträubte sich noch und knisterte vor Magie, wie Averil es seit seiner Postulantenzeit in Fontevrai nicht mehr bei ihm beobachtet hatte. Sie wappnete sich für den Ausbruch, aber das hatte sich ausgewachsen. Er ließ die Magie abflauen, legte ihre Macht wie Flügel an den Körper und steckte sie weg.

Die anderen waren ein wenig weiß um die Nase. Averil beobachtete es besonders bei dem jungen Goronwy, wie er erbleichte und zurückwich. Er war selbst kein schlechter Magier, aber im Vergleich zu Gereint war er nichts als ein Funken in der Dunkelheit.

Averil suchte in ihrem Geist nach Worten, die sowohl höflich als auch leer waren: höfische Worte, mit denen sie der Königin dankte und sich von ihr verabschiedete. Dann zog sie sich mit Gereint hastig zurück, bevor weitere Fragen gestellt werden konnten. Wenn es Eiluneds Wille gewesen wäre, sie aufzuhalten, hätte sie es getan. Sie neigte den Kopf mit der Anmut einer Königin und erlaubte ihnen den Rückzug.

Es war ein Tag außergewöhnlicher Heiligtümer und unerwarteter Erkenntnisse. Eine weitere kam Averil im frostigen Sonnenlicht hoch oben auf einem Turm, als sie auf die graue, glitzernde Biegung des Flusses hinabschaute.

Sie hatte schon immer hoch gelegene Orte aufgesucht, um zu klarem Verstand zu kommen. Sie hatte sich genug gegrämt. Jetzt überwand sie Selbstmitleid und Furcht und richtete den Blick auf das, was sie zu tun hatte.

Die Königin würde Schiff und Tarnzauber bereitstellen und als Köder westwärts zum Rand der Welt segeln lassen. Die Magier der Königin und die Mächte Prydains hatten sich bereits an die Arbeit gemacht und Wände aus Luft erhoben, die denen der Insel gleichkamen. Vor den Augen ihrer Magie erhoben sie sich aus dem Meer, wanden sich hinauf bis zum Himmel, den sie mit einem leisen, kristallenen Klirren berührten.

Es war eine reine Illusion, aber als die Kuppel vollkommen war, schnappte Averil nach Luft. Einen Moment lang konnte sie nicht atmen. Es gab keine Luft mehr.

Der Moment ging vorüber. Ihre Lungen füllten sich wieder mit Luft. Prydain blieb Prydain. Alles, was außerhalb lag, war abgeschnitten, aber in ihrem Herzen konnte sie immer noch ihr eigenes Land Quitaine spüren. Es war immer in ihr, wo sie sich auch befand.

Sie drehte sich zu Gereint um. »Sie haben mir vertraut«, sagte sie. »Sie haben gar nicht gefragt, woher ich es weiß, obwohl niemand sonst etwas davon ahnte.«

»Ich glaube, sie wussten es schon.« Er lehnte ein kleines Stück von ihr entfernt an der Brüstung und schaute stirnrunzelnd auf den Fluss hinab. »Die Magie ist hier anders. Vielleicht nicht so andersartig wie die von uns beiden, aber auch hier gibt es nicht nur das Werk der Orden. Ich glaube, sie können seitwärts und nach vorn und hinten gleichzeitig schauen.«

»Die Königin ist Priesterin der Insel«, sagte Averil.

»Ja, und sind die Priesterinnen in gläserne Ketten gelegt? Sie haben ihren Ursprung in älteren Mächten, habe ich gehört. Die Orden können nicht über sie herrschen und würden nicht wagen, es zu versuchen.«

»Das Herz ihrer Magie ist Glas – genau wie bei den Orden. Die Insel selbst besteht aus Glas.«

»Und dennoch«, sagte Gereint, »können sie nicht über ihre eigenen Wände hinwegschauen? Seht Euch um. Wenn die Königin an die Orden gebunden wäre, würde sie der wilden Magie die Freiheiten gestatten, die sie hier genießt?«

Averil öffnete den Mund, um zu widersprechen, aber seine Worte hatten eine gewisse Logik. Sie hatte die Weihen nicht empfangen; sie hatte umfassende Studien betrieben wie alle Schülerinnen der Priesterinnen, aber was wusste sie tatsächlich über die Geheimnisse der Insel? Wegen Gereint und seiner Fremdartigkeit wusste sie mehr über den Rosenorden als über die Priesterinnen, die sie aufgezogen hatten.

Sie musste versuchen, einen Weg durch das Labyrinth zu finden. So viele Geheimnisse schlummerten nun in ihr. Der Zahn der Schlange, das Mysterium, zu dem er der Schlüssel war – wussten die Priesterinnen irgendetwas davon? Wollten sie es wissen?

Sie hatte der Königin nichts von dem Zahn erzählt, und Gereint hatte sie auch nicht dazu gedrängt. Sie betrachtete ihn von der Seite. Er war in seine eigenen Gedanken vertieft und schaute mit finsterer Miene in die kalte, klare Luft.

Unerwartet überkam sie die Erinnerung an einen gemeinsamen Traum, in dem sie auf der Spitze eines Turms standen und über schwierige Dinge sprachen. In dieser Welt konnte ihr Gespräch nicht wie im Traum mit einem Kuss enden – und mochte sie noch so sehr in Versuchung sein. Sie musste sich damit begnügen, die Umrisse seines Profils mit ihrem Blick nachzuziehen.

Entschlossen wandte sie sich ab und richtete ihre Aufmerksamkeit auf die Stadt, den Fluss und den Himmel. Sie hatte sich vorgenommen, nicht zu jammern, und obwohl sie nicht guthieß, was von ihnen verlangt wurde, so musste sie es dennoch ertragen.

Eines Tages, dachte sie, *wird es sich ändern.*

Der Gedanke fühlte sich an, als würden Scherben aus Kristallglas in ihrem Herzen zusammentreffen und sich in der Matrix seiner tief verwurzelten Kraft vereinen. Er war der Mann, den sie wollte. Wenn sie Himmel und Erde in Bewegung setzen musste, um es möglich zu machen, würde sie es tun.

Selbst wenn sie die Schlange erwecken musste?

Sie erschauerte so heftig, dass sie fast zu Boden stürzte. Nein. Lieber Gott, nein. So weit würde sie nicht gehen. Aber fast so weit.

Kapitel 27

Der Winter hatte Einzug gehalten. Die Luft war klar und kalt, und obwohl die Sonne strahlend am Himmel stand, schenkte sie keine Wärme. Die Sterne in der Nacht waren wie Eissplitter in einem Gewölbe aus schwarzem Glas.

In einer solchen Nacht, drei Tage nachdem Gereint den Zahn der Schlange entdeckt hatte, standen die Königin und einige ihrer Magier mit Averil am Hafenkai von Caermor. Das Schiff, das sie vom Stapel laufen lassen wollten, war viel kleiner als Dylan Fawrs *Cernunnos*, kaum größer als ein Fischerboot. Die Besatzung bestand aus einem halben Dutzend Seeleuten, die das karmesinrote Segel auf den einzigen Mast hissten. Schlafen mussten sie an Deck unter einer Schutzplane. Für den angeblichen adligen Passagier gab es mittschiffs einen hölzernen Unterschlupf direkt neben dem Mast.

Es war ein schönes Boot mit einem geschnitzten Drachen am Bug und einer unübersehbaren magischen Aura. Die Männer, die es segelten, hatten menschliche Gestalt angenommen, aber aus den Augenwinkeln konnte Gereint netzartige Finger und runde fischähnliche Augen sehen. Sie würden sich in ihr heimatliches Element stürzen, sobald der Feind den Köder geschluckt hatte – weit draußen auf dem Meer, wie sie alle inständig hofften, und ohne Hoffnung, jemals wieder an Land zurückzukehren.

Der größte Teil des Zaubers war gewebt, der Schleier eines Trugbildes über dem Schiff. Er ließ die Seeleute menschlicher wirken und platzierte eine vertraute Gestalt in den Unterschlupf, groß und schlank, aber mit weiblicher Figur, mit einer rotgoldenen Locke, die unter der dunklen Kapuze hervorlugte.

Ihr lebendiges Pendant stand neben ihm. Es war an ihr, das Werk zu vollenden: Sie musste das Wesentliche ihrer selbst an das Trugbild an Deck binden und ihm den Eindruck des Mysteriums, das sie bei sich trug, verleihen. Sie war ruhig und konzentriert, wie es sich für eine ausgebildete Magierin geziemte, aber ihr Herz fühlte sich an wie geschmolzenes Glas.

Gereint verbarg vor ihr seine Besorgnis, aber er behielt ein wachsames Auge auf sie. Auf ihre Weise war sie genauso gefährlich wie er, bevor er gelernt hatte, seine Magie zu kontrollieren.

Etwas in ihr hatte einen Riss bekommen oder war zerbrochen – ein Teil, der sicher in der Stabilität der Orden geruht hatte. Von den Orden fortgerissen, von wilder Magie durchdrungen und von den verschiedenen Arten des Schlangenkultes in Versuchung geführt, hatte sie ihre Orientierung verloren. Gereint tat, was er konnte, hielt Wache und versuchte, sie nicht daran zu erinnern, was sie sonst noch füreinander sein könnten, doch je länger es andauerte, desto schwerer wurde es für ihn, Distanz zu wahren. Am liebsten hätte er sie in die Arme geschlossen, ihre Sorgen weggeküsst und sie gelehrt, die Welt so zu sehen, wie er sie sah: hell und strahlend und voller mannigfaltiger Wunder.

Es brauchte die gesamte Disziplin, die er im Laufe eines Jahres gelernt hatte, um sich seinen Wunsch zu verkneifen. Er sorgte dafür, dass weder magische noch menschliche Mächte auf sie einwirkten, und gab sich alle Mühe, sie nicht durch seine geheimen Wünsche zu beunruhigen.

Der Zauber war beinahe vollendet. Sie zog das Amulett unter ihrem Gewand hervor, legte es auf ihre Handfläche und hauchte darauf. Sein Schimmer war im Licht der Sterne und Fackeln getrübt, das strahlende Emaille hatte einen dunklen Schimmer, und die gold- und silberfarbenen Linien blitzten unruhig auf.

Sie blies die Erinnerung daran zum Schiff. Ihr Atem stockte und behielt die Struktur der Magie in seinem Herzen. Ohne nachzudenken, umschloss Gereint sie mit seiner eigenen Magie, ein Gedanke und ein Wunsch und eine Hoffnung auf das, was eines Tages sein könnte.

Zu spät versuchte er sie zurückzuholen, aber sie war fort. Averils Zauber hatte sie umwoben.

Niemand anders schien es bemerkt zu haben. Er fragte sich unbehaglich, ob sie es wissen müssten – ob er sie darauf hinweisen sollte. Doch anscheinend hatte es keinen Schaden angerichtet. So schwieg er und ließ die Sache auf sich beruhen.

Das Schiff legte ab. Kein Ruder trieb es an, und kein Windhauch blähte die Segel. Es glitt zur Mitte des Flusses, wo es von der Strömung erfasst und in Richtung Meer getragen wurde.

Averil schwankte, aber bevor Gereint sie stützte, hatte sie sich wieder gefangen. Auch Gereint überkam ein plötzlicher Schwindel, als sei ein Teil von ihm mit dem Schiff davongesegelt. Er langte in die Erde hinab, die ihm immer Kraft gab, und sie erfüllte seine Bitte so großzügig wie eh und je.

Er hauchte ihr seinen Dank zu, obwohl er wusste, dass dies ein zutiefst heidnisches Verhalten war. Aber er hatte gelernt, dankbar zu sein, einerlei, durch wen oder was er Hilfe bekommen hatte.

Durch das Band, das zwischen ihnen war, hatte auch Averil Kraft gewonnen. Die Königin und die Magier hatten sich in Bewegung gesetzt und schickten sich an, den Hafenkai zu verlassen. Sie folgte ihnen.

Gereint wollte mitgehen, doch der Kai hielt ihn zurück. Das Schiff war noch in Sichtweite, ein Schatten auf dem sternenbeschienenen Fluss. Er sah es durch die Atemwolke vor seinem Mund, als würde er durch dunkles Glas schauen.

Der Zauber darauf war sichtbar, ein offensichtliches und unverwechselbares Trugbild. All die Mühe, die auf das Werk verwendet wurde, war vom Wasser fortgespült worden.

Gereint konnte das Schiff nicht mehr erreichen, es war zu weit fort. Seine Macht gehörte zur Erde; Wasser wirkte ihm entgegen, und die Wildvolkwesen, die darin lebten, trübten und verwirrten seine Magie. Er war wie erstarrt und konnte sich nicht entscheiden, ob er die Magier zurückrufen sollte oder nicht.

Er würde es Peredur später sagen – aber nicht zu spät. Wenn der Zauber fehlgeschlagen war, mussten es alle wissen, um die Verteidigung Prydains zu sichern.

Die Schatten und Fackeln hatten fast das Ende der Kaimauer erreicht. Gereint setzte ihnen nach.

Jetzt, da der Köder gelegt und die Mauer errichtet war, verlegten sich die Mächtigen Prydains aufs Warten. Gereint wälzte sich die ganze Nacht schlaflos auf seinem Lager, dennoch blieb er bei den morgendlichen Waffenübungen mit Peredur stumm. Seine seltsame Sehweise hatte ihm einen Streich gespielt, das war alles. Er konnte Magie sehen. Niemand anders konnte das.

Das Schiff hatte das Meer erreicht. Wenn er in sich hineinschaute, konnte er es auf seiner geistigen Landkarte segeln sehen. Die schwarze Flotte war noch unterwegs, ramponiert von Wind und Sturm, doch kampfbereit und entschlossen.

Ohne die Verteidigungsvorkehrungen hätte die Flotte in der Nacht das Festland erreicht; aber sie war immer noch jenseits der Luftmauern, kreuzte daran entlang, als würde sie nach einem Eingang suchen. Wenn die Magier der Königin richtig kalkuliert hatten, würde das Zauberschiff die Wände passieren, wenn die Flotte in Sichtweite kam.

In der Zwischenzeit ging das Leben im Königreich seinen gewohnten Gang. Es gab Schwerthiebe zu erlernen, Bücher zu lesen, die Feinheiten magischer Werke zu erkunden. All das streifte Gereints Geist, ohne dass etwas davon hängen blieb.

Averil war genauso zerstreut wie Gereint. Gegen Mittag entließ Peredur die beiden. »Kommt zurück, wenn Ihr Euren Verstand wiedergefunden habt«, sagte er. Er wirkte eher belustigt als verärgert, aber Gereint hatte den Eindruck, dass sein Blick schärfer war als sonst.

Was auch immer Peredur sah, er sagte nichts darüber. Er schickte auch keinen Spion und keinen Zauber hinter ihnen her. Sie konnten tun und lassen, was sie wollten.

Averil setzte sich in den Kopf, ihre Anwesenheit bei Hof wahrzunehmen. Diese Pflicht war ihr ansonsten verhasst, heute jedoch machte es ihr offensichtlich Spaß, Dienerinnen herbeizurufen und sich aufs Vornehmste kleiden zu lassen. In ihrem goldfarbenen, mit Smaragden besetzten Gewand, mit kunstvoll geflochtenem und frisiertem Haar und dem goldenen Diadem erschien sie Gereint wie eine vollkommen fremde Frau.

Er konnte nichts weiter tun, als seine beste Cotte überzustreifen und einen nicht allzu tölpelhaften Eindruck zu machen. Ohne ihn eines Blickes zu würdigen, rauschte Averil aus dem Zimmer und durch den Flur, der zur Halle führte.

Diener huschten zur Seite. Unbedeutendere Höflinge zogen sich in Nischen zurück und verbeugten sich so tief, wie ihre Leibesfülle es zuließ. Gereint fiel auf, dass keiner von ihnen unangenehm berührt schien.

Die Leute mochten es, wenn der Hochadel sich arrogant verhielt, vorausgesetzt die Arroganz ging einher mit Schönheit und einem gewissen leidenschaftlichen Glanz, der sowohl beängstigend als auch unwiderstehlich war. Auch Gereint war nicht immun dagegen, obwohl er sie am liebsten geschüttelt hätte.

Averil stürmte durch die Hofgesellschaft wie eine Brandfackel in dunkler Nacht, tanzte mit jedem Mann, der den Mut hatte, sie aufzufordern, und mit einer ganzen Menge von denen, die sich errötend und herumstammelnd im Hintergrund hielten. Dazu trank sie so viel gewürzten Wein, dass Gereint versuchte, sie vom Ausschank fernzuhalten. Sie tat weiterhin so, als wäre er Luft, was wahrscheinlich auch besser war – bis sie nach einem angebotenen Becher greifen wollte und er sich erneut dazwischenstellte.

Sie schaute ihn von oben bis unten an und nahm sich viel Zeit dafür. Er merkte, dass sie hart und verletzend wirken wollte, aber die Magie in ihrem Inneren sprach eine andere Sprache. Wahrer Hass hätte ihm seine wahre Identität an den Kopf geschleudert: ein großer Bengel von niederer Geburt, der nicht einmal wusste, wer sein Vater war. Diese Gedanken kamen ihr jedoch nicht in den Sinn.

Dafür liebte er sie umso mehr. Ihre Augen verengten sich, und ihre Gesichtszüge spannten sich. Wie sehr sie sich auch bemühten, sie konnten nichts voreinander verbergen.

In den Armen eines anderen Mannes wirbelte sie davon. Auch damit wollte sie ihm wehtun. Es schmerzte zwar, aber Gereint wusste, warum sie es tat.

Er postierte sich an der Wand, von wo aus er den ganzen Hofstaat im Auge hatte und sie abfangen konnte, falls sie sich davonmachen wollte. Er war ein wenig überrascht, als sich Riquier zu ihm gesellte. Kurz darauf kam auch Peredur dazu.

Sie schauten eine Weile schweigend zu. Gereint fragte sich, was er falsch gemacht hatte, aber obwohl die beiden sehr ernste Gesichter machten, spürte er keinen Zorn. Er fing wieder an zu atmen, blieb jedoch wachsam.

Als Riquier ihm die Hand auf den Arm legte, zuckte er zusammen. »Es gibt hier immer noch einen Spion«, flüsterte der Knappe ihm ins Ohr.

Gereint sah Peredur an, der nickte. Er schaute da hin, wohin sie sahen, gleichzeitig nach innen und nach außen.

Es war ein wenig verwirrend, nicht viel anders als das, was er so oft mit Averil fühlte. In der Welt des Körpers glitzerte und plapperte der Hof und wirbelte im Tanz herum, Averil im Zentrum. In der Welt des Geistes wurden sie alle von einer Kuppel aus Luft umschlossen.

Da war ein Riss in der Kuppel, so fein, dass er ihn kaum wahrnahm. Als er seinen Blick darauf richtete, wurde er klarer. Irgendwie hatte jemand einen schwachen Punkt in das Verteidigungswerk eingearbeitet oder eine Schwachstelle darin ausgenutzt.

Es war nicht Averil. Der Zauber, der über ihr gelegen hatte, war verschwunden. Jemand anders wünschte Prydain etwas Böses: jemand mit der Macht, die Luftwände zu schwächen und seine Aktivitäten vor ihren Erschaffern zu verbergen.

»Wie habt ihr ihn gefunden?«, fragte er Peredur aus seinen Gedanken heraus.

Peredur antwortete ohne Worte. Gereint sah und spürte den Schwerttanz, von dem Peredur und Riquier gerade gekommen waren, die Reinheit der Bewegung und die Figuren, die er in der lebendigen Luft zeichnete. Diese Figuren formten ein magisches Bildnis der Insel Prydain.

Eine der Figuren war nicht, wie sie sein sollte. Es war kaum merklich, aber als Peredur den Tanz darum arrangierte, hatte sich das übrige Muster verschoben.

Er hatte seine Abwehr nicht ein einziges Mal von Riquiers Klinge durchdringen lassen – Riquiers Fähigkeiten hatten sich in der Zwischenzeit nicht entscheidend verbessert. Riquiers Reaktion war ein wenig unsicher. »Ich bin noch nicht annähernd in der Lage, einen Kampf zu gewinnen. Das kam von außen. Wir haben es aufgespürt, und es scheint sich hier zu konzentrieren – in der Nähe der Königin.«

Gereint nickte. Auch er konnte es sehen. Es mochte andere im Königreich geben, die es an seine Feinde verraten wollten, aber nur hier befand sich jemand, der stark genug war. Irgendwo bei Hof oder im Palast war ein Spion, der sich bewusst war, was er tat – anders als Averil, die, ohne es zu wissen, einen Zauber von Lys bei sich getragen hatte.

Abermals vergewisserte sich Gereint, dass sie in Sicherheit war. Das war sie, vollkommen. Und dennoch hatte die Schwachstelle den Beigeschmack des Bannzaubers, mit dem sie belegt gewesen war. Die Macht von Prinz Esteban aus Moresca musste bis Prydain reichen.

Der Zauber war von dieser Art, er stammte nicht vom König. Gereint vergewisserte sich dessen ebenfalls. Die verschiedenen magischen Ebenen waren so einzigartig wie die Teile eines Rosenfensters: von gleicher Form, aber innerhalb jedes Kreises unterschiedlich.

Er gebot sich selbst Einhalt, bevor er sich zu sehr in das Wunder der Magie vertiefte. Ihr Zentrum war irgendwo in dieser Halle, in der sich viele Magier befanden. Die meisten Adligen

Prydains verfügten über ein gewisses Maß an Magie, und die Magier der Königin waren zahlreich und verschiedenartig und nicht immer an die Orden gebunden.

Ein Schäfer konnte ein Schaf in einer hundertköpfigen Herde erkennen. Bestimmt war Gereint in der Lage, den Spion unter all diesen Edelleuten und Magiern aufzuspüren. Der Geschmack des Zaubers war männlich: Das reduzierte die Gruppe der Verdächtigen auf fünfzig. Aber er musste schnell sein. Die Flotte war auf dem Weg und suchte nach der Schwachstelle in der Mauer.

Kapitel 28

Averil wirbelte in einer Welt aus Wein und Frivolität umher, aber wie das Selbstmitleid, in dem sie sich gesuhlt hatte, gehörte auch dies nicht zu ihrem wahren Wesen. Die Gesichter der Männer, mit denen sie tanzte, verschwammen vor ihren Augen und waren schnell vergessen. Für sie gab es nur ein einziges Gesicht auf der ganzen Welt, und sie weigerte sich hineinzusehen.

Sie konnte ihn nicht aus ihrem Herzen vertreiben. Es überraschte sie nicht im Mindesten, ihm zwischen den Tänzen plötzlich gegenüberzustehen. Er hatte Verstärkung: Riquier und der Magier, der behauptete ein Paladin gewesen zu sein.

Sie traute ihm immer noch nicht. Er war unsterblich; wie konnte man sicher sein, dass ihm am Schicksal der Sterblichen tatsächlich etwas lag?

Sie umringten sie und leiteten sie aus dem Gedränge des höfischen Treibens in Richtung Wand, wo es etwas ruhiger war. Der nächste Tanz begann ohne sie; ihr vorgesehener Partner wirkte ein wenig verloren, spazierte jedoch bald in Richtung Weinausschank davon.

»Es gibt einen Spion«, flüsterte Gereint.

Er hielt nichts davon, um den heißen Brei zu reden. Riquier

zuckte zusammen, aber Peredur wirkte lediglich interessiert. Averil forschte panisch in ihrem Inneren, doch alles, was sie dort fand, war Gereint.

»Ihr seid es nicht«, sagte er. »Jemand anders schwächt Prydains Verteidigung. Es fühlt sich an wie ein weiterer Verbündeter des Prinzen aus Moresca.«

»Irgendwie ist es mein Fehler, nicht wahr?«, sagte sie.

Das war der Wein, der aus ihr sprach. Keiner von ihnen ging darauf ein. Ihr wurde plötzlich kalt; ihr Kopf war so klar wie seit Tagen nicht mehr.

»Werdet Ihr uns helfen?«, fragte Gereint sie.

»Was kann ich tun?«

Er deutete ihre Worte nicht als Ausdruck von Hilflosigkeit, sondern beantwortete ihre ernstgemeinte Frage. »Helft uns, ihn zu finden.«

Sie hätte sich weigern können. Sie sahen nicht so aus, als hätten sie vor, sie zu zwingen. Aber sie hatte einiges gutzumachen, und ein Großteil ihrer Torheit war beim Tanzen verflogen. »Wollt Ihr, dass ich in eine Kristallkugel schaue, um zu sehen, wo er ist?«

Gereint schüttelte den Kopf. »Ihr habt mit fast allen Männern hier getanzt. Wollt Ihr beenden, was Ihr begonnen habt? Wenn Ihr demjenigen, der es ist, nah kommt, werdet Ihr vielleicht das Zauberwerk in ihm spüren.«

»Und wenn es jemand ist, mit dem ich schon getanzt habe?«

»Darum werden wir uns schon kümmern«, sagte Peredur.

Sie spürte, wie sich ihr die Nackenhaare sträubten. Es überraschte sie, dass er nicht zurückwich, so groß war ihre Abneigung gegen ihn. »Soll ich vielleicht mit Euch tanzen, Messire?«

Er grinste. »Es wäre mir eine Ehre, Comtesse.«

Sie warf ihm einen prüfenden Blick zu und suchte nach Anzeichen von Schuld oder Täuschung, fand jedoch keine. Sie hatte auch nichts dergleichen erwartet. Er würde sich nicht selbst verraten, dazu war er ein viel zu mächtiger Magier.

Nun denn, dachte sie, warum nicht? Sie mochte ihn zwar verabscheuen, aber er war ein recht wohl gestaltetes Wesen, und Gott wusste, dass er sich leichtfüßig und anmutig zu bewegen wusste. Sie streckte ihm die Hände entgegen.

Er ergriff sie lächelnd, verbeugte sich und wirbelte sie zurück in die Halle.

Es war nicht Peredur. Wie gern sie ihn auch als Verräter entlarvt hätte, so schien er zumindest in dieser Hinsicht ehrlich zu sein. Er reichte sie weiter an ein übereifriges Prinzchen aus einem abgelegenen Provinznest Prydains. Der Knabe war zwar nicht unansehnlich, aber als er den Mund aufmachte, konnte sie kaum ein Wort verstehen.

Sie verlor den Überblick über die Anzahl ihrer Tänzer, behielt jedoch die Zeit im Auge, die recht schnell voranschritt und sich der Stunde des Abendessens näherte; schon hatte sich ein Teil des Hofes in die kleinere Halle zurückgezogen, wo die Tische sich unter den Speisen bogen.

Zwischendurch erhaschte sie immer wieder einen Blick auf die beiden Knappen und den Myrddin, die zwischen den Höflingen umherstreiften. Sie hatten nichts gefunden. Genauso wenig wie sie.

Tanz und Magie, zu wenig Schlaf und zu wenig Essen und die Folgen ihrer wilden Stimmung ließen sie ermüden. Gereint flößte ihr Kraft ein, aber auch seine Kraftquellen waren nicht unerschöpflich. Sie war nah daran, die Suche nach dem Wurm im Herzen des Palastes der Königin zu überlassen, doch selbst am Rande der Erschöpfung mochte Averil nicht aufgeben.

Es war auch nicht hilfreich, dass der Teil von ihr, der immer noch mit dem Schiff weiterfuhr, ihr Visionen von Wellen und Sturm und schwarzen Segeln am Horizont schickte. Das Trugbild näherte sich seinem Ziel.

Zuerst dachte sie, ihr übermüdeter Geist würde ihr einen Streich spielen. Der Mann, der sie durch eine würdevolle Promenade führte, war so harmlos in seiner Magie, wie ein Adliger Prydains es nur sein konnte. Sie empfand seine Gegenwart als beruhigend, bis sie nach einer Tanzdrehung über seine Schulter hinweg zur Königin schaute.

Eiluned hatte mit dem Hof getanzt, war jedoch vor einer Weile zu ihrem Thron zurückgekehrt. Sie sah aus, als würde sie erwägen, den Tanz zu beenden und den Hofstaat zu Tisch zu schicken. Aber das war es nicht, was Averil ins Auge fiel.

Prinz Goronwy stand neben dem Thron und stützte sich in eleganter Pose auf die Armlehne. Er war ganz in Schwarz gekleidet, was ihm gut stand – ein auffälliger Kontrast zum blausilbernen Gewand der Königin.

Er hatte Averil nicht zum Tanzen aufgefordert. Sie war deswegen nicht traurig gewesen. Aber als ihr Blick nun über ihn hinwegglitt, bemerkte sie etwas Seltsames.

Es sah aus wie ein Faden, so dünn, dass er fast durchsichtig war, wie ein Strang Spinnenseide. Hätte sie nicht danach gesucht, hätte sie ihn niemals entdeckt. Er erstreckte sich durch die Schichten der Welt bis zu den Mauern aus Luft und wuchs wie eine Wurzel in die Welt, die jenseits davon lag.

Averil stolperte. Ihr Tanzpartner stützte sie mit höflichen, freundlichen Worten. Sie merkte, dass sie seinen Namen vergessen hatte und sich kaum an sein Gesicht erinnern konnte.

Ihr blieb keine Zeit zum Verweilen. Sie stammelte ein paar Dankesworte und eilte zu Gereint.

Er wusste es schon, weil sie es wusste. Sie konnte sich kaum noch auf den Beinen halten. Er stützte sie und trug sie an einen ruhigeren Ort.

Die Königin wollte nichts davon wissen. Nicht einmal Peredur konnte sie überreden zuzuhören.

Gereint war zu erschüttert, um zu sprechen. Auch er hatte schon Phasen der Blindheit erlebt, in diesem Fall war sie jedoch tödlich.

Eiluned war uneinsichtig. »Was auch immer unsere Kusine da gesehen hat, unser Neffe ist unschuldig. Wenn es eine Lücke in unserer Verteidigung gibt, werden unsere Magier sie schließen. Wir danken Euch, dass Ihr uns darauf aufmerksam gemacht habt.«

Sie sprach im steifen, formellen Tonfall einer Königin. Ihr Zorn hatte sich in Arroganz gewandelt. Gereint hatte nicht geahnt, wie vernarrt Eiluned in den Sohn ihres Bruders war.

Auch Peredur schien überrascht. »Majestät, wie sehr Ihr ihn auch liebt, so wisst Ihr doch, dass er ein Mensch ist, und Menschen haben Schwächen. Wenn Ihr ihn drängt, wird er es sicher erklären können. Es mag sein, dass er unter demselben Bannzauber leidet wie Eure Kusine und genauso leicht geheilt werden kann wie sie. Oder vielleicht …«

»Wir werden darüber nachdenken«, sagte sie steif.

Peredur verneigte sich. Gereint hätte gern weitere Argumente vorgebracht, aber das stand ihm nicht zu.

Averil lag schlafend in ihrem Bett, während Riquier neben ihr wachte. Ihr Schlaf war tief und voller Träume. Gereint konnte sie spüren wie die Gezeiten des Meeres.

Das verzauberte Schiff hatte die Flotte gefunden und segelte an ihrer Spitze vorbei. Stimmen riefen, Füße trampelten über Deckplanken. Ein Hagel von Pfeilen flog herüber, aber sie konnten nicht mal ein einziges Segel durchspießen.

Das Trugbild auf dem Schiff trat aus seinem Unterstand. Der Wind blies die Kapuze von dem hellen Haar. Es erstarrte und zog sich in sein Versteck zurück. Sicher waren nur Gereints Augen in der Lage, durch es hindurchzusehen wie durch trübes Glas.

Die Flotte schien angemessen beeindruckt. Als das Boot beidrehte, um den richtigen Wind zu erwischen, wand sich eine schlangenartige Flamme von dem vordersten Schiff. Sie peitschte über den blutroten Himmel und traf das Boot. Holz und Tarnzauber gingen in Flammen auf.

Die Besatzung sprang schreiend ins Meer. Die Flammen züngelten an ihrem Haar und an den Säumen ihrer Kleider, bevor die Wellen sie verschluckten.

Das Boot segelte weiter, während es langsam verbrannte, bis es vom Bug eines schwarzen Schiffes gerammt und versenkt wurde. Seine letzte Glut erlosch im letzten Licht des Tages.

Die Flotte hatte sich aufgereiht wie eine Armee. Die großen Wellen, die sich über die Masten erhoben, wurden unter den schwarzen Rümpfen zu einer sanften Dünung. In Gereints Augen hatte das Wasser einen sonderbaren Schimmer und erinnerte an die Schuppen eines geschmeidigen dunklen Leibes.

Er kannte diese Vision nur allzu gut. Als er von Averils Gesicht und ihrem Traum aufblickte, entdeckte er dieselbe Vision in Peredurs Augen.

Niemand außer Averil hatte je so sehen können wie er, es sei denn, er wurde von Gereints Magie und seinen Worten geleitet. Peredur brauchte keine Hilfe. Es war ein wenig beunruhigend und auf seltsame Weise tröstlich.

»So«, sagte der Magier. Er klang zufrieden. »Er hat den Köder geschluckt.«

Das brachte Gereint ins Wanken. »Aber …«

»Er hat einen großen Teil seiner Magie auf unser Ablenkungsmanöver gerichtet«, sagte Peredur. »Und wir wissen, wo er mit der restlichen Magie zuschlagen wird. Er wird damit auf die Lücke in der Mauer zielen.«

»Gehörte das auch zu Eurem Plan?«, fragte Gereint. Er dachte zwar nicht wie Averil, dass man Peredur nicht trauen konnte, aber ein paar Zweifel kamen ihm schon.

»Ein weiser Führer kalkuliert alles mit ein«, sagte Peredur. »Geht und schlaft, wenn Ihr könnt. Beide. Macht Euch bereit, morgen früh loszureiten.«

Gereint brauchte nicht zu fragen, wohin. Welche Zweifel er auch gehabt haben mochte, sie waren verschwunden. Genau wie Peredur, der sich scheinbar in Luft aufgelöst hatte.

Kapitel 29

Averils Traum ging so sanft in die Wirklichkeit über, dass sie sich eine ganze Weile lang fragte, ob sie wirklich wach geworden war. In dem Traum war die schwarze Flotte auf ihrem sicheren Schild auf die Luftmauern zugesegelt, hatte das Schild in einen Rammbock verwandelt und damit wieder und wieder auf die Schwachstelle eingedroschen. Als sie im frostigen Morgengrauen erwachte, hatten Dienerinnen ihr schon ein Bad eingelassen, ein Frühstückstablett gebracht und Reitkleidung bereitgelegt. Sie hatten sogar Waffen für sie: einen Jagdbogen, ein langes Messer und ein Schwert, das gut in ihrer Hand lag.

Gereint und Riquier waren schon gewaschen und angezogen und hatten bereits gegessen. Sie hätte sie mit Fragen überhäufen können, aber die Antworten fanden sich alle in ihrem Traum.

Die Wachen der Königin sammelten sich vor dem Palast unten bei der Flussbiegung. Boote mit bewaffneten Männern an Bord warteten, und ein großes Schiff mit goldenem Bug und dem Banner der Königin und – zu Averils Erstaunen – dem silbernen Schwan von Quitaine.

»Keine Geheimnisse mehr«, sagte Gereint, als würde er mit sich selbst reden.

Sie fragte sich, ob das klug war. Sie selbst hatte seit dem Aufstehen nicht gesprochen, und auch jetzt kamen ihr keine Worte in den Sinn. Wachen begleiteten sie an Bord des Schiffes.

Sie fühlte sich nicht wie eine Gefangene. Alles, was sie getan hatte, seit sie sich erinnern konnte, hatte hierhergeführt. Ihr Schweigen war nicht passiv; es war die Stille des Wartens, des Kräftesammelns und der Besinnung auf alles Wissen und alle Fähigkeiten und alle Klugheit, die sie erworben hatte.

Ihre Füße traten beherzt auf die Planken des Decks. Die Magier der Königin waren schon da, Peredur in ihrer Mitte. Er trug eine Rüstung wie ein Ritter – oder wie ein Paladin.

Da waren auch Ritter der Rose sowie Knappen und Novizen in ihrer Begleitung. Weitere von ihnen bemannten die nachfolgenden Boote, darunter die Ritter und Krieger Prydains sowie Kompanien von seltsam gestalteten und gekleideten Wesen, die sich benahmen, als hätten sie genau dasselbe Recht hier zu sein wie alle anderen.

Und so war es auch. Dies war auch ihr Reich.

Es war ein einfacher Gedanke und vollkommen logisch, aber während sie ihn dachte, ging eine grundlegende Veränderung in ihr vor. Sie hatte noch einen weiten Weg vor sich, bis sie die wilde Magie und deren Wesen vollkommen anerkennen würde, aber das tief sitzende Unbehagen war verschwunden. Es war nicht nur eine Verpflichtung, sondern eine Ehre für sie, Seite an Seite mit diesen Wildvolkwesen zu kämpfen, wenn es dazu kam.

Kurze Zeit später traf die Königin als Letzte ein. Wie Averil war sie bewaffnet und gekleidet, um zu kämpfen. Unter den Männern in ihrem Gefolge befand sich auch ihr Neffe Goronwy.

Averils Nackenmuskeln spannten sich, doch als sie in Peredurs Richtung schaute, nickte dieser kaum merklich. Die Magier würden ihn im Auge behalten. Sie war nicht vollkommen beruhigt, aber gelassener als zuvor – besonders als sie Gereints Wachsamkeit spürte.

Ihm traute sie. Wenn er mit all seiner Kraft im Hintergrund auf der Hut war, mochten sie vielleicht in Sicherheit sein.

Bei Sonnenaufgang befanden sie sich schon ein gutes Stück flussabwärts von Caermor und segelten bei frischem Wind in Richtung Meer. Es war ein stärkerer Wind, als er in der Luft der Welt wehte, und die Strömung des Flusses erhielt reichlich Unterstützung: Wasserwildvolkwesen trugen das Schiff weiter.

Die Flotte der Königin vergrößerte sich unterwegs, bis sie sich am späteren Morgen so weit nach hinten zog wie das Auge des Ausguckpostens reichte. An den Ufern standen jubelnde Menschen. Sie hatten keine Blumen, die sie ins Wasser warfen, da der Winter vor der Tür stand, aber sie schleuderten Kränze aus Stechpalmen, Lorbeer und Mistelzweigen, in die sie alte Magie geflochten hatten.

Einer der Kränze wurde von einer Windböe erfasst und landete auf Gereints Kopf. Er wollte ihn abnehmen, doch ein Mann der Königin hielt ihn davon ab. »Das bringt Glück, Messire«, sagte er. »Ihr wollt doch nicht, dass es sich von Euch abwendet.«

Gereint wusste nicht, was der Mann meinte – wenn es überhaupt ein Mann war: Er hatte etwas an sich, das dagegen sprach. Dennoch klang er so überzeugend, dass Gereint den Kranz auf dem Kopf ließ. Süßlich würziger Lorbeerduft umwogte ihn; die Luft wirkte heller und nicht mehr ganz so kalt.

Vielleicht brachte das Ding ja tatsächlich Glück. Davon konnten sie jede Menge gebrauchen.

Die Luftmauern hielten noch Stand, aber der Feind war unerbittlich. Die Flotte musste unbedingt zur Küste gelangen, bevor die Schiffe des Königs eine Bresche schlagen und das Land erreichen würden.

Gereint hatte nicht geahnt, dass ein Schiff so schnell segeln konnte. Die Planken ächzten bei der rasenden Fahrt; der Wind peitschte ihm ins Gesicht. Er erfasste den Lorbeerkranz.

Zu spät griff er danach. Er war fort. Er hoffte, dass mit ihm nicht auch das Glück verschwunden war.

Sie mussten selbst für ihr Glück sorgen. Er nahm die Schultern zurück und hüllte sich fester in seinen Umhang.

Die Magier der Königin waren fast alle vor dem bitterkalten Wind unter Deck geflohen, nur die Königin blieb mit Averil so nah wie möglich am Bug. Keine von beiden schien die Kälte zu spüren. Averils rotgoldene Flechten und Eiluneds rabenschwarze Locken wehten im Wind. Gereint konnte nicht verstehen, was sie zueinander sagten, aber Averils Freude über den Wind und die schnelle Fahrt sang in seinem Herzen.

Es war eine Art Heilung, und sie hatte sie bitter nötig. Sie war immer glücklicher gewesen, wenn sie auf eine Gefahr zusteuerte, als wenn sie vor ihr floh. Eiluned schien es ähnlich zu gehen.

Vor einer Weile hatten sie die sterbliche Welt verlassen. Der Fluss hatte sich in einen Strom aus Silber verwandelt, und die wilde Magie floss nicht nur durch ihn hindurch, sondern auch unter und über ihm. Sie segelten zwischen den Welten, so wie Gereint und Averil einst mit den Überlebenden des Rosenordens durch das Herz der Wildländer geritten waren.

Damals waren sie vor einer Schlacht geflohen; jetzt segelten sie ihr entgegen. Gereint hoffte, dass dies ein gutes Omen war.

Es gab keinen besseren und schnelleren Weg zum Meer. Der Fluss war geschmolzenes Silber und der Himmel war voller Licht. Peredur, der an seiner Seite stand, wirkte größer, heller und strahlender als bei gewöhnlichem Tageslicht. Es schmerzte fast in den Augen, ihn anzuschauen.

Alle leuchteten, selbst die Sterblichsten und die Unmagischsten unter ihnen. Die stärksten Magier und die Wildvolkwesen waren Gestalten aus Licht. Gereint schaute auf seine eigenen Hände hinab und blinzelte: Sie waren genauso strahlend wie Peredurs Hände.

Sie alle nahmen Magie in sich auf, als sie dahinsegelten, zogen Kraft aus dem Land und dem Wasser. Gereint sehnte sich danach, seine Füße auf feste Erde zu setzen. Es würde nicht mehr lange dauern. Die See breitete sich als eine endlose helle Fläche vor ihnen aus.

Es war kaum Mittag, und sie hatten ihr Ziel fast erreicht. Der Fluss verlor sein silbriges Aussehen und verwandelte sich wieder in dunkles Wasser, das zwischen den Ufern dahinströmte. Er war jetzt breit, bahnte sich seinen Weg durch Sand und Schilf. Die Luft roch nach Salz und Gischt.

Dies war eine einsame, öde Gegend, und dennoch reich an Magie. Das Wildvolk liebte solche Orte, die von Menschen gemieden wurden, während seinesgleichen dort prächtig gedieh.

Jetzt tummelten sich hier kaum noch Wildvolkwesen, da die Luftmauern bebten und kurz vorm Einstürzen waren und die schwarze Flotte den Durchstoß fast geschafft hatte. Sie waren zu sichereren Ufern geflohen. Die Möwen, die in freundlicheren Zeiten den Strand bevölkerten, waren offensichtlich ihrem Beispiel gefolgt. An ihrer Stelle standen die Soldaten der Königin, sowohl Sterbliche als auch andere, zusammengerufen aus den Städten und Dörfern dieser südlichen Küste.

Sie hatten sich um einen quadratischen, gedrungenen Turm platziert, der sich am Rand der Landzunge befand. Von hier aus, erzählten die Männer der Königin, hatten die Stämme des alten Prydains die Invasion der Truppen aus Romagna zurückgeschlagen und sie übers Meer nach Lys vertrieben.

Sie würden es wieder schaffen, wenn es der Wille Gottes und der alten Götter war. Die Flotte der Königin erreichte die Flussmündung und ging vor Anker.

Die Wogen, die sie in Stücke hätten reißen können, waren hier nichts weiter als eine sanfte Dünung. Der Sturm tobte nur am Horizont, wo sich Prydains großes Verteidigungswerk unsichtbar, aber wirksam bis in den Himmel erhob.

Die Magier der Könige rechneten damit, dass die schwarze Flotte im Höchstfall noch einen Tag brauchen würde, bevor sie sich durch die Schutzmauer hindurchgekämpft hätte. Sie kamen von allen Booten und Kompanien zusammen und versammelten sich im Turm, in einem hohen, runden Raum, der von einem prasselnden Feuer erwärmt wurde.

Die Wärme tat gut. Kälte machte Gereint nicht viel aus, aber der Wind, der von der See her kam, war eisig. Es war eine Wohltat, ihm zu entkommen.

Dies war eine Wachstube mit langen Bänken und einem großen Tisch bei der Feuerstelle in der Mitte. Dort saßen die Magier mit der Königin am Kopfende und füllten ihre Mägen mit dunklem Brot und kräftigem gelben Käse und tranken das Bier der Wachposten. Ein Seherspiegel befand sich auf dem Tisch in der Nähe der Königin; durch ihn konnte man wie durch ein Fenster auf die schwarze Flotte blicken.

Gereint sah die Flotte auch ohne Hilfe eines Seherspiegels, Averil ebenso. Sie saß in der Nähe der Königin und hörte sich schweigend an, wie die Magier die verschiedenen Strategien besprachen.

Einige wollten die Mauern einreißen und den Druck, den die Truppen der Königin auf den Feind ausübten, bis zum Ende des Tages lockern; um in dem Moment anzugreifen, wenn die Magie des Landes am stärksten war. Andere meinten, dass sich die schwarze Flotte beim Anstürmen gegen die Mauer verausgaben sollte, damit sie an Land von starken, ausgeruhten Verteidigern in die Flucht geschlagen werden konnte.

Beide Strategien hatten ihre Vorteile. Gereint war kein General, aber er war ein Magier, und er war Averils Beschützer. Sie war kurz davor gewesen zusammenzubrechen, seit sie aus Lys geflohen war. Ihre Gemütslage war ausgeglichener, nachdem sie von dem Bannzauber befreit war, doch das konnte unter Umständen noch gefährlicher sein. Sie strahlte die zu perfekte Ruhe einer Frau aus, deren Entschluss feststand. Er wusste nicht, was sie tun wollte, und das beunruhigte ihn. Durch die Art ihrer Magie konnten sie nur wenige Geheimnisse voreinander haben, sie hatte jedoch einen Weg gefunden, einen Teil von sich vor ihm zu verbergen – dies konnte nur bedeuten, dass sie wusste, er würde den Inhalt ihrer Gedanken nicht gutheißen.

Er konnte nur Vermutungen anstellen und in ihrer Nähe bleiben. Als sie sich unter dem Vorwand erhob, die Latrine aufsuchen zu müssen, folgte er ihr. Das hätte sie nicht überraschen dürfen: Sie seufzte hörbar, versuchte jedoch nicht, ihn fortzuschicken.

Ihre Entschuldigung war echt. Als sie wieder heraustrat, ging sie die schmale Treppe hinunter, an der Wachstube vorbei zur unteren Halle, dann verließ sie den Turm.

Obwohl Gereint wusste, was ihn draußen erwartete, nahm der

Wind ihm schier den Atem. Er blies vom Land her, was erklärte, warum dieselben Mächte, die die See beruhigt hatten, den Sturm nicht beruhigen konnten. Selbst wenn der schwarzen Flotte der Durchbruch gelang, würde es schwer für sie sein, gegen diesen Sturm anzukämpfen und das Land zu erreichen.

Gereint hüllte sich fest in seinen Umhang und fand Trost in der festen Erde unter seinen Füßen. Er war kein Seemann und würde nie einer sein.

Averil ging nicht weit, nur bis zum sandigen Strand, wo das Schilf vom Wind zu Boden gepresst wurde und die Wellen sich träge auf den Sand wälzten, beruhigt und geglättet von der Magie, die über ihnen lag. Eines der kleineren Boote aus Caermor war dort an Land gezogen und auf die Seite gelegt worden, wodurch es einen notdürftigen Unterschlupf bot. Seine Besatzung war nirgends zu sehen.

Gereint vermutete, dass sie ins Wasser gegangen waren; eine große Anzahl der anderen hatte es so gemacht, um sich in ihrem eigenen Element vor dem Wind zu schützen. Als er auf die See hinausschaute, lugte hie und da ein glatter Kopf aus den Wellen empor, schaute sich um, wie um sich zu orientieren, und tauchte dann wieder ab.

Ein Großteil der Schlacht bestand aus Warten. Gereint hatte diese Lektion bei seiner Flucht aus Lys gelernt. Den Strand entlang suchten Männer und solche, die nur wie Männer aussahen, Schutz vor Wind und Kälte, ruhten sich aus, spielten mit Würfeln oder Knöchelchen, knabberten an ihren Essensrationen oder hüteten das Feuer auf der Leeseite ihrer Boote.

Während Averil im Windschatten des Bootes kauerte und aufs Meer starrte, sammelte Gereint Treibgut und trockenes Seegras und machte damit ein Feuer, das eine magische Wärme ausstrahlte und lange brennen würde.

Sie seufzte, als sie die Wärme spürte. Es war ein anderes Seufzen als das in der Wachstube. Gereint ging in die Hocke, hielt die Hände über die Flammen und ließ sich von ihnen über die Finger lecken. »Was auch immer Ihr vorhabt«, sagte er, »weiht zumindest Peredur ein. Er ist mächtiger als wir beide zusammen.«

»Lieber nicht«, sagte sie.

»Ich weiß, Ihr mögt ihn nicht«, sagte Gereint beharrlich. »Das spielt keine Rolle. Was auch immer Ihr tun wollt, schaffen wir nicht allein.«

»Ich glaube nicht, dass er stärker ist als wir«, sagte sie. »Ich glaube, das ist niemand.«

»Er hat mehr Magie vergessen, als wir je gekannt haben.«

Sie zuckte mit den Schultern und verscheuchte Peredur aus ihren Gedanken, wenn auch nicht aus Gereints.

Er war noch nicht bereit aufzugeben, zumindest nicht, bis sie ihn in ihre Pläne eingeweiht hatte. »Dann die Königin. Oder Mauritius. Ihr vertraut ihm. Er ist ein Meister; er weiß, was wir sind. Wenn er die übrigen Ritter mitbringen würde …«

»Sie haben ihre eigene Schlacht zu schlagen. Alle. Abgesehen von uns beiden.«

»Wir sind so sehr ein Teil des Krieges wie alle anderen.«

»Ja«, sagte sie, »aber was haben sie uns gebeten zu tun? Nichts. Ohne uns würden sie gar nicht wissen, was vor sich geht. Wir wären vielleicht nicht einmal hier.«

»Nun«, sagte er und zog das Wort so in die Länge, dass sie ihm einen mahnenden Blick zuwarf. »Wir sind jung, und hier gibt es jede Menge Magiermeister. Selbst Mauritius weiß nicht alles, was wir tun können. Peredur weiß es schon, glaube ich, aber er wird es den anderen nicht verraten. Er erwartet bestimmt von uns, dass wir es ihnen selbst sagen.«

»Das habe ich nicht vor.« Sie zog die Knie an die Brust und umschlang sie mit den Armen. »Holst du bitte Peredur? Ich glaube, ich weiß, was wir tun können, um die Flotte aufzuhalten.«

Es war ein tapferer Versuch, das musste er ihr zugestehen. Wenn ihre Stimme bebte, konnte sie es auf die Kälte schieben.

Aber sie konnte nicht verbergen, was so stark in ihrem Herzen brodelte. Je mehr sie sich bemühte, es zu verstecken, desto schlechter wollte es ihr gelingen.

»Oh, nein«, sagte Gereint. »Ihr werdet das Mysterium nicht hier zurücklassen, einen Tarnzauber mit der gleichen Form wirken und Euch dem König ausliefern. Das ist vollkommen wahnsinnig.«

Sie wirkte nicht verstört, weil er sie so schnell durchschaut hatte. »Warum? Es ist das einzig Logische, was ich tun kann. Wenn er mich hat, wird er von Prydain ablassen. Er wird mich zurück nach Lys bringen, wo ich das gleiche Leben weiterführen werde wie zuvor. Ich bin immer noch die einzige Thronerbin, die er hat. Er wird mich schleunigst mit einem seiner treuen Diener verheiraten – und diesmal bleibt mir keine Wahl und keine Fluchtmöglichkeit. Aber ich werde in Sicherheit sein.«

»Gewiss werdet Ihr in Sicherheit sein«, sagte Gereint angewidert, »so lange, bis sie den Tarnzauber entlarvt haben und Euch zur Strafe töten. Was in dem Moment geschehen wird, wenn Ihr ihnen unter die Augen tretet. Ihr habt diesen Trick schon zu oft angewandt; sie werden darauf gefasst sein.«

»Sie werden mich nicht töten.«

»Euren Körper vielleicht nicht. Den brauchen sie, um königliche Erben zu züchten. Aber könnt Ihr sicher sein, was Eure Seele angeht?«

Bei diesen Worten erbleichte sie. Er nutzte seinen Vorteil. »Habt Ihr nicht gesehen, was sie mit dem Schiff gemacht haben? Sie werden Euch einfach ergreifen, Eure Seele verbrennen und ihren Weg hierher fortsetzen. Der König will das Mysterium; er wird sich durch nichts aufhalten lassen, bis er es bekommt.«

»Doch«, sagte sie in einem Ton, bei dem sich ihm die Nackenhaare sträubten. »Ich werde ihn aufhalten.«

»Nein«, erwiderte er, als ihm die Erkenntnis dämmerte. »Oh, nein.«

»Warum nicht?«, wollte sie wissen. »Es spielt keine Rolle, was aus mir wird, wenn Clodovec tot ist. Vielleicht bin ich ihm nur für einen kurzen Augenblick nah genug, aber dieser Augenblick wird vollkommen ausreichen.«

Gereint schnappte nach Luft und musste sich zusammennehmen, um sie nicht anzuschreien. »Ihr werdet Euer Leben nicht opfern, um den König zu töten!«

»Ich hoffe zu entkommen«, sagte sie, »aber wenn nicht …«

»Nein, nein und nochmals nein. Ihr dürft Euch nicht selbst zerstören – nicht einmal um Prydain zu retten.«

Ihr Geist war wie eine Burg unter Bewachung. Gereint tat sein Bestes, um die Mauern zu stürmen. »Welchen Nutzen hätte es, einen einzigen Mann zu töten, selbst diesen bestimmten? Er ist alles andere als allein – und dann ist da noch der Morescaner mit seinem eigenen unheiligen Bündnis. Wenn Ihr Clodovec beseitigt, ermöglicht Ihr dadurch nur den anderen, Schlimmeres zu tun als er.«

»Vielleicht«, sagte sie, »wenn es ein Werk gäbe, das alle Sklaven der Schlange tötet, wenn dieser eine stirbt …«

»Wahrscheinlich gibt es so etwas«, sagte er gepresst, »aber wenn es tatsächlich existiert, bräuchte man dazu bestimmt mehr Kunstfertigkeit und Geschick, als wir beide haben. Bitte, Herrin. Eine Schlacht steht kurz bevor, und dafür werden wir beide gebraucht. Nicht Ihr allein – und vor allem nicht als Tote.«

Sie schwankte. Gereint öffnete den Mund, um sie noch stärker zu bedrängen, besann sich jedoch eines Besseren. Es war besser für sie alle, wenn sie ihren eigenen Weg zurück zur Vernunft fand.

Kapitel 30

Es war ein wunderschöner Plan gewesen. Averil hatte ihn so klar gesehen wie durch einen Seherspiegel. Aller Wahrscheinlichkeit nach würde sie zwar sterben, aber sie redete sich ein, dass dies keine Rolle spielte.

Gereint zerrte sie zurück in die kalte Wirklichkeit und führte ihr eine weniger angenehme Wahrheit vor Augen, wie es seine Art war. Wenn sie auch nicht erfreut darüber war, so musste sie doch zugeben, dass er, zumindest gelegentlich, durchaus weise sein konnte.

Sie war immer noch trotzig und wild genug, um sich über sein halb magisches, halb reales Feuer zu beugen, sein Gesicht zu packen und ihn zu küssen, bis ihnen beiden schwindlig wurde. Ihr Handeln war weder vernünftig noch weise.

Abrupt wich sie zurück und stöhnte auf. »Das sollte Glück bringen«, sagte sie.

Er hatte dieselbe Pose eingenommen wie sie, schien den Kuss jedoch bereits vergessen zu haben. Als sie gerade eine Zornesrede über die Wankelmütigkeit der Männer anstimmen wollte, sagte er: »Spürt Ihr das?«

»Was denn?«, fragte sie gehässig. »Dass du kaum gemerkt hast, was ich gerade getan habe?«

Seine Brauen zogen sich zusammen, aber seine Gedanken waren immer noch woanders. »Schaut«, sagte er.

Es gab kein Entrinnen: Seine Magie wand sich um die ihre und zwang sie hinzuschauen. Die Glut ihres Zorns erlosch.

Tief in der Erde bewegte sich etwas, geschmeidige, biegsame Körper befanden sich weit unterhalb der Welt des Lichts. Mächte waren erwacht und wanden sich nach oben. Die Luftmauern schützten See und Himmel, doch unter der Erde gab es keinerlei Verteidigung.

Prydains Magier, sowohl die Ordenstreuen als auch die Anhänger der wilden Magie, hatten einen entscheidenden Fehler gemacht: Sie hatten nach außen und aufwärts geschaut, aber nicht abwärts. Schlangenmagie war eine Magie der tief liegenden Orte, der unterirdisch fließenden Ströme und Höhlen, die sich der Kenntnis der Sterblichen entzogen. Sie kroch unter den Mauern hindurch und zog Kraft aus dem Herzen der Erde.

»Die Flotte ist ein Ablenkungsmanöver«, sagte Averil gequält. »Die wahre Attacke kommt von unten.«

Gereint sprang auf und zog sie hoch. »Wir müssen die Königin warnen.«

Averil musste ihm zustimmen. Als er ihre Hand loslassen wollte, umklammerte sie seine Finger ein wenig fester. Hand in Hand rannten sie zurück zum Turm.

Ihre Ankunft unterbrach einen Streit, der sich in ihrer Abwesenheit weder geändert noch aufgelöst hatte. Averil ging ohne Umschweife dazwischen. »Vergesst die Flotte«, sagte sie. »Schaut nach unten.«

Einige der Magier und Generäle wollten ihr widersprechen, aber sie schenkte ihnen keine Beachtung. Die Einzigen, die zählten, waren die Königin und der Magier, dessen richtiger Name Peredur war. Für sie projizierte sie ihr soeben erlangtes Wissen in den Seherspiegel auf dem Tisch.

Das entrüstete Gemurmel verstummte auf einen Schlag. In der plötzlichen Stille schnappte Eiluned hörbar nach Luft und sagte: »Ja. Natürlich. Er will uns ablenken. Warum sollte er uns mit der Flotte angreifen, wenn er sich in Wahrheit der tief liegenden Magie bedienen kann?«

»Ihr wisst von diesen Dingen?«, fragte Averil.

Die Königin nickte. »Wir danken Euch.«

»Lasst uns Euch helfen«, sagte Averil.

»Wir brauchen jede Hilfe, die wir bekommen können«, mischte Peredur sich ein, bevor die Königin widersprechen konnte – und das wollte sie, man sah es in ihren Augen. Wäre es nach ihr gegangen, hätten die Truppen Averil an einen sicheren Ort gebracht und mit ihr das Mysterium, das auf keinen Fall in Clodovecs Hände geraten durfte.

Doch Peredur erstickte dahingehende Ausführungen im Keim. Sein ruhiger Blick forderte die anderen zum Widerspruch heraus.

Keiner tat es, zumindest nicht offen. Selbst jetzt, nachdem sie beim Sturz der Rose eine schreckliche Lektion gelernt hatten, fiel es ihnen schwer, ihre Aufmerksamkeit auf die Eigenarten der Schlange zu richten. Averil war da nicht anders, aber durch Schicksal und Zufall war sie mitten in die Schlacht geschleudert worden. Sie musste jetzt Dingen die Stirn bieten, über deren Bekämpfung sie während ihrer Erziehung und Ausbildung nichts gelernt hatte.

Ohne Gereint wäre sie genauso ratlos gewesen wie alle anderen. Er machte keine Unterschiede, was die Magie anging, und kein Teil davon beunruhigte ihn mehr als irgendein anderer. Sie musste sich diese Einstellung zu Nutze machen, zu ihrer eigenen Sicherheit und ihrer aller Rettung.

Durch ihn spürte sie das An- und Abschwellen der unterirdischen Mächte. Gleichzeitig fühlte sie, dass die Verteidigung des Königreichs bröckelte. Es würde nicht mehr lange dauern, bis sie einstürzte.

»Wenn die Tiefe sich erhebt«, sagte Gereint, »wird die See das Land überfluten. Eure Flotte könnte in der Lage sein, die Flut zu überstehen, Majestät, aber ist auf den Schiffen genug Platz für die Truppen?«

»Wie viel Zeit bleibt uns noch?«, wollte Eiluned wissen.

Sie fragte nicht, was einem Knappen einfiel, unaufgefordert das Wort zu ergreifen. Das war nicht nur klug, sondern zeugte von edler Gesinnung.

Gereint verbeugte sich davor und sagte: »Bestenfalls bis zum Einbruch der Nacht.«

Eiluned nickte mit erbitterter Miene. Sie wandte sich an den

Kommandeur der Flotte – ein stämmiger, wettergegerbter Mann, auf dessen Wangen sich feine Schuppen abzeichneten. »Tut was in Eurer Macht steht, Admiral.«

»Sogleich, Majestät«, sagte er und war genauso schnell verschwunden wie ein Fisch, der durchs klare Wasser schießt.

Der Befehlshaber ihrer Truppen war schon auf den Beinen. Anders als ihr Admiral war er durch und durch menschlich. »Ich lasse die Übrigen so schnell wie möglich abrücken«, sagte er und warf einen Seitenblick auf die Magier: »Mit der Hilfe, die jene uns anbieten mögen.«

»Die Pfade zwischen den Welten sind offen für Euch«, sagte Peredur.

Als der General sich zurückzog, folgten ihm eine Hand voll Magier, aber Peredur blieb. Averil stellte überrascht fest, dass sie darüber erleichtert war. Was sie auch immer von ihm halten mochte, er stellte eine große Macht dar. Sie wollte ihn in ihrer Nähe. Er sollte seine Zeit nicht mit Aufgaben verschwenden, die von geringeren Magiern ausgeführt werden konnten.

Als sich die Anwesenden in würdevoller Hast zu den Truppen und Schiffen begaben, entschied sich Averil ganz bewusst, den Raum als Letzte zu verlassen. Gereint wartete auf sie und Peredur tat es ihm gleich, wie sie es gehofft hatte.

»Ich nehme an, ich bin Euch zu Dank verpflichtet, weil Ihr mich nicht fortgeschickt habt. Obwohl man sich fragen könnte, was Ihr mit Eurem Verhalten bezweckt«, fragte sie ihn.

»Das könnte man«, gestand er ihr zu. »Aber selbst wenn wir Euch fortschicken würden, wäre es sehr wahrscheinlich, dass ihr davonlaufen und zurückkehren würdet. Ihr seid genauso in diese Sache eingebunden wie wir alle.«

»Auch mit dem, was ich bei mir trage?«

»Deswegen erst recht.«

Sie hielt inne. Am liebsten hätte sie nach dem Mysterium unter ihrem Hemd gegriffen, stattdessen ballte sie ihre Hände zu Fäusten. »Heraus mit der Sprache«, sagte sie, »und sagt mir die

Wahrheit: Ihr habt gewusst, dass es hierzu kommen würde. Ihr habt gewartet, bis wir es selbst herausgefunden haben. Warum? Sagt bloß nicht, dass wir eine Lektion lernen sollten. Ich halte nicht viel von Lektionen, die Königreiche zerstören können.«

»Herzogin«, sagte er, »ich wusste, dass so etwas möglich ist, aber ich hatte gehofft, unsere Feinde würden nicht so weit gehen. Ich wusste nicht, dass sie über so viel Macht und Wissen verfügen.«

»Was war es noch gleich, das Ihr uns vor nicht allzu langer Zeit gelehrt habt?«, sagte Averil. »Unterschätze niemals deine Feinde.«

Er quittierte die Kritik mit dem Salut eines Schwertkämpfers.

Sie fand das nicht amüsant. »Ich muss es wissen. Wenn Ihr nicht an unserer Seite kämpft, wenn Ihr Wissen für Euch behaltet, das uns retten kann, oder schlimmer noch, dieses Wissen an unsere Feinde weitergebt, nur um uns unsere Fehler vor Augen zu führen, dann ist es mir einerlei, was die Königin von Euch hält. Dann werde ich alles dafür tun, Euch davonzujagen.«

»Ich weiß, dass Ihr das tun würdet«, sagte er. Er war so ernsthaft, wie er sein konnte, was nicht besonders ernsthaft war. Für sein angebliches immenses Alter war er bemerkenswert leichtherzig.

»Also dann«, sagte sie. »Die Wahrheit. Habt Ihr uns an Clodovec verraten?«

»Herzogin«, sagte er, »ich habe Euch nicht und ich werde Euch auch niemals an die Sklaven der Schlange verraten. Es sei denn Ihr bittet mich darum.«

Averil schnappte nach Luft. Sie konnte darauf beharren, ihm weiterhin zu misstrauen, oder sie konnte darauf spekulieren, dass Gereint Recht hatte und dass Peredur ihr stärkster Verbündeter war.

Die Zeit flog dahin; die Schiffe waren fast bereit loszufahren. Sie atmete hörbar aus. »Könnt Ihr es aufhalten?«

»Allein kann ich es nicht«, sagte er. »Mit euch beiden vielleicht.«

»Wir müssen es versuchen.«

»Ja«, sagte er.

Sie nickte entschlossen und verscheuchte ihre Zweifel. Gereint war schon auf halbem Weg zur Tür. Sie eilte ihm nach.

Sie gingen als Letzte an Bord des Schiffes der Königin. Die Sonne stand tief, obwohl es bis zum Einbruch der Dunkelheit noch einige Stunden dauern würde. An der Küste marschierten die Truppen in Reih und Glied in schnellem Tempo landeinwärts.

Trotz des Zaubers, der sie eindämmte, waren die Wellen höher und hoben und senkten sich wie der Atem einer riesigen Bestie. Die unterirdische Macht erhob sich unerbittlich. Die schwarze Flotte hatte die Schutzmauern fast durchbrochen.

Die Magier der Königin hatten sich auf den Schiffen der Flotte verteilt. Ein Zauber, der dem der Ritter ähnelte, verband sie miteinander. Er war gewirkt durch einen gläsernen Splitter, den jeder bei sich trug. Die Königin hatte für diesen Zweck mit Freuden einen Weinkelch geopfert.

Die Ritter hatten dieses neue Netz in ihr eigenes eingewoben. Auch sie hatten sich verteilt, sodass es nun auf jedem Schiff einen Magier und einen Ritter zur Bewachung gab, mit einer Reihe von kleineren Booten im Umkreis. Mauritius blieb mit Vater Owain und Riquier auf dem Schiff der Königin.

Als die letzten Truppen im Dunst verschwunden waren, lichteten sie die Anker. Die Flut wollte sie zurück an Land spülen, aber das Seevolk trug jene Boote, die nur Segel und keine Ruder hatten, hinaus aufs Meer.

Für die Kinder des Meeres würde es sehr gefährlich werden, wenn sich die Tiefe erhob. Alle, die nicht für die Königin kämpften, waren schon fort. Wie die Truppen waren sie so weit wie möglich geflohen vor dem Ding, das kommen würde.

Die Übrigen blieben bei den Schiffen und Booten, und die Flotte hielt ihren Kurs. Der Erzbischof von Caermor sang eine Messe; die klangvollen Töne der Psalmen hallten über dem Wasser wider.

Averil nahm zur Kenntnis, dass das Seevolk nicht vor dem religiösen Ritual floh. Sie glitten durchs Wasser. Ihre Augen glitzerten. Wer Ohren hatte richtete sie auf den Gesang aus; Nasenlöcher blähten sich beim Weihrauchgeruch. Einige kennzeichneten sich sogar mit dem Speer des Jungen Gottes, indem sie das heilige Kreuz aus Heft und Klinge andeuteten.

Die Wellen waren höher geworden. Die Zauber, die sie besänftigt hatten, schwanden dahin. Die Magier der Königin unternahmen keinen Versuch, sie zu halten oder die Luftmauern zu stärken.

Averil hatte Posten am Bug bezogen. Eine Zofe der Königin brachte ihr einen pelzgefütterten Umhang, für den sie sehr dankbar war. Warm verpackt und vor dem kalten Wind geschützt, schaute sie nicht auf die See, sondern in die Tiefen ihrer Magie.

Gereint war wie immer zugegen, wenn sich sein Körper auch neben Riquier und Mauritius in der Nähe der Königin befand. Wenn Averil wollte, konnte sie hören, was er sagte.

»Was da von unten hochkommt ist keine andere Schlange, oder?«

»Davon gibt es nur die eine«, erwiderte Peredur, »aber eine Art Schlange ist es schon: ein Eisdrache aus den tiefsten Tiefen der Erde. Wenn er hochkommt, wird er den Meeresgrund anheben.«

»Es sei denn, wir halten ihn auf.«

»So ist es«, sagte Peredur.

Gereint verstummte. Peredur hatte ihnen gesagt, was er vorhatte. Seine Worte wanden sich in ihrem Inneren, bereit zuzuschlagen, wenn die Zeit gekommen war.

Sie hatte Angst – panische Angst –, aber diese Angst war in weiter Ferne. In diesem Augenblick gab es nichts weiter als

Wind, Kälte und die dahinschwindende Sonne und den Lärm von Schiffen, die eine Mauer aus Magie rammten.

Sie war darauf gefasst gewesen, als sie einstürzte, und dennoch war es ein Schock, der ihren ganzen Körper erschütterte. Das große Verteidigungswerk brach zusammen. Schwarze Segel erschienen am Horizont, im selben Augenblick, als die Sonne ihn berührte. Auf jedem Segel war ein gewundenes Gebilde, eine silberne Schlange, blutrot verfärbt im Licht der untergehenden Sonne.

Kapitel 31

Die Rufe der Ausguckposten klangen wie Möwenschreie. Von den schwarzen Schiffen war kein Laut zu hören.

Gereint erinnerte sich an diese Stille vom Feld der Bindung, als die letzten Überlebenden der Rose den Armeen des Königs gegenüberstanden. Keiner der seelenlosen Soldaten hatte gesprochen oder gerufen oder einen Schmerzensschrei von sich gegeben.

Seines Wissens gab es auf diesen Schiffen nichts als Hexenwerk und ansonsten waren sie leer. Aber in seinem Herzen wusste er es besser. Auf diesen Schiffen waren lebende Körper, Körper, denen man die Seele geraubt hatte und die ausschließlich nach dem Willen ihres Gebieters handelten. Und auf einem dieser Schiffe befand sich der König von Lys.

»Was macht er mit den Seelen, die er raubt?«, wollte Gereint von Peredur wissen.

Der Magier der Königin wirkte ein wenig erschrocken, so wie die meisten Leute, wenn Gereint eine seiner Fragen stellte.

Im Gegensatz zu diesen dachte Peredur über Gereints Frage nach und gab ihm eine Antwort. »Der Zauber war ursprünglich dafür gedacht, die Schlange zu füttern.«

»Ich weiß«, sagte Gereint, »aber welchen Sinn hat er jetzt? Was muss gefüttert werden?«

»Macht«, sagte Peredur langsam, als würden seine Gedanken sich erst beim Sprechen entwickeln. »Ein so gewaltiger Zauber, dass er über die Auffassungsgabe des menschlichen Geistes hinausgeht. Aber ein Brunnen aus Seelen könnte ihn ohne Spur verschlucken.«

»Ein Brunnen? Ein Schacht in der Erde?«

»Das könnte sein. Oder es könnte ein Mysterium sein, wie jenes, welches Eure Herrin um den Hals trägt. Es könnte alles Mögliche sein.«

»Es muss klein genug sein, dass man es bei sich tragen kann«, sagte Gereint. »Sonst wäre es nicht praktisch. Was war es, als die Schlange wach war?«

»Meist war es ein Kessel«, sagte Peredur. »Manchmal war es ein Becher. Aber als die Sklavenmeister in den Krieg zogen, war es ein Fläschchen. Welche Form es auch hatte, es bestand immer aus Stein.«

»Schlangenstein?«, fragte Gereint.

Peredurs Mundwinkel zuckte. »In der Tat. Oder Achat.«

»Gütiger Himmel«, sagte Gereint zu Mauritius, der aus Höflichkeit so tat, als würde er nicht zuhören, aber in Wahrheit jedes Wort verstanden hatte. »Meint Ihr, Ihr könntet so etwas finden? Wir haben keine Zeit. Wir haben nichts, womit wir den Zauber wirken können, abgesehen von dem Netz und der Macht, die wir aus dem Untergrund ziehen können, und überhaupt ist es wahrscheinlich unmöglich, aber könntet Ihr es trotzdem versuchen?«

»In der Zeit, die uns noch bleibt?«, fragte Mauritius, aber er wartete nicht auf die Antwort. »Wir können es versuchen.«

»Werdet Ihr es versuchen, Sire?«

»Ihr habt einen Plan, Messire?«

Gereint hoffte, dass die höfliche Rede des Großritters nicht darauf abzielte, sein Vorhaben zu verwerfen. »Vielleicht ja, Sire. Doch ich brauche Zeit, vielleicht mehr als uns bleibt.«

»Die Rose steht zu Eurer Verfügung, Messire«, sagte Mauritius.

Gereint hatte alle Mühe, seine Verlegenheit zu verbergen. Er war immer noch nicht daran gewöhnt, überhaupt einen Rang innezuhaben, und die Achtung und das Einverständnis eines Großritters brachten ihn ziemlich aus der Fassung.

Mauritius jedoch machte sich nicht über ihn lustig und wies ihn auch nicht zurecht. Gereint beschloss, ihn beim Wort zu nehmen. »Bitte Sire, wenn es möglich ist, findet dieses Ding – Becher oder Fläschchen, was es auch sei. Je eher es Euch gelingt, desto besser. Uns bleibt kaum noch Zeit.«

»Ich verstehe«, sagte Mauritius und wandte sich bereits Riquier zu. »Messire. Wenn ich Euch bitten darf?«

Riquier schien nur darauf gewartet zu haben und war bereit, in jede Richtung zu stürmen, die sein Großritter ihm befahl. Gereint zögerte, stark in Versuchung, sie bei ihrer Suche zu begleiten, aber er hatte eine andere Beute zu jagen.

Die schwarze Flotte war nicht näher gekommen. Der Wind hatte sich gelegt, nur die Kälte war noch intensiver zu spüren als zuvor. Der Sog des Meeres wurde ständig stärker.

Mauritius und Riquier waren unter Deck gegangen. Licht drang durch die Luke, heller als jede Kerze oder Lampe. Gereint spürte die Jagd in seinem Unterbewusstsein wie eine kurze Ablenkung.

Er ging zum Bug und stellte sich neben Averil. Das letzte Licht schwand dahin; die schwarze Flotte lag im Schatten. Ihre eigene Flotte war noch sichtbar. Jeder Mast war mit einer Laterne versehen – einerseits gefährlich, da es die Aufmerksamkeit der Feinde erregte, andererseits hofften die Admiräle der Königin, sie mit den Laternen zu verwirren. Deshalb hatten einige Schiffe zwei oder drei am Bug und am Heck, während andere Schiffe gar keine hatten.

Die Wachen und Soldaten der Königin hatten an den Seiten ihres Flaggschiffes Stellung bezogen und schützten sich mit

Schilden. Eiluned bewegte sich zwischen ihnen in einem sanften Lichtschimmer und sprach mit dem einen oder anderen, während sich ihre Magier mittschiffs in einem Kreis versammelt hatten. Das Summen ihres Zaubers ließ Gereint die Haare zu Berge stehen.

Averil war von allem weit entfernt. Ihr Geist war tief unter dem Meer, in einer Dunkelheit jenseits allen Wissens, wo der Eisdrache dem Hexenzauber folgte, der ihn an die Oberfläche rief.

Er verfügte über Intelligenz. Das erschreckte Gereint so sehr, dass er fast aus dem Werk herausgefallen wäre. Er hatte nichts Menschliches oder Sterbliches an sich, aber er war sich bewusst; er wusste, dass er gebunden war, und er wusste, dass die Bindung magisch war.

Was er fühlte war nicht direkt Groll oder Zorn, sondern etwas Tieferes und Kälteres als das. Aus diesem Gefühlsstrudel zog er Kraft. Felsen wölbten sich über ihm und bekamen Risse.

Das Gewicht stellte kein Hindernis für ihn dar. Er erhob sich, um winziges Getier und Staubkörnchen zu zerstören, die es wagten, ihm Zwänge aufzuerlegen.

Das Schiff schwankte und geriet ins Schlingern. Unten in der Tiefe hatte ein tiefes Grollen begonnen.

Die Wellen waren inzwischen höher als der Mast. Als das Schiff auf einen Wellenkamm gehoben wurde, konnte Gereint die Lichter der Flotte der Königin wie Treibgut auseinanderstieben sehen. Vom Land war weit und breit nichts mehr zu sehen.

Von einem plötzlichen Schwindel überkommen, klammerte er sich an den Bug. Zwischen den aufgewühlten Wassern und dem verworrenen Netz der Magie konnte er sich kaum noch orientieren. Es war ein weiter Weg hinunter zur Erde, die ihn kräftigte.

Er presste sein Gesicht gegen den eisigen Hals der Galionsfigur und empfand ihre durchdringende, aber sterbliche Kälte als tröstlich. Bei den Paladinen, er brauchte jeden Fetzen von Kraft, den er kriegen konnte – und dafür brauchte er Erde. Und die war weit weg, auch wenn sie noch immer unter all dem Wasser da war. Wenn er sich das Gefühl von Schlamm zwischen seinen Zehen vorstellte oder Gras unter seinen nackten Füßen oder selbst nackte Felsen, die seinen Körper peinigten, wenn er darauf lag, kam alles Übrige zu ihm zurück und er konnte sich daran festhalten. Sein Bewusstsein lief wie eine Ankerkette durch das unruhige Wasser bis hinab zu den Wurzeln seiner Magie.

Averils Arm glitt um seine Mitte. Ihre Magie verwob sich mit der seinen, bis jeder Teil davon erfüllt war.

Sie zog sich zurück, aber er fühlte nicht die Kälte der Trennung. Eine Woge von Hitze erfasste ihn: eine stark im Zaum gehaltene Freude. Riquier stand hinter ihnen, und sein Grinsen verriet Gereint alles, was er wissen wollte.

Mauritius hatte zügig und hart gearbeitet, und sein Gesicht zeigte die Spuren: tief eingefallene Wangen und dunkle Schatten unter den Augen. Aber er lächelte. In seinen Händen hielt er eine gläserne Kugel.

Figuren bewegten sich darin, Visionen, die klar zu erkennen waren, als Gereint sie aus der Nähe betrachtete. Mauritius war ein Meister dieser Kunst: Was Gereint sah, erkannte er wieder, und Wissen durchströmte ihn.

Es war ein Fläschchen aus grüngrauem Stein mit einem feinen marmorierten Schuppenmuster, Schlangenstein, und es lag auf einem seidenen Polster in einem Kästchen aus Achat. Das Kästchen lag auf einem Tisch in einer Kabine, die derjenigen ähnelte, in der Gereint sich befand, unter dem Deck eines schwarzen Schiffes. Das Schiff wirkte auf den ersten Blick wie jedes andere der schwarzen Flotte, wäre nicht jener unverwechselbare magische Geruch gewesen, der es umgab.

Da war Clodovec, und da war auch sein Berater Gamelin. Der König saß und der Priester stand unter einem Baldachin an Deck. Trotz des Sturms und der aufgepeitschten See genossen sie Ruhe und Wärme. Alle magischen Stränge der Flotte liefen durch Gamelins Hände; ab und zu zupfte der König an einem Strang, zur Unterhaltung oder um selbst zu sehen, was seine Diener taten.

»Messire«, sagte Gereint, ohne sich umzuwenden, »ich nehme an, Ihr wisst keinen Weg, dieses Kästchen vom Schiff zu entfernen?«

»Ihr meint den meistgehüteten Schatz am bestbewachten Ort auf dem Flaggschiff des Königs?«, fragte Peredur.

»Ja«, sagte Gereint.

»Es gibt keinen Weg.«

»Es muss einen geben«, sagte Gereint und sah Peredur ins Gesicht. Beide mussten sich in der niedrigen Kabine ducken; Gereint schaute Peredur in die Augen. Der Schimmer darin war nicht direkt menschlich.

Gereint fand diesen Umstand nicht erschreckend. »Wenn wir es finden können, können wir es auch an uns bringen. Sie haben alle Hände voll mit der Flotte und dem Ding in der Tiefe zu tun. In der Kabine sind keine Wachen, und auf dem Kästchen sind keine Schutzzauber.«

»Keine, die man sehen kann«, sagte Mauritius.

»Es kann keine Schutzzauber geben«, sagte Peredur. »Der Bannzauber, der menschliche Seelen raubt, würde solche Schutzvorrichtungen verschlucken.«

»Es gibt auch keine Schutzzauber auf unserem Mysterium«, sagte Gereint. »Wer nicht weiß, was es ist, denkt, dass es keinerlei Magie hat.«

Peredur nickte. »Solche Dinge sind oft für jedermann sichtbar und dennoch versteckt. Aber wir müssen bedenken, wo es sich befindet. Das Fläschchen mag nicht mit Schutzzaubern versehen sein, das Schiff ist es jedoch mit Sicherheit – und zwar mehrfach. Schon unser bisschen Spionieren kann einen Alarm ausgelöst haben, auch wenn wir nichts davon merken.«

»Das glaube ich nicht«, sagte Gereint. »Ich glaube, es gibt eine

Schwäche in den Verteidigungsmauern der Feinde, und ich glaube, dass es einen Weg gibt, wie wir das Fläschchen an uns bringen können.«

»Uns bleibt nicht viel Zeit«, sagte Mauritius.

Gereint machte ein finsteres Gesicht. Er wollte nicht unfreundlich sein; er dachte angestrengt nach. Ein Gedanke versuchte Gestalt anzunehmen, löste sich jedoch immer wieder auf, bevor er ihn fassen konnte. Es hatte mit dem Ding in der Tiefe zu tun, dem Zauber, der es bannte, und damit, auf welche Weise Magie durch die schwarze Flotte gewoben war.

Es war nicht hilfreich, dass die Magier der Königin versuchten, den Eisdrachen zu bezwingen, bevor er durch den Meeresboden brach. Ihr Werk überspannte die Flotte der Königin, hielt sie zusammen und zog Magie aus allen, die an Bord der einzelnen Schiffe und Boote waren, aber Gereint sträubte sich dagegen.

Das Werk hatte nicht die beabsichtigte Wirkung – und jene, die es schufen, merkten es nicht. Selbst jene Magier aus Prydain, die bereit waren, ihre Welt mit der wilden Magie zu teilen, waren eingeschränkt durch die Zwänge ihrer Orden. Diese Zwänge machten sie blind für das, was sie am dringendsten hätten sehen müssen.

Die Orden mussten sich verändern. Aber dafür war jetzt keine Zeit, genauso wenig wie für höfliche Überzeugungsversuche. Der Eisdrache war kurz vor dem Durchbruch.

Das Schiff schwankte und wurde in die Höhe gehoben. Gereint presste sich gegen die Reling, um nicht ins Wasser geschleudert zu werden. Averil stolperte in seine Arme. Als das Schiff erneut hochgerissen wurde, drückte er sie an sich und hielt sie fest umklammert.

Der Eisdrache freute sich ganz und gar nicht über den neuen Zauber, der ihn bannen sollte. Gereint bekam langsam eine Ahnung davon, wie riesig er war und wie viel Kraft er besaß. Er hätte sich mit Leichtigkeit um beide Flotten winden können.

Der Gedanke, der versucht hatte, sich zu formen, war mittlerweile fast klar, fast in Reichweite. Der Eisdrache befreite sich von den Zaubern, die ihn bannten – und er schien nicht gewillt, wieder in den Tiefen zu versinken. Er kochte vor Zorn, und er war hungrig.

»Messire«, schrie Gereint über das Brausen des Meeres in Richtung Peredur, »hat sich irgendetwas außer der Schlange von Seelen ernährt?«

»Nach dem Wissen der Magier nicht«, antwortete Peredur. »Den Übrigen reichte lebendiges Fleisch.«

Gereint schnappte nach Luft und hielt einen Moment lang den Atem an. Er hatte die Lösung gefunden, dachte er. Es hing von einer Sache ab, die vielleicht unmöglich sein mochte, doch es gab keinen anderen Weg.

Er musste daran glauben, dass es möglich war. Außerdem musste er seine liebsten Freunde bitten, ihm blind zu vertrauen, und das würde nicht leicht sein. »Messires«, sagte er. »Herrin. Ich muss Euch um einen Gefallen bitten.«

Sie warteten gespannt, sogar Averil, deren Gemütslage Gereint sich keineswegs sicher war. »Werdet Ihr auf mich aufpassen, während ich ein tiefgründiges Werk schaffe?«

Bis auf Peredur starrten ihn alle an, als sei er verrückt geworden. »Ein tiefgründiges Werk?«, sagte Riquier. »Du kannst …«

»Ich kann es«, sagte Gereint, »weil meine Herrin es kann.«

Riquier öffnete den Mund und schloss ihn wieder.

»Er hat die Kraft«, sagte Averil. »Ich habe die Fertigkeit. Obwohl dies vielleicht meine Fähigkeiten übersteigt.«

»Ich kann helfen«, sagte Peredur, »wenn Ihr es mir gestattet.«

Averil runzelte sichtlich unbehaglich die Stirn, aber sie war keine Närrin. »Ich werde es Euch gestatten. Ich begrüße es sogar.«

Peredur bedankte sich für ihr Entgegenkommen. »Dann lasst uns beginnen.«

Kapitel 32

Während der kurzen Zeit, in der Gereint mit Mauritius und Peredur gesprochen hatte, war die See noch wilder geworden. Das Schiff klammerte sich an die Wellen, gestärkt durch die Magie in seinen Planken und die Besatzung, die nicht nur aus Menschen bestand, doch es ächzte unter den enormen Kräften.

Die Luft in der Kajüte war stickig durch die vielen Menschen. Das Schaukeln und Schlingern, das Knarren der Planken, das Tosen der Wellen und die Schreie der Männer, die gegen sie ankämpften – all das überwältigte Gereint.

Averil war sein Anker. Er konzentrierte sich auf ihr Gesicht und ihre Präsenz und blendete alles andere aus. Es war schwer: Sein Kopf dröhnte, und ihre Körper wurden wieder und wieder gegen die Wand geschleudert.

Peredur setzte sich neben Gereint, stützte ihn mit einer Kraft, die tiefer wurzelte als Gereints. Einen Augenblick lang ruhte Gereint darin und atmete einfach nur.

Averils Magie war ganz und gar ein Teil von ihm. Peredurs Macht glitt in sie hinein wie ein Schwert in eine Scheide, neu und strahlend und stark. Ihr gewaltiges Ausmaß machte Gereint schwindelig.

Er hatte sich schnell wieder gefangen, ohne dass Peredur ihm dabei helfen musste. Die anderen warteten in angespannter Geduld. Er war die Hand, die das Schwert hielt, die Kraft, die die Übrigen in Bewegung setzte.

Für einen kurzen Moment verlor Gereint sich wieder und taumelte in den Abgrund der Verwirrung hinab. Erneut fing Averil ihn auf, und Peredur hielt ihn fest. Er glitt immer noch abwärts, und nun sah er den Ozean um sich herum, die kalten schwarzen Tiefen des Meeres. Tief unten war das grässliche Ding, die Macht, die diesen Teil der Welt zerbrechen würde.

Er sprach zu ihm, als wäre es eine vernunftbegabte Kreatur, eine äußerst seltsame, aber ausreichend intelligente Macht unter dem Wildvolk. »Warte«, sagte er.

Der Eisdrache hielt kaum inne. Er war nicht taub, wie man es von Schlangen behauptete, doch für ihn war Gereint nur eine Mücke, die in seinem Ohr summte.

Er zog Kraft aus den zwei Mächten, die ihn stützten, und erhob seine Stimme. »Warte. Halt.«

Jetzt hatte der Eisdrache ihn gehört. Worte allein mochten ihn nicht beirren, und Gereint hatte keinen Zwang in seine Stimme gelegt. Er wirkte keinen Zauber. Er sprach einfach eine Bitte aus.

Keine Mücke hatte ihn je um etwas gebeten. Das war so neu für ihn, dass er wenige Ellen vor dem Durchbruch innehielt.

Gereint hatte keine feine Rede für ihn parat, nur ein Versprechen: große Frischfleischvorräte zum Verspeisen, wenn er nur von seinem Vorhaben abließ.

Er hielt die Luft an. Magier beider Seiten hatten versucht, den Eisdrachen mit Magie zu bannen und sich seinen ewigen Zorn eingehandelt. Er setzte auf die schwache Hoffnung, dass der Drache, wie jedes andere Wesen, es vorziehen würde, eine Wahl zu treffen, als zu etwas gezwungen zu werden.

Er konnte es nicht riskieren, an sich selbst zu zweifeln. Er besaß keine Kraft, mit der er diese Kreatur aus dem Herzen der Erde hätte bezwingen können. Er hatte nur die simpelsten Lockmittel zu bieten: Futter für seinen Magen und Friede für den anschließenden Schlaf und die Freiheit, in sein tiefes Reich und seine lange Nacht zurückzukehren.

Der Eisdrache lag reglos unter dem Meeresgrund. Die über ihm kämpfenden Zauber waren wie Stechfliegen. Seine riesige Drachenhaut zuckte und wehrte sie ab.

Gereint war darauf vorbereitet. Mit Averils Hilfe formte er einen Schatten des großen Untiers, um den Feind zu täuschen, damit er nicht merkte, dass der Eisdrache ihnen entwischt war.

Er konnte nicht den Schatten festhalten und gleichzeitig den Drachen verführen. Als sein Griff sich lockerte, war Averil zur Stelle mit Peredur an ihrer Seite. Der Eisdrache streckte sich seufzend. Das Schiff schlingerte heftig und drohte zu sinken.

Das große Untier beruhigte sich. Es war wach und bei Bewusstsein, befand sich jedoch im Ruhezustand und wartete.

Sein eigenes Versprechen war klar. Er würde Gereint geben, um was er gebeten hatte, und wenn er sein Versprechen nicht hielt, würde er fressen – in der Tat. Gereint und seinesgleichen würden seinen Hunger stillen.

Es war ein fairer Handel. Gereint wagte, sich ein wenig aufzurichten, die Augen zu öffnen und seine Aufmerksamkeit auszudehnen auf die Welt, in der sein Körper lebte.

Die Wellen waren verebbt. Der Zauber der Ruhe breitete sich wieder übers Meer, bis die Wogen zu einer sanften Dünung wurden.

Gereint arbeitete sich aus der Kajüte heraus und stieg in frostiges Sternenlicht hinauf. Der Wind war genauso sanft wie die See. Verstreute Lichter trieben darauf; während er sie betrachtete, fingen sie an, sich aufeinander zuzubewegen.

Sie waren ramponiert, einige hatten Schlagseite, und alle waren mit Eis und Salz bedeckt, aber alle Besatzungsmitglieder waren an Deck, und die Soldaten waren auf ihre Posten zurückgekehrt. Schilde waren erhoben, sowohl sterbliche als auch magische. Jeder, der eine Waffe besaß, hatte sie gezogen oder gespannt und war kampfbereit.

Gereint war kein Seemann und würde auch niemals einer sein, aber in jüngeren Jahren hatte er so manchen Baum erklommen. Der Mast war nicht viel anders. Es gab Hand- und Fußstützen; er war nicht klein und leicht genug, um bis zum Ausguck im Krähennest zu klettern, doch bis zur Hälfte schaffte er es und konnte sich einen Überblick verschaffen.

Die schwarze Flotte wurde zwar von einem Schatten verhüllt, dennoch konnte er sie erahnen.

Es war jedoch nicht die Flotte, die er bei Tageslicht gesehen hatte. Auch der König kannte den Nutzen eines Tarnzaubers. Was ausgesehen hatte wie eine Flotte aus rundbauchigen, ein- und zweimastigen Schiffen, wie sie für gewöhnlich die Weltmeere durchquerten, erwies sich bei Sternenlicht als etwas weitaus Todbringenderes.

Sie schoss über die neuerlich friedliche See. Jedes Schiff wurde angetrieben von kräftigen Ruderschlägen. Jeder Bug bestand aus geschliffenem Stahl. Jeder Schiffsrumpf war durch Feuer und Hexerei gestärkt. Armeen von Seelenlosen schwärmten über die Decks.

Da waren ein halbes Tausend dieser monströsen Galeeren, die gleich einer Schattenwoge auf ihre ahnungslosen Feinde zurollten. Die Männer der Königin warteten auf einen Angriff, aber für das hier waren sie blind.

Gereint presste die Augen zusammen. Seine Magie hatte fast ihre Grenzen erreicht, und es sollte noch schlimmer kommen.

Wenn die Schiffe der Königin überrannt würden und jeder auf ihnen gefangen genommen und seiner Seele beraubt würde, gäbe es nichts mehr für ihn zu tun. Er atmete so tief, wie seine Lungen es zuließen, dann ließ er die Luft in einem Windstoß entweichen.

Der Tarnzauber wurde in Fetzen gerissen. Über sich hörte Gereint ein Keuchen und einen kindlichen Aufschrei und dann ein lang gezogenes Wimmern.

Füße donnerten unter ihm über die Decks. Licht flammte über der See. Die Magier der Königin waren aufgeschreckt worden und beendeten, was Gereint begonnen hatte.

Er klammerte sich noch ein wenig länger an den Mast und raffte alle Kraft zusammen, die er noch übrig hatte. Als die brennenden Pfeile losflogen, begann er nach unten zu klettern – aber nach wenigen Ellen hielt er inne.

Jedes der schwarzen Schiffe sah genauso aus wie alle anderen. Jedes hatte dieselbe Form, denselben Bug, dieselbe dreifache

Reihe von Rudern. Es gab ein halbes Tausend von ihnen. Und nur ein Einziges hatte den König, seinen Berater und das Kästchen mit den Seelen an Bord.

Für das, was Gereint im Sinn hatte, waren es zu viele. Wie in Gottes Namen sollte er wissen, welches das Schiff des Königs war?

Panik stieg in ihm hoch. Er überwand sie. Als er sich wieder einigermaßen beruhigt hatte, zwang er sich, seinen Blick über das Ausmaß der Flotte schweifen zu lassen.

Da.

Sie näherten sich in vier langen Reihen, eines hinter dem anderen. Dahinter fuhren drei schwarze Schiffe dicht zusammen. Sie schienen auf den ersten Blick wie die Übrigen: kurz, breit, zweimastig und mit schwarzen Segeln.

Clodovec war dort. Die Entfernung war noch zu groß, um eine Gestalt auf einem der Schiffe zu erkennen, aber Gereint war sich sicher.

Er stürzte den Mast herunter und traf so hart auf den Deckplanken auf, dass seine Zähne aufeinanderschlugen. »Lasst sie nicht angreifen«, rief er der Königin zu. »Blast zum Rückzug!«

Eiluned erschrak beim Klang seiner Stimme. Er hatte nicht versucht, ihr einen sanften Klang zu geben; sie gellte jedem in den Ohren.

Er drängte sich durch die Menge an Deck. »Majestät, Ihr könnt nicht gegen sie kämpfen. Lichtet die Reihen, und lasst sie durch, oder tretet den Rückzug an, es spielt keine Rolle. Aber lasst Euch auf gar keinen Fall in eine Schlacht ziehen.«

Die Admiräle und Generäle der Königin zeigten sich angesichts seiner Jugend, seiner Größe und seiner Knappencotte wenig beeindruckt von dem, was er sagte. Eiluned ließ sich durch Äußerlichkeiten nicht so leicht täuschen, aber auch sie schien nicht überzeugt. »Warum, Messire? Was habt Ihr gesehen?«

Es war nicht das, was Gereint gesehen hatte; es war das, was er wusste. Nur wollte er ihr das nicht in Anwesenheit von hundert fremden Männern erklären. »Ein halbes Tausend Schiffe«, sagte er, »jedes mit einem halben Tausend Männern, und bis auf die Kommandanten haben alle leere Augen.«

»Das mag sein«, sagte sie, »aber wir können sie nicht an Land gehen lassen.«

»Wenn wir uns zerstreuen«, sagte einer ihrer Admiräle, »teilen sie sich vielleicht auf, um uns zu verfolgen. Schiffe dieser Größe kann man nicht einfach auf den Strand ziehen. Es sind Seeschiffe; sie müssen auf See bleiben.«

»Seeschiffe haben kleinere Boote zur Landung dabei«, sagte ein anderer Seefahrer. »Wir können nicht riskieren …«

»Edle Herren«, sagte Gereint mit lauter Stimme, »wir haben keine Zeit, uns zu streiten. Bitte Majestät, bei der Liebe zu Eurem Volk, zieht Euch zurück von diesem Ort. Wenn Ihr die Macht habt, Flügel auszubreiten, solltet Ihr sie herbeirufen.«

»Warum?«, wollte sie wissen. »Was …«

»Tut es, Herrin«, sagte Peredur. Er war von unten hochgekommen, gefolgt von Averil und den anderen.

Sein Gesicht drückte all das aus, was Gereint so verzweifelt sagen wollte. Eiluned erhob ihre Stimme. »Fertigmachen zum Rückzug.«

Trommelwirbel ertönten und hallten über dem Wasser wider. Die Schiffe verlangsamten ihre Fahrt und drehten bei. Die schwarze Flotte kam unerbittlich näher.

Aus ihrem schwarzen Schatten stiegen Flammen in die Luft. Sie hatten Salven von brennenden Pfeilen abgeschossen.

Sterbliche Schiffe waren alles andere als schnell. Es dauerte ewig zu wenden; abgesehen von einem Schiffbruch, war ein Schiff in voller Fahrt nicht abrupt zu stoppen. Als der Feuerregen niederprasselte, waren die Schiffe der Königin noch in Reichweite.

Um das Flaggschiff herum fielen die meisten Pfeile zischend ins Wasser, aber eine Hand voll traf das Deck. Einer verfing sich im Segel und begann zu schwelen.

Männer stürzten los, um die Flammen zu ersticken, aber die Pfeile waren mit Petroleum getränkt oder mit einem nachhaltigen Zauber belegt. Selbst Magier hatten alle Mühe, sie zu löschen.

Die Flotte der Königin hatte sich in ein Dutzend kleinere Flotten aufgeteilt, und die schwarze Flotte wich nicht von ihrem Kurs ab. Sie steuerte direkt aufs Land zu – auf Prydain.

Gereint hielt nicht viel vom Beten. Der Gute Gott würde schon wissen, ob er Hilfe brauchte oder nicht; er würde tun, was er tun würde, einerlei was Gereint dazu zu sagen hatte.

Und dennoch ertappte er sich nun beim Beten. Die Schiffe der Königin mussten ein gutes Stück von der schwarzen Flotte entfernt sein, bevor er den Rest seines Planes in die Tat umsetzen konnte, doch die schwarzen Schiffe waren zu schnell, und sie waren zu langsam. Und jetzt hatten sie auch noch angefangen zu brennen.

Das vorderste der schwarzen Schiffe hatte das letzte der Flotte Prydains eingeholt und machte ihm den Garaus: Es pflügte das Boot der Königin unter, als wäre es Unkraut in einer Ackerfurche. Die Besatzung stürzte in die See.

Schiffe brannten. Schiffe versanken. Sie konnten einfach nicht schnell genug entkommen.

»Messire«, sagte Gereint zu Peredur, »helft uns.«

Averil war bereits in Bewegung. Bei den ersten Worten, die sie sprach, zuckte Eiluned zusammen, denn sie erkannte sie wieder. Ihre Stimmen begannen einzeln, vermischten sich jedoch bald, sangen Worte in einer Sprache, die so alt war wie die Schlange.

Gereint erkannte sie nur am Klang, ohne sie zu verstehen. Er spürte, wie Kraft aus seinem Inneren gezogen wurde, als Averil begann, das Werk zu schaffen.

Der Wind frischte auf. Für die schwarze Flotte spielte das keine Rolle: Ihre Segel waren eingerollt, ihre Geschwindigkeit gründete sich auf die Kraft ihrer Ruderer. Für die Flotte der Königin war der Wind dagegen ein Geschenk des Himmels.

Es war eine steife Brise, stark genug, um die Segel zu blähen, aber nicht so stark, dass sie eine Gefahr für die Schiffe darstellte. Sie fachte auch die Feuer an, und eines der Schiffe brannte wie eine Fackel; aber die Übrigen begannen, sich mit quälender Langsamkeit vor den Feinden zurückzuziehen.

Ganz tief unten fing der Eisdrache an, sich zu regen. Er wurde unruhig. Die See schwoll an durch seine Ungeduld.

»Es dauert noch ein klein wenig länger«, sagte Gereint zu ihm. »Warte.«

Er konnte warten, allerdings nicht mehr lange. Sein Hunger wurde größer. Bald würde er ihn stillen, womit spielte für ihn keine Rolle.

»Ruhig«, sagte Gereint, als wäre der Eisdrache ein ungeduldiges Pferd. »Ganz ruhig.«

Die Wellen schwollen ab. Der Wind wurde stärker. Nach und nach entfernte sich die Flotte von den Feinden.

Gereint erwies sich kaum geduldiger als der Eisdrache. Drei Mal hätte er fast das Wort ausgesprochen, aber sein Herz sagte ihm, dass es noch zu früh dafür war.

Das Schiff der Königin war endlich außer Reichweite der Pfeile. Die Feuer an Deck waren gelöscht. Das Segel schwelte noch, doch als er hinaufschaute, formte ein Wettermagier ein Ding, das aussah wie eine winzige Wolke, und schleuderte sie nach oben.

Die Wolke riss ein und spülte die Flammen fort. Es blieb nichts weiter zurück als ein Loch im Segel.

»Jetzt«, sagte Gereint. Peredurs Stimme verstärkte die seine und Averils Stimme machte sie höher und lauter und klarer. Das Wort hallte drei Mal zwischen Himmel und Erde wider.

Kapitel 33

Es passierte lange nichts. Der Eisdrache schien taub geworden zu sein. Oder er scherte sich nicht länger um irgendeine Hoffnung oder ein Versprechen, das ein winziges Insekt ihm angeboten hatte. Jetzt, da er von seinen Fesseln befreit war, würde er vielleicht zurück in seine tiefen Höhlen sinken, weit fort vom schmerzenden Licht.

Der Wind nahm ab. Die Flotte der Königin quälte sich dahin. Schwarze Schiffe schossen über ihre kleineren und beschädigten Boote hinweg und zermalmten sie. Und noch immer regnete es brennende Pfeile.

Die Erde tat einen gewaltigen Atemzug, und alles verstummte: Luft, Meer, sogar der Aufprall der Schiffe. Der riesige Wurm erhob sich. Gereints Schrei klang eher wie ein Aufjaulen als wie der Schlachtruf, den er ausstoßen wollte. Die Magier der Königin erhoben die Mächte, die sie in Reserve gehalten hatten, füllten jedes Segel und trieben jedes Schiff fort von der schwarzen Flotte.

Die See gähnte. Vom Schiff der Königin aus konnte Gereint mit den Augen seines Körpers nichts erkennen, aber seine vereinte Magie schwebte hoch über allem. Zusammen schauten die drei aus dem Himmel hinab in den Schlund der Hölle.

Die Tiefe des Höllenschlundes war unermesslich, gesäumt mit Zähnen wie Zinnen aus zerklüftetem Fels. Darum herum war eine formlose Masse, ein riesiger augenloser Kopf mit winzigen Ohrknospen und Vertiefungen anstelle der Augen. Er war schartig und vernarbt von unzähligen Schlachten in den tiefen Reichen; seine Schuppen schimmerten dunkel, scharf wie Glas, geschmiedet im Feuer des Erdinneren.

Nicht einmal jetzt gaben die Armeen des Königs einen Laut von sich. Der Wurm verschluckte sie: Fleisch, Planken und Stahl, selbst das Feuer, das die Pfeile entzündete, die auf die Schiffe Prydains hinabgeregnet waren.

Das Untier war größer als Gereint gedacht hatte. Viel, viel größer. Es verschluckte ein halbes Tausend Schiffe sowie einige Schiffe der Königin, die zu angeschlagen waren, um zu entkommen.

Gereint verzagte bei der Vorstellung, ein derart ungeheures Wesen ein zweites Mal anzusprechen, dennoch hatte es ihm zuvor bereits zugehört. Es musste auch jetzt auf ihn hören.

»Genug«, sagte er. Er musste alle Kraft zusammennehmen, die er hatte, um mit Peredurs und Averils Hilfe dieses eine Wort auszusprechen – wie zuvor ohne Zwang, sondern lediglich als Bitte.

Der Eisdrache verschluckte Meerwasser, Schiffe und Bissen von lebendigem Fleisch. Magier schleuderten ihm aus den Tiefen seines Schlundes Bannzauber entgegen; er schüttelte sie ab.

»Da«, sagte Gereint, während er seinen Geist öffnete, bis er die drei rundbauchigen Schiffe sehen konnte, die immer noch im offenen Meer trieben. Er fühlte Averil in seinem Inneren, kalt und unerbittlich; es waren ihre Worte, auch wenn er sie aussprach: »Diese sind deine Beute. Nimm sie dir.«

Der Wurm peitschte zur Seite. Die See gurgelte in die Leere, die er hinterlassen hatte. Er stürzte sich auf die drei Schiffe.

Machtvolle Blitze droschen auf ihn ein. Er ließ nicht nach. Er drängte aufwärts, ein unsagbares Ungetüm, umströmt von Wasser, Schiffsteilen, Treibgut und zerfetzten Körpern. Er türmte sich über den schwankenden Masten auf.

Immer noch wie ein himmlisches Auge über allem schwebend, sah Gereint winzige Gestalten kopflos in den Schlund ihres Zerstörers schwärmen. Der Eisdrache warf sich mit dem ganzen Gewicht der Erde auf die Schiffe des Königs.

Gereint stürmte an Deck des Schiffes der Königin. Es trieb hilflos auf der wildgewordenen See. Wasser und Luft wurden eins in der heulenden Dunkelheit.

Das Licht, das Gereint hatte sehen lassen, das Licht seiner Magie, war erloschen. Er war ebenso blind wie der Eisdrache.

Der Drache hatte andere Sinne als die Sehkraft. Genau wie Gereint, der hilflos im Strudel herumgeworfen wurde. Er spürte, wie sich der Wurm ein letztes Mal zum dunklen Himmel erhob, das Maul weit aufgerissen, als wollte er die Sterne verschlingen.

Der Eisdrache brüllte, ein Ton, der so tief und tragend war, dass er die ganze Welt und alles, was sich darin befand, erfüllte. Er trug die Bestie aus der Luft ins Wasser hinab, bis zu dem Grund und zurück in die finstere Erde, aus der sie gekommen war.

Kapitel 34

Während der Eisdrache hinabsank, ließ er einen Teil von sich zurück. Es war nicht direkt ein Geschenk; was er fühlte, erinnerte nur vage an Dankbarkeit. Er schenkte Gereint Klarheit: über sich selbst, über die Magie, die er teilte, und über die Welt, die er erschaffen konnte, wenn er wollte.

Er konnte ein Gott sein. Geringere Mächte als die seinen hatten diesen Rang für sich beansprucht und Anbeter gefunden. Oder er konnte ein König sein: Hatte er nicht den König von Lys bezwungen?

Lachend ließ Gereint sich auf das vereiste Deck fallen und klammerte sich an einen kalten Gegenstand, während das Schiff stampfte und schlingerte. Das Stampfen wurde ein wenig schwächer und das Schlingern beruhigte sich etwas. Die Sterne taumelten über ihm.

Und er lachte, mit einem Anflug von Hysterie und aus reinem Übermut über den Abschiedsgedanken des Eisdrachens. Gereint mochte davon träumen, ein Ritter zu werden, aber ein König? Nicht in irgendeiner Welt, in der er leben wollte. Selbst die Vorstellung, ein Gott zu sein, war weniger grotesk als das.

Die Sterne waren blasser, als er sie in Erinnerung hatte. Die Sonne würde bald aufgehen. Der Sturm hatte sich zu einer frischen Brise abgeschwächt; sie hatte sich gedreht und blies nun in Richtung Küste, wenn davon noch etwas übrig geblieben war.

Er setzte sich mit steifen Knochen auf. Er fror und alles tat ihm weh. Selbst das Innere seines Schädels schmerzte.

Um ihn herum regten sich Menschen: Matrosen verrichteten ihre Pflichten, Soldaten humpelten zu ihren Posten, und die Magier der Königin reckten ihre steifen Glieder und erhoben sich mit schmerzverzerrten Gesichtern. Ein oder zwei blieben liegen.

Königin Eiluned trat hinter einer Mauer von übel zugerichteten, salzverkrusteten Wachen hervor. Ihr Haar war zerzaust, und sie hatte eine Prellung an der Wange, ansonsten war sie unverletzt.

Gereint konnte Averil nirgends entdecken. Seine Erleichterung schwand dahin. Sie war am Leben; er konnte sie in den Überresten seiner Magie spüren. Aber er wusste nicht, ob es ihr gut oder schlecht ging, und vor allem nicht, wo sie war.

Gütiger Himmel, war sie ins Meer gestürzt?

Er stolperte vorwärts. Er bewegte sich auf die Königin zu und auf die Luke, aus der er vor einer halben Ewigkeit an Deck gekrochen war. Sie öffnete sich, als würde sie auf seine Gedanken reagieren.

Riquier kletterte schwankend heraus, gefolgt von Mauritius. Während der Ritter die ersten unsicheren Schritte an Deck machte, ertönte von unten eine Stimme, die Gereint vertrauter war als alle anderen auf der Welt. »Zum Teufel mit Eurer Ritterlichkeit! Rauf mit Euch, bevor Ihr aufs Gesicht fallt.«

Gereint hatte Mühe, sich auf den Beinen zu halten. Peredur kroch aus der Luke, sein blutverschmiertes Gesicht war noch bleicher als das erste Morgenlicht. Seine Stirn hatte er sich mit einem Streifen Leinen verbunden.

Averil folgte ihm – dem Himmel sei Dank –, sie war unversehrt. Ihr Blick richtete sich auf Gereint. Vor Erleichterung bekam er weiche Knie, obwohl sie Peredur zornig anfunkelte. »Man sollte meinen«, sagte sie, »dass ein Magier mit Euren Fähigkeiten klüger sein müsste, als im Dunkeln auf einem schwankenden Deck herumzulaufen, während er gleichzeitig ein großes Werk erschafft. Was habt Ihr Euch nur dabei gedacht?«

»Ich habe versucht mich zu erden«, sagte Peredur, »und ich wollte Euch von Deck bekommen, bevor Ihr ins Meer gespült worden wärt.«

»Das ist Euch gelungen«, lenkte sie ein. »Aber …«

»Ich werde mich schon wieder erholen«, sagte er.

Damit hatte er sie auf bemerkenswert taktvolle Weise entlassen. Sie hatte sich schon von ihm abgewandt, als sie plötzlich innehielt und auf dem Absatz kehrtmachte. Gereint hielt sie auf, bevor sie loslegen konnte. Er konnte nichts von all den Dingen tun, die er im Sinn hatte, nicht vor all diesen Menschen, aber er konnte sagen: »Gott sei Dank seid Ihr in Sicherheit, wie auch immer Ihr es geschafft habt.«

»Versprich mir eines«, entgegnete sie ihm. »Wenn wir so etwas jemals wieder tun, dann tun wir es gemeinsam – mit Körper und Magie. Ich habe genug davon, vor Gefahren bewahrt zu werden.«

»Herrin, ich kann nicht …«

»*Versprich es*«, sagte sie grimmig.

»Wenn ich kann«, sagte er.

Ihr Atem zischte, doch sie gab sich geschlagen. Mit einem Mal sah sie so verloren aus, so müde und erschöpft und dennoch so schön, dass er Würde und Ehre vergaß und sie in die Arme schloss.

Sie erstarrte. Er wollte sie loslassen, aber sie schlang ihre Arme derart fest um seine Mitte, dass seine Rippen knackten.

Niemand sagte etwas. Die Königin und ihre Magier nahmen die Flotte in Augenschein und zogen Bilanz über die Toten und

Verwundeten und die Schiffe. Die Besatzung hatte alle Hände voll zu tun, um das Schiff über Wasser und auf Kurs zu halten. Die Ritter und der Rest der Krieger hatten sich geflissentlich ihrer Aufgabe zugewandt, einen Feind im Auge zu behalten, der vom Erdboden verschluckt war.

»Er ist tot«, sagte Averil. »Ich kann ihn nirgends finden.«

»Der König?«, fragte Gereint. Er hätte eigentlich nicht fragen müssen.

Sie nickte an seiner Brust. »Der König ist tot. Das bedeutet ...«

Ihre Stimme verklang. Sie beide wussten, was es bedeutete. So wie es jeder andere auf dem Schiff wissen musste, der sich für die Thronfolge in Lys interessierte.

Gereint interessierte sich herzlich wenig dafür. Er wünschte, er hätte niemals erfahren, welche Stellung Averil in der Welt innehatte.

Herzogin, Königin, was spielte es für eine Rolle? Was auch immer sie war, sie war nicht für ihn bestimmt.

An diesem bitterkalten Morgen, als die Sonne über dem Meer aufging, erlebte Gereint, wie ein menschliches Wesen ungeheuere Erleichterung und gleichzeitig tiefe Verzweiflung spüren konnte. Clodovec war tot. Seine Schlangenmagier waren mit ihm zusammen untergegangen, allesamt im Bauch des Untiers verschwunden. Seine seelenlosen Soldaten, die Hüllen ihrer Seelen – alle fort. Nichts war von ihnen zu finden.

Die See war sauber. Die Toten der Königin waren denselben Weg gegangen wie Jennets toter Körper, tief hinab in das Reich des Meervolks. Von dem Eisdrachen fehlte jede Spur – er war nur noch eine Erinnerung.

Hoch oben am Mast sang der Wachposten im Ausguck die lieblichsten Worte der Welt: »Land in Sicht!«

Für einen kurzen Moment vergrub Gereint sein Gesicht in Averils duftendem Haar. Als er aufschaute, waren seine Wangen unerwartet kalt. Er hatte geweint, ohne es zu merken.

Averil regte sich in seinen Armen. Beide konnten es jetzt sehen, wie es einer Wolke gleich aus dem Meer aufstieg: das Inselreich Prydain.

Sie waren weit abgetrieben worden von den sandigen Stränden und dem flachen Marschland. Weiße Steilklippen erhoben sich aus dem Wasser. Darüber lagen grüne Hügel. Auf einem stand eine von Mauern umgebene Stadt, heil und unversehrt.

Prydain war wie Averil in Sicherheit. Eine Woge der Freude erfasste die Flotte. Von einem der Schiffe erhob sich eine klare, kräftige Stimme zu einer Dankeshymne. Andere stimmten mit ein, verwoben sich miteinander zu einer einzigen schimmernden Wand aus Klängen.

Kapitel 35

Am Feiertag der Heiligen Madeleine gingen sie an Land und brachten Hoffnung mit. Eine Armee begrüßte sie: Die Truppen dieser Küste unter dem Kommando des Prinzen, der auf der Halbinsel regierte.

Er geleitete die Königin und ihre Begleiter zu seiner Festung Dubris, wo die Leute tanzten und sangen und die Sieger mit Kränzen aus Efeu und Lorbeer krönten. Sie sangen ein neues Lied über die Errettung des Königreichs, aber die Worte und die Musik waren sehr alt. Ihre Vorfahren hatten das gleiche Lied gesungen, als die Armee Romagnas ihre größte Niederlage erlitt.

Keiner von ihnen brauchte die Wahrheit zu wissen: dass die Mächte Prydains mit dem Sieg wenig zu tun hatten, und zwei Fremde und eine beinahe unsterbliche Kreatur von der anderen Seite des Meeres die Schlacht für sie alle gewonnen hatten. Gereint schien damit zufrieden, Averils Schatten zu sein, während sie sich unbehaglich in ihre neue Rolle fügte. Sie hatte sie weder gewollt noch geplant.

Es war eine furchtbar gefahrvolle Position. Sie war noch nicht einmal in Lys; Gott wusste, was dort vor sich ging oder ob überhaupt jemand wusste, dass Clodovec tot war. Ihr fehlte die Kraft, um nach der Wahrheit zu suchen. Morgen – sie würde es morgen tun.

Die Magier in Lys mussten wissen, dass ihr Herr und Meister von der See verschluckt worden war. Er hatte nicht all seine Nachfolger mit in diese Schlacht genommen. Er hatte Verbündete, Sympathisanten, Rivalen: eine wahre Schlangengrube von Alliierten und Erzfeinden.

Für Averil verhielt es sich bereits ähnlich; selbst hier, in einem Königreich, das nicht ihr eigenes war. Die Ehrerbietigkeit der Menschen hatte sich verändert. Als Herzogin im Exil hatte sie schon einen hohen Adelstitel innegehabt. Als letzte überlebende Thronerbin der Könige von Lys war sie die zukünftige Königin, und das brachte die Leute schier um den Verstand.

Dabei war sie immer noch Averil. Für die Ritter war sie keine andere. Für Gereint war sie das, was sie von Anfang an gewesen war: seine zweite Hälfte.

Den ganzen Tag lang während der Siegesfeier bewegte sie sich wie im Traum. Als es Abend wurde, floss der Wein sogar noch reichlicher, und Musik und Tanz wollten nicht enden.

Der Wein hatte sie noch nie von irgendetwas ablenken können, auch an diesem Abend nicht. Nach dem dritten Becher stand sie auf und entschuldigte sich. Die Leute bettelten und flehten, doch sie blieb hart.

Sie war im Begriff zu gehen und sorgte dafür, dass alle es sahen. Dann wetteiferten sie plötzlich darum, sie in ihre Gemächer zu geleiten.

Gereint setzte dem Theater ein schnelles Ende. Mit seinem massigen Körper und seiner finsteren Miene wirkte er bemerkenswert Respekt einflößend. Bis auf ein paar besonders Mutige wichen alle zurück; jene wenigen sahen sich Peredur gegenüber.

Er lächelte, aber kein Mann in Prydain würde sich dem

Myrddin von Gwent widersetzen. Die letzten paar Narren machten sich davon. Mit einer Verbeugung und einem Lächeln tat Peredur es ihnen gleich, während Averil sich in Gereints Armen wiederfand.

Sie wollte sich aus seiner Umklammerung befreien, doch er ignorierte sie. Sie erwog einen magischen Schlag, allein bei dem Gedanken schmerzte ihr der Kopf. Ihr Körper, dieses jämmerliche Ding, war dankbar dafür, wie ein Kind ins Bett getragen zu werden.

Averil war unsagbar erschöpft. Sie hätte schwören können, dass sie nur geblinzelt hatte, aber in einem Moment funkelte sie Gereint böse an und suchte nach scharfen Protestworten, und im nächsten lag sie schon unter einem bauschigen Federbett, in einem sauberen Leinenhemd und durchforstete ihre Erinnerung vergebens nach einer Verbindung zwischen beiden Momenten.

Der Raum war schmal und hoch und von kaltem Licht erfüllt. Sein Fenster war kaum breiter als eine Schießscharte. Als sie hindurch schaute, blickte sie auf eine weiße Wildnis.

Schnee bedeckte die Hügel, die sich unter dem Fenster erstreckten. Die Wolken waren voll davon; Flocken tanzten in der Luft. Sie atmete die klare, kalte Luft ein, bis sie zitterte.

Es gab zwar einen Kamin im Zimmer, in dem ein Feuer brannte, seine Wärme reichte allerdings nicht bis zur Wand. Sie kroch zurück unter die Decke und schlief sofort ein.

»Eure Hoheit«, sagte eine fremde Stimme: eine Frau, nicht mehr jung, ganz in Braun gekleidet, nicht unbedingt ein Dienerinnengewand. »Eure königliche Schwester bittet Euch um die Gnade, mit Ihrer Majestät zu frühstücken.«

Dies war eine Einladung, die Averil nicht ablehnen konnte, ohne die Königin zu beleidigen. Sie war noch immer erschöpft, aber ihr Geist war hellwach. Sie ließ sich beim Ankleiden und Frisieren helfen.

Die Dame zupfte an Averils Gewand herum und strich es

mit übereifriger Sorgfalt glatt. Averil gebot ihr mit einer Geste Einhalt. Ihre Kleidung war adrett genug. Sie hatte ein sauberes Unterkleid als Ersatz für das vorige, dessen Saum sie als Verband für Peredurs Kopfwunde geopfert hatte. Das Gewand, das sie darüber trug, war aus grünem Brokatstoff. Mit sorgfältig frisierten Flechten, die ihren Rücken hinabfielen, und dem weißen Leinenschleier war sie durchaus präsentabel für eine Zusammenkunft mit der Königin, hätte vielleicht sogar selbst eine sein können.

Averil hatte erwartet, Gereint vor ihrer Tür vorzufinden, am oberen Ende einer Wendeltreppe. Aber dort war er nicht, und sie konnte ihn auch sonst nirgendwo entdecken.

Beinahe mochte sie nicht nach unten gehen, bevor er nicht zurückkehrte, doch das wäre töricht gewesen. Sie atmete tief ein, strich ihr Gewand noch einmal glatt und begab sich auf den langen Abstieg.

Die Halle, zu der die Treppe führte, war größer als sie erwartet hatte, mit rauchgeschwärzten geschnitzten Deckenbalken, von denen verblichene Banner und Trophäen herabhingen und von längst vergangenen siegreichen Schlachten kündeten. Klassisch gemusterte Gobelins wärmten die Wände; der Fußboden war sauber und unbedeckt, was ein wenig überraschend war.

Als sie ihn betrat, verstand sie. Von den schiefergrauen Bodenplatten stieg Wärme auf. Die Priesterinnen hatten so etwas im Haus der Heilung auf der Insel; Averil hatte noch gut in Erinnerung, wie die Akolythinnen sich mitten im Winter darum gerissen hatten, Botengänge dorthin zu übernehmen.

An diesem Ort war es eher ungewöhnlich, aber äußerst wohltuend. Ihre Begleiterin führte sie durch die Menge von müßigen Seeleuten, Rittern, königlichen Dienern und Waffenmännern. Die meisten lagen von all dem Wein und den Festlichkeiten ermattet am Boden, jene, die noch sitzen konnten, grüßten sie mit Verbeugungen und höflichen Worten. Averil erwiderte die Begrüßung mit einem leichten Kopfnicken.

Nachdem sie die warme Halle durchquert hatte, war es ein Schock, in die beißende Kälte eines Hofes zu treten, wo zwei Knappen – einer davon war Riquier, aber der andere war nicht Gereint – sie mit einem pelzgefütterten Umhang erwarteten. Die Dame machte einen Knicks und ließ Averil in der Obhut der Knappen.

Averil warf Riquier einen fragenden Blick zu, allerdings ignorierte er ihn geflissentlich. Seit sie ihn kannte, benahm er sich zum ersten Mal wie ein perfekter Wachmann und ließ nur eine vage Andeutung seines üblichen humorvollen Wesens durchschimmern.

Sie begann sich zu fragen, zunächst noch ohne Panik, ob sie verurteilt werden sollte – weswegen? Königsmord? Ausüben wilder Magie? Sicherlich nicht, weil sie Prydain gerettet hatte.

Es standen weder Pferde bereit, noch lag ein Boot unterhalb der Klippe. Der Pfad, den Riquier sie hinabführte, war sorgfältig vom Schnee befreit worden, was seltsam war: Er wand sich durch ein Nebentor von der Stadt fort und lag, soweit sie es erkennen konnte, vollkommen verlassen da.

Es herrschte schneidende Kälte, nur der Wind hatte sich über Nacht gelegt. Schnee fiel sanft vom Himmel herab, puderte ihren Kopf und ihre Schultern und fand ab und zu den Weg unter ihre Kapuze, um ihre Wangen zu küssen. Nach und nach fand sie Vergnügen an der simplen körperlichen Betätigung, und es gelang ihr ohne Mühe, mit den Männern Schritt zu halten. Der Pfad führte in lang gezogenen Windungen die Steilküste hinab. Die See war ruhig und rollte mit einer sanften Dünung über den verschneiten Strand. Zuerst war Averil sich nicht sicher, was sie da hörte, aber als sie den Fuß der Klippen erreicht hatte, erkannte sie Harfen- und Flötenmusik und den Singsang menschlicher Stimmen.

Die Musik kam aus der Erde unter ihren Füßen. Sie verlangsamte ihre Schritte, rutschte aus und stürzte beinahe, hatte sich jedoch wieder gefangen, bevor einer der Knappen ihr zur Hilfe eilen konnte.

Zum ersten Mal sah sie einen Anflug von Riquiers gewohntem Lächeln. »Ja, wir gehen unter den Hügel«, sagte er. »Macht Euch das Angst?«

»Nur wenn es Euch beunruhigt«, entgegnete sie.

Sein Grinsen verflüchtigte sich. Er führte sie eine kurze Steintreppe hinab und um eine Ecke zu einer Felswand. Dort endete der Pfad.

Averil hielt nach den Umrissen einer Tür Ausschau, aber da war nichts als der weiße Kreidefelsen und kahles, schneebedecktes Brombeergestrüpp. Riquier hielt direkt darauf zu. Averil öffnete den Mund, um ihn zu warnen, doch in dem Moment war er schon verschwunden.

Die Musik wurde klarer, so als würde sie durch eine offene Tür herangeweht. Averil schloss die Augen und trat blind nach vorn.

Sie durchquerte einen kalten Nebel und trat in Licht und Wärme und in ein Pfeifkonzert aus Dudelsäcken.

Hier war Sommer. Es schien immer Sommer zu sein in den Wildländern, wo auch immer sie sich befanden. Sie stand auf einem Rasen, inmitten hoher silberner Baumstämme. Überall um sie herum tanzten Wildvolkwesen, schnell, schwerelos und wild.

Es war äußerst sonderbar, die Spange ihres Umhangs zu lösen und den Schnee darauf zu sehen, der langsam dahinschmolz. Riquier schritt voran; sie faltete den Umhang zu einem Bündel, klemmte es unter den Arm und eilte ihm nach.

Der Weg, den er wählte, führte durch den Tanz, ohne die Tänzer auch nur zu streifen. Die meisten schienen ihre Anwesenheit nicht wahrzunehmen, aber einige fingen ihren Blick auf und verbeugten sich tief.

Auf der anderen Seite des Kreises standen drei hohe Stühle Seite an Seite auf einem Hügel. Der Linke bestand aus Stechpalme und Lorbeer; darauf saß die Königin von Prydain. Neben ihr in der Mitte befand sich ein massiver, reich verzierter Thron aus

Holz: glattes graues Eschenholz mit Eichblättern und Eicheln und Heckenrosenblüten geschmückt. Derjenige, der darauf saß, war größer als die meisten sterblichen Männer, mit glatter brauner Haut und königlicher Arroganz; sein Kopf und seine Füße waren die eines Hirschbocks, die Krone seines Geweihs war gewaltiger als Averils ausgebreitete Arme.

Der dritte Thron zur Rechten war leer. Er war aus weißen Lilien und roten, weißen und goldenen Rosen gewirkt.

Gereint stand vor den Thronen. Die Ritter Owain und Mauritius befanden sich hinter ihm, ebenso, wie Averil mit Interesse feststellte, Dylan Fawr und der junge Edelknabe Fourchard sowie Peredur, was sie keineswegs überraschte.

Es war eine königliche und edle Versammlung. Gereint wirkte keineswegs fehl am Platze. Er hielt den Kopf hoch und sprach mit klarer Stimme. »Ja, ich wollte, dass der König von Lys den Tod findet. Wenn das Mord ist, werde ich ihn gestehen. Ich ziehe es vor, seinen Tod als eine gerechte Hinrichtung zu betrachten.«

»Du hast keine Magie eingesetzt«, sagte der gehörnte König. Seine Stimme war so tief wie rollende Steine, dennoch schwang eine kräftige Melodie darin mit. »Du hast einfach nur … um etwas gebeten.«

»Ja«, sagte Gereint. »Habe ich falsch gehandelt?«

»Nein«, entgegnete der gehörnte König. »Es war nichts Falsches. Nur etwas Unerwartetes.«

»Sollten wir immer das tun, was erwartet wird?«

Das Gesicht des Hirsches konnte keine Gefühle ausdrücken wie das eines Menschen, aber die dunklen Augen funkelten. »Sicherlich nicht, edler Herr.«

»Ich bin kein edler Herr«, sagte Gereint. »Ich habe keinerlei adlige Vorfahren.«

»Nein?«, sagte der gehörnte König. »Und warum hat der große Wurm dir dann gehorcht?«

»Weil ich ihn gebeten habe«, erwiderte Gereint. »Alle anderen haben versucht, ihm Befehle zu geben. Das hat ihn nur wütend gemacht. Er brauchte nur die Möglichkeit, sich zu weigern.«

»Und wenn er sich geweigert hätte?«

»Er tat es nicht.«

Der gehörnte König erkannte die Wahrheit dieser Worte an, indem er die Hand hob. Eiluned lächelte. Es schien, als würde sie Gereint erfrischend finden – und interessant.

Es war ein sonderbares Gefühl, zu sehen, wie eine andere Frau Gereint betrachtete. Averil war sich nicht sicher, ob es ihr gefiel. Hübsch war er nicht, doch er besaß eine kraftvolle Schönheit, die an ein großes, glänzendes Schlachtross erinnerte.

Er hätte ihr nicht geglaubt, wenn sie ihn als schön bezeichnet hätte. *Sie* sei es, die schön war, hätte er gesagt.

In diesem Moment dachte er nicht an so etwas. Seine Unsicherheit gegenüber königlichen Gesprächspartnern war verflogen, vielleicht hatte der Wurm sie verschluckt oder sie war durch die Magie dieses Ortes verloren gegangen. »Mein Gebieter, verehrte Herrin, wenn ich zum Tode verurteilt werden soll, kann ich nicht meine Unschuld beteuern. Ich habe den Tod eines Königs verursacht. Ich werde jegliche Strafe, die darauf steht, auf mich nehmen, aber ich bereue es nicht. Die Welt ist ohne ihn besser dran.«

»Daran haben wir keinen Zweifel«, sagte Eiluned. »Zusammen mit deinen Verbündeten hast du uns einen großen Dienst erwiesen. Sie stellten dir all ihr Wissen zur Verfügung, du jedoch hattest die Kraft und trafst die richtigen Entscheidungen. Wir finden diese Entscheidungen interessant und vielleicht ein wenig beunruhigend. Du bist nicht wie die anderen Magier.«

»Das ist richtig«, sagte er gemessen. »Ich lerne, so schnell wie ich kann, dennoch bin ich immer noch schrecklich unwissend.«

»Nicht unwissend«, sagte der gehörnte König. »Rein. Dein Herz und deine Magie sind unbefleckt. Die Rose hat es kaum geschafft, dich zu korrumpieren.«

Die Ritter stutzten bei diesen Worten. Der große Kopf neigte sich. Die flüssigen Augen wirkten amüsiert. »Ihr seid weise«, sagte der gehörnte König zu ihnen, »dafür, dass ihr menschliche Wesen seid. Lehrt ihn, was ihr zu lehren habt, aber lasst ihn seinem Herzen folgen. Das ist das Beste an ihm. Damit sieht er am klarsten. Es könnte euch sogar retten.«

»Es hat uns gerettet«, sagte Averil und trat beherzt nach vorn. »Die Bedrohung ist fort. Clodovec ist tot.«

»Clodovec ist tot«, stimmte Eiluned zu. »Das war wohlgetan – und nein, dieser höchst außergewöhnliche Knappe soll nicht zum Tode verurteilt werden. Wir versuchen nur zu verstehen, was er getan hat und wie er es getan hat.«

»Er war nicht allein«, sagte Averil. »Ich war ein Teil davon. Ebenso wie Euer eigener Magier, Euer Falke auf der Bergspitze. Wir drei waren es. Wenn es irgendeine Strafe abzuleisten gibt, sollten wir sie alle ableisten.«

»Keine Strafe«, sagte der gehörnte König, »sondern reiches Lob und Staunen und vielleicht ein bisschen Ehrfurcht. Eure Mächte mögen schwer zu begreifen sein für uns, die wir lediglich aus Erde oder Luft sind. Mein Herz sagt mir, dass wir sie bis zum letzten Funken brauchen werden, bevor der lange Tanz vorüber ist.«

»Er ist vorüber«, sagte sie halsstarrig. »Es gibt keine Flotte mehr. Der König und seine Magier sind tot. Es mag in Lys vielleicht noch ein paar Überlebende geben, und da ist auch noch jene andere Verschwörung, aber der schlimmste Teil ist zerstört. Für dieses Zeitalter der Welt sind wir in Sicherheit.«

»Das mag sein«, sagte der gehörnte König. »Es ist sicherlich ein großer Sieg, der großes Lob verdient.«

»Ist das Euer Urteil?«, fragte Mauritius. Seine Stimme klang scharf, als wäre seine sprichwörtliche Geduld jeden Moment vorbei.

»Dies ist kein Strafgericht«, sagte Eiluned. »Wir haben nur ein paar Fragen und ein großes Maß an Verwunderung. Und ...«, fügte sie hinzu, »wir haben noch eine Angelegenheit zu regeln.«

»Und die wäre?«, wollte Mauritius wissen. Er sträubte sich wie eine Katze inmitten dieses Übermaßes von wilder Magie.

»Es geht um Lys«, antwortete sie ohne Umschweife. »Prydain ist in Sicherheit, die Insel bleibt unangetastet. Und Lys ist ohne König.«

»Der größte Teil von Prydain ist sicher, Majestät«, sagte Peredur. »Das Land Lyonesse ist verschwunden, im Meer versunken.«

Eiluneds Miene erstarrte – nicht vor Überraschung, sondern vor Traurigkeit, wie Averil feststellte. »Und seine Bewohner?«

»Die meisten konnten fliehen«, sagte er.

Eiluned schaute ihm prüfend ins Gesicht. »Und das erfahren wir erst jetzt? Wie kann das sein?«

»Hatten wir Zeit, es Euch zu sagen, Herrin?«, erwiderte er: Frage und Gegenfrage. »Wir leben in schrecklichen Zeiten und schreckliche Dinge sind passiert. Und es wird noch mehr geschehen, wenn wir keine Maßnahmen dagegen treffen.«

»Was wird geschehen?«, unterbrach ihn Averil. »Was kann noch schlimmer sein als das, was wir gerade erlebt haben?«

»Ihr wisst, was schlimmer ist«, sagte Peredur.

Das Gefängnis der Schlange schwang unter ihrem Hemd. Das Amulett erzürnte sie plötzlich, aber nicht genug, um es vom Hals zu reißen und ihm ins Gesicht zu schleudern. »Es wird jetzt nichts mehr geschehen. All unsere Feinde, die davon wussten, sind tot.«

»Das können wir nur hoffen«, sagte Peredur. »In der Zwischenzeit ist es so wie meine Königin gesagt hat: Lys hat keinen König.«

»Dann wollt Ihr also jemanden zum König machen?«, fragte Averil.

»Sollte ich, Herzogin? Wenn es das ist, was Ihr braucht?«

»Ich brauche …«, sagte sie, hielt jedoch inne. Gott im Himmel, es gab so viel, das sie brauchte, und noch mehr, was sie wollte – vor allem sehnte sie sich nach Frieden und einem zurückgezogenen, bescheidenen Leben. Sie begann erneut. »Ich werde diese Last nicht auf mich nehmen mit Prydains Erlaubnis oder unter seinem Befehl. Bei allem Respekt, Majestät, Lys ist keine Provinz Eures Königreiches und wird es auch niemals sein.«

Eiluned hätte dies als schweren Affront auffassen können, aber es schien, als hätte Averil sie richtig eingeschätzt. Sie runzelte die Stirn, nicht jedoch vor Zorn. »Natürlich wird es das nicht sein. Prydain erhebt keinen Anspruch auf sein Schwesterkönigreich. Wir bleiben Verbündete und nach Möglichkeit auch Freunde: gleichgestellt. Niemals Lehnsherr und Vasall.«

Averil hätte sie am liebsten gebeten, einen Schwur darauf zu leisten, unterließ es jedoch. Dann hätte sie sich verletzt gefühlt und zu Recht. »Gleichgestellt gefällt mir sehr gut«, sagte Averil, »Freundschaft wäre mir noch lieber.«

»Dann werdet Ihr die Bürde auf Euch nehmen?«, fragte Peredur.

Averil hätte ihn gern ignoriert. Sie mochte ihn genauso wenig wie eh und je, allerdings musste sie ihn respektieren. Sie wäre sich selbst untreu gewesen, wenn sie es nicht getan hätte.

Über seine Worte musste sie nachdenken. Törichterweise hatte sie gehofft, ihr würde noch etwas Zeit bleiben, aber in dieser von Magie regierten Welt konnte ein derart großer Sieg nicht einmal dem unbedeutendsten Wald- und Wiesenzauberer verborgen bleiben. Mittlerweile wusste die ganze Welt, dass Clodovec tot war.

»Wenn ich das Amt übernehme, kann ich nicht hierbleiben«, sagte sie. Mag die See im Winter auch noch so rau sein, ich muss zurück nach Lys. Gibt es hier ein Schiff, das mich hinbringen kann?«

»Für eine der drei großen Retter von Prydain werden sich hundert Schiffe um die Ehre streiten«, erklärte der gehörnte König.

»Wenn Ihr geht, wird die Rose Euch begleiten«, sagte Mauritius.

Averils Hände waren kalt. Sie faltete sie zusammen und presste den schweren Wollumhang vor die Brust. Das Atmen fiel ihr schwer.

Gereint regte sich nicht, dennoch hatte sie das Gefühl, als wäre er hinter sie getreten, um die vertraute Wand zu errichten, die sie vor der Welt schützte. Sie seufzte und gönnte sich einen kurzen Moment der Ruhe.

Es war nur ein winziger Hauch, aber er hatte eine magische Wirkung. Sie ließ den Blick über alle Anwesenden schweifen, studierte jeden Einzelnen. Hinter ihr war der Tanz zur Ruhe gekommen.

Ein weiteres Mal durchlief sie ein Schauer der Angst. Sie war dabei, sich an ein Land zu binden, von dem mehr als die Hälfte zerstört war, an eine Armee seelenloser Soldaten, an Verschwörer der Schlangenmagie, an Magier der Orden und eine Kirche mit korrumpierten oder ihrer Seelen beraubten Priestern und an einen Königshof, der von all dem so vollkommen isoliert war, als würde er einer anderen Welt angehören. Sie war ein junges Mädchen, ein Kind, eine gehegte Blume der Insel. Vielleicht war sie dazu geeignet, in Quitaine zu regieren, unter der schützenden Hand ihres Landvogtes und seiner Berater, und selbst nach all dem, was sie getan hatte, seit sie die behütete Welt der Priesterinnen verlassen hatte, zweifelte sie, ob sie dazu geeignet war, in Lys zu regieren.

Sicherlich war sie nicht weniger geeignet als Clodovec. Sie hob das Kinn. »Morgen«, sagte sie, »wenn es aufhört zu schneien, werden wir abreisen.«

Kapitel 36

Niemand erhob die Stimme gegen Averils Entscheidung. Mauritius kniete fast nieder und verbeugte sich so tief, als sei sie bereits Königin. »Die Rose ist an Eurer Seite, Herrin«, sagte er.

Sie zog ihn hoch und küsste ihn auf beide Wangen. »Ohne Euch könnte ich es niemals schaffen«, entgegnete sie.

Sein Lächeln erreichte kaum seine Lippen, nur sein warmherziger Blick machte ihr das Herz leichter. Er verbeugte sich erneut und deutete auf den Lilienthron. »Der gehört Euch, Herrin und Königin. Werdet Ihr ihn einnehmen?«

Sie schüttelte den Kopf. »Nicht hier. Nicht bevor wir nach Lutèce kommen.«

Ihre Entscheidung wurde nicht von allen gutgeheißen. Sie durchlebte einen Augenblick des Zweifels, ein kurzes Aufwallen von Bedauern. Hätte sie es tun sollen? Hätte sie diesen Thron einnehmen sollen, um es denen schwerer zu machen, die ihn für sich beanspruchen wollten?

Vielleicht, aber ihr Herz riet ihr zu warten. Für alles gab es eine Zeit. Wenn sie sich auf diesen Thron unter dem Hügel in Prydain setzte, durch ein riesiges Meer von dem Land und der Magie von Lys getrennt, würde sie dadurch Schnüre von Zeit und Schicksal auftrennen, die fest miteinander verstrickt sein sollten.

Eiluned verstand, Mauritius ebenso. Die Übrigen waren nicht so wichtig.

»Also morgen«, sagte der Ritter. Er streckte ihr die Hand entgegen. »Möchtet Ihr tanzen, Herrin?«

»Wir sollten gehen«, sagte sie, »und Vorbereitungen treffen.«

»Dafür bleibt noch genug Zeit«, sagte Mauritius.

Nichts von all den Gesten und Worten war beiläufig. Alles hatte Bedeutung. Wie der Thron, den einzunehmen sie abgelehnt hatte, weil dies weder der rechte Zeitpunkt noch der rechte Ort war; was sie sagte und tat, würde alles prägen, was später geschah.

Sie nahm seine Hand und folgte ihm. Die Musik begann von Neuem, Flöten und Dudelsäcke und Trommeln fielen in einen vertrauten Rhythmus. Als sie vortraten, öffneten die übrigen Tänzer eine Gasse und bildeten einen Kreis um sie.

Sie machten sie zu ihrem Mittelpunkt – und auch das war von Bedeutung. Sie unterdrückte den Impuls, sich zu ducken und davonzulaufen. Mauritius' Hand lag warm und kräftig in der ihren; sein Lächeln ermutigte sie, es zu erwidern.

Averil hätte froh oder sogar überglücklich sein können. Sie hatte einen Sieg errungen. Sie war jung und stark, und sie würde bald Königin sein.

In diesem Land des ewigen Sommers, wo jeder Atemhauch voller Magie war und Dunkelheit und Furcht keine Macht hatten. Ihre Füße flogen über das unsterbliche Gras. Blüten öffneten sich, wo sie es streifte – weiße Lilien und blutrote Rosen.

Die Luft war voller Blütenblätter, weiß und rot und goldfarben. Sie verfingen sich in ihrem Haar und in ihren Röcken. Wenn sie darauf trat, verströmten sie einen übernatürlich süßen Duft.

Mit jedem Schritt und jeder Drehung des Tanzes fühlte sich die Erde fester an. Als die Musik sich veränderte und ihr Körper herumwirbelte, um sich ihr anzupassen, überraschte es sie kaum, dass Mauritius plötzlich verschwunden war. An seine Stelle war Gereint getreten, groß wie eine Steinstatue und erstaunlich leichtfüßig.

Dieser Tanz war schneller und wilder. Er brachte ihr Blut zum Singen. Sie verschmähte die öde graue Erde; sie wirbelte auf Strömen von Sternen dahin.

Als sie zur Ruhe kam, waren alle Tänzer bis auf einen verschwunden. Noch immer wuchs grünes Gras unter ihren Füßen, und ein Kreis aus Bäumen umgab sie, deren Blätter Schattenflecke auf den Boden tupften.

Gereint hielt ihre Hände umfasst. Sein Gesicht war gerötet, seine Augen strahlten. Sie reckte sich so hoch sie konnte, aber es war nicht hoch genug. Sie musste ihn herunterziehen, um sich von ihm küssen zu lassen.

Sie waren ganz allein an diesem Ort zwischen den Welten. Hier gab es keine Ehre, keine Pflicht, nicht einmal Zeit: nur sie beide, Körper an Körper, und die Erinnerung an all das, was sie zusammen getan hatten und was sie miteinander gewesen waren.

Es würde niemals einen anderen Mann für sie geben. Sie hatte es von Anfang an gewusst und es sich lange vor diesem Moment eingestanden. Aber hier und jetzt, in der Klarheit dieses Augenblicks, befand sie sich in der Schwebe.

Er regte sich nicht und sprach nicht. Damit verhielt er sich keineswegs passiv, ganz im Gegenteil. Von ihnen beiden hatte sie am meisten zu verlieren. Deshalb war es an ihr, eine Wahl zu treffen.

Seine Lippen waren wie Wein, sie machten sie schwindelig. Ihre Knie wurden schwach, ihr Körper schmolz dahin mit einem wonnigen Schauder, der sie in seine Arme sinken ließ.

Er hielt sich streng unter Kontrolle. Es fiel ihm unsagbar schwer, aber sie konnte spüren, dass er stolz darauf war. Langsam und schleppend erlernte er die Disziplin eines Ritters.

Zur Hölle mit der Disziplin, dachte sie. Der Gedanke hallte in ihnen beiden wider und brachte Gereint zum Lachen. Sie küsste ihn ein weiteres Mal, langsam, jeden Moment auskostend.

Dann glitt sie aus seinen Armen und trat einen Schritt zurück. Er warf ihr einen wehmütigen, aber verständnisvollen Blick zu. Auch jenseits der realen Welt hatte sie Verpflichtungen – genau wie er.

»Ich werde immer bei Euch sein«, sagte er, »wo auch immer Ihr seid, was auch immer Ihr tut. Wir werden nie wieder getrennt sein.«

»Nie wieder«, stimmte sie zu. Und wenn sie einen Ehemann nahm – was würde er dazu sagen?

Nichts. Wenn ein König innerhalb der herrschenden Gesetze tun und lassen konnte, was er wollte, so sollte für eine Königin dasselbe gelten. Sie würde ihre Pflicht erfüllen, doch sie würde es auf ihre eigene Art tun und nach ihrem eigenen Zeitplan. Und Gereint würde an ihrer Seite sein.

Erneut ergriff sie seine Hände, diesmal nur, um sie zu halten, was auch immer es sie kosten würde. Die Welt um sie herum nahm erneut Gestalt an, war erfüllt mit Musik und Gesang und Rosenduft.

Morgen würden sie übers Meer segeln. In den Tagen und Monaten danach würden sie einen harten Winter erleben und ein verstörtes Königreich und all die Verwüstungen, die Clodovec hinterlassen hatte. Heute konnten sie noch für eine kleine Weile Freude genießen.

Hand in Hand sprangen Averil und Gereint zurück in die Gruppe der Tanzenden. Ihr Lachen spiegelte seines wider und wirbelte sie beide fort.

Epilog

Die Nacht war trostlos, ein eiskalter Wind blies von Norden. Eisregen trommelte auf das Dach und gegen die Fensterläden.

Prinz Esteban saß mit einem Buch auf dem Schoß am Feuer. Jede Vision, die er heraufbeschwor und jede Weissagung, die er versuchte, hatte dasselbe Resultat gehabt. Clodovec war an seinem Hochmut zu Grunde gegangen.

Esteban trauerte nicht um ihn – genauso wenig wie Lutèce –, noch nicht. Heute Abend wussten nur die Magier Bescheid. Das Volk von Lys sollte noch für eine Weile unwissend bleiben. Ob diese Unwissenheit ein Segen war, hätte Esteban nicht sagen können.

Seine Verbündeten in Gotha und Moresca und in Lys hatten sich gegenseitig zur Raserei getrieben. Sie waren versessen darauf, den Thron an sich zu reißen und einen der ihren daraufzusetzen. Esteban hatte sie mit größter Mühe in ihre Schranken verwiesen, und würde sie in nicht allzu langer Zeit erneut zurechtweisen müssen, aber fürs Erste hatte sich ihr Gezeter im Äther verflüchtigt.

Während er die Seiten umblätterte, erinnerte er sich kaum der Worte, die seine Augen überflogen hatten. Sie schwanden ganz aus seinem Bewusstsein, als er eine neue Seite aufschlug, aus der die trockenen, brüchigen Blütenblätter einer Rose fielen. Sie waren immer noch blassgolden und verströmten einen letzten Hauch ihres ursprünglichen lieblichen Dufts.

Quitaines goldene Rose war nun für ihn verloren, weit fort jenseits des Meeres. Er träumte fast jede Nacht von ihr; oft stand sie in der Höhle unterhalb des königlichen Hauses und starrte hinab auf das Bildnis der schlafenden Schlange. Er kannte jede Linie ihres Gesichts und jede sanft geschwungene, liebliche Rundung ihres Körpers.

Er wollte gerade in den Traum gleiten und wurde von einer Wolke aus Rosenduft eingehüllt, als er plötzlich aufschreckte und erwachte.

Seine Diener waren alle zu Bett gegangen. Alle Türen waren verriegelt, und sein Haus war sowohl gegen sterbliche als auch magische Eindringlinge gesichert.

Das hätten sie zumindest sein sollen. Die Tür seines Arbeitszimmers schwang auf. Dunkelheit sickerte herein und mit ihr der Geruch nach Salz und Fisch und den Untiefen des Meeres.

Esteban saß vollkommen still. All seine Verteidigungsmittel schlagbereit, doch er hatte weder den Willen noch die Macht sie anzuwenden.

Die Gestalt, die aus der Dunkelheit heraustrat, war nass bis auf die Haut. Im bleichen Kranz einer Tonsur klebte eine dünne, weiße Haarsträhne auf dem schmalen Schädel. Dunkle Augen glühten tief eingesunken in ihren Höhlen.

Langsam und vorsichtig stand Esteban auf. Genauso vorsichtig sagte er: »Vater Gamelin. Was verschafft mir die Ehre?«

König Clodovecs einstiger Berater würdigte ihn kaum eines Blickes und glitt lautlos an ihm vorbei, um sich so nah wie irgend möglich ans Feuer zu stellen. Aus seiner schwarzen Robe stieg Dampf auf, der nach Hafenbecken und Brackwasser roch.

»Was ist mit Eurem König?«, fragte Esteban. »Konnte er mit Euch davonkommen? Wurde er auf wundersame Weise gerettet?«

»Nein.« Gamelin drehte sich um, um Esteban anzuschauen, oder vielleicht tat er es auch nur, weil er sich den Rücken wärmen wollte. Jetzt sah Esteban, dass er ein Bündel an die Brust presste. Er hielt es ihm hin.

Esteban zögerte. Ein Geschenk dieses Mannes konnte nichts

anderes als todbringend sein. Aber Neugierde war eine seiner schlimmsten Sünden.

Die äußeren Hüllen waren vom Meerwasser durchweicht, doch das Innere des Bündels war in ölgetränkte Seidentücher eingeschlagen. Sie hatten den Inhalt trocken gehalten: eine uralte, rostige Speerspitze und ein schmuddeliges Bündel Leinen.

Um ein Haar hätte Esteban beides vor Schreck fallen gelassen. »Großer Gott! Wie zum Teufel …«

Gamelins kalter Blick ließ Estebans Geschwätz verstummen. Vielleicht war es eine optische Täuschung, aber im flackernden Lichtschein des Feuers waren auf seinem Gesicht matt schimmernde Schuppen zu erahnen. Seine Wangen sahen schon nicht mehr so eingefallen aus und wurden zusehends voller, je länger er sich in der Wärme des Feuers regenerierte. »Wir haben das dritte Mysterium ausfindig gemacht und die Person, die es bewahrt.«

Esteban ließ sich zurück auf seinen Stuhl fallen. Die beiden unbedeutenderen Mysterien lagen in seinem Schoß.

»In ein, zwei oder drei Tagen«, sagte Gamelin, »wird das Mysterium nach Lys zurückkehren. Ihr und Eure Verbündeten werdet es erwarten. Und wenn es eintrifft …«

Gamelin sprach den Satz nicht zu Ende, Esteban brauchte den Rest jedoch nicht zu hören. Natürlich würde die Rose mit Feuer und Schwert in ihre alte Heimat zurückkehren. Und … Averil?

Der Priester der Schlange nickte, als hätte Esteban seine Gedanken laut ausgesprochen. »Sie wird kommen. Die Krone liegt bereit. Das Zepter wartet auf ihre Hand.«

»Genau wie ich«, sagte Esteban.

Gamelins Lächeln hatte etwas Grausames an sich. »Ja, das tut Ihr. Und so wird es beginnen.«

»Ein Anfang, jetzt noch? Kein Ende?«

»Das auch«, sagte Gamelin.

Hier endet das zweite Buch über den Krieg der Rose.

Deis gratia.